How to Seduce a Sorcerer

AF216866

Regina Meissner wurde 1993 in einer Kleinstadt in Hessen geboren. Durch lesebegeisterte Eltern entdeckte sie die Liebe zur Literatur früh und versuchte sich am Schreiben eigener Geschichten. Regina hat Lehramt auf Deutsch und Englisch studiert und arbeitet als Produkt- und Social-Media-Managerin in einem Medienunternehmen. Neben dem Schreiben liebt sie das Lesen, das Reisen, Disney und alles, was mit Schweden zu tun hat.

Weitere Bücher der Autorin im Loomlight-Verlag:

Love You in All
Times

Für mehr Informationen über Regina Meissner und ihre Bücher folgt der Autorin auf **Instagram @regina_meissner_author**

Mehr über Loomlight und unsere Autor:innen unter:
www.thienemann.de/unsere-verlage/loomlight und
auf **Instagram @thienemannesslinger_booklove** und
auf **TikTok @thienemannverlage**

REGINA MEISSNER

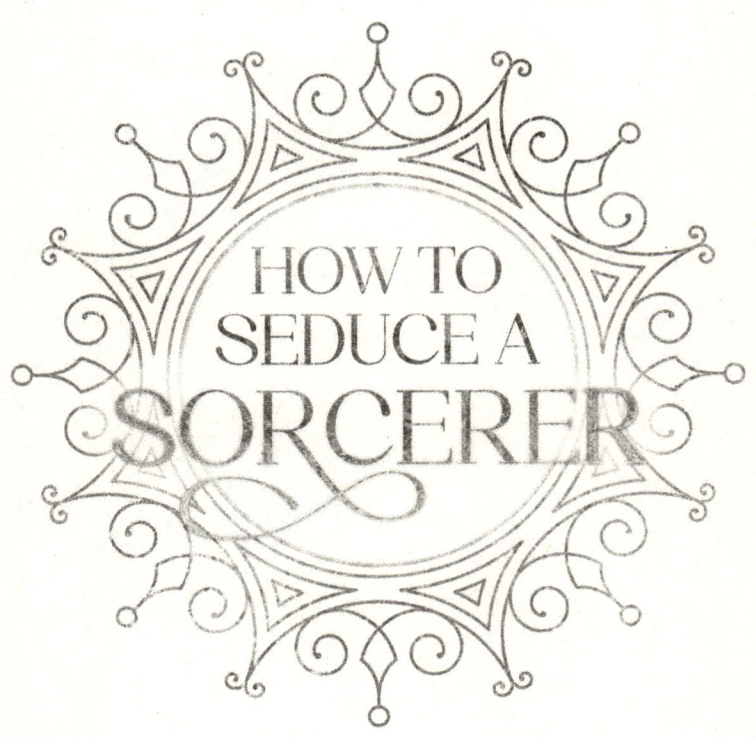

HOW TO SEDUCE A SORCERER

LOOMLIGHT

Liebe Leser:innen,

dieser Roman enthält potenziell triggernde Inhalte.
Auf der vorletzten Seite findest du eine Themenübersicht,
die Spoiler für die Geschichte beinhaltet.
Entscheide bitte für dich selbst, ob du diese
Warnung liest.
Wir wünschen dir das bestmögliche Leseerlebnis!

Regina Meissner und das Loomlight-Team

PLAYLIST

Vance Joy – Fire and the Flood

Ruelle – War of Hearts

Klergy, Valerie Broussard – Start a War

Pim Stones – We have it all

Sam Tinnesz – Far From Home (The Raven)

Maia Hirasawa – Here in Your Arms

Saint Mesa – Sunlit Grave

Eric Kinny, Danica Dora – Last Goodbye

Lord Huron – The Night we Met

Digital Dragons – In Flames

SVRCINA – Meet Me on the Battlefield

UNSECRET, Ruelle – Revolution

Ethan Hodges – Don't watch me cry

Michael Schulte – Falling Apart

Tommee Profitt, Sam Tinnesz – Heart of the Darkness

Haley Joelle – Memory Lane

Sleep Token – Atlantic

Für Mary.
Für all die Leichen in unserem Keller,
für Pennywise, schwarze Nächte im Gruselzimmer
und den Typ von Five Guys.
All meine Abgründe lieben dich.

KAPITEL I

REGEN UND RATTEN

Der Tod war nichts, vor dem ich mich fürchtete, dafür hatte ich schon zu häufig mit ihm Bekanntschaft gemacht. Viel mehr ängstigte ich mich vor dem Moment, in dem der Tod wieder die Augen aufschlug – denn genau das war mir bei meiner ersten Leiche passiert. Einem menschlichen Mann mit bleichem Gesicht und starrem Körper, in den das Leben zurückkehrte, kurz nachdem ich seine Hosentasche nach etwas Essbarem oder Geld durchsucht hatte. Noch jetzt konnte ich seine knochigen Finger spüren, die sich um meinen Hals legten. Das Gefühl der Enge in meiner Kehle, den Moment, in dem er mir den Atem raubte ...

Ich schüttelte die Erinnerung von mir ab und biss energisch die Zähne zusammen. Der Vorfall lag über ein Jahr zurück und durfte mich nicht mehr kümmern. Außerdem war der Mann, vor dem ich jetzt im strömenden Regen kniete, mit hundertprozentiger Wahrscheinlichkeit tot.

Seine Augen waren blicklos auf den Himmel gerichtet, sein Körper eiskalt und steif. Über die fahle Haut zogen sich Totenflecken, unschöne Verfärbungen, die sich auch auf seinem Gesicht wiederfanden.

Ich musste schnell sein, sonst kamen mir andere zuvor. Einen bangen Blick über die Schulter werfend, nestelte ich an seinem Hemd, öffnete die Knopfleiste, bis er entblößt vor mir lag. Ein feiner Flaum zog sich über seinen ausgemergelten Bauch, unter dem die Rippen einzeln durchschimmerten. Dieser Mann hatte Hunger gehabt.

So wie wir alle.

Mit flinken Fingern durchsuchte ich seine Kleidung, den dreckigen Stoffbeutel, den seine Hände noch immer umklammerten, in der Hoffnung, irgendetwas zu finden, das ich gebrauchen konnte. Wütend knurrte ich vor mich hin, als mir bewusst wurde, dass der Dreck unter seinen Fingernägeln wahrscheinlich das Wertvollste war, was er besaß. Seufzend stieß ich die Leiche von mir und stand auf.

Der Regen war so dicht geworden, dass ich den Weg vor mir kaum noch erkennen konnte. Ungelenk strich ich mir die langen Strähnen aus der Stirn und band sie im Nacken zu einem Zopf. Meine Zähne klapperten. Eilig hastete ich durch die verwüsteten Gassen, kletterte über eine zerstörte Hauswand und suchte Schutz unter einer Brücke, als sich Hagelkörner unter den Regen mischten.

Um mich zu beruhigen, holte ich dreimal tief Luft. Der Geruch von Verwesung machte mich schwindlig. Besser, ich blieb nicht zu lange hier. Ich musste weiter, wenn ich noch etwas Essbares finden wollte.

Ein Blick in meinen Lederbeutel bestätigte meine Befürchtungen: nur ein paar verschimmelte Beeren – eine magere Ausbeute.

Nicht aufgeben!

Ich löste mich aus dem Schatten der Brücke, hielt mich in Nebengassen, bis ich die Hauptstraße erreichte. Hier war der Gestank nach Tod und Armut übermächtig, doch die letzten beiden Jahre hatten mich gelehrt, mich nicht mehr um solche Banalitäten zu kümmern.

Schreie drangen an mein Ohr. Auf Höhe eines Brunnens stritten zwei Männer miteinander. Ein dritter mischte sich ein, und es kam zu einer Rangelei. Ich beeilte mich, voranzukommen. Ignorierte die bettelnden Frauen am Straßenrand, die ihre Neugeborenen an sich pressten. Ich konnte ihnen nicht helfen. In Kryndon gab es niemanden, der etwas übrig hatte. Niemanden, der etwas entbehren konnte. Und unser König scherte sich einen Dreck um uns. In seinem Palast aus Träumen konnte er die Augen vor der Realität verschließen.

Hagelkörner peitschten mir ins Gesicht, ließen mich den Blick senken. Damit ich kein Aufsehen auf mich zog, lief ich abseits. In letzter Sekunde schaffte ich es, einem nahenden Reiter auszuweichen.

»Hey, pass doch auf!«, brüllte er mir hinterher, da war ich längst verschwunden. Ich stürmte an leeren Häusern vorbei, die mal Geschäfte, Wohnungen oder Restaurants gewesen waren.

Vor einem Laden blieb ich schließlich stehen, weil der Geruch nach frisch gebackenem Brot meine Sinne lahmlegte. Ehe ich mich's versah, entwich mir ein Seufzen und ich drückte mir die Nase an der Scheibe platt. Vier pralle Brotlaibe warteten in der Auslage, einer perfekter als der andere. Links daneben lagen Brötchen und sogar drei Kuchenstücke.

Ich konnte mich nicht daran erinnern, wann ich das letzte Mal Kuchen gegessen hatte.

Meine Hände ballten sich zu Fäusten, während ich eine gut betuchte Frau beobachtete, die – bewaffnet mit Federboa und Hut – ihren Korb voll Essen lud. Ihrem Gesicht nach zu urteilen konnte sie unmöglich aus Kryndon kommen. Dafür waren ihre Wangen zu teigig, der Blick aus ihren grünen Augen zu lebendig. Mit einem zufriedenen Lächeln auf den Lippen verließ sie die Bäckerei. Das schrille Läuten der Ladenglocke ließ mich derart zusammenzucken, dass die Dame mir einen pikierten Blick zuwarf.

Ich wusste, was sie in mir sah: Das Gespenst, das ich nie hatte werden wollen. Eine zweiundzwanzigjährige Frau, kaum noch als solche zu erkennen. Sie rauschte an mir vorbei.

Ich sollte sie gehen lassen. Die entgegengesetzte Richtung einschlagen, in der unser Haus lag. Aber da war dieser Geruch nach frischem Brot, der mich in den Wahnsinn trieb.

Während ich der Frau durch Kryndon folgte, rechnete ich mir meine Chancen aus. Sie war deutlich älter als ich, wahrscheinlich jenseits der vierzig. In dem fliederfarbenen Kostüm, das sie trug, kam sie nur langsam voran, weil es auf Höhe der Hüfte eng geschnitten war. Der Hut würde ihr bei der kleinsten unbedachten Bewegung vom Kopf fallen.

Ein Gefühl sagte mir, dass sie noch nie um ihr Essen kämpfen musste. Dass der Krieg ihr nichts genommen, sie vielleicht nicht einmal etwas davon mitbekommen hatte. Außerdem war sie allein unterwegs, was mir einen Vorteil verschaffte.

Mir – und Dutzend anderen hungernden Menschen.

Automatisch wurde ich schneller und schlich der Frau hinterher, die sich in Richtung Marktplatz bewegte. Wenn ich es nur schaffte, sie in eine Nebengasse zu ziehen.

Vielleicht war das aber auch gar nicht nötig.

Eine Kutsche bretterte an ihr vorbei, die sie nach rechts ausweichen und Schutz vor einer Häuserwand suchen ließ. Ich preschte nach vorn, erreichte die Balustrade vor ihr und riss ihr den Korb vom Arm. Verwirrt schaute sie mich an – und ich wusste, dass es ein paar Schrecksekunden dauern würde, bis sie verstand, was passierte. Wertvolle Zeit, in der ich das Brot an mich nahm und die Flucht ergriff.

Ihr Gezeter hörte ich schon bald nicht mehr, und auch ihre dumpfen Schritte verklangen im Tosen des Regens. Ich sprang mehr, als dass ich rannte, die Gasse entlang, weiter nach Osten, aus Kryndon heraus, bis ich einen abgelegenen Platz erreichte. Schon oft hatte ich mich hier im Kornfeld versteckt und meine Beute verstaut. Anspannung pulsierte durch meinen Körper, das Adrenalin trieb mich weiter voran, als endlich das Feld vor mir aufragte.

Nur, dass ich mich dort nicht allein wiederfand, sondern einer Gruppe von drei Männern direkt in die Arme lief. Kaum hatte ich sie gesehen, wirbelte ich herum, doch sie waren schneller. Binnen weniger Sekunden hatten sie mich umzingelt. Hilflos presste ich das Brot an mich.

»Haut ab«, zischte ich den Fremden zu, die mich umkreisten. »Ihr habt hier nichts verloren!« Wohin ich mich auch drehte, schaurige Fratzen blickten mir entgegen. Die Männer schienen nicht älter als ich, strahlten jedoch eine Bedrohlichkeit aus, die etwas Unmenschliches hatte.

Gänsehaut kroch meinen Körper hinauf; eine böse Vorahnung machte sich in mir breit.

»Lasst mich gehen!«, bellte ich ihnen durch den Regen entgegen, fest entschlossen, mir die Angst nicht anmerken zu lassen.

»Was hast du denn da?« Der Größte von ihnen, ein Mann mit Schnurrbart und Glatze, schnellte auf mich zu. Im letzten Moment gelang es mir, mich umzudrehen, da schaute ich schon dem Nächsten ins Gesicht. Während ich mir ein stummes Blickduell mit ihm lieferte und versuchte, mich nicht von der blutigen Narbe auf seiner Wange einschüchtern zu lassen, umschlang der Dritte mich von hinten. Er packte meinen Oberkörper so fest, dass mir die Luft aus der Lunge gepresst wurde. Mit routinierten Bewegungen löste er meine Hände, sodass das Brot auf den Boden fiel. Ehe ich mich danach bücken konnte, hatte das Narbengesicht bereits danach gegriffen. Vor meinen Augen riss er sich ein Stück des warmen Teigs ab und stopfte es sich genüsslich in den Rachen.

»Danke fürs Abendessen, Weib«, blaffte er mir entgegen und entblößte eine Reihe schwarzer Zähne. Wütend wand ich mich im Griff des Mannes.

»Wo hast du das her?«, flüsterte er mir gefährlich leise ins Ohr.

»Fass mich nicht an!«, brüllte ich. Mit Schwung stieß ich mein Bein nach hinten – direkt in seine Weichteile. Wie ein kleines Kind jaulte der Mann auf und krümmte sich auf dem Boden zusammen. Ich nutzte den Schreckmoment, rammte dem Bärtigen meinen Ellbogen ins Auge und schlug seinem Kumpan die Faust ins Gesicht. Zeit, mich nach dem Brot umzuschauen, hatte ich keine. Ich kannte

Männer wie sie und wusste, dass sie mich niemals freiwillig gehen lassen würden.

Während der Hagel sich verdichtete, rannte ich über das Kornfeld, zurück in die Stadt. Meine Knie stachen vor Anstrengung.

Weil Stehenbleiben keine Option war, humpelte ich weiter, wieder über den Marktplatz, auf dem die wohlhabende Dame sich schon lange nicht mehr aufhielt, in eine schmale Gasse, in der schmutzige Wäsche auf Leinen über mir hing. Ich gestattete mir einen Moment, um durchzuatmen. Mein Blick fiel auf ein vergilbtes Plakat an der Hauswand mir gegenüber, das das Zerrbild eines Zauberers zeigte. *Jegliche Art von Magieausübung wird mit dem Tode bestraft,* stand in großen, roten Buchstaben darunter und ließ mich frösteln.

Am liebsten wäre ich auf den feuchten Boden gesunken. Schutz suchend schlang ich die Arme um meinen Körper. Es war jetzt schon verteufelt kalt und ich hatte keine Ahnung, wie ich den Winter überstehen sollte.

Meine Hände glitten zu dem leeren Lederbeutel, der um meine Hüfte hing. Über eine Stunde hatte ich mich in der Stadt herumgetrieben – und das war alles? Die Wut setzte eine Hitze in mir frei, von der ich gar nicht wusste, dass ich sie noch besaß.

Mit ihr kam die Trauer – der Gedanke an Kaida und Tian, die erneut ohne richtiges Abendessen ins Bett gehen mussten. Weil ihre Schwester nicht in der Lage war, sich um sie zu kümmern.

Tränen rannen über meine Wangen. Wie sehr ich mich für diese Schwäche hasste! Schniefend legte ich den Kopf in den Nacken.

In dem Moment brach die Sonne durch das Wolkenmeer.

Der Hagel ließ nach, und der Regen wurde zu einem feinen Nieseln.

Mit der Sonne kam der Blick nach oben. Richtung Burg, die sich zwischen Häuserfronten auf einem Berg am Horizont abzeichnete. Die Burg, die man von jedem Punkt in Kryndon aus sehen konnte, und in der ein uralter Zauberer in der Verbannung lebte.

Ein Quieken riss mich aus den Gedanken. Hektisch wirbelte ich herum und suchte den Boden ab, wo eine halb tote Ratte in einer Pfütze neben einem Rohr hockte. Ihr fehlte ein Ohr, und ein unappetitlicher brauner Streifen zog sich über ihren Körper.

Alles in mir rebellierte gegen die Idee, die langsam Gestalt annahm. Doch der Hunger war ein perfider Feind. Je länger er einen in seinen Klauen hielt, desto mehr Gewalt besaß er über einen. Irgendwann eroberte er auch die letzten funktionierenden Teile des Gehirns.

Da war diese Ratte.

Meine Familie hatte Hunger.

Ich hob meinen rechten Stiefel und rammte ihn auf den Kopf des Tieres. Trat zweimal fest zu, bis die Knochen knackten. Als ich meinen Fuß anhob, zuckte die Ratte noch, wenige Sekunden später erstarrte sie.

Ich hob sie mit spitzen Fingern am Schwanz an und stopfte den Kadaver in meinen Lederbeutel.

Niemand, weder Mensch noch Magiebegabter, sollte je dazu gezwungen sein, eine Ratte zu essen. Aber ich war längst darüber hinaus, wählerisch sein zu dürfen.

Auf dem Weg nach Hause blendete mich die Sonne. In den letzten zwei Wochen hatte sie sich gar nicht gezeigt. Ich setzte meine Kapuze ab und wrang meine nassen Haare aus. Der Lederbeutel schlug bei jedem Schritt gegen meine Hüfte. Früher hätte mich die Vorstellung, was sich in ihm befand, erschüttert. Inzwischen war ich vollkommen abgestumpft.

Durch den Regen war der Boden rutschig, weswegen ich aufpassen musste, wohin ich meine Füße setzte. Bis nach Hause war es nicht weit, dennoch kam es mir vor, als wäre ich eine Ewigkeit weg gewesen.

Als ich das kleine, baufällige Gebäude erreichte, legte sich ein Teil meiner Anspannung. Mit klammen Fingern nestelte ich den Schlüssel aus der Manteltasche. Knarrend sprang die Tür auf – und der Geruch nach *daheim* schlug mir entgegen. Wärme, Familie, Zuflucht – und darunter Alkohol und Krankheit.

Leise schloss ich die Tür hinter mir, hängte den Mantel an den Nagel in der Wand und schlüpfte aus meinen nassen Schuhen.

»Liora?«

Kaidas Kopf zeigte sich im Türrahmen. Aufgeregt lief sie auf mich zu und schlang ihre Arme um mich. Um mit ihr auf einer Höhe zu sein, machte ich mich kleiner, und vergrub meine Nase in ihrem roten Haar.

»Hast du mir was mitgebracht?«

Die Tatsache, dass immer noch Hoffnung in ihrem Blick lag, machte es mir nicht leicht. »Keine gute Ausbeute, Kleines. Wie geht es Tian?«

Das Lächeln auf ihren Lippen rutschte eine Etage tiefer. »Er hat schlecht geträumt und war gar nicht mehr ansprechbar. Sein Kopf ist so heiß.« Ich drückte sie fester, dann stand ich auf und verschwand in dem spärlich eingerichteten Schlafzimmer, das die beiden sich teilten.

Mein Körper verkrampfte sich, als mein Blick auf das Klappbett fiel, in dem, vergraben unter Decken und Kissen, mein Bruder lag. Obwohl dies der wärmste Raum des Hauses war und noch dazu der einzige, in den es nicht reinregnete, fror Tian ununterbrochen.

Auf leisen Sohlen schlich ich zu ihm. Es war gut, wenn er schlief, dann hatte er keine Schmerzen. Und ich konnte mich der Illusion hingeben, dass er wieder gesund werden würde.

Vor dem Bett sank ich auf die Knie und schob die Decke ein Stück zur Seite, sodass ich seine Stirn berühren konnte. Sein Fieber war gestiegen; es schwächte ihn bereits seit drei Wochen. Da wir kein Geld für Medizin hatten, magische Heilung unter Todesstrafe stand und der Doktor nur selten nach Kryndon kam, wussten wir nicht weiter.

Mein Herz verkrampfte sich, als ich durch Tians dünnes Haar strich. Da öffneten sich seine Augen. Sein Blick, erst fahrig und orientierungslos, fand schließlich mein Gesicht.

»Tian«, flüsterte ich und hauchte ihm einen Kuss auf die Stirn. »Wie geht es dir?«

Kaida erschien neben mir und griff nach meiner Hand.

Etwa zwei Sekunden sah Tian mich noch an, dann schlossen sich seine Augen. Ich zog die Decke hoch.

»Er schafft es doch, oder?«, fragte Kaida wie jeden Abend.

Es tat weh, sie anzulügen. Schlimmer war jedoch, sie mit einer Wahrheit zu belasten, die sie mit ihren zwölf Jahren nicht verkraften konnte.

»Natürlich wird er wieder gesund. Er muss nur zu Kräften kommen.« Ich drückte ihre Hand, ehe ich in die Küche verschwand. »Ich mache uns Abendessen.«

Ihre tapsigen Schritte folgten mir.

»Danke, dass du auf deinen Bruder aufgepasst hast. Du machst das gut.«

Beim Strahlen ihrer Augen brach etwas in mir. Ich hatte mir geschworen, ihr ein gutes Leben zu bieten. Ein Leben, in dem es ihr an nichts mangelte und sie nach ihren Träumen greifen konnte.

Kein Leben, in dem es gebratene Ratte zum Abendessen gab.

»Hast du deine Hausaufgaben gemacht?«, fragte ich Kaida, die sich auf den klapprigen Schemel gesetzt hatte. Gelangweilt verschränkte sie die Arme vor der Brust.

»Schon vor Stunden. Wir lesen immer noch *Majesticus*.«

Ich drehte ihr den Rücken zu, damit sie nicht sehen konnte, was ich aus dem Lederbeutel zog. Die tote Ratte lag nass und schwer in meiner Hand. Notdürftig wusch ich sie in einem Kübel, in dem wir Regenwasser sammelten und hackte ihr dann mit einem sauberen Schnitt den Kopf ab. Es war nicht das erste Mal, dass ich ein Tier zubereitete, das man eher nicht essen sollte, daher wusste ich ungefähr, worauf es ankam. Doch gleich, wie viele Gewürze ich verwendete und wie klein ich das Fleisch schnitt, der faulige, beinahe fischige Geschmack verschwand nicht.

Mit einem Ratschen zog ich der Ratte das Fell über die Ohren. In einer Pfanne ließ ich unser letztes Öl schmelzen und warf das Fleisch hinein. Verheißungsvoll zischte es in der Stille.

»Ich brauche einen neuen Stift.« Kaida tauchte so plötzlich neben mir auf, dass ich ertappt zusammenzuckte. Schnell schob ich die Überreste der Ratte zurück in den Lederbeutel.

»Du hast doch erst einen von Hanja bekommen.«

»Ja – und er hat genau eine Woche gehalten. In der Schule geben sie uns keine mehr – Sparmaßnahmen.«

Ich seufzte. »Hast du bei Vater nachgesehen? In der Schublade im Wohnzimmer?«

»Da gibt es schon lange keine Stifte mehr.« Kaida spielte an einer ihrer roten Locken, die mich je nach Lichteinfall an Feuer erinnerten. »Was ist das überhaupt?« Ihr kritischer Blick galt dem Fleisch in der Pfanne.

»Fisch«, murmelte ich, griff nach einer Gabel und wendete die Stücke. »Ein Mann auf dem Markt hat ihn uns zum halben Preis verkauft.«

»So riecht er auch.« Kaida rümpfte die Nase. »Da verschwindet mein Hunger ganz von allein.«

Ehe sie zurück an ihren Platz gehen konnte, fasste ich sie am Oberarm. Sie verlor immer mehr Gewicht.

»Was hast du heute gegessen, Kaida?«

Sie wich meinem Blick aus. »In der Schule gab es Pfirsiche. Die waren nicht mehr besonders frisch, aber besser als nichts.«

»Und davon abgesehen?«

Kaida biss sich auf die Lippe. »Was hast *du* heute gegessen?«, konterte sie – und da ich die Frage ebenso wenig beantworten wollte wie sie, schwiegen wir beide.

Mit Mühe gelang es mir, Tian ein paar Löffel Suppe einzuflößen. Selbst wenn er wach war, schien er nie richtig anwesend zu sein: Sein Blick war verhangen, die Augen trüb und farblos.

Es brachte mich um den Verstand, dass wir nichts für

ihn tun konnten. Dass die Medizin, die ihm helfen würde, unerschwinglich für uns war und wir keinen Magiebegabten herbestellen konnten, der sich seiner annahm.

»Hast du ihm Wadenwickel gemacht?«, fragte ich meine Schwester, die sich ein Stück Ratte in den Mund schob und andächtig auf dem Fleisch herumkaute.

»So, wie du es gesagt hast. Aber ich bezweifle, dass es etwas bringt. Kann nicht Rieka noch mal nach ihm schauen?«

»Ich werde ihr Bescheid sagen.« Ich schöpfte Kaida den letzten Löffel Suppe in die Holzschale. Das Wasser war nur lauwarm. In einem der Küchenschränke hatte ich einen Rest Lauch gefunden. Salz gab es schon seit Tagen nicht mehr – dafür hartes Brot, aus dem ich großzügig die Schimmelflächen herausgeschnitten hatte. Kaida musste es in die Suppe tunken, um abbeißen zu können.

»Willst du nichts essen?«, fragte sie mit Blick auf meinen leeren Teller.

Abwehrend hob ich die Hände. »Ich habe mir unterwegs auf dem Markt etwas geholt. Ich bin satt.«

Den letzten Satz hätte ich mir sparen können, denn sie las mir die Lüge von der Nasenspitze ab, ließ sie aber unkommentiert. Meine Schwester rutschte mit dem Stuhl näher an den Tisch heran. Ihre Füße reichten mit Leichtigkeit bis auf den Boden. Wann war sie groß geworden? Und seit wann war dieser Tisch so leer?

Ein Bild längst vergangener Zeiten blitzte in meiner Erinnerung auf, das ich energisch beiseiteschob. Manche Fenster blieben lieber geschlossen.

»Der Stift«, fiel mir da ein. »Ich schaue gleich mal in Mutters Zimmer, ob wir noch einen haben.«

»Notfalls benutze ich den von Loni.«

»Brauchst du sonst noch etwas?«

Kaida schüttelte den Kopf – und weil ich Angst hatte, weiter nachzufragen, nickte ich bloß. Als sie vom Schemel aufstand und ihren Suppenteller auf die Anrichte stellte, schlackerte das graue Gewand um ihren Körper.

»Liest du uns noch eine Gutenachtgeschichte vor?«

Ich nickte abwesend. Vorher jedoch hatte ich etwas anderes zu erledigen.

KAPITEL 2

ALKOHOL UND SCHIMMEL

Ich klopfte nicht an, weil er sowieso nicht darauf reagieren würde. Weil es ihm gleichgültig war, wenn man ihn seinem selbst gewählten Elend überließ.

Energisch stieß ich die Tür auf und die bekannte Alkoholfahne wehte mir entgegen. Dieser Gestank hatte sich auf ewig in die Wände unseres Hauses eingebrannt.

Auf dem Weg zum Sofa sammelte ich drei Bierflaschen und zwei dreckige Tücher ein. Dann baute ich mich vor der Gestalt auf, die halb am Boden, halb auf den grünen Kissen lag und die Lider gesenkt hatte.

»Ist ein Brief gekommen?«, fragte ich ihn, nicht sicher, ob er mich überhaupt wahrnahm.

Doch die Augen meines Vaters öffneten sich. Ein Rülpsen verließ seinen Mund, über den er sich großflächig wischte. »Liora.«

»Ist ein Brief gekommen?«, wiederholte ich ungeduldig.

»Von Alev?«

»Wie spät ist es?« Er gähnte.

»Spät genug. Du hast wieder den ganzen Tag verschlafen.« Ich gab mir Mühe, der Wut in mir keinen Raum zu geben. Die Arme um die leeren Bierflaschen geschlungen, trat ich einen Schritt auf ihn zu. Sein Hemd war falsch zugeknöpft und am Kragen schmutzig; die Hose verrutscht, sodass ich einen Blick auf seinen bleichen Bauch werfen konnte.

»Ist ein Brief gekommen?«, stellte ich die Frage zum dritten Mal und legte Nachdruck in meine Stimme.

Mit einem Ächzen richtete mein Vater sich auf. Seine schwarzen Haare, einst gepflegt und kurz geschnitten, standen in alle Richtungen ab. »Hab nicht nach der Post geschaut«, lallte er.

»Und das Geld von dir?«

Verwirrt kniff er die Augen zusammen. »Was für Geld?«

»Du hast gesagt, dass du mir Geld gibst – für Kaida und Tian. Tian ist sehr krank, und wenn wir nichts unternehmen, stirbt er.«

Statt einer Antwort sah er mich nur verwundert an. An Tagen wie diesem war ich mir sicher: Der Alkohol hatte auch seine letzten funktionierenden Gehirnzellen abgetötet.

»Ich hab kein Geld«, nuschelte er.

Das wusste ich. Weil alles, was er als Kriegsversehrter bekam, sofort in seine Sucht investiert wurde. Und doch wurde ich nicht müde, ihn danach zu fragen.

»Kaida und Tian haben heute Abend eine Ratte gegessen«, informierte ich ihn. »Wir haben nicht mal mehr Geld, um uns ein Brot zu kaufen.« Ich sank vor ihm auf die Knie, sodass er gezwungen war, mir in die Augen zu schauen. »Wenn Alev uns nichts schickt, bleibt nichts mehr übrig.

Du hast zwei Kinder, die du ernähren musst. Wie gedenkst du das zu tun?«

Meinen Vater an seine Pflichten zu erinnern war in etwa so Erfolg versprechend, wie einer Ratte das Tanzen beizubringen.

Mit offenem Mund schaute er mich an, während ein Speichelfaden sein Kinn hinablief. »Ist in der Flasche noch was drin?« Seine Wurstfinger deuteten auf meine Hände. Am liebsten hätte ich ihm mit der Flasche den Kopf eingeschlagen.

Mordfantasien über meinen Vater waren etwas, das ich mir vor Jahren nicht hätte vorstellen können. Jetzt waren sie ein fester Bestandteil meines Tages. Vieles wäre einfacher, wenn es ihn nicht mehr gäbe. Wenn er im Krieg nicht nur seinen rechten Fuß, sondern auch sein Leben verloren hätte.

Ich könnte ihm sagen, dass ich ihn hasste. Dass ich mich für ihn schämte. Dass ich lieber keinen Vater als einen wie ihn hätte. Aber all diese Beleidigungen würden an ihm abprallen, während sie mich nur weiter belasteten.

»Du solltest dringend aufräumen«, rief ich ihm entgegen, ehe ich sein Zimmer mit den Bierflaschen in der Hand verließ. Mit einem lauten Knallen fiel die Tür ins Schloss. Ich zog meine nassen Stiefel über und entsorgte die Flaschen im Eimer vor dem Haus. Die Müllsammler waren seit Wochen nicht mehr gekommen, und langsam fragte ich mich, ob sie Kryndon als das ansahen, was es war: ein Schandfleck.

Im Briefkasten schlug mir gähnende Leere entgegen. Heute war der elfte November – seit Tagen wartete ich auf eine Nachricht von Alev. Mehr noch auf ein paar Münzen, die wir dringend gebrauchen konnten. Es war riskant, Geld zu verschicken, weil es nicht immer bei uns ankam, doch da Alev mehrere Tage entfernt in Alder arbeitete, konnte er es uns nicht vorbeibringen.

Im Regenfass neben der Dachrinne schwamm ein toter Vogel. Er hatte die Augen gespenstisch aufgerissen und gen Himmel gerichtet. Einen Moment blieb ich stehen und musterte ihn verwirrt.

Dann ging ich mit hängenden Schultern zurück ins Haus und schloss die Tür. Obwohl ich nur kurz draußen gewesen war, waren meine Haare schon wieder nass vom Regen. Wie gern hätte ich ein Bad genommen – doch warmes Wasser war etwas, das mir mittlerweile wie ein Fiebertraum erschien. Genauso wie frische Kleidung. Angewidert schnupperte ich am Ärmel meines Kleides. Ich konnte mich nicht daran erinnern, wann ich es das letzte Mal gewaschen hatte.

»Er sucht sich junge Frauen, die er bestialisch ermordet und für seine eigene Unsterblichkeit nutzt«, drang Kaidas Stimme aus dem Schlafzimmer. »Er ist viele Hundert Jahre alt, aber er will für immer leben.« Ein gruseliges Lachen entstieg ihrer Kehle. »Der Zauberer auf dem Berg ist der Stoff, aus dem Albträume gemacht sind. Nur dass er eine reale Gestalt ist. Nach dem Krieg wurde er in seine Burg verbannt, doch von dort aus verbreitet er noch immer Angst und Schrecken. Manche sagen, er sei für das Leid in Arvendom verantwortlich. Andere wiederum glauben ...«

Mit schnellen Schritten durchquerte ich den Flur und stieß die Tür zum Schlafzimmer auf. Kaida zuckte auf ihrem Schemel zusammen, das Buch fiel ihr aus der Hand.

Tian hatte sich im Bett aufgerichtet; sein umnebelter Blick verriet nicht, ob er wirklich anwesend war.

»Musst du mich so erschrecken?« Aufgebracht funkelte Kaida mich an und griff nach dem Buch.

»Kaida! Du weißt, dass du nicht über Magie reden darfst! Niemals.« Sogar die Wände konnten Ohren haben.

Meine Schwester verdrehte die Augen. »Hier hört uns doch niemand. Außerdem finde ich die Legenden um den Zauberer spannend. Und wenn du uns keine Gutenachtgeschichte vorliest ...« In ihren grünen Augen tobte Streitlust.

»Was ist das überhaupt für ein Buch?« Ich kniete mich neben Kaida auf den Boden, auf einen zerrupften Teppich, den wir günstig auf einer Auktion erstanden hatten – und der roch, als ob man schon mal eine Leiche in ihm transportiert hatte.

»Hanja hat es mir geschenkt.«

»Hanja?« Ich nahm ihr das schwarze Buch aus der Hand, das mit einem Ledereinband eingeschlagen war. »Sie müsste am allerbesten wissen, wie gefährlich so etwas ist. Sie dürfte das nicht einmal mehr besitzen.« Mit einem Schaudern erinnerte ich mich an einen Tag nach Kriegsende, an dem in einem großen Feuer alle Bücher über Magie, Magiebegabte und Zauberer verbrannt worden waren. Um ein Zeichen zu setzen, dass die Schreckenszeit des Zauberers vorbei war. »Hanja war hier?«

»Gestern schon.«

»Wieso hast du mir nichts erzählt?«

Kaida verdrehte abermals die Augen. »Weil es nichts zu erzählen gibt. Sie blieb eine Stunde, hat Papa angeschrien und mir dieses Buch und zwei Walnüsse gegeben. Entschuldigung, dass ich dir von diesem bahnbrechenden Ereignis nicht berichtet habe.«

»Hey, werd nicht frech!« Mit der freien Hand boxte ich sie gegen den Oberarm. Dann schlug ich das Buch auf, das weder Titel noch Inhaltsverzeichnis besaß. In meinen Fingern begann es zu kribbeln, wie immer, wenn ich etwas Verbotenes anfasste. Dass Magie eine gewisse Faszination auf mich ausübte, konnte ich nicht leugnen. Auch wenn ich wusste, wie gefährlich und zerstörerisch sie war. »Warum schenkt Hanja dir so etwas? Sie bringt uns damit in Teufels Küche. Wir müssen es sofort loswerden!« Schon blickte ich in Richtung Kamin, als Kaida mich am Arm fasste.

»Beruhige dich. Das Buch ist harmlos. Es ist nur eine Legendensammlung.« Sie wollte mir das Buch aus der Hand reißen, aber ich kam ihr zuvor.

»Der Zauberer auf dem Berg«, las ich eine der in fetter schwarzer Schrift gedruckten Überschriften vor. »Wir haben einen Eid geschworen, dass wir uns mit solchen Sachen nicht mehr beschäftigen!«

Trotzig schob Kaida die Lippe vor.

»Weißt du, wofür solche Geschichten geschrieben wurden? Um den Menschen Angst zu machen. Um ihnen etwas zu geben, vor dem sie sich fürchten sollen. Doch die Zeit, in der Magie so viel Ärger angerichtet hat, ist vorbei. Wir müssen keine Angst mehr vor ihr haben.« Ich war im Begriff, das Buch zuzuklappen, da hatte Kaida auf die nächste Seite geblättert. Die Schwarz-Weiß-Zeichnung eines Zauberers bedeckte drei Viertel des Papiers. Mit grimmigem Blick schaute er mich an. Auf seinem Kopf thronte ein spitzer Hut, der mit Spinnweben verziert war. Sein Haar war lang und dunkel, die Haut so dehnbar wie ein Kaugummi, das man zu lang gezogen hatte. Auf seiner Schulter saß ein schwarzer Rabe. Bei seinem Anblick verknotete sich mein Magen.

»Hier steht, dass er schon mehrere Jahrhunderte alt ist. Nach dem Krieg wurde er auf seine Burg verbannt, die er nicht mehr verlassen kann. Er ist einer der wenigen Zauberer, die den Krieg überlebt haben. Was denkst du, was er den ganzen Tag da oben treibt?«

»Ach, Kaida.« Ich legte meinen Arm um ihre Schulter und zog sie an mich heran. »Wir dürfen nicht so tief graben. Das Zeitalter des vierten Zauberers ist vorbei und wir haben endlich wieder einen menschlichen König.« *Der sich einen Dreck für uns interessiert.* »Magie ist etwas Böses, mit dem wir uns nicht befassen dürfen.«

»Ich weiß.« Kaida kaute auf ihrer Lippe herum. »Und trotzdem ... nur theoretisch.« Sie richtete sich auf. »Der Zauberer auf dem Berg: Was denkst du, ist er für ein Mann? Was tut er den ganzen Tag auf seiner Burg in der Einöde?«

Ich seufzte, ließ den Gedanken meiner Schwester zuliebe aber zu. Dennoch drosselte ich meine Stimme. »Na schön. Zauberer beherrschen die dunklen Künste. Sie sind um ein Vielfaches stärker als gewöhnliche Magiebegabte. Nun haben sie aber keine Macht mehr über uns. Wir haben den Krieg gewonnen und darüber sollten wir dankbar sein. Ich weiß nicht, was der Zauberer auf der Burg den ganzen Tag tut. Ich tue gut daran, mich mit diesen Dingen nicht zu befassen. Und du solltest das auch nicht tun.« Mahnend sah ich sie an.

»Und doch bringt er immer noch Elend über Arvendom.«

Ich zog meine Augenbrauen zusammen. »Steht das auch in diesem Buch?«

Meine Schwester schüttelte den Kopf. »Das hat Hanja erzählt. Sie hat gesagt, dass der Zauberer den Frieden verabscheut. Dass er seine Hände über seine Kristallkugel gelegt, Arvendom gesehen hat – und schwarze Schlieren auf uns hat niederregnen lassen.« In einem Anflug von Theatralik sah sie mich an. Ich sollte dringend mit Hanja reden.

Energisch schlug ich das Buch zu. Ich würde es bei der nächstbesten Gelegenheit verbrennen. »Diese Geschichten tun weder dir noch unserem Bruder gut.« Auch wenn der mittlerweile wieder schlief und seinen Kopf der Wand zugedreht hatte. Besorgt legte ich ihm meine Hand auf seine Stirn. Je weiter der Tag fortschritt, desto höher stieg sein Fieber.

»Erzähl Tian lieber was Schönes«, bat ich Kaida. »Oder lies ihm aus dem Buch vor, das ihr in der Schule besprecht.«

»Aber *Majesticus* ist todlangweilig. Außerdem glaube ich nicht, dass ein Siebenjähriger das versteht.«

Wenn er denn überhaupt noch etwas verstand …

»Wie auch immer.« Ich klopfte mir auf die Oberschenkel und stand mit dem Buch in der Hand auf. »Es ist spät und du solltest schlafen gehen. Sonst bekomm ich dich morgen wieder nicht aus dem Bett.«

Ich zerraufte ihr Haar, auch wenn sie das nicht mochte. Mit jedem Tag wurde Kaida erwachsener, mit jedem Tag entglitt sie mir ein bisschen mehr, ohne dass ich etwas dagegen tun konnte.

»Na gut.« Müde reckte sie ihre Arme. Ihr Atem roch nach Ratte.

»Schlaf gut. Und wenn was mit Tian ist, weck mich«, erinnerte ich sie und nahm sie in den Arm. Kaida legte sich auf die Matte am Boden und deckte sich mit dem löchrigen Plaid zu. Tian war der Einzige, der noch in einem richtigen Bett schlief. Alle anderen hatten wir verkaufen müssen. In lichten Momenten regte ich mich darüber auf, dass wir ein Bett gegen vier Äpfel getauscht hatten, aber ich wusste, dass wir damals keine Wahl gehabt hatten.

Ich blies eine der beiden Kerzen aus und ging mit der anderen in den Flur. Draußen war es mittlerweile stockdunkel.

Aus Vaters Zimmer drang gleichmäßiges Schnarchen. Wenigstens etwas. Wenn er schlief, trank er nicht. Und gab auch kein Geld aus.

Mit der Kerze und dem Buch in der Hand stieg ich die Treppe zum oberen Stockwerk hoch. Die dritte und die achte Stufe waren morsch. Dadurch, dass unser Haus an unzähligen Stellen undicht war, begann es langsam zu schimmeln. Mir wurde bang bei dem Gedanken, dass wir hier wohl nicht mehr lange würden leben können. Dieses Haus war unser wertvollster Besitz und wenn wir es verloren, würden wir auf der Straße landen.

An guten Tagen versuchte ich die Schimmelherde zu ignorieren. An schlechten fiel mir auf, wie groß sie geworden waren und dass es mittlerweile kein einziges Zimmer mehr gab, das nicht von ihnen befallen war.

Im oberen Stockwerk gab es nur noch einen bewohnbaren Raum. Die anderen waren so feucht, dass sich niemand mehr dort aufhalten konnte. Der pessimistische Teil in mir wartete jeden Tag darauf, dass das Haus einstürzte. Der sadistische wünschte sich, dass es meinen Vater unter sich begrub.

Der Raum, der einst meiner Mutter gehört hatte, war eng geschnitten und büßte durch die niedrigen Wände zusätzlich an Größe ein. Außer einem Schrank, meinem Nachtlager und einem Spiegel, bei dem das Glas an mehreren Stellen gesprungen war, gab es hier drinnen nichts.

Bis auf das Schmuckkästchen, das ich noch nicht hatte verkaufen können. Weil es das Letzte war, was mich an sie erinnerte.

Ich öffnete die Schranktüren, schob die grüne Decke beiseite und holte das Kästchen hervor, das aus edlem Holz geschnitzt war und eine filigrane Blume auf dem Deckel zeigte. Wenn man es aufklappte, erschien eine Ballerina, die sich, gekleidet in Tutu und Spitzenschuhen, einst um die eigene Achse gedreht hatte.

Mit dem Kästchen setzte ich mich auf mein Nachtlager, das aus einer löchrigen Decke und zwei mit Heu gefüllten Kissenbezügen bestand.

Vieles wäre besser, wenn Mutter noch hier wäre. Mit ihrem Tod hatte der Verfall erst begonnen. Eine Welle der Traurigkeit erfasste mich, während ich die Ballerina anstarrte – und doch nur sie sah – meine wunderschöne Mutter. Bis zu ihrem Tod war sie ein Geheimnis für mich geblieben.

Versprich mir, dass du für deine Geschwister sorgst, wenn ich nicht mehr da bin.

Versprich mir, dass du nie vergisst, wer du bist und was du kannst.

Ich zog die Beine an den Körper, stellte das Schmuckkästchen auf meinen Knien ab.

Ich verspreche es. Es wird meinen Geschwistern an nichts fehlen.

Es war nicht das einzige Versprechen, das ich gegeben und gebrochen hatte. Doch das, was am meisten wehtat. Wo auch immer Mutter war, ich wollte, dass sie mit Stolz auf mich blickte. Dass sie es nicht bereute, mir die Verantwortung für die Familie übertragen zu haben.

»Es tut mir leid«, flüsterte ich. »Es tut mir so unendlich leid.«

Ich verstaute die Schatulle unter der Decke im Schrank. Vater ging nur selten nach oben, doch ich wusste, dass er sie verkaufen würde, wenn er sie fand. Auf dem Schwarzmarkt bekam er gewiss einige Flaschen Bier dafür.

Ich wollte mich gerade hinlegen, als das zerbrochene Spiegelglas meine Gestalt auffing. Und sosehr ich meinen eigenen Anblick normalerweise mied, heute wollte ich mich ihm stellen.

Wann war ich so dünn geworden? Wann hatte ich auch meine letzten weiblichen Rundungen eingebüßt? Meine Brüste waren als solche schon gar nicht mehr zu erkennen.

Aber es war nicht mein Körper, der mir einen Schauer über den Rücken jagte. Sondern mein Gesicht. Die eingefallenen Wangenknochen, das spitze Kinn, die leeren Augen. Ich sah aus wie eine hässliche Version meiner selbst. Als hätte ein Maler nur die Konturen auf die Leinwand gebracht und die Farbpalette vergessen.

Mit zweiundzwanzig Jahren hatte ich mehr graue Haare als meine Großmutter mit siebzig. Und sobald ich meinen Kopf zu fest berührte, hielt ich ein Büschel Haare in der Hand. Doch während sie mir auf dem Kopf ausfielen, wuchsen sie an allen anderen Stellen unkontrolliert.

Ich hatte nie viel auf mein Aussehen gegeben, aber mein Spiegelbild jagte mir eine Heidenangst ein.

Nicht so sehr jedoch wie die Gestalt, die sich auf einmal hinter mir zeigte. Sie war – sofern das überhaupt möglich war – noch blasser als ich und trug ein zerrissenes, graues Kleid. Ihre Augenhöhlen waren leer, sie hatte spröde Lippen und eine Narbe, die sich quer über ihr Gesicht zog.

Es war nicht das erste Mal, dass ich sie sah. Je stärker der Hunger wurde, je länger ich nichts aß, desto lebhafter wurden meine Halluzinationen. An guten Tagen verschwand die Geistergestalt, wenn ich mich zu ihr umdrehte. An schlechten begann sie sich mit mir zu unterhalten.

Heute war ein schlechter Tag.

Eiskaltes Grauen machte sich in mir breit, als die Geisterfrau ihre Hand auf meine Schulter legte. »Bald wird sich dein Leben ändern«, flüsterte sie. Ihre Stimme war dünn wie Papier. »Er wird dich wie uns alle in den Abgrund ziehen.«

KAPITEL 3

BROT UND BLUMEN

Der nächtliche Regen hatte Kryndon in ein Schlammfeld verwandelt. Kaida und ich wateten durch den Matsch. Meine Stiefel waren schon jetzt durchnässt. Je weiter wir in den Stadtkern eindrangen, desto leichter wurde es, voranzukommen. Kaidas Schule lag in der Nähe des Marktplatzes, ein hässlicher, grauer Kasten, der zu Kriegszeiten als Spital genutzt worden war und auch jetzt kaum die richtige Ausstattung für eine Schule bot. Ein Großteil der Klassenzimmer hatte noch immer keine Tische, von Stühlen ganz zu schweigen.

Da das Gebäude nach Kriegsende nur provisorisch renoviert worden war, zog es in allen Ecken. Die Fenstergläser hatte man nur teilweise ausgetauscht, viele Scheiben waren zersprungen.

Dennoch war ich dankbar, dass Kaida ihre Vormittage hier verbringen durfte. Dass sie lernen durfte. Das allein war viel wert.

»Viel Spaß«, wünschte ich ihr. Der Rucksack, in dem

sie ihre Schulsachen aufbewahrte, war viel zu groß für ihren Rücken.

»Warte«, fügte ich hinzu, als sie Anstalten machte, auf das Gebäude zuzurennen. »Ich habe noch was für dich.«

Umständlich nestelte ich die Beeren, die ich gestern gesammelt hatte, aus meiner Manteltasche und reichte sie ihr. Kaidas Augen wurden groß.

»Iss sie lieber gleich, sonst nimmt sie dir noch jemand weg.«

Ein tröstendes Gefühl flutete meinen Körper, als meine Schwester sich die Früchte in den Mund stopfte. Sie fiel mir um den Hals, dann gesellte sie sich zu zwei gleichaltrigen Mädchen.

Im Gegensatz zu mir war es Kaida nie schwergefallen, Anschluss zu finden. Wo sie ein einnehmendes Wesen hatte, war ich verschlossen und eigenbrötlerisch. Wo sie sprach, zog ich mich schweigend in mich selbst zurück.

Ich wartete, bis sie im Gebäude verschwunden war, und betete, dass der Mittagsdienst irgendetwas Essbares für sie hatte. Wenn sie eine Mahlzeit in der Schule bekam, stand ich nicht so sehr unter Druck, ein Abendessen zu liefern.

»Mach dir nicht so viele Sorgen. Kaida ist ein zähes Biest. Sie ...«

Noch bevor Rieka zu Ende gesprochen hatte, wirbelte ich zu ihr herum und zog sie an mich heran.

»Ich bin so froh, dich zu sehen«, murmelte ich in ihr braunes Haar, das frisch gewaschen roch. Rieka hatte es sich hochgesteckt.

»Ich hab dir doch gesagt, dass ich komme.«

»Und doch hat es sich angefühlt wie eine Ewigkeit.«

Ich deutete auf die Bank unweit des Schulhofes, auf der

wir nebeneinander Platz nahmen. Rieka stellte den Weidenkorb, den sie in der Hand gehalten hatte, auf den Boden. Er war mit einem Geschirrtuch bedeckt.

»Du siehst gar nicht gut aus«, sagte sie ohne Umschweife.

»Na, wenn das mal keine schöne Art ist, seine beste Freundin zu begrüßen«, witzelte ich. »Ich hab schlecht geschlafen.« *Und einen Geist im Spiegel gesehen.*

»Ja – und so ziemlich seit einer Woche nichts mehr gegessen?« Ihr aufmerksamer Blick nahm nicht nur meinen Körper, sondern auch all das in sich auf, das ich vor den Menschen zu verbergen suchte.

»Ich komm klar«, murmelte ich – und musste kurz die Augen schließen, weil mir schwindlig wurde. Tief durchatmend streckte ich die Schultern durch. »Das Wetter bekommt mir nicht.«

Wortlos kramte Rieka in ihrem Korb. Sekunden später lag eine Scheibe Brot auf meinem Schoß, die mir das Wasser im Mund zusammenlaufen ließ. Ich nahm sie in beide Hände, wohlwissend, dass mir es dann noch schwerer fallen würde, zu widerstehen, befühlte die harte Rinde und das weiche, teigige Innere. Führte das Brot zu meiner Nase, um den leichten Duft nach Mehl in mich aufzunehmen.

Ich. Hatte. Solchen. Hunger.

Schwer schluckend versteckte ich das Brot unter meinem Kleid.

»Was tust du da?« Rieka fasste mich an der Schulter.

»Kaida und Tian brauchen es dringender als ich. Die Schule kann noch immer keine Mahlzeit sicherstellen, und oft kommt Kaida hungrig nach Hause. Wenn sie heute Abend ...«

»Lio, ich habe *dir* das Brot gegeben – und nicht deiner Schwester.«

»Ich brauch es aber nicht. Ich habe schon ...«

Rieka schlug mir mit der flachen Hand gegen den Hinterkopf und zog das Brot unter meinem Unterrock hervor. Mit strengem Blick sah sie mich an. »Ich habe es dir schon hundert Mal gesagt und ich werde es dir wieder sagen: Es bringt niemandem etwas, wenn du verhungerst. Das macht Tian nicht gesund und Kaida nicht satt. Also iss, verdammt noch mal.« Anklagend hielt sie mir das Brot vor das Gesicht – und dieses Mal reichte eine Nuance seines würzigen Geruchs, um mich schwach werden zu lassen. Noch im Kauen ermahnte ich mich, langsam zu essen, es zu genießen, es mir einzuteilen – ein paar Sekunden später waren meine Hände leer. Hungrig blieb ich, auch wenn sich mein Magen nicht mehr ganz so dumpf anfühlte.

»Danke«, flüsterte ich, beschämt über meinen Ausbruch. »Ich weiß, dass ihr selbst nicht viel habt. Wenn ich es euch irgendwann zurückgeben kann ...«

Rieka legte mir den Arm um die Schulter. »Freso und ich teilen gern. Und wo wir schon bei der Sache sind: Ich möchte, dass du heute bei uns zu Abend isst.«

Mein Kopfschütteln kam, bevor ich darüber nachdenken konnte.

»Hör zu.« Rieka rutschte näher an mich heran und griff nach meinen Händen. Ihre waren warm und einladend, so wie ihr ganzes Wesen. »Freso hat gestern Geld von der Staatskasse bekommen – eine weitere Kriegsabfindung. Uns geht es besser als den meisten in der Stadt – und du bist meine älteste und beste Freundin. Lass mich dir helfen.«

Ich wollte stark sein. Ich wollte es wirklich. Aber der Ausdruck in Riekas sanften Augen, in denen so viele Erinnerungen, so viel Heimat, Zuversicht und Sicherheit lagen, ließ mich in Tränen ausbrechen.

Auch das war eine Folge des Hungers: An manchen Tagen ließ er mich emotional abstumpfen, beinahe erkalten – an anderen machte er mich weinerlich und schwach.

»Hast du im Krankenhaus nachgefragt?« Ich wischte mir über die Augen.

Rieka wich meinem Blick aus – und das genügte mir als Antwort. Trotzdem sagte sie: »Es gibt momentan keine freien Stellen. Zumindest keine, die sie bezahlen können. Dabei haben sie erst gestern jemanden entlassen.«

Ich schluckte meine Enttäuschung hinunter. »Wieso das?«

Riekas Blick verdunkelte sich. »Er wurde beim Praktizieren von Magie erwischt. Ein herkömmliches Medikament hat nicht geholfen, weswegen er auf seine Kräfte zurückgegriffen hat.«

»Was ist mit ihm passiert?«

Meine beste Freundin zuckte mit den Schultern. »Ich habe nur gesehen, wie sie ihn mitgenommen haben. Danach ...«

Sie beendete den Satz nicht, weil wir beide genau wussten, was mit ihm passiert war. Die Wahrscheinlichkeit, dass er noch lebte, war gering. Unser menschlicher König kannte kein Erbarmen. Manchmal ließ er sogar Magiebegabte auf dem Marktplatz hinrichten, um ein Exempel zu statuieren. Einmal mehr war ich dankbar für meine Menschlichkeit.

»Ich bin mir sicher, dass wir Arbeit für dich finden«, fuhr Rieka fort.

»Es gibt keinen Ort, an dem ich nicht nachgefragt hätte. Niemand hat Geld – die meisten Geschäfte stehen leer. Schon vor dem Krieg war es für eine Frau schwer, eine Anstellung zu finden. Jetzt kommt es mir unmöglich vor.«

Mit einem lachenden und einem weinenden Auge dachte ich an die Nachmittage zurück, die ich bei Mr Hughes im Blumenladen gearbeitet hatte. An die Sträuße, die ich gebunden und er mit Magie verfeinert hatte.

Jetzt lag der Blumenladen, wie so vieles andere in Kryndon, in Trümmern. Eine Bombe hatte Mr Hughes getötet, niemand besaß mehr Geld für Blumen und Mrs Hughes war dem Hunger zum Opfer gefallen.

Das war über drei Jahre her, und doch wurde mein Herz jedes Mal aufs Neue schwer, wenn ich an dem zerfallenen Gebäude vorbeiging und vor Erinnerungen floh.

»Hast du mal an Kaidas Schule gefragt? Vielleicht kannst du im Unterricht aushelfen.«

»Ich kann nicht mal einen Brief schreiben, ohne dass Kaida über meine Fehler lacht. Außerdem stellen sie gerade niemanden ein. Sie haben die Klassen vergrößert, damit sie weniger Lehrer brauchen. Kaida lernt jetzt mit sechzig anderen Schülern.«

»Ich fass es nicht, dass das unser Leben ist«, flüsterte Rieka.

»Manchmal wache ich morgens auf und stelle mir eine Welt vor, in der wir in Frieden leben können. Menschen, Magiebegabte und Zauberer. In der der Krieg nicht so viel Elend gebracht hat.« Ich sammelte die Krümel auf dem Unterrock zusammen und steckte sie mir in den Mund.

»Und doch sind wir hier.«

Ich richtete den Blick auf das graue Gebäude, das eher an eine Nervenheilanstalt als an eine Schule erinnerte. Ein Teil von mir war dankbar, dass Kaida überhaupt die Möglichkeit zum Lernen hatte. Der andere wünschte sich so viel mehr für sie.

»Wie geht's deinem Vater?« Rieka faltete das Tuch und legte es zurück in ihren Korb. Obwohl sie nicht wohlhabend war, wirkte sie stets adrett und zurechtgemacht. Die Mühe, die sie sich mit ihrer Frisur gab, konnte ich nicht mal für mein gesamtes Erscheinungsbild aufbringen.

»Wie soll's ihm schon gehen? Er ist kaum ansprechbar, säuft den ganzen Tag und schert sich einen feuchten Dreck um uns.«

»Es muss schwierig sein, die nötige Geduld aufzubringen.«

»Ich bin nicht mehr geduldig.« Mein Blick versteinerte. Um uns herum war nicht mehr als verbrannte Erde. Boden, auf dem schon lange nichts mehr wuchs. »Er hat kein Interesse an uns. Würde er sich auch nur ein bisschen um Kaida und Tian scheren, hätte er nicht unser ganzes Geld versoffen.«

»Glaubst du nicht, dass es wieder besser werden kann?«

Ich schnaubte. Rieka war eine unverbesserliche Optimistin. Sooft mich ihre positive Art schon gerettet hatte; heute wollte ich nichts von ihr hören. »Was soll denn besser werden? Mutter ist gestorben – und das wird er nie verkraften. Die Erinnerungen an den Krieg halten ihn wach – oder wecken ihn, wenn er gerade eingeschlafen ist. Manchmal schreit er stundenlang.« Die Erinnerung an Vaters letzten Rückfall jagte mir einen eiskalten Schauder den Rücken hinab. »Ich habe eingesehen, dass ich ihm nicht helfen kann. Vielleicht ist Gott gnädig und erlöst uns von ihm.«

Riekas kreisrunde Augen nahm ich nur am Rande wahr, weil meine Aufmerksamkeit auf etwas anderes gelenkt wurde. Ruckartig stand ich auf, kletterte rückwärts über die Bank und hob mein Kleid an, damit es nicht über den Boden schleifte.

»Warten Sie!« Ich hastete auf den kleinen Mann mit roter Mütze zu, auf der ein Oktagon prangte, das ihn als Briefträger kennzeichnete. Um seine Hüfte hatte er eine Ledertasche gebunden.

Er war im Begriff, zwei Umschläge in einen Briefschlitz zu schieben, als er sich zu mir umdrehte.

»Ist ein Brief für mich gekommen?«, fragte ich atemlos. »Liora Waygold.«

Der Mann schob sich die Brille zurück auf die Nase, dann öffnete er die Tasche. Unruhig verlagerte ich mein Gewicht von der einen auf die andere Seite. Rieka stellte sich neben mich.

»Tut mir leid, da ist nichts«, murmelte er. »Ah, Moment, hier ...«

Mein Herz schlug doppelt so schnell, als er mir einen zerknitterten Umschlag entgegenstreckte, um den mehrere Bänder geschlungen waren.

»Alev. Endlich.« Hektisch löste ich die Knoten der Bänder, ließ sie achtlos zu Boden fallen und öffnete das Kuvert. Es wog schwerer als seine früheren Nachrichten, und die Hoffnung in mir wuchs.

Dennoch zwang ich mich, zuerst das Papier aus dem Umschlag zu ziehen.

»*Liebste Liora*«, las ich mit halblauter Stimme. »*Liebe*

Kaida, lieber Tian, lieber Vater. Ich vermisse euch schrecklich. Jeder Monat, den ich in Alder verbringe, ist einer, der die Sehnsucht in mir unerträglicher macht.«

Ich schluckte.

»Die Arbeit in Alder gefällt mir gut. Johin hat mich in alle Bereiche eingelernt. Jeden Tag stelle ich Nägel, Werkzeuge und Ketten her. Gestern hat mich eine wohlhabende Frau besucht, der ich ein besonderes Hufeisen anfertigen durfte. Sie hat mir ein großes Stück Kuchen gegeben und ein Armband geschenkt, das an euch geht. Ich weiß, dass Schmuck nicht mehr viel Geld einbringt, aber vielleicht gelingt es dir ja trotzdem, das Armband gegen Essen einzutauschen.

Ich hätte euch gern mehr Geld geschickt, aber es reicht nur für ein paar Rupane. Aufgrund der angespannten wirtschaftlichen Lage war Johin gezwungen, meinen Lohn anzupassen. Für die dreißig Prozent, die er mir weniger zahlen kann, darf ich bei ihm im Gästezimmer schlafen. Das ist in Ordnung für mich, bedeutet aber auch, dass ich noch weniger Geld für euch zur Seite legen kann.

Es tut mir unendlich leid. Ich weiß, in welch großer Not ihr euch befindet. Jeden Abend liege ich wach und denke an euch. Ich hoffe so sehr, dass wir uns bald wiedersehen werden.

Dein Alev.«

Mit einer Mischung aus Enttäuschung und Rührung klappte ich den Brief zusammen. Dann warf ich einen Blick in den Umschlag und fand das Armband, von dem mein Bruder gesprochen hatte. Es bestand aus mehreren, silbernen Gliedern, in die filigrane Blumen eingraviert waren. Unter anderen Umständen, in einer anderen Zeit hätte ich es gern getragen. Doch zu meinem Flickenkleid würde es lächerlich aussehen.

Und so schön es auch war – es war nahezu nutzlos. Trug ich es, lief ich Gefahr, dass es mir gestohlen wurde, doch wenn ich versuchte, es zu Geld zu machen, würde es mir niemand abkaufen. Die Zeiten, in denen Menschen sich für die schönen Dinge interessierten, waren vorbei.

»Ich könnte es mit ins Krankenhaus nehmen«, bot Rieka an. Auf ihre Stirn hatte sich eine Falte geschlichen. »Gestern Nacht wurde eine wohlhabende Frau eingeliefert, die sich das Bein gebrochen hat. Vielleicht kauft sie es mir ab.«

Dankbar reichte ich ihr das Schmuckstück. Selbst wenn wir nur ein paar Rupane dafür bekamen, war es besser als nichts.

Ich steckte meine Hand in den Umschlag, in der Hoffnung, das Geld zu finden, von dem Alev gesprochen hatte. Mit den Fingerspitzen ertastete ich drei einzelne Münzen – drei Rupane – die ausreichten, um zwei Köpfe Kohl zu kaufen. Wenn der Verkäufer mit sich verhandeln ließ.

Verdammt. Ich biss mir auf die Lippe, ehe ich die Münzen in meiner Kleidtasche verstaute, wo sie sich zu dem kümmerlichen Rest Geld gesellten, das mein Vater nicht ausgegeben hatte.

»Ich kann es bestimmt verkaufen«, sagte Rieka, um mich aufzumuntern.

Schweigend setzte ich mich in Bewegung. Ich hatte die Hoffnung gehabt, mit Alevs Geld einkaufen gehen zu können. Jetzt musste ich sehen, was sich von den Münzen überhaupt bekommen ließ.

Riekas Mund öffnete sich, aber ich schüttelte den Kopf.

»Es ändert ja doch nichts. Lass uns das Beste draus machen.«

Das Beste draus machen.

Das tat ich, seit der Krieg ausgebrochen war. Seit Vater in die Schlacht geschickt worden war und seinen Fuß verloren hatte. Seit ich meinen ersten Toten gesehen hatte. Seit ich wusste, wie sich Hunger anfühlte und wie viel schlimmer es sich anfühlte, seine Geschwister hungrig zu sehen. Seit ich immer erfinderischer wurde, aus dem wenigen Essen, das wir hatten, Gerichte zu kochen. Seit Alev in einer anderen Stadt arbeitete, um zumindest etwas Geld zu verdienen und ich ihn unendlich vermisste. Seit meine Mutter im Kindbett gestorben war, ohne dass Vater sich von ihr verabschieden konnte. Seit die Zauberei aus unserem Leben verbannt worden war und Magiebegabte ihre Kräfte nicht mehr einsetzen durften.

Rieka und ich bogen in die Haupteinkaufsstraße ein, in der die meisten Läden überlebt hatten oder restauriert worden waren. Die Ressourcenlage war angespannt, doch mit dem nötigen Geld konnte man sich alles kaufen, was man brauchte.

Seufzend nahm ich die Schlangen aus Menschen und Magiebegabten zur Kenntnis, die sich vor den Häusern tummelten. Aus Erfahrung wusste ich, dass die meisten kein Geld bei sich trugen und nur zum Betteln hier waren. Was es zu einer Gefahr machte, das Geschäft mit Lebensmitteln zu verlassen.

Rieka straffe die Schultern, dann schoben wir uns an gaffenden, hungernden Personen vorbei und betraten den ersten Laden, ein Backsteingebäude mit schiefem Schornstein, das einst ein Café gewesen war und jetzt Grundnahrungsmittel verkaufte.

»Wir können die Sachen in meinen Korb legen«, bot Rieka an.

Drinnen roch es abgestanden. Ein griesgrämig dreinschauender Mann stand hinter dem Tresen und musterte uns lauernd. Jeder Kunde wurde genau beobachtet, denn die Wahrscheinlichkeit, dass er etwas mitgehen ließ, war hoch.

Leere Regale waren direkt nach dem Krieg unsere Lebensrealität gewesen. Jetzt, zwei Jahre später, füllte sich das Sortiment langsam wieder, auch wenn es immer noch Engpässe gab.

»Vier Rupane für zwei Äpfel«, murmelte Rieka vor sich hin. »Ich bin mir sicher, dass es vor einer Woche drei waren.«

»Und die Äpfel sehen aus, als wären sie schon vor einem halben Jahr vom Baum gefallen.«

»Dafür sind die Kartoffeln besser.« Beherzt griff Rieka in eine Kiste, in der sich die braunen Knollen stapelten. Auch hier war der Preis gestiegen, allerdings nur minimal, sodass selbst ich drei mitnehmen konnte. In Gedanken rechnete ich und entschied mich noch für zwei Möhren, ein bisschen Lauch und Wurzelgemüse, das zwar nach nichts schmeckte, aber günstig war und den Magen füllte.

Rieka verstaute drei Pfirsiche im Korb, ehe wir uns einem Regalbrett zuwandten, auf dem Backzutaten aufgebaut waren.

»Ich hatte so lange keinen Kuchen mehr.« Rieka seufzte.

»Ich auch nicht.« Ich griff nach einer Packung Mehl, die oben aufgerissen war und deswegen weniger kostete. »Vor ungefähr einem Jahr hat Hanja Kaida und mich zum Kaffeetrinken eingeladen. Es gab Kuchen mit Kirschen – ich kann ihn heute noch schmecken.« Meine Schwester hatte an dem Nachmittag so viel gegessen, dass sie sich die ganze Nacht übergeben musste.

»Wir haben Zitronentee getrunken«, erinnerte ich mich. »Aus riesigen Tassen.«

»Wie geht es Hanja ohne ihren Mann?« Rieka entschied sich ebenfalls für eine Packung Mehl und nahm sogar etwas Zucker mit.

»Er war alt – sein Tod kam nicht unerwartet. Aber ich glaube, dass es sie mehr trifft, als sie zugibt.«

»Hast du sie noch mal besucht?«

Ich schüttelte den Kopf. »Kaida sieht sie ab und zu.« Und auch ich würde die siebzigjährige Frau gern öfter besuchen, weil ich wusste, dass sie Geld hatte – selbst wenn das Erbe ihres Mannes nicht so großzügig ausgefallen war wie erwartet. Ihr Haus war voller schöner Dinge, ihre Räume trotz des nahenden Winters warm – und sie konnte sich sogar eine Angestellte leisten.

Wir kannten Hanja, seit wir klein waren – sie war eine Freundin meiner Großmutter, und ich wusste, dass sie in uns so viel mehr als eine finanzielle Belastung sah. Dennoch wurde mir vor jedem Treffen unwohl zumute, weil sie unsere Lage kannte.

Es widerstrebte mir zu betteln.

Der Hunger mochte mir meine Eigenständigkeit rauben, meinen Stolz sollte er nicht bekommen. Und aus unerfindlichen Gründen wollte ich es unbedingt allein schaffen.

»Sie hat Kaida ein Buch geschenkt«, erzählte ich Rieka. »Über den Zauberer auf dem Berg. Sie war gestern Abend wie besessen davon.«

»Die Bücher wurden doch alle vernichtet?« Rieka hob die Augenbrauen.

»Offensichtlich nicht alle. Ich muss es heute unbedingt verbrennen, bevor es jemand sieht.«

»Weißt du noch, was du über den Zauberer gesagt hast, als du klein warst?« Rieka kicherte.

»Was habe ich denn gesagt?« Verwirrt sah ich sie an.

»Dass du ihn heiraten und seine Magierbraut werden wirst.« Nun prustete sie los.

Erschrocken sah ich mich um. Wenn die falschen Leute zuhörten, konnte uns das in ernsthafte Schwierigkeiten bringen.

»Das ist doch Blödsinn«, murmelte ich vor mich hin und stellte mich vor das nächste Regal, das mit Haushaltsgegenständen gefüllt war.

»Doch. Du hast in der Schule sogar erzählt, dass ihr eine Beziehung habt. Dass er dich in den Ferien auf seine Burg holt und dir seine unsterbliche Liebe gesteht.«

»Rieka!«, zischte ich. »Hör auf.« Zu der Angst, ertappt zu werden, gesellte sich das Gefühl der Scham.

Doch das Funkeln in Riekas Augen zeigte mir, dass sie so schnell nicht aufhören würde. »Du hast gesagt, dass er dich seine dunkle Prinzessin nennt und du für ihn die schönste Frau auf der ganzen Welt bist. Und dass er dir Reichtum und Juwelen schenkt.«

»Tja, wäre das mal wahr geworden. Dann müsste ich mich jetzt nicht entscheiden, ob ich meine letzten Rupane für Salz ausgebe oder unser Essen eine weitere Woche nach nichts schmeckt.« Kritisch musterte ich das winzige Döschen. »Und davon abgesehen«, ich drehte mich zu Rieka um, »waren das die Fantasien eines Kindes. Ich habe Magie damals für etwas Gutes gehalten. Der Krieg hat mir das Gegenteil bewiesen.«

»Und Kaida?«

»Romantisiert den Zauberer, so wie ich es damals getan habe. Aber sie ist in einem Alter, in dem sich ihre Interessen schnell ändern. Ihre Besessenheit wird nicht lange anhalten.«

Aus einem Impuls heraus entschied ich mich, das Salz mitzunehmen. Ein letztes Regal lag noch vor uns.

»Karamellbonbons«, seufzte Rieka.

»Zuckerstangen«, ergänzte ich.

»Lutscher und Kuchen.« Sie warf einen Blick in ihren Geldbeutel. Meistens entschied sie sich gegen eine Süßigkeit, aber heute griff sie nach einer Packung Himbeerbonbons.

»Sicher?«

»Nein. Aber ich habe es satt, immer zurückstecken zu müssen.« Verheißungsvoll lagen die Bonbons in ihrer Hand. »Fünf Stück. Sie reichen genau aus. Zwei für Freso und mich, zwei für Tian und Kaida und eins für dich.«

Der Protest lauerte schon auf meinen Lippen, aber ich schluckte ihn herunter. Denn auch ich hatte es satt, immer Nein zu sagen.

Als Rieka ihren Einkauf bezahlt hatte, lag ein glückliches Lächeln auf ihren Lippen.

»Das macht fünfzehn Rupane«, blaffte mir der Verkäufer entgegen, nachdem er meine Artikel gezählt hatte. Auf seiner Stirn prangten Schweißtropfen, sein Haupthaar wurde langsam licht.

Mit zitternden Fingern griff ich in meinen Lederbeutel. Fünfzehn Rupane. Das war alles, was ich hatte. Mein ganzer Besitz – bis auf das Armband, das Rieka hoffentlich gewinnbringend verkaufen konnte.

Grummelnd riss mir der Mann hinter dem Tresen die roten Münzen aus der Hand, zählte sie zweimal nach, ehe er sie klirrend in der Kasse verstaute. Er verabschiedete sich nicht einmal von uns, sondern wandte sich dem nächsten Kunden zu.

Rieka zog mich am Ärmel aus dem Geschäft. Während sie den Einkauf vor neugierigen Blicken abschirmte, bahnte ich uns einen Weg durch die lauernde Masse. Mehrere Hände griffen nach dem Korb.

Erst als wir die Einkaufsstraße hinter uns gelassen hatten, wagte ich es, Luft zu holen. Wir setzten uns an den Rand eines halb zerstörten Brunnens.

Rieka stellte den Korb zwischen uns ab und stopfte zwei Strähnen, die sich gelöst hatten, zurück in ihre Frisur. Dann reichte sie mir einen Pfirsich. »Iss das.«

Weil es ohnehin sinnlos war, mit ihr zu diskutieren, nahm ich die Frucht in beide Hände und befühlte ihre raue Oberfläche. Als ich die Zähne im Fleisch vergrub und der süße Saft meine Mundwinkel hinablief, fühlte ich mich wie im Himmel. Dabei waren diese Pfirsiche allenfalls Durchschnitt, voller brauner Dellen und nicht im Geringsten mit denen zu vergleichen, die es vor dem Krieg gegeben hatte.

Gierig schlang ich die Frucht herunter.

»So ein Kleid hätte ich mir für meine Hochzeit gewünscht.«

Rieka deutete mit dem Zeigefinger auf das Schaufenster einer Schneiderei, in dem ein pompöses Gewand ausgestellt war. Es hatte einen cremefarbenen Ton, eine mit Blumen verzierte Corsage und der Unterrock bauschte sich in mehreren Schichten.

»Du brauchst so einen Quatsch nicht, um schön zu sein.«

Rieka lächelte. »Und dennoch gefällt mir so ein Quatsch ziemlich gut. Erinnerst du dich noch an mein Kleid? Ich habe es selbst genäht – und für die Umstände und die Zeit war es wirklich hübsch.«

»Ich erinnere mich genau. Auch an die Hochzeit.«

Rieka lehnte sich nach vorn. »Früher hätte ich mir nie vorstellen können, in Kriegszeiten zu heiraten. Aber die Jahre waren so dunkel, dass wir alle ein bisschen Licht brauchten.«

»Es war ein wundervoller Tag.« Sehnsüchtig betrachtete ich das Brautkleid.

»Heute vor vier Jahren haben Freso und ich uns kennengelernt.«

»Wirklich?«

Sie war so aufgeregt gewesen, als sie mir das erste Mal von ihm erzählt hatte. Ihre Wangen hochrot. Die Stimme nervös.

Freso hatte im Krieg als Soldat gekämpft und war in der Schlacht um Midayn verwundet worden. Sein Bein schien irreparabel zerstört, doch mit Fingerspitzengefühl und Geduld war es den Ärzten gelungen, es zu retten.

»Vielleicht kannst du die Hochzeit eines Tages nachholen. Im großen Kreis. Mit einer richtigen Torte, gutem Essen, allen deinen Freunden und in diesem Kleid.«

»Seit wann bist du so optimistisch, Lio?«

Ich seufzte. »Seit ich müde geworden bin, immer nur verzweifelt zu sein.«

»Oh, da fällt mir etwas ein.« Rieka öffnete die Knöpfe ihres Mantels und griff hinein. »Ich hab vergessen, dir was zu geben.« Sie zog ein Fläschchen aus der Tasche, legte es mir in die Hand und schloss meine Finger darum.

»Was ist das?« Meine Stirn legte sich in Falten.

»Medizin. Für Tian.«

»Wirklich?«

Sie hob den Zeigefinger. »Ich komme in Teufels Küche, wenn das rauskommt. Das Krankenhaus hat nicht mal annähernd genug Medizin, um alle Patienten zu versorgen. Wenn sie erfahren, dass ich etwas gestohlen habe ...«

»Werden sie nicht«, unterbrach ich sie. »Ich bin dir ja so, so dankbar!«

»Ich kann dir nicht versprechen, dass es wirkt. Tian ist jetzt schon so lange krank, aber es sollte zumindest sein Fieber senken.«

Ich öffnete meine Faust. Auf dem Schild, das um den Flaschenhals geklebt war, standen medizinische Fachbegriffe, die ich nicht verstand. Es war so viel einfacher gewesen, als Magiebegabte noch ihre Kräfte für Heilung einsetzen durften. Die menschliche Medizin war nicht annähernd so weit.

»Gib ihm drei Tropfen morgens, mittags und abends. Eine Woche lang. Wenn sich dann noch nichts getan hat, schaue ich nach ihm.«

»Danke«, sagte ich bloß, weil meine Kehle wie zugeschnürt war. Riekas Geschenk weckte ein Gefühl in mir, das ich schon beinahe begraben hatte: Hoffnung.

KAPITEL 4

FIEBER UND FURCHT

Schweißgebadet schreckte ich aus dem Schlaf hoch. Eine Gänsehaut hatte sich auf meinen Unterarmen ausgebreitet. Mein Herzschlag ging unregelmäßig und schnell.

Im ersten Moment wusste ich nicht, was mich geweckt hatte – bis ein Schrei erklang.

Ein Wimmern, gefolgt von meinem Namen. »Lio! Lio, komm schnell!«

In Windeseile verließ ich mein Bett, schlüpfte in die löchrigen Hausschuhe, die mal Vater gehört hatten, und hastete die Treppe herunter. Kaidas erschrockene Schreie hallten in meinen Ohren wider, auch wenn ich sie gar nicht mehr hörte.

Im Dunkeln fand ich die Tür zum Schlafzimmer erst beim zweiten Anlauf. Unsanft stieß ich mit Kaida zusammen. Im diffusen Licht der Kerze sah ich, dass sie geweint hatte.

»Tian!«, schluchzte sie. »Er ... er ...«

Bitte nicht.

Bitte, bitte nicht.

Mein Körper erstarrte. Jegliches Leben wich aus mir.

»Lio, tu doch was!« Kaida schlang ihre Ärmchen um meinen Bauch und schluchzte hemmungslos. Erst dann schaffte ich es, den Blick auf das Bett zu richten, in dem mein Bruder lag.

Der Tod war nichts, vor dem ich mich fürchtete, dafür hatte ich schon zu häufig mit ihm Bekanntschaft gemacht. Was ich aber fürchtete war, einen weiteren Teil meiner Familie zu verlieren, nachdem sie in den letzten Jahren schon so geschrumpft war.

Ich durfte nicht zusammenbrechen. Ich musste stark sein. Für Kaida.

Deswegen stieß ich sie sanft von mir und lief zu Tians Bett. Als ich sah, dass er noch lebte, fiel ein Stein in der Größe eines Felsens von meinem Herzen.

»Was hat er?«, schrie Kaida ängstlich. Sie versteckte sich hinter mir, Klammerte sich an meinen rechten Arm.

Tians Augen waren weit aufgerissen und so verdreht, dass man nur noch das Weiße sehen konnte. Sein Körper bäumte sich in Krämpfen auf, die Arme hatte er um die Bettdecke gekrallt. Schaum lief aus seinem Mund.

»Kaida«, wandte ich mich an meine Schwester. »Hol Vater. Du musst ihn wach bekommen. Wir brauchen ihn.«

Mit tapsenden Schritten entfernte sie sich. Ich sank vor Tian auf die Knie und legte meine Hand auf seine Stirn, die wie Feuer brannte. Seit einigen Tagen nahm er die Medizin, die Rieka mir gegeben hatte, und heute hatte ich zum ersten Mal gedacht, dass es besser wurde.

Das Gesicht meines Bruders war aschfahl. Gespenstische Laute verließen seinen Mund.

»Tian«, flüsterte ich und griff nach seiner Hand. Löste sie von der Decke und führte sie an mein Herz, damit er die Wärme spüren konnte. »Tian, bleib bei uns.« Ich beugte mich über ihn, war mir aber nicht sicher, ob seine weißen Pupillen mich wahrnahmen.

»Was auch immer du siehst ... es wird vorübergehen. Es wird besser werden.« Ich wusste nicht, wen ich damit beruhigen wollte – ihn oder mich, aber ich wiederholte das Mantra, bis ich selbst daran glaubte.

Tian zitterte am ganzen Körper. Ich betete, dass es nur ein Fieberkrampf war.

»Er kommt nicht, Lio!« Verweint stolperte Kaida ins Zimmer. »Er will nicht kommen.«

Ich biss mir auf die Lippe, um all die unschönen Flüche, die in mir brodelten, herunterzuschlucken.

»Er hat gesagt, dass er mich schlägt, wenn ich nicht verschwinde.«

Fassungslos sah ich Kaida an, dann ließ ich Tians Hand los. »Leg dich zu deinem Bruder. Ihm ist sehr kalt, aber er wird wieder. Ich geh zu Vater.«

»Pass auf dich auf«, rief Kaida mir hinterher, doch die Zeit, in der ich den alten Mann gefürchtet hatte, gehörte der Vergangenheit an.

Je näher ich seinem Zimmer kam, desto größer wurde meine Wut. Wie ein nie enden wollendes Feuer wütete sie in mir – und in diesem Moment genoss ich es beinahe. Im Rausch stieß ich die Tür auf, sah die gekrümmte Gestalt meines Vaters auf dem Boden liegen. Den Mund halb geöffnet, das fette Gesicht aufgedunsen, splitterfasernackt.

Der Gestank raubte mir fast den Verstand. Ich musste die Hand vor die Nase halten, um klar denken zu können.

»Dein Sohn stirbt! Tian stirbt! Du musst Hilfe holen! Er muss ins Krankenhaus!« Meine Stimme hallte schrill in meinen Ohren wider, und ich hasste ihn dafür, dass er nicht mal den Kopf hob. Dass er sich nur auf dem Boden zusammenrollte und die Augen schloss.

Ich kniete mich vor ihn. Eine Welle aus Alkohol und Schweiß schlug mir entgegen. Dennoch brüllte ich ihm direkt ins Ohr. »Wir brauchen deine Hilfe. Tian ist schwer krank. Du musst aufstehen.«

Mit leiser Genugtuung nahm ich wahr, wie er sich die Hand vor die Ohren presste und jaulte. Vorwurfsvoll sah er mich an, dann wurde sein Blick weich.

»Lucia?«, flüsterte er und streckte seine Wurstfinger nach mir aus. Ich schauderte, als sie auf meiner Wange landeten. »Du bist so wunderschön, Lucia.«

In meiner Kehle wurde es eng. »Mutter ist tot. Ich bin Liora. Und ich brauche deine Hilfe.«

»Wo warst du so lange?« Seine Finger wanderten durch mein Haar. Wütend rutschte ich aus seiner Reichweite.

»Moran«, nannte ich ihn beim Vornamen, in der Hoffnung, dass er darauf reagieren würde. Doch er schloss nur wieder die Augen und rollte sich auf den Rücken. In diesem Moment war die Wut auf ihn so groß, dass sie mich beinahe überwältigte. Wie ferngesteuert stand ich auf und griff nach der steinernen Vase neben der Tür, in die wir früher frische Blumen gestellt hatten.

Wenn ich sie fest genug auf seinen Kopf …

»Lio! Lio, komm schnell!«

Vielleicht rettete Kaida ihn dadurch. Ich warf meinem Vater einen letzten, verächtlichen Blick zu, ehe ich das Zimmer verließ.

Meine Schwester kam mir entgegen, zog ungeduldig an meinem Nachtkleid. Ihre schweißnasse Hand griff nach meiner.

»Tian«, hauchte ich atemlos. Er hatte die Augen geöffnet und war wach. Hektisch rannte ich auf ihn zu, legte ihm die Hand auf die Stirn und half ihm, sich aufzurichten. Sein Kopf glühte nach wie vor, aber zumindest schien er ansprechbar.

»So ... kalt«, stammelte er. Ich drückte ihn gegen die Wand, doch sobald ich losließ, sackte sein Körper in sich zusammen.

»Mir ist so kalt ...«

Kurzerhand krabbelte ich zu ihm ins Bett.

»Kannst du ihm einen Tee kochen?«, fragte ich Kaida, die eilig in die Küche verschwand.

Tian bettete seinen Kopf auf meinen Schoß, auf dem ich ihm das feuchte, schwarze Haar aus dem Gesicht strich. In seinen sieben Jahren hatte mein Bruder nur Krieg und Elend erlebt. Ich hoffte so sehr, dass er, wenn die Zeiten sich besserten und die Wirtschaft in Schwung kam, noch da war.

Er wimmerte leise in meinen Armen. In den letzten Wochen hatte Rieka ihn mehrmals untersucht, ohne eine Ursache feststellen zu können. Dafür bräuchte es einen Spezialisten, der mehr kostete, als unser Haus wert war.

»Pssscht.« Ich wiegte Tian in meinen Armen. »Schlaf ein bisschen. Es ist mitten in der Nacht.«

»So ... kalt.« Die Krankheit hatte seine Stimme verschluckt. Übrig geblieben war nur ein schwacher Widerhall.

Ich zog die Decke bis zu seinen Schultern und steckte

sie um seinen Körper herum fest. Hauchte ihm einen Kuss auf die Stirn. »Hast du Schmerzen?«

Sein Blick wurde schon wieder abwesend. Sanft schüttelte ich ihn an der Schulter. »Tut dir etwas weh?«

Er reagierte nicht auf mich. Stattdessen streckte er die linke Hand aus und deutete auf einen Punkt im Zimmer. Seine spröden Lippen legten sich in ein schwaches Lächeln.

»Was ist da? Was siehst du, Tian?«

Mit Nachdruck deutete er auf die Stelle. Kaida stürmte mit dem Tee in der Hand ins Zimmer.

»Maylea«, flüsterte er so leise, dass ich erst glaubte, mich verhört zu haben. Dass ich *hoffte*, mich verhört zu haben. Bis Tian ihren Namen ein zweites Mal aussprach.

Ein seltsames Funkeln trat in seine Augen. Wie gebannt starrte er unaufhörlich auf denselben Punkt.

Mit der Erkenntnis kam die Panik. »Nein«, stammelte ich. »Nein, bitte, bitte nicht.« Ruckartig stand ich auf, riss Kaida die zersprungene Teetasse aus der Hand und träufelte etwas von dem Mittel, das Rieka mir gegeben hatte, hinein.

»Hilf ihm, oh bitte, bitte hilf ihm«, flehte ich. Bildete mir ein, Mutter zu spüren, auch wenn sie seit ihrem Tod nur noch ein schwarzer, tauber Fleck in meinem Herzen war. »Bitte hilf ihm!«

Energisch drückte ich Tians ausgestreckten Arm nach unten.

»Hilf mir, Kaida!« Gemeinsam richteten wir meinen Bruder auf. Ich hielt ihn fest, damit er nicht in sich zusammensackte, während meine Schwester die Teetasse an seine Lippen setzte. Tians Augen klappten zu, er war irgendwo gefangen zwischen Bewusstsein und Ohnmacht.

»Halt ihn!« Ich nahm Kaida erneut die Tasse aus der Hand und streckte meinen Finger zwischen Tians Lippen, sodass er den Mund öffnete und ich ihm den Tee einflößen konnte.

Angespannt betrachtete ich seinen Adamsapfel – und atmete erleichtert aus, als er schluckte.

»Sehr gut. Weiter so.« Nach und nach trank er die ganze Tasse leer, und auch wenn ich wusste, dass das Mittel allenfalls seine Symptome überdeckte, fühlte es sich wie ein kleiner Sieg an.

Klirrend stellte ich die Tasse auf dem Nachttisch ab und deckte Tian, der in meinen Armen eingeschlafen war, erneut zu.

»Bleibst du heute Nacht bei uns, Lio?«

Kaida stand der Schreck ins Gesicht geschrieben. Es wäre nicht die erste Nacht, die wir drei eng aneinandergekuschelt im Bett verbrachten. Ich streckte den Arm nach ihr aus, woraufhin sie auf die Matratze kletterte.

Kaida schlang ihre Arme um meinen Bauch. Ich legte mich zwischen die zwei.

»Ich hab Angst.« Kaidas Finger krallten sich um die Bettdecke. »Erzählst du mir eine Geschichte?«

Gedankenverloren strich ich durch ihre roten Locken. Allein die Vorstellung, mir etwas auszudenken, kam einem Kraftakt gleich.

Aber es war ihr Blick. Die Art, wie sie mich ansah. Diese Mischung aus Angst und Hoffnung. Gott, ich liebte sie mehr als mich selbst. Und deswegen erfand ich eine Welt für sie, in der all dieser Schrecken keine Rolle mehr spielte.

Sie war längst eingeschlafen, als es an der Tür klingelte. Kaltes Grauen kroch meine Arme hoch – eine Nachricht zu dieser Uhrzeit konnte nichts Gutes bedeuten. Am liebsten wäre ich im warmen Bett geblieben, schließlich kletterte ich aber doch von der Matratze und lief auf leisen Sohlen in den Flur.

Als ich die Tür nach draußen öffnete, schlug mir ein Schwall eiskalter Luft entgegen. Weit und breit war niemand zu sehen. Verwirrt wollte ich zurück ins Haus, als ich einen dünnen, schwarzen Umschlag entdeckte, der auf der untersten Treppenstufe lag.

Während ich das Kuvert mit den Zähnen aufriss, machte sich eine Mischung aus Wut und Neugierde in mir breit. Seit Wochen erhielt ich nun schon diese Briefe ohne Absender. Sie erreichten mich in unregelmäßigen Abständen, und ihr Inhalt, der meistens aus wenigen Sätzen bestand, ergab keinen Sinn.

Ich faltete das Papier auseinander.

Ich denke oft an den Tag am See

KAPITEL 5

SAMT UND WASSER

Hellblauer Stoff, ein beiger Kragen, kombiniert mit einem weißen Unterrock und einer in Falten geschlagenen Schürze: Das war mein bestes Kleid. Wenn man über den Fleck auf Brusthöhe, den eingerissenen Unterrock und die Tatsache, dass ich es schon fünfmal hatte enger nähen müssen, hinwegsah.

Dazu die schwarzen Schuhe, deren Sohle so dünn wie Seidenpapier geworden war und die sich langsam, aber sicher löste.

Vorsichtig entwirrte ich die Knoten meiner Haare mit den Fingern und seufzte, als sich das erste Büschel löste und zu Boden segelte. Irgendwie gelang es mir, die Strähnen am Hinterkopf zu einem Dutt zusammenzubinden.

Das musste genügen.

Ich schlüpfte in meinen Mantel und rannte die Treppe hinunter. Kaida war bereits in der Schule, und da ich Tian derzeit nicht allein lassen konnte, hatte ich Hanja gebeten, auf ihn aufzupassen. Ihr Buch war mittlerweile nicht mehr als ein Haufen Asche, und ich hoffte, dass sie nicht danach fragen würde. Ich war spät dran und deswegen gezwungen, den Weg durch den Stadtkern zu nehmen. Die Kirchturmuhr schlug schon zur achten Stunde.

Es nieselte leicht, was im Gegensatz zu den Wolkenbrüchen der letzten Tage eine Wohltat war. Am Horizont kämpfte sich sogar die Sonne durch das Wolkenmeer.

Kurz verlor ich mich im Anblick der dunklen Burg, die auf dem Berg thronte und der auch bei Sonnenschein etwas Schauriges anhaftete. Mit dem Zauberer, der dort in der Verbannung lebte, hatte ich nie Bekanntschaft gemacht. Auch dann nicht, als er sich noch frei in Arvendom bewegen durfte. Ich wusste nur, dass er einer Spezies angehörte, die sich einen Spaß daraus machte, Menschen gefangen zu halten und zu foltern. So war es auch gewesen, als unser Land noch von einem von ihnen regiert wurde. Mit einem Schaudern dachte ich an den Krieg zurück, an Magie, die uns gegeißelt und uns all unserer Rechte beraubt hatte.

Mein Alltag glich einem ständigen Kampf ums Überleben, aber immerhin war ich frei.

Ich folgte dem Pfad hinunter in Richtung Einkaufsstraße. Von dort aus war es nur ein kurzer Fußmarsch bis zu dem roten Backsteingebäude am Rande der Stadt.

Ich kannte die Frau, die darin lebte, bereits mein Leben lang. Schon als ich ein Kind gewesen war, war sie mir uralt vorgekommen, doch ihr Gesundheitszustand schien sich erst in den letzten Tagen verschlechtert zu haben. Und zwar so rapide, dass sie eine Pflegerin suchte, die sich um sie kümmerte. Freso, Riekas Ehemann, hatte die Annonce gestern in der Zeitung gelesen und an mich weitergegeben. Zusammen mit der Adresse und der Information, dass man sich heute ab halb neun bei der Tochter der alten Frau vorstellen könnte.

Mein Herz schlug schneller, je näher ich dem Gebäude kam. Dies war seit Ewigkeiten meine erste Chance auf eine Arbeitsstelle.

Das Haus, in dem sie lebte, war groß und warm – neben einem Lohn würde sie mir Essen und vielleicht sogar ein Dach über dem Kopf geben, wenn unser Zuhause nicht mehr bewohnbar war.

Kryndon war längst erwacht, unzählige Menschen drängten sich durch die engen Gassen, Männer und Frauen lungerten am Straßenrand, die leeren Hände auffordernd nach vorn gestreckt.

Ich beeilte mich, den Stadtkern hinter mir zu lassen, und hielt verdutzt inne, als ich eine Menschenschlange vor mir entdeckte, die sich meterlang erstreckte. Auf Zehenspitzen versuchte ich zu erkennen, wofür sie anstanden.

Es waren ausschließlich Frauen, erwachsene und ein paar jüngere. Manche sprachen miteinander, der Großteil hatte den Blick stur nach vorn gerichtet.

Ich lief weiter, die Schlange nahm kein Ende, weswegen ich eine Frau bei der Schulter fasste.

»Stell dich gefälligst hinten an!«, zischte sie mir zu. Ihr Haar war aschblond und reichte ihr fast bis zum Rücken. Sie trug ein graues Kleid.

»Wofür stehst du an?«, fragte ich sie, erntete aber nur ein Grummeln.

»Frau Molika sucht eine Pflegerin«, bekam ich stattdessen eine Antwort von jemandem weiter hinten. Ich drehte mich um und blickte in das Gesicht eines jungen Mädchens, das einen Korb in der Hand hielt. »Es war gestern in der Zeitung und heute darf man sich vorstellen.«

»Das heißt ...« Ich deutete auf die Menschen vor und hinter mir. »Dass all diese Leute für die Stelle anstehen?«

Ich kannte die Antwort bereits, doch das Nicken des Mädchens zerstörte auch das letzte bisschen Hoffnung in mir.

In diesem Moment fühlte ich mich nicht nur erbärmlich, sondern kam mir auch unsagbar dumm vor. Warum in drei Teufels Namen hatte ich geglaubt, die einzige Bewerberin zu sein? *Natürlich* versuchte jeder, die Stelle zu bekommen.

»Willst du dein Glück auch versuchen?«, fragte mich das Mädchen abschätzend.

Ein letztes Mal schaute ich mich um. Überschlug im Kopf, wie viele wegen der Zeitungsannonce hier waren und wie lange es dauern würde, bis ich überhaupt an der Reihe wäre. Wahrscheinlich hatte man sich vorher schon für jemand anderen entschieden.

Daher schüttelte ich nur den Kopf und machte mich auf den Weg zum Krankenhaus. Rieka hatte mich gebeten, nach dem Gespräch bei ihr vorbeizuschauen. Genau wie ich war sie optimistisch gewesen.

Das Gefühl, versagt zu haben, breitete sich mit voller Wucht in mir aus. Der letzte Wunsch meiner Mutter war es gewesen, dass ich mich um meine Geschwister kümmerte – und ich schaffte es nicht. Egal, was ich versuchte, alles schien zum Scheitern verurteilt.

»Ich nehm die Blonde mit den dicken Dingern.« Eine tiefe Stimme, in der nicht der Hauch von Freundlichkeit lag, drang an meine Ohren. »Die im roten Kleid. Kann sie kochen? Ist sie noch Jungfrau?«

Wie erstarrt blieb ich stehen, während mein Kopf eins und eins zusammenzählte. Heute war der 15. November, wie hatte ich das vergessen können? Meine Hand ballte sich zur Faust. Ich zwang mich, meinen Weg fortzusetzen, doch meine Neugier – *oder war es Sensationslust* – machte es mir unmöglich.

Unauffällig näherte ich mich der steinernen Bühne, die in der Nähe des Marktplatzes aufgebaut war und auf der etwa zwanzig Frauen nebeneinanderstanden. Sie waren herausgeputzt, hatten ihre Haare umständlich aufgetürmt und Kleider angezogen, die gerade so ihre Scham bedeckten. Die Kleinste von ihnen trug sogar nur einen Rock, was den Blick automatisch auf ihre Brüste lenkte.

Ich erschauderte. Wollte wegsehen, schaffte es aber nicht.

Unglaublich, dass diese menschenverachtende Veranstaltung noch immer stattfand. Unglaublich, dass das Elend der Frauen in Kryndon so groß war, dass sie sich wie ein Stück Vieh auf der Bühne präsentierten, um die niederen Triebe eines Mannes zu befriedigen.

Es waren acht an der Zahl. Sie standen vor der Bühne, die Köpfe nach oben gerichtet, die Mienen kritisch verzogen. Auf den ersten Blick hatten sie nichts gemeinsam: unterschiedliches Alter, verschiedene soziale Schichten, anderes Erscheinungsbild. Doch auf den zweiten Blick wünschten sie sich alle dasselbe: eine Frau mit Haut und Haar zu besitzen.

»Zeig mir mal ihren Arsch!«, schrie ein beleibter Mann mit grauer Mütze. »Ja, von der Dunkelhaarigen da hinten. Ich will was zum Anfassen haben.«

Die Veranstaltung wurde von einem hageren Mann im grauen Anzug geleitet. Der Schraubstock, den er in der Hand hielt, machte mir Angst, weil ich mir vorstellen konnte, wofür er ihn benutzte.

»Nummer 6«, polterte er. »Stell dich nach vorn und zieh dich aus. Hier hat jemand an dir Interesse.«

Ein Mädchen, das nur ein paar Jahre älter war als Kaida, schob sich aus der Menge hervor. Mit geröteten Wangen sah sie auf die Männer herab, ehe sie ihren Unterrock hob, die Hose herunterzog und sich umdrehte.

»Bück dich!«, blaffte der dicke Mann.

Stumm kam sie seinem Befehl nach – und ich hätte ihm am liebsten eine geknallt. Bloß dass das nichts an der Situation hier verändert und mich darüber hinaus in große Schwierigkeiten gebracht hätte.

»Wie alt ist sie?« Der Mann trat hinkend an die Bühne heran.

»Ich bin dreizehn«, sagte das Mädchen, nachdem es sich bedeckt hatte.

»Dreizehn.« Etwas an der Art und Weise, wie der Mann das Wort wiederholte, ließ mich frösteln. »Ich nehm dich.«

Das würde er tun, da war ich mir sicher. Solche Männer machten Frauen nicht den Hof. Sie betrachteten sie als ihr Eigentum, sprachen ihnen sämtliche Recht ab und ließen sie auf widerwärtige Art für sie arbeiten.

»Nummer 6 ist verkauft«, blaffte der Mann mit dem Schraubstock. Das Mädchen sprang von der Bühne, ein nervöses Lächeln auf den Lippen. Vielleicht war sie zu jung, um zu ahnen, was ihr blühte. Grob packte er ihren nackten Arm, schmiss dem Veranstalter ein Säckchen mit Geld entgegen und zerrte das Mädchen hinter sich her.

»Weiter geht's«, verkündete der Mann auf der Bühne, ohne mit der Wimper zu zucken. Sofort brachten sich die Mädchen in Position, reckten sich, zeigten ihre Reize offen und ohne jede Scheu. Mein Blick glitt über die Männer. Ich fand einen unter ihnen, der nicht ganz so widerwärtig aussah. Dessen Augen nicht so gefährlich funkelten, der jünger und weniger brutal wirkte.

»Es ist ein Jammer«, sagte eine Stimme neben mir. Eine alte Frau mit Kopftuch hatte sich zu mir gestellt. »Diese armen, armen Mädchen. Sie sind so verzweifelt, dass sie glauben, ihrem Elend auf diese Weise entfliehen zu können.«

»Stattdessen tauschen sie nur ein Elend gegen ein viel größeres«, entgegnete ich. Diese Männer hatten zwar genug Geld, um den Mädchen ein Dach und eine warme Mahlzeit am Tag zu bieten, aber darüber hinaus gab es nichts, wofür es sich lohnte, einen Handel mit ihnen einzugehen.

»Ich bin froh, nicht mehr jung zu sein. Wenn ich Glück habe, holt mich der Herrgott in ein paar Monaten heim.« Die Frau bekreuzigte sich, während ein Mädchen mit roten Haaren und üppiger Oberweite auf der Bühne tanzte.

Ich wollte Kaida und Tian eine bessere Zukunft bieten, weswegen ich nichts unversucht ließ. Aber ein letzter Funken Stolz in mir hinderte mich daran, mich auf diese Bühne zu stellen und mir das Kleid vom Leib zu reißen.

»Ich kann mir das nicht anschauen.« Das alte Weib schüttelte den Kopf. Mit gebückter Haltung entfernte sie sich. Nein, ich *wollte* es mir auch nicht ansehen. Und dennoch wanderte mein Blick immer wieder zur Bühne, in die

Gesichter der jungen Frauen, deren einziger Wunsch darin bestand, am Leben zu bleiben.

Selten befand sich ein wirklich wohlhabender Mann unter den Bietern. Sie waren allesamt durchschnittlich, hatten gerade genug Geld, um eine zweite Person zu ernähren.

Ich war im Begriff, mich abzuwenden, als ich einen Schatten auf dem Marktplatz entdeckte. Einen Mann, gekleidet in einen grauen, teuer wirkenden Anzug mit Zylinder auf dem Kopf. Sein Gang hatte etwas Federndes, und sah gleichzeitig so linkisch aus, als würde er seine Füße zum ersten Mal benutzen.

Neugierig legte ich den Kopf schief, und beobachtete, wie er sich unauffällig in die Menge einfügte. Dass er nicht hierhingehörte, war offensichtlich.

Wilde Locken lugten unter der Krempe des Zylinders hervor. In der rechten Hand hielt er einen Gehstock, den er aber nicht benutzte.

Aus einem Reflex heraus trat ich wieder näher an das Geschehen heran. Die Frauen auf der Bühne interessierten mich nicht länger, wohl aber der Fremde, der das Spektakel mit einer Mischung aus Neugier und Interesse musterte. Zwischen den grobschlächtigen Kerlen wirkte er wie ein Fremdkörper.

Während der nächste Bieter nach vorn gerufen wurde, trennten mich nur noch wenige Meter von den Anwesenden. Der Unbekannte faszinierte mich, und ich konnte nicht einmal sagen, wieso. Gebannt beobachtete ich, wie er den Zylinder abnahm, aus dem *eine Fontäne Wasser schoss?* Mit einer geschickten Handbewegung fuhr er sich durch die Locken.

Es überraschte mich, dass er von den anderen nicht

wahrgenommen wurde, andererseits waren die so damit beschäftigt, die Frauen anzugaffen, dass sie wahrscheinlich den König höchstselbst nicht erkannt hätten.

Bisher war es mir nicht gelungen, einen Blick auf das Gesicht des Fremden zu erhaschen, dafür war er zu weit weg. Doch jetzt, da ich ihm immer näher kam, erkannte ich, wie filigran seine Züge waren. Wie perfekt die Nase, als wäre sie von einem Bildhauer gefertigt. Doch es war nicht die scheinbare Makellosigkeit, die mich faszinierte, sondern der Ton seiner Haut. Im einfallenden Licht der Sonne schimmerte sie ... *bläulich?*

Über meinen eigenen Gedanken schüttelte ich den Kopf. Das war unmöglich. Meine Sinne spielten mir einen Streich. Ich sollte dringend nach Hause. Das hier war reine Zeitverschwendung.

Ich richtete meinen Hut, im Begriff, mich abzuwenden, als der Fremde sich auf einmal umdrehte. Erst glaubte ich, er würde sich einen anderen Platz suchen, um das Geschehen auf der Bühne besser beobachten zu können, doch stattdessen entfernte er sich von den anderen. Als ich erkannte, dass er sich in meine Richtung bewegte, erstarrte ich zu Eis.

Das ist ein Zufall, mehr nicht.

Doch als sich sein Blick mit meinem verwob, war ich mir da nicht mehr so sicher. Er lächelte nicht, aber sein Gesicht war auch nicht unfreundlich. Eher *regungslos.*

Ehe ich mich's versah, stand er vor mir. Jetzt, wo er mir so nahe war, konnte ich die Farbe seiner Augen erkennen. Obwohl ich nie am Meer gewesen war, spiegelte sich genau das in seinen Augen. *Fluten. Bahnbrechende Wellen.* Nichts daran war sanft.

Und seine Haut schimmerte wirklich blau. War er ein Magiebegabter, der seine Kräfte unterdrückte?

Nervös räusperte ich mich.

»Mein Name ist Dorian.« Er streckte mir seine Hand entgegen, auf die ich perplex starrte. Es dauerte mindestens zwei Sekunden, bis ich mich meiner Manieren besann und nach seinen Fingern griff. Sie waren eiskalt.

»Wer bist du?« Seine Stimme war melodisch und kam mit einem Hauch Dunkelheit daher.

»Liora«, flüsterte ich. »Ich ... muss jetzt nach Hause.«

Er hielt mich nicht auf. Wieso ging ich dann nicht?

»Bist du Teil dieser Veranstaltung?« Er deutete auf die Bühne.

»Ich bin zufällig hier.«

»Ich glaube nicht an Zufälle.« Einen zeitlosen Moment sah er mich an. Auch aus der Nähe war es mir unmöglich, sein Alter zu schätzen.

»Mein Gebieter sucht eine Frau. Deswegen bin ich hier«, sagte er dann. Als ich nichts erwiderte, fügte er hinzu: »Die Mädchen auf der Bühne entsprechen nicht seinem Geschmack.«

»Wieso nicht?«

»Mein Gefühl trügt mich selten.« Er stützte sich auf seinen Gehstock. Sein Anzug war mit goldenen Nähten veredelt und passte wie angegossen. Doch obwohl er so makellos aussah, fiel irgendetwas an ihm aus der Reihe.

»Diese *Veranstaltung* findet jeden Monat statt. Vielleicht könnt Ihr nächsten Monat ...«

»Du trägst keinen Ring an deinem Finger.« Sein Blick wanderte zu meiner Hand. Zum ersten Mal schämte ich mich für den Dreck unter meinen Nägeln.

»Ich bin nicht verheiratet.«

Er nickte. »Möchtest du mit mir kommen?«

»Was?« Perplex sah ich ihn an.

»Ich glaube, mein Gebieter wird Gefallen an dir finden.«
In meiner Kehle breitete sich ein Kloß aus. »Ich ... bin
nicht auf der Suche«, sagte ich schnell. Nicht nur, weil ich
mir geschworen hatte, niemals Teil dieser frauenverach-
tenden Veranstaltung zu werden, sondern weil es sicherlich einen Grund gab, weswegen sein *Gebieter* nicht persönlich hier war. Wahrscheinlich handelte es sich um einen
achtzigjährigen, bettlägerigen Greis, dessen knochige Finger sich ein letztes Mal in warmes Fleisch bohren wollten.

»Das ist schade.« Dorians Stimme war ruhig wie ein See
bei Nacht. »Mein Gebieter ist nicht mit den hier anwesenden Männern zu vergleichen.«

»Warum sucht er dann ausgerechnet hier eine Frau?«

Statt einer Antwort griff Dorian in die Taschen seiner
Jacke. Er holte ein rotes Samtsäckchen hervor, nicht größer
als eine Faust. »Mein Gebieter ist ein wohlhabender Mann.
Wenn du mit mir kommst, wird es dir an nichts fehlen.«

Abwartend streckte er mir das Säckchen entgegen, das
ich nach einem Moment des Zögerns an mich nahm. Dorian sah mich auffordernd an, weswegen ich die roten Bänder löste und hineinblickte.

Ich hatte mit einer Ansammlung von Rupanen gerechnet, aber es waren echte Goldtaler, die im Licht der Sonne
funkelten. Mir klappte die Kinnlade herunter.

»Wie viel ... was ist ...?«

»Dreißig Goldtaler«, erwiderte Dorian ruhig. »Es ist eine
erste Anzahlung. Du wirst mehr bekommen, wenn du mit
mir kommst.«

Das war … lächerlich viel.

Dieser Betrag würde nicht nur mein Leben, sondern auch das meiner Geschwister komplett verändern. Wir könnten nicht nur das Geld für Tians Behandlung aufbringen, sondern ihn auch ins Krankenhaus schicken und von einem Spezialisten untersuchen lassen.

Ich wollte Dorian das Säckchen zurückgeben – ich wollte es *wirklich*, aber ich hatte noch nie so viel Geld gesehen.

»Hast du eine Familie?«, wollte er wissen.

Ich nickte. »Zwei Geschwister«, sagte ich. »Und … meinen Vater.«

»Wenn du meinen Gebieter heiratest, lassen wir ihnen regelmäßig Geld zukommen, sodass es ihnen an nichts mangelt.«

Ich sah ihm direkt in die Augen. Das Meer von eben erinnerte jetzt eher an einen Fluss. Ruhiger, aber nicht weniger intensiv. Seit ich denken konnte, fühlte ich mich von Gewässern angezogen. Vielleicht schaffte ich es deswegen nicht, den Blick abzuwenden.

»Wer ist dein Gebieter?«, fragte ich ihn.

Wo ist der Haken?, wollte ich eigentlich wissen. *Bringst du mich zu einem grausamen Mann, der mich dreimal am Tag schänden wird, nur um sich mächtig zu fühlen? Hat er eine Vorliebe für Folterinstrumente, Streckbänke und offenes Feuer? Warum muss er sich in den Armenvierteln Kryndons eine Frau suchen, wenn er so reich und wohlhabend ist? Wieso taucht er nicht persönlich hier auf?*

»Ich sehe die Skepsis in deinen Augen.«

»Wundert dich das?« Ich griff in den Beutel, nahm einen der Goldtaler heraus – und biss in die Münze, um sie auf Echtheit zu überprüfen.

Zum ersten Mal breitete sich ein Lächeln auf Dorians Lippen aus.

»Mein Gebieter ist kein Betrüger. Er hält jedes seiner Versprechen.«

»Erzähl mir mehr von ihm.«

Dorian ließ den Gehstock von der einen in die andere Hand wandern. »Er mag die Stille. Er hat kein Problem damit, allein zu sein. Dennoch wünscht er sich jemanden an seiner Seite. Hast du weitere Fragen?«

Ja! Tausende!

Trotz meiner Abneigung gegen diese abscheuliche Praxis geriet ich in Versuchung. Denn nie zuvor war so viel Geld im Spiel gewesen. Nie zuvor war es meinem Bruder so schlecht gegangen, nie zuvor war unserer Lage so ernst.

Zum zweiten Mal versuchte ich, Dorian das Geldsäckchen zurückzugeben, aber meine Hand schien wie erstarrt. »Ich dürfte das direkt mitnehmen?«

Er nickte.

Mit diesem Geld könnten wir Tian noch heute Medizin kaufen. Ihm einen Platz im Krankenhaus sichern und die besten Ärzte bezahlen.

Vielleicht lebte er schon morgen nicht mehr.

Könnte ich weitermachen, wenn ich wüsste, dass ich das Leben meines Bruders auf dem Gewissen hatte?

Die dreißig Goldtaler würden nicht nur meiner Familie helfen, sie gaben mir auch eine Möglichkeit, den letzten Wunsch meiner Mutter zu erfüllen. Sie endlich nicht mehr zu enttäuschen.

»Wo ist der Haken?«, musste ich dennoch wissen.

Dorian schien nicht überrascht zu sein. »Mein Gebieter

lebt in der Einöde. Du wirst deine Familie eine Weile verlassen müssen. Er wohnt weiter weg.«

Das hatte ich schon vermutet, andernfalls wäre ein Mann wie Dorian mir in Kryndon längst aufgefallen.

Obwohl er mich nicht zu einer Antwort drängte, fühlte ich mich unter Druck gesetzt.

»Kann ich darüber nachdenken?«

»Leider nicht. Ich brauche deine Antwort sofort.«

War ich im Begriff, den größten Fehler meines Lebens zu begehen?

Ich dachte an Kaida. An ihre großen, hoffnungsvollen Augen. An ihr vom Hunger gepeinigtes Gesicht.

An Tian. Den kranken, schwachen Tian, der uns jede Sekunde genommen werden könnte.

Und auf einmal war meine Entscheidung ganz leicht. Ich schloss meine Hand um das Samtsäckchen. »Ich werde mitkommen.«

Dorian nickte zufrieden. Sonderlich überrascht sah er nicht aus, andererseits gab es wahrscheinlich in ganz Kryndon nicht eine einzige unverheiratete Frau, die sein Angebot ausgeschlagen hätte.

Ich verstaute die Goldtaler in meiner Manteltasche. Auf dem Heimweg würde ich höllisch aufpassen müssen, dass mich niemand überfiel.

»Ich hole dich morgen vor Sonnenaufgang ab.«

»Morgen schon? Das ... das geht nicht.«

Bedauernd schüttelte Dorian den Kopf. »Es liegt ein langer Weg vor uns. Wir dürfen keine Zeit verlieren.«

Wieso? Weil sein Gebieter vielleicht doch ein Greis war, der im Sterben lag und vor seinem Ableben noch einmal junge Haut berühren wollte?

»Ich ... muss mich noch von meiner Familie verabschieden und ein paar Sachen zusammenpacken.«

»Dazu ist heute genug Zeit. Du musst nichts mitnehmen. Wir haben alles, was du brauchst.«

Damit ersparte er mir immerhin die Blamage, dass es auch gar nichts *gab*, was ich hätte mitnehmen können. Bis auf ein paar schmutzige, übel riechende Kleider.

Und da wusste ich auf einmal, was an Dorian nicht ins Bild passte: Seine Optik war makellos, sein Kleidungsstil exquisit – aber er verströmte einen unangenehmen, beinahe fischigen Geruch. Verwirrt runzelte ich die Stirn.

»Ich brauche noch deine Unterschrift.«

Er streckte mir einen schmalen Streifen Pergamentpapier entgegen, auf dem nicht ein einziges Wort stand. In der anderen Hand hielt er einen Federkiel.

»Was unterschreibe ich da?«

»Nur, dass du das Geld empfangen hast und dich verpflichtest, morgen mit mir zu kommen, um die Ehe mit meinem Gebieter einzugehen.«

Blieb mir etwas anderes übrig?

Die Feder kratzte über das Pergament, als ich mit ungelenken Buchstaben meinen Namen daraufkritzelte.

Zufrieden rollte Dorian es zusammen und verstaute es in seiner Manteltasche. »Das wäre dann alles.«

»Vielleicht sollte ich dir noch sagen, wo ich wohne.«

Er winkte ab. »Das weiß ich, Liora. Bleib heute nicht so lange auf, beim ersten Sonnenstrahl stehe ich vor eurem Haus.«

Die Gänsehaut auf meinen Unterarmen verstärkte sich. Ich schaute auf den Boden, um meine Gefühle zu verbergen. »Was ... was ist das?«, murmelte ich. Vor seinen Stiefeln hatte sich eine Pfütze ausgebreitet, und das, obwohl es nicht regnete.

»Ich wünsche dir einen schönen Tag, Liora«, sagte er nur förmlich.

»Wo genau fahren wir hin? Wo wohnt dein Gebieter?«

Sein Grinsen erinnerte mich an das einer Raubkatze. »Die Kutsche bringt uns zur Burg. Ich gehe davon aus, du kennst sie bereits.« Mit dem Zeigefinger deutete er auf das Anwesen, das sich aus dem Wolkenmeer am Himmel hob. Die Burg auf dem Berg, in dem der Zauberer in der Verbannung lebte.

KAPITEL 6

MYTHOS UND ABSCHIED

Als ich nach Hause lief, begann es zu regnen und meine Gedanken drehten durch. *Hatte ich gerade mein Todesurteil unterschrieben?*

Mir fiel der Schlüssel dreimal aus der Hand, ehe ich endlich das Schloss fand und die Tür entsperrte. Der vertraute Geruch nach Alkohol und abgestandener Luft schlug mir entgegen und erdete mich. Alles mochte sich ändern, doch hier blieb alles beim Alten.

Kaida war noch in der Schule, aber aus Tians Zimmer hörte ich Hanjas Stimme. Schnell schlüpfte ich aus den Schuhen und zog den Mantel aus. Das Säckchen mit den Goldtalern verstaute ich dort, wo ich Mutters Schmuckkästchen versteckte. Aus dem Schlafzimmer meines Vaters drang gleichmäßiges Schnarchen. So schnell würde er sich nicht auf die Suche nach Schätzen begeben.

Völlig zerzaust betrat ich Tians Zimmer. Mein Bruder hatte die Augen geschlossen. Der Teil in mir, der befürchtet hatte, dass er den Vormittag nicht überstehen würde, atmete erleichtert aus, als sich seine Brust unter der Decke hob und senkte.

Hanja saß neben dem Bett auf einem Schemel, den Rücken gegen die Wand gelehnt, und blätterte in einem Buch, das mich verwirrt blinzeln ließ. Das ... war unmöglich! Ich hatte es verbrannt und sogar die Asche im Garten vergraben. Angst breitete sich in mir aus, als ich die Tür geräuschvoll hinter mir zuzog. Hanja zuckte zusammen und blickte zu mir auf.

»Liora. Du bist schon wieder da?« Sie schlug das Buch zu und fuhr sich durch das graue Haar, das sie am Hinterkopf mit Spangen festgesteckt hatte. »Hast du die Anstellung bekommen?«

Ich schüttelte den Kopf, konnte weiterhin nur das Buch anstarren, das auf ihrem Schoß lag. Spielte mir mein Verstand schon wieder einen Streich?

»Wie geht es Tian?«, wechselte ich das Thema. Ich zog mir einen der klapprigen Stühle heran und setzte mich neben Hanja.

Die alte Frau musterte mich. »Du siehst müde aus«, sagte sie schließlich.

»Ich hab schlecht geschlafen«, murmelte ich. Dann hielt ich es nicht mehr aus und griff nach dem Sagenbuch, das Hanja auf dem Nachttisch abgelegt hatte.

»Woher hast du dieses Buch? Ich ... hast du es zweimal?«

»Zweimal?« Ihre dünnen Augenbrauen verzogen sich fragend. »Es lag auf dem Küchentisch, als ich heute Morgen gekommen bin. Ich hatte es Kaida geschenkt.«

Auf dem Küchentisch. Das konnte nicht sein. Ich spürte jetzt noch die Asche zwischen meinen Fingern.

»Ist alles in Ordnung, Liora?«, erkundigte sich Hanja, woraufhin ich abwesend nickte.

»Du darfst meiner Schwester so etwas nicht geben. Es könnte sie in Gefahr bringen. Menschen wurden schon für weniger hingerichtet.«

»Aus den alten Sagen kann man viel lernen«, erwiderte sie unbeeindruckt. »Außerdem war es das Lieblingsbuch deiner Mutter.«

»War es das?« In meinen Fingerspitzen begann es zu kribbeln.

Hanja nickte unbeeindruckt. »Und nur, weil wir nicht über Magie reden dürfen, bedeutet das noch lange nicht, dass es sie nicht gibt.« Ein Anflug von Trotz breitete sich auf ihrem Gesicht aus. »Etwa fünfzehn Prozent der Bevölkerung sind Magiebegabte, die ihre Kräfte nicht mehr einsetzen dürfen, dabei waren sie nie das Problem. Das sind die Zauberer.«

Zauberer.

Schon stürzte die Erinnerung an meinen folgenschweren Handel auf mich ein. Abwägend blickte ich Hanja an. Ob ich ihr davon erzählen sollte? Früher oder später würde sie mein Fehlen sowieso bemerken.

»Kaida hat mir gestern vom Zauberer auf dem Berg erzählt. Es gibt so viele Geschichten über ihn. Wie ... sind sie entstanden?«

Etwas blitzte in ihrem alten Gesicht auf. Hanja nahm mir das Buch aus der Hand und suchte nach dem Kapitel, das sich mit dem Zauberer beschäftigte.

»Alles fing mit Geschichten an, die sich Menschen und Magiebegabte erzählten. Aus diesen Erzählungen haben sich Mythen gebildet.«

»Der Zauberer ...« Mein Zeigefinger schwebte über der Schwarz-Weiß-Zeichnung. »Was weißt du über ihn?«

Hanja schob sich die kreisrunde Brille zurück auf die Nase. Das linke Glas war in der Mitte gebrochen. »Nicht viel mehr, als dass er ein Leben in der Gefangenschaft seiner Burg fristet.«

»Er hat sich in all den Jahren nie in Kryndon gezeigt, oder? Auch nicht, als er seine Burg noch verlassen durfte?«

»Oh doch, das hat er.«

Mein Herz blieb für den Bruchteil einer Sekunde stehen. Tian begann zu wimmern, seine Fäuste krallten sich um die Decke, und er drehte sich auf die andere Seite. Als er sich beruhigt hatte, sah ich Hanja eindringlich an. »Er war hier?«

»Natürlich nicht er selbst«, sagte sie, als wäre schon die Vorstellung absurd. »Er hat keinen Grund, die menschliche Welt zu betreten. Stattdessen schickt er einen seiner Bediensteten, die in seinem Namen nach Arvendom kommen. Es sind Gestalten, die menschlich aussehen, aber nicht in unsere Welt passen wollen.« Ihre Lippen verzogen sich.

»Hast du mal ... so eine Gestalt gesehen?«

Zu meiner Überraschung nickte Hanja. »Ich war dabei, als sie Clara geholt haben.«

»Clara?«

Ihr Blick schweifte zu mir. »Hat dir nie jemand von Clara erzählt? Nun gut – wahrscheinlich bist du zu jung dafür. Es ist auch schon über zwanzig Jahre her.«

Hanja streckte den Rücken durch und gab ein schmerzerfülltes Stöhnen von sich. »Sie war in deinem Alter, vielleicht etwas jünger, als einer seiner dunklen Diener sie mit sich nahm. Ihr wurden Gold und Juwelen versprochen – ein Leben im Überfluss. Was sie bekommen hat, war ...«

In diesem Moment wurde die Tür aufgerissen. Das rotwangige Gesicht meines Vaters erschien im Rahmen. Er hielt sich nur mühsam auf den Beinen.

»Was willst du?«, blaffte ich. Seine bloße Anwesenheit reichte, mich in Rage zu versetzen.

»Der Krieg kommt«, lallte er. »Er ist wieder da.« Seine Hand zitterte, dann wurde sein Blick irr – und ich wusste, was geschehen würde. Bevor ich aufspringen konnte, war er bereits in sich zusammengesackt. Unsanft prallte er auf den Boden, sein Kopf knallte auf den Teppich. Ein gespenstisches Jaulen verließ seinen Mund, während Krämpfe seinen Körper schüttelten und er sich auf dem Boden wand.

»Bleib bei ihm«, bat ich Hanja, dann stieg ich über meinem Vater hinweg, um ein Kissen und seine Decke zu holen. Für gewöhnlich dauerten seine Rückfälle nicht lange und sonderlich viel konnten wir auch nicht für ihn tun.

Mit Hanjas Hilfe richtete ich Vater auf, sodass er sich gegen den Türrahmen lehnen konnte. Seine Augen blickten orientierungslos umher. Ich spannte das Kissen in seinen Rücken und deckte ihn zu. Das Wasser, das ich ihm entgegenhielt, wollte er nicht trinken, verlangte aber sogleich mit lauter Stimme nach Alkohol.

Ob die dreißig Goldtaler ausreichen würden, um ihm einen Entzug zu finanzieren? Auch wenn mir das Geld dafür beinahe zu schade war.

»Trink das gefälligst!« Damit er seine Aufmerksamkeit auf mich lenkte, gab ich ihm eine leichte Ohrfeige. Liebend gern hätte ich ihn fester geschlagen, aber das wäre angesichts der Umstände wenig hilfreich gewesen. Grummelnd öffnete er den Mund und nahm ein paar Schluck aus der Kelle.

»Bring mich in mein Zimmer«, murmelte er.

»Du wiegst doppelt so viel wie ich. Du wirst schon selbst aufstehen müssen.«

Fluchend richtete er sich auf, schwankte leicht, schaffte es dann aber, in Richtung seines Zimmers zu stolpern. Erst, als die Tür sich hinter ihm schloss, atmete ich erleichtert aus.

»Hast du eine Ahnung, wie es mit ihm weitergehen soll?«, fragte Hanja.

»Am besten gar nicht«, stieß ich zwischen zusammengebissenen Zähnen hervor. »Aber ehrlich mal, er ist mein kleinstes Problem. Er ist erwachsen und für sich selbst verantwortlich.« Mit dem Ärmel wischte ich mir den Schweiß von der Stirn, dann trank ich das Wasser aus, das Vater übrig gelassen hatte.

Erschöpft ließ ich mich auf den Boden sinken und legte den Kopf in den Nacken.

»Ich mache mich auf den Weg nach Hause«, sagte Hanja da. »Ein Freund kommt heute Abend vorbei und ich muss aufräumen.« Sie wischte sich den Staub von ihrem feinen Kleid.

»Danke, dass du da warst. Warte, ich bring dich noch zur Tür.«

Sie stand bereits draußen, als mir der Zauberer wieder einfiel. »Kannst du mir noch sagen, was mit Clara passiert ist?«

Hanjas Gesicht verdunkelte sich. Sie richtete ihren Hut, den sie in unserem Flur abgelegt hatte. »Ich habe sie nie mehr gesehen. Niemand hat das. Sie war töricht genug, einen Handel mit der Dunkelheit einzugehen. So etwas kann nicht gut ausgehen.«

»Aber ... was soll denn mit ihr passiert sein?«

Während die Furcht in mir wuchs, ermahnte ich mich, nicht zu viel auf Hanjas Erzählungen zu geben.

»Das kann ich dir nicht sagen. Und um ehrlich zu sein, will ich es auch gar nicht wissen.«

Mich von Kaida zu verabschieden, war die härteste Prüfung meines Lebens. Sie weigerte sich zu verstehen, dass sich ihr Leben verbessern würde, wenn ich ging. Gerade sah sie nur eine Welt, in der ich nicht mehr da war.

Ich hielt sie seit einer Ewigkeit in den Armen, und ihr Schluchzen wollte einfach nicht aufhören. Mit aller Kraft kämpfte ich gegen die Tränen an, während ich Kaida über den Rücken strich.

»Du kannst nicht einfach so gehen! Das ist nicht fair«, wimmerte sie und krallte ihre Finger in meine Schultern. »Was soll ich denn ohne dich machen?«

»Rieka kümmert sich um euch. Es ist alles mit ihr abgesprochen. Sie war immer wie eine große Schwester für dich.«

»Aber sie ist nicht du«, protestierte Kaida.

»Die ersten Tage werde ich dir fehlen, doch du wirst dich so schnell an alles gewöhnen, dass du mich irgendwann ...«

»Hör auf«, schrie sie. »Ich werde dich NIE vergessen!« Wütend stapfte sie mit dem Fuß auf den Boden auf. »Ich will das Geld von diesem dummen Mann nicht. Er soll es sich in den Arsch stecken!«

»Kaida!« Ich schnappte nach Luft.

»Alles ist kaputt, wenn du nicht mehr da bist!«

Sie brach mir das Herz. Hunderte Mal. Wenn sie doch wüsste, dass ich gar nicht wegwollte. Dass ich am liebsten mit Tian, ihr und den dreißig Goldstücken nach Alder zu Alev geflohen wäre, um dort unterzutauchen. Aber ich hatte mein Wort gegeben – und ein Gefühl sagte mir, dass ich nicht würde weglaufen können.

»Wünschst du dir kein schönes Zuhause? Ein eigenes Bett und mehr Bücher, als du jemals lesen kannst?«

»Ich will, dass du bei mir bleibst.«

Ich nahm sie noch einmal in die Arme. Bettete mein Kinn auf ihre roten Locken und atmete ihren unschuldigen Duft ein. Sie würde mir mehr fehlen, als mir je ein Mensch gefehlt hatte. Schon jetzt fühlte es sich an, als hätte man mir ein Stück aus meinem Herzen gerissen.

»Warum musst du schon morgen weg? Ich habe in einer Woche Geburtstag, und du hast mir versprochen, dass wir ihn feiern. Auch wenn wir nicht viel zu essen haben oder du mir nichts schenken kannst ...« Der Rest des Satzes ging in haltloses Schluchzen über.

»Ich habe deinen Geburtstag nicht vergessen, Kaida.« Ich stieß sie sanft von mir.

Für einen Moment hörte sie auf zu weinen. Ich wankte zum Schrank, schob die Decke beiseite und griff nach Mutters Schmuckschatulle, die ich in Packpapier eingeschlagen hatte. Kaida wusste nicht, dass ich sie noch immer besaß – und es tat weh, sie wegzugeben. Aber sie war bei ihr in guten Händen.

Meine Finger zitterten, als ich ihr das Geschenk überreichte. »Mach es erst an deinem Geburtstag auf«, bat ich sie. »Und denk an mich.«

Kaidas Lippen kräuselten sich, ehe sie erneut schluchzte. Ich nahm ihr das Päckchen aus der Hand und legte es auf die Matratze.

»Da ist noch was.« Kaida zog nervös an ihren Fingern.

»Was ist los? Du kannst mir alles sagen.«

Sie schluckte schwer, das Gesicht abgewandt. Jetzt, da ich ihr Gesicht im Profil sah, merkte ich, wie erwachsen sie geworden war.

»Ich hab manchmal Angst. Wenn du weg bist«, flüsterte sie so leise, dass ich es kaum verstand.

»Was meinst du damit?« Ich machte einen Schritt auf sie zu, doch Kaida verschränkte die Arme vor der Brust und hielt mich auf Abstand.

»Vater ist ... er ... ich bin nicht gern allein mit ihm, das ist alles. Er ... tut mir nicht weh oder so, aber ...«

Natürlich fürchtete sie sich vor ihm. Wie sollte es einem zwölfjährigen Mädchen mit einem Mann wie ihm auch anders gehen? Mein Vater war eine tickende Zeitbombe, und niemand wusste, wann er explodierte.

»Ich habe mit Rieka darüber gesprochen. Sie weiß, wie schwierig es mit ihm ist. Ich verspreche dir, dass sie auf dich aufpasst. Dass du keine Angst haben musst. Glaubst du mir das?«

Langsam nickte sie.

»Und glaubst du mir, dass ich dich nicht alleinlassen würde, wenn es nicht anders ginge?«

»Ich muss es trotzdem nicht gut finden, dass du gehst.«

»Nein, das musst du nicht.« Ich griff nach ihrer Hand. Kaida wusste nicht, wer mein zukünftiger Ehemann war. Aus taktischen Gründen und damit sie mir keine Fragen stellte, die ich nicht beantworten konnte, hatte ich es für mich behalten. Rieka war die Einzige, die die Geschichte kannte. Kaida ging davon aus, ich würde einen Mann aus Nastrekis heiraten, was für sie genauso weit weg war wie die Burg.

»Kann ich heute Nacht bei dir schlafen?«, bat sie.

»Natürlich. Ich muss nur gleich noch mal ins Krankenhaus. Rieka hat Tian einen Platz besorgt und ich möchte mich von ihm verabschieden. Morgen kannst du ihn dann besuchen.«

»Er fehlt mir«, gestand Kaida.

Mir auch. Das leere Schlafzimmer wirkte auf mich, als wäre er endgültig gegangen.

»Die Ärzte helfen ihm. Bald wird er wieder ganz gesund werden.«

Und wenn es hart auf hart kam und Vater sich nicht zusammenriss, würde Kaida bei Rieka wohnen. Sie hatten ein leeres Bett und konnten sie mit den Goldtalern versorgen.

»Du darfst hier bleiben, solange ich weg bin. In Ordnung?«

Sie nickte und krabbelte auf mein Nachtlager. Hanjas Buch hatte ich ihr nach oben gebracht, nachdem sie mehrmals danach gefragt hatte. Dennoch musste ich es unbedingt vernichten, bevor ich ging. Dieses Mal wirklich.

»Bleib nicht so lange weg«, bat sie mich, aber das hatte ich ohnehin nicht vor. Nicht in meiner letzten Nacht. Gegen die Tränen ankämpfend, hauchte ich Kaida einen Kuss auf den Scheitel und rannte die Treppe hinunter.

Das Zimmer, in das Rieka mich führte, war für Besucher gedacht, die auf Patienten warteten. Trotz der bunten Bilder an den Wänden, des sonnengelben Sofas und des hellblauen Teppichs wirkte es kühl und unpersönlich. Ein stechender Geruch lag in der Luft.

»Er macht sich gut.« Riekas Stimme erdete mich, schaffte es jedoch nicht, die Unruhe in mir vollständig zu vertreiben. Mein Blick wanderte zum Fenster; es dämmerte bereits. Mir lief die Zeit davon.

»Doktor Marrin hat ihn untersucht. Sein Gewicht ist bedenklich, aber das bekommen wir hin.«

»Was genau fehlt ihm?«

»Wir hatten noch nicht genügend Zeit, um das sicher sagen zu können. Sein Zustand ist derzeit stabil. Das Fieber ist weiterhin hoch, aber nicht so, dass wir uns ernsthaft Gedanken machen müssen.«

»Danke«, presste ich zwischen zusammengekniffenen Lippen hervor. »Danke für alles, was du tust.«

»Dafür sind beste Freundinnen doch da. Dein Bruder wird so lange ein Zimmer hier haben, bis es ihm besser geht.«

»Kaida kommt nicht damit klar, dass ich sie verlasse.«

Rieka richtete ihre schneeweiße Haube und schürzte die Lippen. »Überrascht dich das? Ihr wart nie länger als einen Tag voneinander getrennt. Aber sie wird sich dran gewöhnen.«

Und doch fühlte ich mich, als würde ich sie alleinlassen. Als wäre ich im Begriff, einen riesigen Fehler zu begehen.

Ich warf einen Blick über die Schulter – hatte auf einmal das Gefühl, beobachtet zu werden. Eine Gänsehaut kroch über meine Arme, als ich die Geisterfrau entdeckte, die ich vor ein paar Tagen im Spiegel hinter mir gesehen hatte. Normalerweise begegnete sie mir nur, wenn ich allein war.

Sie nun am Fenster stehen zu sehen, ließ mich schaudern. Stumm musterte sie uns, doch immer, wenn ihr Blick auf mich fiel, griff sie sich an die Kehle und stieß ein gespenstisches Heulen aus.

»Rieka, können wir rausgehen? Die Luft hier drin ist so schlecht.«

»Na klar. Ich rieche das schon gar nicht mehr. Wenn du dich jeden Tag stundenlang hier aufhältst ...«

Ich flüchtete vor der Geistergestalt durch die geöffnete Tür, den sterilen Flur entlang, auf dem sich so spät niemand mehr aufhielt, bis ich die Terrasse erreicht hatte. Meine Jacke hing noch bei Tian im Zimmer, es war verteufelt kalt, aber ich wollte nicht zurückgehen und Gefahr laufen, der Gruselgestalt noch einmal zu begegnen.

Rieka reichte mir eine braune Wolldecke. Nebeneinander nahmen wir auf Korbstühlen Platz und starrten in die sternenlose Nacht.

Ich grub meine Finger in den dichten Stoff der Decke und erzählte Rieka von Clara. Jener Frau, die der Zauberer vor zwei Jahrzehnten zu sich geholt hatte, die ihn ebenso wie ich heiraten sollte und die nie mehr zurückgekehrt war.

Auch im schwindenden Licht konnte ich sehen, wie sich eine Falte auf Riekas Stirn schlich. »Ich habe noch nie von dieser Clara gehört. Außerdem weißt du doch, wie Hanja ist. Manchmal verliert sie sich zu sehr in diesen Geschichten.«

»Bloß dass sie irgendwoher kommen müssen.« Mein Atem manifestierte sich in einer Wolke vor meinem Gesicht. »Ich wüsste einfach gern, was mich erwartet.«

Rieka drehte sich zu mir um. »Das verstehe ich, Lio. Ich

glaube, ich an deiner Stelle hätte schon den Verstand verloren.«

Aus der Ferne war Geschrei zu hören – vielleicht eine nächtliche Schlägerei. Ich bettete meinen Kopf auf die angezogenen Knie.

»Dieser Dorian ... irgendetwas an ihm war seltsam. Seine Haut ... war blau – und er hat komisch nach Fisch gerochen.«

Auf Riekas Lachen war ich nicht vorbereitet. »Wahrscheinlich hat er einfach zu tief ins Glas geschaut und sich länger nicht mehr gewaschen.«

Ich schüttelte den Kopf. »So war es nicht. Er sah makellos aus, trug einen eleganten Anzug. Da glaube ich nicht, dass er sich kein Bad leisten kann. Ach, ich weiß ja auch nicht, was ich sagen soll.«

»Hast du Angst?«

Das war die eine Frage, die ich selbst nicht richtig beantworten konnte. Wenn ich an Dorian und meine Zukunft im Unbekannten dachte, fühlte ich die unterschiedlichsten Dinge auf einmal, doch Angst war nicht dabei. Eher ein Hauch Unbehagen, weil ich nicht wusste, was mich erwartete.

»Die Sache mit Clara hat mich verunsichert. Vielleicht ist es nur eine Geschichte, aber was, wenn sie einen wahren Kern besitzt? Wenn er sie wirklich ...«, ich schluckte, »getötet hat?«

Rieka rutschte mit ihrem Korbstuhl näher an mich heran und suchte unter der Decke nach meiner Hand. »Es gibt immer einen Ausweg, Liora. Auch wenn die Lage noch so hoffnungslos erscheint. Du hast sieben Jahre Krieg überlebt, den Verlust von Menschen, die du liebst, und kämpfst jeden Tag wie eine Löwin. Ich kenne niemanden, der stärker ist als du.«

»Ich fühle mich alles andere als stark.«

»Wäre mein Leben so verlaufen, hätte ich es sicher nicht geschafft.«

»Du weißt hoffentlich, dass das Blödsinn ist.« Ich holte tief Luft. »Jedoch nützt mir meine Stärke nichts, wenn ich an einen wahnsinnigen Magier gerate, der mich verzaubert und in einem Ritual opfert.« Ich schnaubte, doch früher waren genau solche Dinge geschehen – Menschen wie mir.

»Du bist halsstarrig. Unbeirrbar. Und zeitweise echt nervig. Vielleicht kannst du den Zauberer so sehr in den Wahnsinn treiben, dass er dich selbst irgendwann loswerden will.«

Ich lachte. Diese Idee gefiel mir.

»Was ich damit sagen will.« Rieka sah mir tief in die Augen. »Ich kenne dich schon mein ganzes Leben lang und ich kann mir nicht eine Situation vorstellen, die du nicht bewältigen wirst.«

»Auch wenn ich nackt und mit aufgerissener Haut auf einem Steinaltar liege und dem Tod ins Auge sehe.«

Rieka kicherte. »Auch dann.«

»Ich wünschte, ich hätte so viel Vertrauen in meine Fähigkeiten wie du.«

Sie drückte meine Schulter und nahm mich in den Arm. Vielleicht dachten wir in diesem Moment beide dasselbe: Dass es das letzte Mal sein könnte, dass wir einander nah waren.

KAPITEL 7

EFEU UND FINSTERNIS

Drei Sekunden.

So lange dauerte es, bis nach dem Aufwachen die Wahrheit über mir zusammenbrach. Drei Sekunden, in denen ich dachte, der Tag wäre wie jeder andere, ich würde nach unten gehen, um mich anzuziehen und Kaida für die Schule wecken.

Doch Kaida war nicht unten in ihrem Bett. Kaida schlief in meinen Armen, ihr Körper warm und weich, die Lippen einen Spalt weit geöffnet. Ich gab mir die allergrößte Mühe, sie nicht zu wecken, einen zweiten Abschied würde ich nicht ertragen.

Auf Zehenspitzen lief ich durch das Zimmer, fand meine ausgeleierten Hausschuhe und tapste die Treppe hinunter.

Draußen war es noch stockdunkel – und zum ersten Mal fand ich Trost in der Finsternis. Solange es dunkel war, hatte mein neues Leben noch nicht begonnen.

Tians Zimmer lag leer und verlassen vor mir. Weil ich mich nicht länger als nötig hier aufhalten wollte, griff ich nach dem Koffer, den ich gestern gepackt hatte. Er ließ sich nicht mehr ganz schließen.

Zwar hatte Dorian gesagt, dass ich nichts mitnehmen müsste, aber ganz ohne Besitz kam ich mir nackt vor. Dennoch schämte ich mich für die schmutzigen, alten Lumpen, die ich nicht mehr tragen wollte und doch das Beste waren, was ich an Kleidung besaß.

Vor der Tür zum Zimmer meines Vaters blieb ich kurz stehen. Presste mein Ohr gegen das dunkle Holz, hörte aber nichts. Eigentlich hatte ich gestern noch mit ihm reden wollen, aber es war spät geworden, als ich aus dem Krankenhaus heimgekommen war, und er hätte mich ja doch nicht verstanden. Rieka und ich waren so verblieben, dass sie ihm in einem lichten Moment die Wahrheit erzählte.

In der Küche schnitt ich mir eine Scheibe von dem Brot ab, das ich gestern gekauft hatte, strich eine dünne Schicht Butter darüber und füllte einen Becher mit Wasser. Meine Hände zitterten. Ich schloss die Augen, um tief durchzuatmen. Als ich sie wieder öffnete, saß die Geisterfrau mir gegenüber. Mir fiel das Brot aus der Hand, dabei sah sie nicht anders aus als sonst. »Was tust du hier? Warum tauchst du immer wieder bei mir auf?«

Ihre blicklosen Augen gaben keinen Hinweis darauf, dass sie mich verstand. Dennoch öffnete sie den Mund, aus dem ein eiskalter Schwall Luft trat. »Du darfst nicht gehen«, flüsterte sie. »Du darfst nicht zu ihm gehen!«

Eine Gänsehaut kroch meine Arme entlang. Mit aller Macht redete ich mir ein, dass die Frau lediglich eine Halluzination war, geboren aus Mangelernährung und dem permanenten Druck, dem ich mich aussetzte. Doch sie verschwand auch nicht, als ich im Flur in meinen Mantel schlüpfte und die schweren, schwarzen Stiefel überzog. Als ich einen Blick aus dem Fenster warf, schimmerte die Sonne am Horizont.

Meine Beine wurden weich; ich musste mich an der Wand abstützen. Schwindel ergriff mich, sodass ich zu Boden sank.

Es war so weit. Der Tag war gekommen und ich musste meinem Schicksal ins Auge sehen.

Alle Befürchtungen beiseiteschiebend, zog ich mich an der Treppe hoch und öffnete die Haustür.

Der letzte Funken Hoffnung wurde jäh zerstört, als mein Blick auf die Kutsche fiel, die auf der Straße wartete. Sie sah aus, als wäre sie einem Albtraum entsprungen: schwarzes Holz, vier gigantische Räder, ein opulenter Kutschwagen, verziert mit dunklen Blumenornamenten und Pflanzenranken.

Zwei große Rappen waren vor den Wagen gespannt, scharrten ungeduldig mit den Hufen und stießen ein gespenstisches Wiehern aus, das in der Stille als Echo widerhallte. In der Dunkelheit wirkten ihre Augen beinahe rot.

Ich schluckte schwer und schlang beide Hände um den Koffer, damit er nicht auseinanderfiel.

Erst auf den zweiten Blick sah ich den groß gewachsenen Mann, der sich just in diesem Moment vom Kutschbock schwang und elegant auf dem Boden landete. Dorian klopfte sich den Staub von der schwarzen Hose, richtete seinen Zylinder und kam auf mich zu. Die Geisterfrau, die stumm neben mir gewartet hatte, verschwand. Dorian nahm mir den Koffer aus der Hand und geleitete mich zur Kutsche.

Die Pferde wieherten abermals, als ich an ihnen vorbeilief. Nie zuvor hatte ich solch große Tiere gesehen, ihre Unterkörper waren gigantisch, die Mähne wild und voller Knoten. Hatten sie den Weg durch den Wald genommen?

»Wir müssen uns beeilen.«

Dorian hatte mir bereits die Tür zum Kutschwagen geöffnet. Mit einem flauen Gefühl im Magen nahm ich die drei Stufen nach oben und kletterte in den Innenraum. Ehe ich mich's versah, hatte er die Tür hinter mir geschlossen.

Die Kälte hörte abrupt auf, auch der Wind, der mir draußen ins Gesicht gepeitscht hatte. Im Innern war es angenehm warm, beinahe heimelig. Und auch die Einrichtung ließ mich staunen. Die wenigen Kutschen, die ich kannte, waren anders: eine unbequeme Holzbank, zugige Wände und keinerlei Verzierungen.

Gerade kam ich mir vor wie eine Prinzessin. Wenn man über mein zerrissenes Kleid und die ranzige Jacke hinwegsah, die ich vor zwei Jahren einem Toten ausgezogen hatte.

Der Innenraum der Kutsche war mit rotem Samt ausgekleidet, der sich über die beiden Sitzbänke und den Boden zog. Die Wände waren mit weißer Farbe angemalt, die Decke stuckverziert. So schaurig der Wagen von außen gewirkt hatte, so einladend kam er mir jetzt vor.

Neben mir auf der Bank lagen eine Auswahl von Zeitungen und Büchern. Unter ihnen ein Exemplar von *Das Zeitalter des vierten Zauberers,* jenes Buch, das in Arvendom auf der Liste der verbotenen Schriftstücke stand. Es schilderte den Krieg aus der Sicht der Zauberer und verbreitete, sofern man unserem König Glauben schenken konnte, gefährliches Falschwissen. Es reizte mich, danach zu greifen. Dennoch hielt ich mich vorerst zurück – und dachte an Hanjas Buch, das ich gestern Abend erneut im Kamin verbrannt hatte.

Auf der Bank mir gegenüber standen auf einem Tablett eine Karaffe Wasser und eine Tellerglocke, unter der ich Essen vermutete.

Die Kutsche setzte sich so abrupt in Bewegung, dass ich nach vorn fiel und mir den Kopf an der gegenüberliegenden Wand stieß. Die Hufe der Pferde trampelten über den Steinboden. Dumpf drang Dorians Stimme zu mir, doch ich konnte nicht verstehen, was er sagte.

Mühsam richtete ich mich auf und setzte mich weiter nach rechts. Das Fenster war mit roten Gardinen abgedunkelt, die ich zur Seite schob. In halsbrecherischer Geschwindigkeit durchquerten wir Kryndon.

Ich straffte die Schultern, presste mich gegen das rote Polster und versuchte mein rasendes Herz unter Kontrolle zu bringen.

»Dorian?«, rief ich, den Kopf aus dem Fenster gestreckt.

Entweder hörte er mich nicht oder er hatte nicht vor, sich mit mir zu unterhalten. Umständlich schlüpfte ich aus meiner Jacke, faltete sie sorgfältig zusammen und griff nach dem Buch, das eben schon meine Aufmerksamkeit erregt hatte. In Kryndon hätte ich mich nicht getraut, es zu lesen.

Lesen hatte mir schon immer Schwierigkeiten bereitet, ebenso wie das Schreiben. Nur langsam ergaben die Worte vor meinen Augen Sinn. Jedes Mal, wenn die Räder über einen Stein fuhren, verlor ich die Zeile und vergaß, was ich gerade gelesen hatte. Enttäuscht legte ich das

Buch zurück auf den Stapel und konzentrierte mich stattdessen auf den Weg.

Zwar konnte ich nicht besonders viel erkennen, als ich nach draußen schaute, doch aus der Dunkelheit hoben sich erste Umrisse von Bäumen und Sträuchern.

Ich wischte meine schweißnassen Hände an meinem Unterrock ab. Die Kutsche schien beständig schneller zu werden, dennoch fühlte ich mich auf eine seltsame Art und Weise sicher.

Ich griff nach dem Samtkissen, das auf der gegenüberliegenden Seite lag, und klemmte es mir in den Rücken.

Es dauerte nicht lange, bis die Sonne vollständig aufgegangen war. Bei jedem Blick aus dem Fenster sah ich mehr und erkannte bald, dass wir uns durch einen dichten Tannenwald bewegten, ein Moor passierten und schließlich über mehrere Wiesen und Felder fuhren. Die ständigen Ortswechsel machten mich schwindlig, aber wirklich unangenehm wurde es erst, als es bergauf ging. Zunächst kam es mir wie eine leichte Steigung vor, doch bald schon stand die Kutsche so schief, dass ich unsanft gegen die Polster gepresst wurde. Wir kamen nur noch langsam voran, das Schnauben der Pferde setzte sich in meinen Ohren fest. Das Surren der Peitsche erklang, die Rappen wurden kurzzeitig schneller, ehe sie wieder in gemächliches Tempo verfielen.

Ich beging den Fehler und schaute noch einmal aus dem Fenster. Hatten sich eben noch Tannen rechts von mir ausgebreitet, tat sich nun ein Abgrund auf, der mit jedem Meter, den wir uns den Berg hochbewegten, tiefer wurde. Die Kutsche streifte die Schlucht so nah, dass wenige Zentimeter ausreichten, um uns in die Tiefe zu ziehen. Gefährlich neigte sich der Wagen nach rechts, mein rasendes Herz explodierte und ein Schrei verließ meine Lippen.

»Sorge dich nicht«, hörte ich da eine Stimme, die wie Dorians klang, aber aus meinem Inneren zu kommen schien. »Es wird dir nichts passieren.«

»Wir sind viel zu nah am Abgrund.« Dort ging es mindestens dreißig Meter tief. Einen Sturz aus dieser Höhe würde niemand überleben. »Gibt es keinen anderen Weg?« Meine Stimme klang zittrig und mehrere Oktaven zu hoch. Erneut kippte der Kutschwagen nach rechts. Eines der Pferde schrie, ich wurde gegen das Fenster gedrängt und fürchtete schon zu fallen, als ...

»Siehst du die Tellerglocke dir gegenüber?«

Verwirrt richtete ich den Blick auf die Bank.

»Öffne sie.«

Wir stürzen ab!, wollte ich schreien. *Wir sind viel zu nah am Abgrund.*

Dennoch beugte ich mich nach vorn und öffnete die weiße Glocke, die am Griff mit Blattgold verziert war. Ein einzelnes Blatt lag darunter. Es war filigran ausgearbeitet und wirkte unecht in seiner Perfektion.

»Was soll ich damit?«, fragte ich mehr mich selbst als Dorian.

»Iss es«, sagte er, und ich wollte schon lachen, als ich nach dem Blatt griff und es mir in den Mund stopfte. Es schmeckte bitter, ein bisschen so, wie man sich Gras vorstellte und war von erstaunlich harter Textur. Nachdem ich es heruntergeschluckt hatte, brannte meine Kehle. Wie ferngesteuert griff ich nach der Flasche Wasser, drehte den Verschluss lose, als das Sichtfeld vor meinen Augen verschwamm, ich nach hinten torkelte und ...

Als ich wach wurde, kam es mir vor, als hätte ich mehrere Jahre geschlafen. Mein Körper fühlte sich leicht, beinahe schwerelos an, und ein Lächeln lag auf meinen Lippen, das urplötzlich verschwand, als ich erkannte, wie Dorian mich musterte.

Er stand auf der obersten Stufe der Treppe, der Zylinder auf seinem Kopf saß schief; und auf seinem Gesicht lag ein skeptischer Ausdruck.

Langsam erwachten meine Lebensgeister. Ich lag verdreht auf dem Boden, ein Blitz zuckte durch meinen Rücken, sobald ich mich aufzurichten versuchte.

Wie lange stand Dorian schon da und beobachtete mich beim Schlafen?

Als er weiter schwieg, räusperte ich mich verlegen. »Machen wir eine Pause?«, fragte ich.

Wieso stand er wie eine verdammte Statue da und gaffte mich an, als hätte er vergessen, warum ich überhaupt hier war?

Ich bemühte mich, an ihm vorbeizuschauen, was gar nicht so einfach war, da er einen Großteil des Kutscheneingangs versperrte. Ein winziges Stück blauer Himmel erstreckte sich über ihm, woraus ich schloss, dass es mittlerweile Nachmittag war. Wieso hatte ich geschlafen und wie lange?

»Das Efeublatt«, fiel es mir da ein. Als wäre das das Zauberwort, machte Dorian plötzlich Platz und stieg die Stufen hinunter. Wieso verhielt er sich so komisch? Sollte ich ihm folgen?

Mühsam stand ich auf, darauf bedacht, mir nicht den

Kopf an der Kutsche zu stoßen. Meine Glieder fühlten sich schwach an, ich wankte den Tritt hinunter.

Ein kalter Wind schlug mir entgegen, der mich daran erinnerte, dass ich meine Jacke auf dem Sitz vergessen hatte. Doch es blieb keine Zeit, sie zu holen, denn Dorian fasste mich bei der Schulter und drehte mich sanft um.

Er musste nichts sagen – das Anwesen, das sich vor mir meterhoch in den Himmel schraubte, erklärte genug. Nie zuvor hatte ich die Burg aus nächster Nähe gesehen. Erst jetzt erkannte ich, wie gigantisch sie war. Hunderte Menschen würden in ihr Platz finden.

Der Zugang erfolgte über eine Brücke, die aus- und eingefahren werden konnte. Dorian und ich traten durch ein steinernes Tor und passierten die Mauer, die sich um die gesamte Burg spannte. Dazu gedacht, Eindringlinge abzuhalten. Der Burghof war wie ausgestorben, niemand saß auf den Bänken, holte Wasser aus dem Brunnen oder bewachte das Verlies, dessen dicht beieinanderstehende Gitterstäbe mir ein unwohles Gefühl bescherten.

Weil ich stehen geblieben war, griff Dorian nach meiner Hand. Seine Finger waren klatschnass – und nicht nur das: Unter seinen Füßen breitete sich abermals eine Pfütze aus. Ich sah ihn von unten nach oben an, und zog scharf die Luft ein, als ich erkannte, dass seine Haut nun vollständig blau war.

»Was ... wie ... geht es dir gut?«, stammelte ich, doch er zog nur an meiner Hand.

Es war totenstill. Nicht einmal die Vögel sangen in den Bäumen, die um die Mauer herum wuchsen. Unsere Schritte waren das einzige Geräusch.

»Das ist die Burgkapelle«, sagte Dorian. Sein Zeigefinger deutete auf ein steinernes Häuschen mit kuppelförmigem Dach, auf dessen Spitze ein Kreuz prangte.

»Und das da?« Ich zeigte auf einen Turm, der den Rest der Burg um viele Meter überragte. Selbst wenn ich den Kopf in den Nacken legte, konnte ich sein Ende nur erahnen.

»Der Bergfried. Er diente einst dazu, Feinde aus der Distanz auszumachen, aber wir bekommen nicht oft Besuch.« Dorian machte ein undefinierbares Geräusch. »Wenn du willst, zeige ich ihn dir trotzdem.«

Wollte ich das? Ich wusste es nicht.

»Aber erst die Hauptburg. Dort liegt auch dein Zimmer.« Aus seiner Manteltasche holte Dorian einen seltsamen Gegenstand, der mich an einen Stern erinnerte, nur dass er deutlich mehr Zacken besaß. Er drückte ihn gegen die Steinwand, wandte Kraft auf, bis ein Donnern durch die gesamte Burg dröhnte. Erschrocken sprang ich zurück, doch er gab mir mit einer Handbewegung zu verstehen, dass alles in Ordnung war.

»Schau her.« Dorian zeigte auf die Wand, aus der sich Steine lösten, bis ein etwa ein Meter hoher Durchgang entstand.

»Folge mir.« Er schälte sich durch den Spalt.

Unschlüssig blieb ich auf dem Burghof stehen. Der Gang endete in alles verschlingender Finsternis. Es war so dunkel, dass ich nicht einmal Schatten erkennen konnte.

»Gibt es nicht ... einen anderen Weg?«, fragte ich, erhielt jedoch wieder mal keine Antwort.

Ich warf einen letzten Blick zurück, dann folgte ich ihm ins Nichts.

Auf den Moment, in dem Dorian eine Kerze anzündete,

wartete ich vergeblich. Er bewegte sich so sicher durch die Dunkelheit, dass er ein Teil von ihr wurde, während ich mit ausgestreckten Armen versuchte, mich an den Wänden vorzutasten.

Dorian schien sich nicht darum zu kümmern, ob ich hinterherkam. Wo war ich hier nur gelandet? Hätte ich weglaufen sollen, als es noch nicht zu spät gewesen war?

»Dorian!«, rief ich, als ich ihn nicht mehr hörte. »Wo bist du?«

Seine Antwort war ein kehliges Lachen. Spielte er mit mir?

»Ich kann nichts sehen.«

»Weil du es nicht versuchst.«

Nein, weil meine menschlichen Augen nicht dafür gemacht sind, in der vollständigen Finsternis etwas zu erkennen.

Grimmig lief ich weiter, den Blick starr geradeaus gerichtet. Ich kniff die Lider zusammen, in der Hoffnung, Umrisse erahnen zu können, aber da war nichts ...

Ein spitzer Schrei verließ meine Lippen. Erschrocken presste ich mir die Hand vor den Mund und stolperte zurück.

»Was ist?« Dorian war innerhalb einer Sekunde bei mir. »Hast du dich verletzt?«

»Da war ... da waren ...« Hektisch atmete ich ein und aus, während ich mich in der Dunkelheit umschaute. Hatte ich es mir eingebildet? So wie die Geisterfrauen zu Hause?

»Rote Augen«, sagte ich schließlich, und kaum hatte ich es ausgesprochen, fühlte ich mich kindisch. Es war vielleicht eine Fledermaus gewesen ...

Dorian blieb still neben mir stehen. »Können wir weiter?«, fragte er dann.

Ängstlich nickte ich, und auch wenn er es unmöglich sehen konnte, ging er weiter.

Ich rieb über meine Unterarme, auf denen sich eine Gänsehaut ausgebreitet hatte. Was war das gewesen? *Wer* war das gewesen?

»Vorsicht, Stufe«, sagte Dorian auf einmal, und ich schaffte es gerade noch, meinen rechten Fuß zu heben, ohne gegen die Steintreppe zu prallen.

»Es sind zwanzig Stufen. Du kannst sie zählen, dann verlierst du nicht den Überblick.« Seine Stimme klang weit weg, so als wäre er mir ein ganzes Stück voraus. Dann aber konnte ich seinen Umriss in der Dämmerung sehen – und den seltsamen Stern, den er abermals einsetzte, um eine Tür aus dem Stein zu ziehen. Das Beben drang mir durch Mark und Bein.

Dorian wartete, bis ich ihn erreicht hatte, dann gab er mir den Vortritt. Wieder schlängelte ich mich durch ein Loch im Felsen – und landete in einem langen Korridor, der von Fackeln erleuchtet wurde.

Erleichtert atmete ich aus. Ich hatte schon Angst gehabt, dass es in dieser Burg überhaupt kein Licht gab, doch dieser Raum, der mit rotem Teppich ausgelegt war, vermittelte mir ein Gefühl von Sicherheit. Landschaftsbilder hingen an den Wänden, die mit Stuck verziert waren. Dorian hetzte durch den Korridor. Seine Füße hinterließen nasse Spuren auf dem Teppich.

Brachte er mich jetzt zu seinem Gebieter? Lieferte er die Beute aus, die er in Kryndon eingetrieben hatte?

Ein wuchtiger Glaskasten zu meiner Linken ließ mich innehalten. Er stand vor einem Fenster, das mit schweren Gardinen abgedunkelt war. Auf den ersten Blick erinnerte er mich an ein Aquarium, bloß dass sein Wasser golden schimmerte. Glitzernde Partikel schwammen auf der Oberfläche, und das Bedürfnis, meine Hände dort hineinzustrecken, war fast unerträglich. Dann entdeckte ich eine winzige Gestalt, die sich durch das Wasser bewegte. Sie war kaum größer als mein Daumen, hatte langes, blondes Haar und eine grüne Flosse.

Dorians Hand auf meiner Schulter riss mich aus dem Moment. »Ich möchte dir dein Zimmer zeigen, Liora.«

»Mein Zimmer?« Immer noch verwirrt von dem, was ich eben gesehen habe, blickte ich ihn an.

»Oder willst du auf dem Gang schlafen?«

Ich schüttelte den Kopf und folgte ihm. Dieses Mal behielt er mich genau im Auge.

»Was war das in dem großen Kasten? Die blonde Frau?«, fragte ich dennoch, erhielt aber – wie immer – keine Antwort.

Ob sein Gebieter genauso wortkarg war?

Wir nahmen eine Wendeltreppe nach oben, die in einem winzigen Korridor mündete, von dem aus nur eine einzige Tür abging. Ich wartete darauf, dass Dorian seinen Stern benutzte, doch er drehte lediglich am Knauf.

»Willkommen im Kaminzimmer«, sagte er und ließ mir den Vortritt.

Das Zimmer war nicht besonders groß. Ein breites Bett stand vor einer Felswand, bezogen mit frischer Wäsche und einer dunkelblauen Tagesdecke. Auf der rechten Seite entdeckte ich einen Kleiderschrank aus massivem, dunklem Holz. Ein runder Tisch mit einer Blumenvase, in der eine einzelne Rose steckte, rundete das Ensemble ab.

Für wohlige Wärme sorgte ein Kamin, der in die Wand

eingelassen war und in dem schon jetzt ein Feuer flackerte. Wer es wohl angezündet hatte?

Ich drehte mich zu Dorian um, wartete darauf, dass er etwas sagte, aber er blieb still. Deswegen besah ich mir das Zimmer genauer, ging zuerst zum Bett und öffnete schließlich die Türen des Schranks.

Dicht an dicht hingen unzählige Kleider auf Bügeln. Exquisite, teure Stoffe, elegante Schnitte in den buntesten Farben. Töne, die reichen Menschen vorbehalten waren, weil Leute wie ich sich die dazugehörigen Stoffe gar nicht leisten konnten. Neugierig fuhr ich mit dem Finger über ein ausgestelltes Ballkleid, das mit Blumen versehen und im Kragen mit goldenen Stickereien verziert war.

»Sind die alle für mich?«

Dorian nickte, dann ging er zur Wand gegenüber des Bettes, in der sich eine Tür befand. Er winkte mich heran.

Wir betraten einen schmalen Raum, in dessen Mitte eine goldene Wanne stand. Wasserdampf lag in der Luft, es war mindestens zehn Grad wärmer als im Kaminzimmer.

»Die Reise war lang und beschwerlich. Möchtest du ein Bad nehmen?«

KAPITEL 8

FLUCHT UND FEUER

Eine schmale Mondsichel schien in mein Zimmer und machte es mir unmöglich, Schlaf zu finden. Die Vorhänge waren zu dünn, um das Licht auszusperren, und sooft ich mich auch von der einen auf die andere Seite wälzte, ich schaffte es nicht, einzuschlafen.

Was wahrscheinlich daran lag, dass mein ganzer Körper unter Strom stand, tausend Gedanken durch meinen Kopf jagten und ich es nicht schaffte, auch nur einen zu greifen.

Obwohl ich unter meinem Bett ein üppiges Abendessen vorgefunden hatte – mehrere Scheiben belegtes Brot, zwei Äpfel, ein Ei und sogar Gebäck – hatte ich kaum einen Bissen herunterbekommen.

Gekleidet in ein Nachthemd, das mir viel zu groß war, kauerte ich auf der Matratze und blickte in die sternenlose Nacht. Das Kaminfeuer war mittlerweile heruntergebrannt; in der Kammer wurde es merklich kälter.

Hoffentlich ging es Kaida gut. Hoffentlich fühlte sie sich nicht allein. Die ersten Nächte würden – das wusste ich aus Erfahrung – die schlimmsten sein. Und wahrscheinlich galt das nicht nur für sie, sondern auch für mich.

Seufzend legte ich mich auf die Seite und drehte dem Mond den Rücken zu. Das Zimmer erkannte ich nur schemenhaft, doch ich wusste längst, was sich wo befand. Der große Kasten da vorn war der Schrank, ihm gegenüber der Kamin. Vor mir stand der Tisch und daneben ... ich zog verwirrt die Augenbrauen zusammen. Ich war mir einhundertprozentig sicher, dass es nur einen Stuhl gegeben hatte. Jetzt aber lehnte etwas an der anderen Seite des Tisches. Ich setzte mich auf und kniff die Augen zusammen.

Ich schlüpfte in die Hausschuhe, die ich im Kleiderschrank gefunden hatte und näherte mich dem Tisch. Kerzen hatte ich noch keine gefunden, weswegen ich auf meine menschlichen Augen angewiesen war.

Ein Knacken ließ mich zusammenfahren und den Kopf in den Nacken legen. Waren das Schritte über mir? Es hörte sich an wie das Trappeln kleiner Füße. Doch so schnell es gekommen war, so schnell verklang das Geräusch auch wieder.

Kopfschüttelnd richtete ich meine Aufmerksamkeit erneut auf den Tisch – und sprang erschrocken nach hinten, als sich ein Paar blutroter Augen aus der Finsternis löste. Ich erkannte sie sofort wieder. Sie hatte ich in den unterirdischen Gängen gesehen. Nur kamen sie dieses Mal näher.

Ich krabbelte weiter nach hinten, bis ich das Bett in meinem Rücken spürte. Mein Atem ging hektisch, als ich sah, dass der Gegenstand, den ich für einen zweiten Stuhl gehalten hatte, sich zu bewegen begann. Ein Röcheln durchschnitt die Stille, die Blutaugen huschten hektisch von links nach rechts. Ich presste mich enger gegen das Bett, suchte den Raum nach einer Waffe ab, doch das Einzige, was infrage kam, war die Vase auf dem Tisch, die mir nicht weiterhelfen würde.

»Geh weg!«, wollte ich rufen. Meine Stimme brach. »Verschwinde!«

Das Röcheln wurde lauter, verwandelte sich in ein Schmatzen, das mir das Blut in den Adern gefrieren ließ. Abrupt verschwanden die Augen.

Ungläubig blinzelte ich. Wagte es nicht, mich zu bewegen, sondern starrte angestrengt in die Dunkelheit.

All meinen Mut zusammennehmend, zog ich mich am Bettpfosten hoch und wagte mich tiefer in den Raum hinein. Suchte alle Ecken und Verstecke nach den blutroten Augen ab, spähte unter das Bett und ins Badezimmer.

Mit dem Ärmel meines Nachthemds tupfte ich mir den Schweiß von der Stirn. Ich zitterte am ganzen Leib, ob aus Angst oder Kälte, konnte ich nicht sicher sagen.

Schlotternd kniete ich mich vor den Kamin, fand Holz direkt daneben und platzierte drei Scheite im Feuerraum. Ich schlug Brennsteine mehrmals gegeneinander, bis sich die ersten Funken bildeten. Meine Zähne klapperten, die Furcht tobte durch meinen Körper. Wieder und wieder ließ ich die schwarzen Steine aufeinanderprallen, aber das Holz wollte sich nicht entzünden. Frustriert seufzte ich, als ich abermals ein Knacken vernahm. Es schien direkt aus dem Kamin zu kommen. Ich hielt inne und lauschte in die Stille. Das Knacken erklang erneut und wurde von einem Husten begleitet.

Die Feuersteine zur Seite legend, rutschte ich näher an den Kamin heran und griff nach dem Schürhaken, der an der Steinwand lehnte. Vorsichtig schob ich ihn durch das offene Rohr nach oben, bis ich auf ein Hindernis stieß. Es gab unter der Berührung nach, fühlte sich beinahe weich an. Was war das?

Ich wollte den Stab weiter nach oben bewegen, doch das Hindernis blockierte mir den Weg. Aus einem Impuls heraus stieß ich fester zu, dreimal hintereinander – und fuhr zusammen, als ein lang gezogenes Heulen meine Ohren zum Klingen brachte. Der Stab wurde mir aus der Hand gerissen, und verschwand blitzschnell im Kaminrohr. Ein Poltern erklang, Asche schlug mir ins Gesicht, ließ mich husten, und mit einem hörbaren *Platsch* knallte etwas auf die Feuerstelle.

Die Hoffnung, dass es sich lediglich um einen Gegenstand handelte, starb, als eben jener sich zu bewegen begann. Ein Wesen, bedeckt mit Asche und Ruß, richtete sich auf. Sein Rücken war krumm, beinahe buckelig, die Schultern eingesunken. Die Gestalt schüttelte sich, sodass Asche in alle Richtungen flog und ich mich gerade noch wegdrehen konnte. Als ich meinen Blick wieder auf den Kamin richtete, erkannte ich, was bisher unter dem Schmutz verborgen geblieben war: Die Haut des Wesens war über und über mit langen, schwarzen Haaren bedeckt. Ein dichter Vollbart reichte ihm fast bis zum Knie. Krabbelnde Tiere hatten sich in seinen Strähnen verfangen und ließen mich schaudern. Die Arme des seltsamen Wesens waren spindeldürr, ausgemergelter als meine, die Stirn hoch und voller Falten. Mein Herz raste. Ich fand mich Auge in Auge mit einem magischen Wesen gegenüber, das mich so lange aus seinen gelben Augen musterte, dass mir jegliches Gefühl für die Zeit entglitt. Dann sprang es plötzlich hoch, holte mit der Pranke aus und schlug mir mitten ins Gesicht. Seine Krallen ritzten mir die Haut auf, ich schmeckte mein eigenes Blut, das mir über die Lippen rann – und realisierte endlich, dass ich mich in Gefahr befand. Mit der Faust holte ich aus, schlug dem Monster gegen die Brust, hörte seinen Schmerzensschrei und sah es Richtung Kamin fliegen, wo es gegen die Steine krachte. Hatte ich es getötet?

Egal.

Ich musste hier weg – und zwar schnell. Ich hatte von solchen Gestalten gelesen. Magiebegabte hielten sie als ihre Gefangenen – und ihre Helfer. Sie begegneten Menschen blutrünstig und erbarmungslos.

Schweiß lief mir über das Gesicht, als ich aus dem Kaminzimmer stolperte. Immer zwei Stufen auf einmal nehmend, rannte ich die Treppe hinab, den langen Gang entlang, an dem seltsamen Aquarium vorbei, bis ich die Eingangshalle erreichte. Verzweifelt suchte ich nach der Tür, und erinnerte mich daran, dass sie erst durch Dorians seltsamen Stern sichtbar geworden war. Aber es musste doch auch einen normalen Weg aus der Burg geben! Irgendwo …

Ein lautes Heulen zerschnitt meine Gedanken. Schmerzerfüllt presste ich mir die Hände vor die Ohren. Auf die Schnelle konnte ich nicht lokalisieren, woher es kam –

Ich lief den Flur entlang, rüttelte an Türen, die allesamt verschlossen waren. Am Ende des Korridors führte eine Treppe nach unten – vielleicht in die Räume der Dienerschaft? Falls es so etwas hier überhaupt gab. Allerdings hatten Burgen seit jeher Ausgänge für das gemeine Volk.

Ich griff nach einer der Fackeln, die in die Wände gelassen waren und nutzte sie, um mir den Weg zu leuchten. Ein muffiger Geruch lag in der Luft. An der Wand entdeckte ich ein Regal mit allerlei Gerätschaften – Blumentöpfe, Rechen, eine Harke und eine rostige Schere. Direkt daneben stand die Büste eines Mannes, der mich wütend anschaute.

Tief durchatmend ging ich weiter und hoffte, dass die Tür am Ende des Zimmers nicht abgeschlossen war. Es musste doch möglich sein, diese vermaledeite Burg zu verlassen! Doch als ich am Knauf rüttelte, passierte gar nichts. Frustriert drehte ich um, wollte die Treppen nach oben nehmen, als ich eine Berührung an meiner Schulter spürte. Sie war zart wie der Flügelschlag eines Schmetterlings, und doch ließ sie alles in mir zu Eis gefrieren.

Im Zeitlupentempo drehte ich mich mit der Fackel in der Hand um. Die Flammen erleuchteten das Gesicht einer Gestalt mit langen, hellen Haaren und riesengroßen Augen. Sie überragte mich um mindestens dreißig Zentimeter, und als sie aus dem Schatten heraustrat, sah ich zwei gebogene Hörner, die sich aus ihrem Kopf wanden und an den Enden gespenstisch leuchteten.

Ich begann zu schreien, die Fackel fiel mir aus der Hand. In Todesangst rannte ich auf die Tür zu, rechnete fast damit, dass sie abgeschlossen war und weinte Tränen der Erleichterung, als sie sich öffnen ließ. Ich drehte den Knauf zweimal um, kaum dass ich entkommen war, damit mir das gehörnte Wesen nicht folgen konnte.

Was war das für ein verdammtes Gruselhaus?

Mein Blick war tränenverhangen, als ich zum zweiten Mal durch die Eingangshalle lief – und dieses Mal nach links abbog. An Dutzenden Türen vorbei, die alle gleich aussahen und von denen doch nicht eine nach draußen zu führen schien.

Ich war eingesperrt.

Eingesperrt in diesem Geisterhaus.

Ein Anflug von Panik breitete sich in mir aus. Zuletzt hatte ich bei Mutters Tod solche Angst gehabt. Meine Beine trugen mein Gewicht nicht mehr, ich sackte in mich zusammen.

Du musst aufstehen, schrie mein Überlebenswille. *Wenn du jetzt liegen bleibst, ist es vorbei.*

Mit letzter Kraft zog ich mich an einem Fensterrahmen hoch ... *an einem Fensterrahmen!*

Ein Stoßgebet gen Himmel schickend, rüttelte ich am Griff. Es ließ sich öffnen. Eiskalte Luft wehte mir entgegen.

Wenn es keine Tür gab, die nach draußen führte, würde ich einen anderen Weg finden.

Zum ersten Mal zahlte es sich aus, dass ich ein Skelett auf zwei Beinen war, denn so konnte ich mich durch die enge Lücke schälen. Unsanft landete ich auf dem Steinboden. Ich hatte es geschafft!

Euphorie ergriff mich. Ich hetzte über den Burghof und fühlte mich mit jedem Meter, den ich zurücklegte, stärker. *Ihr bekommt mich nicht!*

Ich rannte auf das Burgtor zu und betete darum, dass die Brücke nicht eingezogen war. Doch selbst wenn ich es darüber schaffte, kannte ich den Weg nach Hause nicht. Wir waren stundenlang mit der Kutsche unterwegs gewesen, und die Aussicht, den gefährlichen Weg zu Fuß zurücklegen zu müssen, behagte mir nicht.

Zudem hatte ich meine Schuhe bei meiner Flucht verloren – und das Nachtkleid, das ich trug, reichte kaum bis zu den Knien. Es war mitten in der Nacht, früher oder später würde ich frieren. Die Wahrscheinlichkeit, dass ich es in diesem Aufzug unversehrt nach Hause schaffte, lag bei null.

Während ich mit mir haderte, hörte ich in weiter Ferne Hufgetrappel, begleitet vom Wiehern eines Pferdes. Erschrocken sah ich mich um. War Dorian noch einmal mit der Kutsche losgezogen? Ich verließ den Burghof, lief an der Kapelle vorbei und sah, dass die Brücke nicht eingezogen war. *Es gab einen Weg nach draußen!*

Das Hufgetrappel kam immer näher. Ich suchte Zuflucht hinter dem steinernen Brunnen, der sich unweit der Kapelle befand. Von hier aus beobachtete ich, wie ein weißes Pferd über die Brücke galoppierte, bis der Reiter es in meiner unmittelbaren Nähe zum Anhalten zwang.

Wer auch immer auf dem Tier saß; es war nicht Dorian. Dafür war er zu klein. Er trug einen Helm, wodurch ich sein Gesicht nicht erkennen konnte. Suchend sah er sich um, ehe er sich vom Sattel schwang und das Pferd an einem Pfahl anband.

Er war komplett in Schwarz gekleidet, eine enge Hose, klobige Stiefel und eine Winterjacke, die mir vage bekannt vorkam. Ich legte den Kopf schief. In diesem Moment drehte der Reiter sich zu mir um.

Ich war mir zu neunundneunzig Komma neun Prozent sicher, dass ich halluzinierte. Dass die Angst, der Hunger und die allgemein schlechte körperliche Verfassung, in der ich mich befand, ihren Tribut forderten. Doch als der Mann sich mir näherte, wusste ich, dass er ein Mensch aus Fleisch und Blut war.

Nicht nur *ein* Mensch.

Freso.

Riekas Ehemann.

»Gott sei Dank habe ich dich gefunden.« Er riss sich den Helm vom Kopf und kam auf mich zugelaufen. Seine Hand war kalt von der Nacht, aber als er mich in den Arm nahm, fühlte ich mich geborgen.

»Was machst du hier?« Ich starrte ihn an, als wäre er von den Toten auferstanden. Sein Haar hing ihm strähnig in die Augen. Sein Bart war dichter als sonst.

»Rieka hat mir alles erzählt. Meine Mutter war mit Claras Eltern bekannt, und weiß, was mit ihr passiert ist.«

Ich schluckte. »Was meinst ...«

»Du musst hier weg. Du bist in Lebensgefahr.«

Aus einem Impuls heraus zog ich seinen Mantel über, den er mir reichte.

»Hast du keine Schuhe?«

Stumm schüttelte ich den Kopf.

»Hier. Nimm den Steigbügel.«

Mit seiner Hilfe gelang es mir, mich auf den Sattel zu hieven. Für den Bruchteil einer Sekunde fragte ich mich, woher Freso das Pferd hatte.

Er band das Tier los, ehe er sich vor mir auf den Sattel schwang und dem Hengst die Sporen gab. Ich krallte meine Finger in Fresos Wollpullover.

Das Pferd lief los, durch den Burginnenhof und über die Brücke. Gespenstisch durchbrach das Geklapper seiner Hufe die Stille. Der Nachtwind schlug mir kalt ins Gesicht, mein Unterkörper war jetzt schon eisig. Hoffentlich überstand ich den Ritt bis nach Kryndon.

»Woher hast du das Pferd?«, fragte ich Freso. Wie ein Besessener lenkte er das Tier durch den nächtlichen Wald, die Umgebung flog nur noch schemenhaft an mir vorbei.

»Was hat deine Mutter über Clara erzählt?«, versuchte ich es mit einer anderen Frage. »Was ist mit ihr passiert?«

Fresos Hände krallten sich um die Zügel. Sein Körper war bis zum Zerreißen gespannt, als er das Pferd über einen Baumstamm springen ließ. Mein Herz stolperte.

»Bist du sicher, dass das der richtige Weg ist?« Mir kam es vor, als würden wir uns in die entgegengesetzte Richtung bewegen. Zwar konnte ich mich nicht mehr an die genaue Strecke erinnern, weil ich den Großteil verschlafen hatte, aber meine Intuition sagte mir, dass wir falsch waren. Ich schlang meine Arme enger um Fresos Oberkörper, als der Weg unebener wurde. Das Schnaufen des Pferdes hallte in meinen Ohren wider. Er dirigierte es nach links, einen Berg hoch und an einem See entlang. Hoffentlich kannte er den Weg!

Sobald ich mich an die Geschwindigkeit und den unbequemen Sitz gewöhnt hatte, drifteten meine Gedanken zu Kaida, die sich unendlich freuen würde, mich wiederzusehen. Vielleicht könnte ich sie überraschen, wenn sie gerade aus der Schule kam.

Und Tian. Möglicherweise hatte seine Behandlung schon angeschlagen und er befand sich auf dem Weg der Besserung.

Vorfreude breitete sich in mir aus, die jäh zerstört wurde. Denn meine Rückkehr nach Kryndon bedeutete auch, dass ich versagt hatte. Dass ich es wieder einmal nicht geschafft hatte, meine Familie zu beschützen. Dass wir genau da standen, wo wir vorher gewesen waren.

Bis auf die dreißig Goldtaler, die Dorian mir als Vorauszahlung gegeben hatte.

Nachdenklich kaute ich auf meiner Unterlippe herum.

Dreißig Goldtaler waren eine irrsinnig hohe Summe Geld. Dorians Gebieter würde sie mir gewiss nicht ohne Weiteres überlassen. Immerhin hatte ich den Vertrag, der mit meiner Unterschrift besiegelt war, gebrochen.

Was würde also passieren, wenn Dorian das Geld von mir zurückforderte? Ich konnte ihm das, was übrig war, geben. Aber was war mit dem großen Teil, den wir bereits ausgegeben hatten? Es würde Jahre, wenn nicht sogar ein Jahrzehnt dauern, bis wir so viel Geld zusammengespart hätten. Schwer zu glauben, dass Dorian so lange wartete.

Und überhaupt. Wenn ich zurückkehrte, würden meine Geschwister wieder Hunger und Elend erwarten.

»Freso«, rief ich, und wiederholte seinen Namen lauter, als er nicht reagierte. »Freso, dreh um. Ich muss zurück.«

Zu meiner Überraschung bremste er das Pferd sofort ab und warf mir einen Blick über die Schulter zu.

»Ich kann nicht mit nach Kryndon kommen«, sagte ich mit Nachdruck. »Ich habe ein Versprechen gegeben und das muss ich halten.«

Auf seinen Protest war ich vorbereitet. Nicht darauf, dass er die Zügel fallen ließ, sich vom Pferd schwang und mich aus dem Sattel hob. Dürre Finger umfassten meine Taille. Dürre, blaue Finger. Überrascht hob ich den Blick – und schaute in ein Gesicht, das sich noch nicht ganz gefunden hatte. Das halb Mensch und halb magisches Wesen war.

Der Wald um mich herum verlor seine Konturen, die Bäume verwandelten sich in Schatten, bis sie sich ganz auflösten. Ich spürte, wie jemand nach meiner Hand griff und mich nach vorn zog. Ein Rauschen setzte sich in meinen Ohren fest.

Ich wurde einmal im Kreis gedreht, kam mir vor wie die

Ballerina aus Mutters Schmuckkästchen. Unter mir wurde es warm und weich, ehe der Boden aufbrach und ich fiel.

Als ich die Augen öffnete, saß ich mit Dorian in einem rund geschnittenen Raum, dessen Wände mit alten Teppichen behangen waren. Im Kamin flackerte ein Feuer, das Schatten über den Boden tanzen ließ. Ich trug ein dunkelgrünes Kleid. Auf meinem Schoß lag eine Decke, dabei fror ich schon lange nicht mehr.

Dorian hatte sich in seinem Sessel zurückgelehnt und die Arme vor der Brust verschränkt. Unsere Blicke trafen sich. Er lächelte. »Ich glaube, es ist an der Zeit, dass ich dir ein paar Burgbewohner vorstelle.«

KAPITEL 9

ASCHE UND GEISTER

»Was ist da eben passiert?«, fragte ich. »Wie bin ich hierhergekommen?« Das Letzte, woran ich mich erinnerte, war, mit Freso im Wald unterwegs gewesen zu sein und mich entschieden zu haben, zur Burg zurückzukehren. Alles, was danach geschehen war, entzog sich meinem Verstand.

Dorian faltete die Hände vor der Brust. An jedem seiner Finger befand sich ein anderer Ring. »Ursprünglich wollte ich dir die Gestalten erst morgen vorstellen. Bei Tageslicht ist vieles einfacher.«

»Gestalten?« Ich musste an das Monster im Kamin und das gehörnte Wesen denken.

»Ein paar von ihnen hast du offensichtlich schon kennengelernt. Möchtest du mir von ihnen erzählen?«

Ich krallte die Finger in den Unterrock meines Kleides und atmete tief durch. Jahrelang hatte man mir eingebläut, dass Magie etwas Böses war. Dennoch glaubte ich nicht, dass ich mit dieser Überzeugung hier weiterkam.

»Da war wieder dieses Wesen mit den blutroten Augen. Dasselbe, das ich unten im Gewölbe gesehen habe. Oder ... dieselbe Spezies ...«

Dorians ausgestreckter Zeigefinger ließ mich innehalten. In einer geschmeidigen Bewegung erhob er sich vom Sessel und lief auf die Fensterbank zu, die den gesamten Raum umschloss und auf der fünf dicke Kerzen brannten. Er blies eine nach der anderen aus, bis das Zimmer in Dunkelheit getaucht war.

»Aska, bist du hier?«, rief er.

Aus der Nähe des Kamins erklang ein Röcheln. Kurz darauf blitzten rote Augen in der Finsternis auf.

Schweiß brach mir aus, aber ich zwang mich, ruhig sitzen zu bleiben.

»Komm zu uns rüber, Aska.«

Dorians Schritte bewegten sich in meine Richtung, die Augen folgten ihm mit Abstand. Nachdem er sich hingesetzt hatte, streckte er seine Hand aus. »Du musst keine Angst haben.«

»Ich habe keine Angst«, protestierte ich, auch wenn das nicht stimmte. Ich schlotterte am ganzen Körper.

»Ich meine nicht dich. Ich meine Aska.«

»Aska?«

Die roten Augen flogen zu mir herüber und verengten sich zu Schlitzen, als würden sie nicht wissen, was sie von mir halten sollen.

»Sprich mit ihr«, forderte Dorian mich auf. »Sie ist ein bisschen schüchtern, aber das gibt sich mit der Zeit.«

Schüchtern? Ein Paar Augen?

»Sie ist erst heute hier angekommen.«

»Mh?«

»Ich habe Askas Frage beantwortet. Sie wollte wissen, wann ich dich hergebracht habe.«

»Die Augen haben mir dir gesprochen?« Verwirrt sah ich Dorian an. »Was für eine Sprache soll das sein?«

»Unsere. Du kannst sie auch hören, wenn du dich konzentrierst.« Der Sessel quietschte unter seinem Gewicht.

»Aber ...«

»Aska ist ein Aschedämon. – Ja, ich weiß, dass du nicht gern Dämon genannt wirst. Sie selbst nennt sich Aschemädchen, vielleicht solltest du das auch tun.«

Verwirrt nickte ich, während ich immer noch auf die Augen starrte. Sie waren noch näher an mich herangeflogen. Doch was war das? Die Umrisse eines Körpers, die sich in der Finsternis abzeichneten. Ein kleiner Kopf, umrahmt von langem Haar, der in einem kurzen Hals und schmalen Schultern mündete.

»Wie ist das möglich?«

»Aschedämonen können nur gesehen werden, wenn du dich auf sie einlässt. Je länger du dich mit ihnen beschäftigst, desto deutlicher werden ihre Konturen. Ganz sehen kannst du sie allerdings nie.«

»Und ... wenn wir die Kerzen wieder anmachen?«

Das Aschemädchen gab einen unzufriedenen Laut von sich.

»Dann ist Aska weiterhin hier, aber niemand kann sie sehen. Ziemlich praktisch, wenn du mal jemanden zum Spionieren brauchst.« Dorian lachte dumpf.

»Wie ist so etwas möglich?«

»Das ist eine Frage, die wir hier nicht stellen. Wir haben uns damit abgefunden, dass es Dinge zwischen Himmel und Erde gibt, die sich niemand erklären kann. Aschedämonen formen sich aus Staub, Schmutz und Asche. An besonders dreckigen Orten treten sie zuhauf auf.«

»Und diese roten Augen? Haben sie die immer?« Ich schauderte.

»Nein. Nur, wenn sie entscheiden, sich zu zeigen. Aska wollte, dass du sie siehst. Ich glaube, sie hofft, in dir eine Freundin zu finden.«

Überrascht lachte ich auf. Das war absurd. Ich würde sicher nicht mit einem magischen Wesen gemeinsame Sache machen. Schon gar nicht, wenn sie im Haus eines Zauberers wohnte, der mir sicher nicht wohlgesonnen war.

»Jetzt hast du sie traurig gemacht«, meinte Dorian. »Aska ist nicht besonders glücklich mit ihrer Gestalt, aber wir können nichts daran ändern. Obwohl ihre Spezies seit Tausenden von Jahren existiert, haben wir noch so gut wie nichts über sie herausgefunden.«

»Wie viele ... von ihr gibt es in der Burg?«

»Nicht besonders viele«, erwiderte Dorian.

Aska gab ein seltsames Geräusch von sich, das irgendwo zwischen Lachen und Weinen angesiedelt war. Aus einem inneren Impuls heraus streckte ich die Hand aus – und zuckte erschrocken zurück, als ich Stoff berührte. Sogleich flogen die Augen näher auf mich zu – nein, nicht *flogen*. Ihr Körper trappelte über den Boden. Askas Füße waren nackt, die Zehen unförmig nach oben gebogen.

»Was hast du gesagt?« Ich beugte mich nach vorn, um sie besser verstehen können. Ihre Stimme war so leise wie ein Winseln, und ich hatte im Gefühl, dass meine menschlichen Ohren nicht darauf ausgelegt waren, sie zu verstehen.

Es leid ... leeid ... leeeeid ...

»Noch einmal, bitte.« Erneut berührte ich ihre Schultern, dann wanderte ich ihren Körper hinab, bis meine Finger etwas fanden, das mich an eine Hand erinnerte. Ich sog scharf die Luft ein, als Aska zugriff.

Ich wollte dich nicht erschrecken.

»Ist schon gut«, beteuerte ich.

Du so schön ... Du bist so schön.

»Seit ich Aska kenne, träumt sie davon, ein Mädchen zu sein. Hübsche Kleider zu tragen und einen Prinzen zu heiraten. Doch sie ist dazu gezwungen, sich auf ewig in der Dunkelheit zu verstecken.«

Dein Kleid ... Es steht dir fabelhaft.

Ihre Stimme war seltsam. Vielmehr als Widerhall. Eine Ahnung, nicht aber ein wirklicher Ton.

»Danke«, flüsterte ich. »Wenn du magst, kannst du es mal anprobieren.«

Ein aufgeregtes Röcheln verließ ihren Körper, ehe sie nach hinten sprang und aufgeregt durch das Zimmer huschte. Ihre roten Pupillen blitzten mehrfach in der Dunkelheit auf.

»Was ist mit ihr? Geht es ihr nicht gut?«

Dorian lachte. »So drückt sie ihre Freude aus. Allerdings solltest du dein Versprechen halten.«

»Ist sie gefährlich?« Ich beobachtete, wie die roten Augen sich hektisch durch das ganze Zimmer bewegten, ehe sie kurz vor mir anhielten.

»Sie kann dir keinen körperlichen Schmerz zufügen. Aber Aska ist eine Meisterin im Erschrecken.«

Das glaubte ich ihm sofort.

»In meiner Kammer gibt es eine Gestalt im Kamin. Er sah aus wie ein ... kleiner Bär, sehr haarig.«

Dorian lachte abermals. »Der Domovoi wäre sicher nicht erfreut darüber, als kleiner Bär bezeichnet zu werden.«

»Domo-was?«

»Domovoi.« Ich hörte, wie Dorian sich vom Sessel erhob und durch den Raum tigerte. Kurz darauf brannten die Kerzen auf der Fensterbank wieder und Aska war verschwunden. »Der Domovoi ist der Schutzgeist dieser Burg. Er wohnt schon länger hier als wir alle zusammen und passt auf uns auf. Wenn du willst, können wir ihn gleich gemeinsam füttern. Er hat noch nichts bekommen und wird leicht knatschig.«

»Füttern?«

Dorian streckte mir die Hand entgegen. »Komm mit, dann stelle ich ihn dir vor.«

Ich hatte wenig Lust, dem haarigen Wesen noch einmal gegenüberzutreten, dennoch ließ ich mich von Dorian vom Sessel hochziehen und folgte ihm durch den Saal.

»Hält er sich öfter im Kamin auf?«, fragte ich ihn auf dem Weg in mein Zimmer.

»Er wohnt dort.«

Das hatte mir gerade noch gefehlt. Ich durfte mir also in Zukunft meine vier Wände mit einem haarigen Mann teilen, der es auf mich abgesehen hatte.

»Du musst dir keine Gedanken machen. Radost ist ein friedlicher Zeitgenosse und wird dir keinen Ärger bereiten.«

»Das machte auf mich einen anderen Eindruck.«

Dorian drehte sich zu mir um. Ein überraschter Ausdruck lag auf seinem Gesicht. »Hast du ihn geärgert?«

»Ich hab gar nichts gemacht«, beteuerte ich. »Ich habe seltsame Geräusche aus dem Kamin gehört und den Schürhaken benutzt, um ...«

»Autsch.« Dorian verzog das Gesicht. »Der Domovoi ist sehr empfindlich.«

»Auf mich wirkte er eher wütend und aggressiv.«

»Wie würdest du reagieren, wenn dir eine Wahnsinnige einen spitzen Stock in den Hintern bohrt?«

Seine Frage brachte mich unweigerlich zum Grinsen. »Er hat seine Rache schon bekommen.« Ich tastete meine Wange nach der Wunde ab und hielt erstaunt inne.

»Ich habe mich um deine Verletzung gekümmert«, sagte Dorian schlicht, ehe er sich wieder in Bewegung setzte.

Was war alles in der Zeit geschehen, seit ich vom Pferd gestiegen war?

Dorian öffnete mir die Tür zum Kaminzimmer, zündete eine Öllampe an und winkte mich vor.

Ich zwang mich zur Ruhe, dennoch stellten sich die feinen Härchen auf meinen Oberarmen auf. Einen Moment lauschte ich in die Stille hinein.

»Vielleicht ist er nicht da«, mutmaßte ich.

»Radost ist immer hier. Er liebt es, zu lauschen.«

»Dann ... sollte ich ihm wohl sagen, dass es mir leidtut? Und dass ich ihn in Zukunft nicht mehr mit dem Schürhaken massakrieren werde?« Ich schielte zum Kamin herüber, aus dem ein Kratzen zu hören war. Als der Domovoi sich auf die Feuerstelle fallen ließ, wirbelte die Asche bis auf mein Bett.

»Hey, Radost«, brummte Dorian. »Was habe ich dir über plötzliche Sprünge in die Tiefe gesagt?«

Das Wesen schnaufte, dennoch schüttelte es sich ausführlich.

Ich nahm den muffigen Geruch wahr, der sich in der Kammer ausbreitete.

»Ich möchte dir jemanden vorstellen.« Dorian trat auf den Domovoi zu, der von der Feuerstelle gesprungen war und sein Unwesen auf dem Boden trieb. Als er den Kopf hob, funkelte Erkennen in seinen gelben Augen, gepaart mit rasendem Zorn.

»Oh, ich glaube, er …«, murmelte ich, da buckelte das Wesen und setzte zum Sprung an. Dorian warf sich vor mich, packte den Domovoi an den ausgemergelten Armen und drückte ihn gegen die Wand. »Na, na«, tadelte er, »so gehen wir doch nicht mit Besuch um.«

Das Monster stieß ein Grummeln aus, rührte sich aber nicht mehr, als Dorian es absetzte.

»Du kannst jetzt zu ihm gehen«, sagte er leichthin.

»Er sieht nicht so aus, als wollte er mich kennenlernen.«

»Radost ist immer etwas muffig.«

Und *ich* wollte ihn wirklich nicht kennenlernen.

»Ich halte ihn fest.«

»Du hältst mich nicht fest!« Die grollende Stimme ließ mich innehalten. »Und wenn du mich noch einmal anfasst, schiebe ich dir den Schürhaken in den Arsch!«

»Radost!«, ermahnte Dorian ihn streng.

»Du kannst ja sprechen«, richtete ich zum ersten Mal das Wort an den Domovoi, dessen Stimme bedrohlich und dunkel, aber auch etwas lustig klang.

»Und das überrascht dich, weil …?« Er verzog die Augen zu Schlitzen. Sein Körper war zum Zerreißen gespannt, in seinem Blick glomm pure Mordlust. Dennoch ging ich vor ihm in die Hocke.

»Ich möchte dich um Verzeihung bitten. Mir war nicht bewusst, dass du im Kamin wohnst.«

»Wo soll ich denn sonst wohnen?« Er ballte die pelzigen Hände zu Fäusten.

»Ich ... wusste gar nicht, dass es Wesen wie dich gibt.«

»Hast du mir schon wieder so eine ungebildete Dirne in die Burg gebracht?« Diese Frage war an Dorian gerichtet und hallte in mir nach. *Schon wieder.*

»Radost, das ist Liora. Liora, Radost. Bis zur Hochzeit werdet ihr euch dieses Zimmer teilen.«

Genervt verschränkte der Domovoi die Hände vor der Brust. Schwarze Tierchen krabbelten in seinem Fell umher.

»Verzeihst du mir?«, fragte ich in die Stille hinein. Und da ich keine Ahnung hatte, wie man einem Hausdämon begegnete, streckte ich ihm die Hand entgegen.

Eine schier endlose Weile starrte Radost sie an. Skepsis lag in seinen Augen. Dann, so langsam, dass ich es kaum mitbekam, löste er seine Hand aus der Abwehrhaltung. Seine Finger berührten meine – nur für den Bruchteil einer Sekunde. Er grunzte etwas, das ich nicht verstand.

»Ich bin mir sicher, ihr werdet euch gut verstehen.« Dorian zwinkerte mir zu.

Unterdessen kletterte der Domovoi wieder in den Kamin. Überall im Zimmer lag Asche. Über den Boden krabbelten die kleinen schwarzen Tiere, die sich aus seinem Fell gelöst hatten.

»Keine Angst, Aska kümmert sich darum«, sagte Dorian auf meinen Blick hin.

»Das Essen«, fiel ihm dann ein. Er hielt seinen Stern gegen eine scheinbar beliebige Stelle in der Wand, woraufhin sich ein roter Backstein aus ihr löste und auf den Boden fiel. Aus der entstandenen Lücke zog Dorian einen Teller, auf dem ein graues Stück Fleisch lag.

»Will ich wissen, was das ist?«

»Eine tote Katze«, antwortete er. »Unser lieber Radost ist leider sehr wählerisch, was seine Ernährung betrifft. Katzen schmecken ihm jedoch sehr.«

Ich biss mir auf die Unterlippe, griff nach dem Teller, den Dorian mir entgegenstreckte, und kniete mich vor den Kamin. Wie Ratten schmeckten, wusste ich. Eine Katze hatte ich noch nie zu mir genommen. Mit zitternden Fingern stellte ich den Teller auf die Feuerstelle.

Eine haarige Hand löste sich aus dem Kamin, griff nach dem Fleischstück und zog es nach oben. Kurz darauf vernahm ich ein Schmatzen.

»Was genau ist seine Funktion? Warum ist er hier?«

»Er beschützt die Burg vor bösen Einflüssen.«

»Bösen Einflüssen? Ist das nicht absurd, wenn man bedenkt, dass hier ein Zauberer lebt?«

Dorian lächelte; es sah beinahe ein wenig traurig aus. »Du solltest jetzt schlafen. Die Sonne geht in ein paar Stunden auf und du brauchst Kraft für den morgigen Tag.«

Eine böse Vorahnung breitete sich in mir aus. »Lerne ich morgen den Zauberer kennen?«

Dorian nickte. »Mehr als das. Du wirst ihn morgen heiraten.«

KAPITEL 10

FEEN UND SCHMETTERLINGE

Etwas kitzelte mich an der Nase.

Schläfrig öffnete ich die Augen und fuhr mir mit der Hand übers Gesicht. Ein hohes Quietschen drang an meine Ohren und führte dazu, dass ich mich kerzengerade im Bett aufsetzte.

Ich brauchte ein paar Sekunden, um zu verstehen, wo ich war und weitere Momente, um zu realisieren, was da auf meiner Nasenspitze saß und aufgeregt wegflog, als ich mit der Hand in der Luft herumfuchtelte.

Das Wesen war höchstens so groß wie mein Daumen und hatte lange, rote Haare, die ihm wie Feuer den Rücken hinabfielen. Es trug ein kurzes, gelbes Kleid mit aufgestickten Blumen und winzige weiße Schühchen. Aus seinem Rücken wuchsen zwei pastellfarbene Flügel, mit denen es aufgeregt flatterte.

Magie ist etwas Böses. Magie zerstört, Magie beutet aus, Magie täuscht, erinnerte ich mich an die Worte unseres Königs. *Magie ist gefährlich. Wir fürchten uns zu Recht vor ihr.*

Doch als ich auf das zarte Wesen starrte, fiel es mir schwer, Angst zu haben.

»Wer bist du?«, fragte ich neugierig, bekam als Antwort aber nur ein Sirren, das ich keiner Sprache zuordnen konnte. Aufgeregt flatterte die Gestalt durch den Raum, bis zu meinem Schrank, an dem auf einem Bügel ein schwarzes Kleid hing, das aus einem eng anliegenden Oberteil mit Herzausschnitt und einem ausfallenden Tüllrock bestand. Eine Schleife auf Hüfthöhe rundete das Ensemble ab.

Ich spürte, wie meine Handflächen feucht wurden. Schnell schlüpfte ich in meine Hausschuhe und ging auf das Ballkleid zu, als ich aus den Augenwinkeln Radost bemerkte, der mich vom Kamin aus missmutig anstarrte.

»Du siehst scheiße aus«, begrüßte er mich.

»Dir auch einen guten Morgen.«

Die rothaarige Fee – oder was auch immer sie war – flatterte auf mich zu. Ihre zarten Finger griffen nach einer meiner Haarsträhnen, und ich verstand, dass sie mich zum Schrank ziehen wollte.

Die Frauen in Kryndon hatten in Weiß- oder Beigetönen geheiratet, selten einmal in Hellblau. Schwarz jedoch war Beerdigungen vorbehalten. Vielleicht passte es deswegen so gut.

Ich fuhr über den hochwertigen Stoff und schluckte. *Heute war mein Hochzeitstag.* Ich würde einem Mann das Jawort geben, den ich nie zuvor gesehen hatte. Über den ich Geschichten gehört hatte, die mir einen Schauer über den Rücken jagten.

»Radost?« Ich drehte mich zu dem Domovoi um, der vor dem Kamin saß und mich nachdenklich musterte. Immerhin hatte er mich in der Nacht in Ruhe gelassen.

»Kennst du den Mann, den ich heute heiraten soll?«

Seine gelben Augen verzogen sich zu Schlitzen. Für einen Moment sah es aus, als ob er etwas sagen wollte, dann verspeiste er eines der schwarzen Viecher, die in seinem Fell hingen.

»Wie ist er so? Was erwartet mich?« Radost begegnete meinem Blick mit Desinteresse.

»Ihr habt einander verdient.«

»Wie meinst du das?« Ich ging auf ihn zu.

Der Domovoi fletschte die Zähne; vielleicht war es aber auch seine Art zu grinsen. »Du hältst es keine zwei Tage mit ihm aus. Früher oder später sind sie alle gegangen.«

»Was meinst du mit *gegangen*? Wer war vor mir da?«

Radost schob die Lippe vor. Nachdenklich kratzte er sich dort, wo sich niemand in der Öffentlichkeit kratzen sollte. »Glaub ja nicht, dass du die Richtige bist. Du hast geschrien wie ein Kind, als du mich gesehen hast.«

»Entschuldigung, aber wenn hier jemand geschrien hat, dann ja wohl du, als ich dich mit dem Schürhaken gestreift habe.«

»Gestreift?« Er humpelte auf mich zu, sodass mir sein abgestandener Atem ins Gesicht wehte. Radost roch schlimmer als zehn tote Ratten. »Du hast mir eine schwere Verletzung zugefügt, die ich mein Leben lang mit mir herumtragen werde.« Sein Jaulen brachte mich zum Lachen.

»Oh ja, du siehst auch wirklich *schrecklich* zugerichtet aus. Zeig mir die Wunde doch mal.«

Radost streckte mir den Finger, mit dem er sich eben über sein Hinterteil gefahren war, direkt ins Gesicht. »Werd nicht frech! Übermut hat schon ...«

Die Tür wurde aufgerissen, Dorian kam mit einem Tablett ins Zimmer geschlittert. Ich wollte ihm einen guten Morgen wünschen, doch er rauschte an mir vorbei. Schweißtropfen prangten auf seiner Stirn.

Mit einem Knall stellte er das Tablett auf dem Tisch ab. »Iss das«, trug er mir auf. »Die Wingadis machen dich für die Hochzeit fertig. Radost, du kommst mit mir.«

Der Domovoi ballte die Fäuste, was angesichts seiner Größe lustig aussah. »Ich bleibe hier«, protestierte er, da hatte Dorian ihn schon am Arm hochgezogen und ihn sich wie einen nassen Sack über die Schulter gelegt.

»Warte«, rief ich ihm hinterher, doch die Tür war ins Schloss gefallen. Seufzend verschränkte ich die Arme vor der Brust, dann inspizierte ich das Essen, das Dorian mir gebracht hatte. Dadurch, dass ich seit Monaten Hunger litt, wusste mein Körper schon lange nicht mehr, wann es Zeit für eine Mahlzeit war. Mein Magen fühlte sich immer flau an – ich hatte mich daran gewöhnt.

Als ich das Frühstück jedoch in Augenschein nahm, das aus zwei Scheiben Schwarzbrot mit Käse, einem Ei und einer Apfelschnecke bestand, bekam ich ein schlechtes Gewissen. Davon hätte ich Kaida und Tian mehrere Tage satt bekommen können. Ich zog mir den Stuhl zurecht und griff nach der ersten Scheibe Brot, die sich butterweich in meinen Händen anfühlte. Gierig stopfte ich sie mir in den Mund, schlang mehr, als dass ich kaute. Ein Gefühl tiefer Glückseligkeit breitete sich in mir aus. Ich schloss kurz die Augen, und als ich sie wieder öffnete, blieb mir das letzte Stück im Hals stecken.

Mir gegenüber am Tisch saß die Geisterfrau, völlig in Schwarz gekleidet. Dünne Haarsträhnen hingen ihr ins

Gesicht, aus ihrem Mundwinkel sickerte ein Rinnsal Blut. Als sie den Kopf schieflegte, hörte ich Knochen knacken.

Ich schluckte schwer. Ein Teil von mir hatte gehofft, sie in Kryndon gelassen zu haben.

Ich griff nach der zweiten Scheibe Brot, als sich die dürre Hand der Frau auf meine legte. Die Haut um ihre Finger war aufgesprungen und spröde.

»Iss das nicht«, bat sie mich eindringlich. »Du solltest nichts an diesem Ort essen.«

»Wieso nicht?« Ich schüttelte ihre Hand von mir ab. Obwohl ich es gewohnt war, keine Antworten von ihr zu bekommen, sah ich sie auffordernd an.

»Du wirst es bereuen«, sagte sie schlicht, ehe sie vor meinen Augen verschwand.

Ich atmete tief durch. Rief mir in Erinnerung, dass nichts von dem real gewesen war und mein Kopf mir lediglich einen Streich hatte spielen wollen. Dennoch zögerte ich, bevor ich die zweite Scheibe Brot zu mir nahm. Es schmeckte nicht vergiftet. Außerdem wollte ich lieber Dorian als der seltsamen Geisterfrau glauben.

Meine Finger schlossen sich gerade um die Apfelschnecke, als die rothaarige Fee sich auf meine Hand setzte. Ihre Lippen waren abfällig geschürzt. Dann flatterte sie aufgeregt auf das Kleid zu. Mühsam erhob ich mich vom Stuhl und folgte ihr. Der Besuch der Geisterfrau steckte mir noch immer in den Gliedern. Dennoch richtete ich meinen Blick auf das schwarze Hochzeitskleid. Es war exquisiter als alles, was ich je getragen hatte, und ich hatte keine Ahnung, wie ich in diesen Reifrock hineinkommen sollte.

Die Fee klopfte gegen das Holz des Schrankes und zog dann am Griff.

»Was machst du da?« Verwirrt stellte ich mich neben sie, und als sie mich auffordernd ansah, öffnete ich die Türen.

Ein Schwarm Insekten flog mir entgegen, Hunderte Tiere, die summend ins Zimmer stürmten, sich auf meinen Kopf, meine Haare und meine Schultern setzten. Überall auf meiner Haut begann es zu jucken, ich schlug mit den Händen um mich und rannte Richtung Fenster, um es aufzureißen. Doch als sich eins der Tiere direkt auf meine Nase setzte, erkannte ich, dass es kein Insekt war, sondern eine zweite Fee. Und auch die anderen waren winzige Fabelwesen mit Flügeln. Keines schien dem anderen zu gleichen, genau wie wir Menschen hatten sie unterschiedliche Haut- und Haarfarben, individuelle Gesichtszüge und Arten, sich zu kleiden. Ihr Summen erinnerte mich an einen Bienenschwarm.

Schon bald ließen sie von mir ab und flogen stattdessen zu meinem Hochzeitskleid. Nur eine Fee mit kurzen, pechschwarzen Haaren und brauner Haut setzte sich auf meinen Schoß und sah mich mit großen Augen an. Dann deutete sie abermals auf den Schrank, dem ich mich näherte.

Erneut flatterten die Feen auf mich zu, es summte in meinen Ohren, und kurz darauf spürte ich Hunderte kleine Hände an meinem Körper. Ich wand mich, weil es so kitzelte, doch nach einer Weile gewöhnte ich mich an ihre Berührungen – und verstand, was sie vorhatten: Mit vereinten Kräften zogen sie mir das Nachtkleid vom Kopf und entwirrten die Knoten in meinen Haaren.

Die Feen geleiteten mich in das angrenzende Badezimmer, wo ich mich waschen und frisch machen konnte. Schließlich gaben sie mir zu verstehen, mich auf den Stuhl aus Holz zu setzen.

Es brauchte mindestens zwanzig von ihnen, um den Kamm zu bewegen, der am Rand der Badewanne lag, und noch einmal zehn obendrauf, um mir damit die Haare zu kämmen.

Es dämmerte bereits, als die Feen fertig wurden. Zwei von ihnen zupften noch an der schwarzen Schleife, die mein Kleid verzierte und in der ich mir wie ein Geschenk vorkam, dann flogen sie zu den anderen, die das fertige Ergebnis musterten und schließlich eine nach der anderen unter dem Türschlitz verschwanden.

Verwirrt blieb ich in der Kammer stehen. Nirgendwo hier gab es einen Spiegel – ich konnte nur mutmaßen, wie ich aussah. Aber – und das wunderte mich – mir passte das Kleid wie angegossen.

Wie ging es jetzt weiter? Holte Dorian mich ab? Wo fand die Hochzeit überhaupt statt? Ich dachte an die kleine Kapelle, an der wir gestern vorbeigekommen waren.

Gestern.

War ich wirklich erst seit einem Tag hier? Es fühlte sich so viel länger an. Ich blickte auf meine Handgelenke hinab, die mit silbernen Armbändern behangen waren.

Du bist wunderschön.

Rote Augen schoben sich aus der Dämmerung und verharrten direkt vor mir. Kurz darauf spürte ich eine Hand auf meiner.

»Aska?«

In der Finsternis machte ich eine Bewegung ihres Kopfes aus.

Ich habe noch nie eine so schöne Braut gesehen.

Nimmst du mich mit zur Hochzeit?

»Ich weiß leider selbst nicht, wo sie stattfindet.«

Niemand nimmt mich je irgendwohin mit.

»Wo würdest du denn gern mal hin?«

Sie rückte näher an mich heran. Wann immer sie mich berührte, bekam ich eine Gänsehaut, obwohl es sich nicht unangenehm anfühlte. Bloß fremd.

Ich habe in seiner Bibliothek ein Buch über einen Ort namens Wehlonien gefunden. Dort gibt es hohe Berge und blaue Seen und alles ist so wunderbar hell.

»In wessen Bibliothek?« Neugierig sah ich sie an.

Aska senkte den Blick. *Ich sollte nicht über ihn sprechen.* Ihre Stimme wurde so leise, dass ich sie kaum verstand.

»Sprichst du vom ... Zauberer? Ich schluckte schwer.

Ihre Antwort war nur ein Hauch, der unverständlich zwischen uns schwebte. Ich wollte nach ihrer Hand greifen, aber Aska wich nach hinten aus, tiefer in die Dunkelheit hinein, bis nur noch ihre roten Augen zu sehen waren. Dann erloschen auch diese.

Im selben Moment wurde die Tür aufgerissen und Dorian betrat die Kammer. Er hatte sich in einen hellblauen Anzug gehüllt, der durch eine enge, weiße Hose und eine karierte Fliege abgerundet wurde. Das Haar trug er kürzer als sonst, den Bart hatte er sich abrasiert.

Sein Blick fiel auf mich, seine gerunzelte Stirn glättete sich und in seine Augen trat etwas Weiches, Väterliches.

»Das ist ... überraschend«, sagte er. »Mehr als überraschend.«

Er reichte mir seine Hand.

»Wir müssen uns beeilen. Mein Gebieter erwartet dich.«

»Dorian.« Erst, als ich mich weigerte, mitzukommen,

drehte er sich zu mir um. »Bitte sag mir, wen ich da heirate. Ich habe im Gefühl, in mein eigenes Unglück zu rennen.«

Tausend Emotionen tummelten sich auf seinem Gesicht, bis er schließlich seufzte. »Das darf ich nicht. Du hast den Vertrag unterschrieben und damit den Bedingungen zugestimmt.« Beinahe bekümmert sah er mich an – und ich dachte an das, was man sich in Kryndon über Zauberer erzählte: Dass sie als Magiebegabte geboren wurden, ihre Kräfte sie aber schnell zu grenzenloser Macht heranwachsen ließen. Dass ihnen der Menschenhass in die Wiege gelegt wurde, verbunden mit dem Wunsch, meinesgleichen unsägliche Qualen zuzufügen.

»Wie soll ich mich verhalten? Ich kenne ihn ja nicht mal.« Meine Stimme überschlug sich beinahe.

»Wir müssen jetzt wirklich weiter«, beteuerte Dorian.

»Beantworte mir wenigstens eine Frage. Bitte. In Kryndon erzählen sie sich Geschichten über den Zauberer in der Burg. Meine kleine Schwester hat in einem Buch über ihn gelesen. Es ... es heißt, dass er mehrere Hundert Jahre alt ist. Dass er Frauen in seine Burg holt ... Es gab dieses Mädchen ... Clara.«

Ich studierte Dorians Züge genau, doch der Name schien keine Erinnerung in ihm hervorzurufen. »Sie kam auch aus Kryndon und wurde auf die Burg geschickt. Sie ... Niemand hat sie mehr gesehen. Das ...« Je mehr ich sprach, desto größer wurde das Unbehagen in mir. Desto enger fühlte sich das Kleid an.

»Ich hab Angst«, gestand ich Dorian eine Schwäche ein, die ich gern für mich behalten hätte. »Ich ... will nicht sterben.«

Er presste die Lippen aufeinander. »Wir müssen jetzt wirklich los. Der Herr mag es nicht, warten zu müssen.«

Der Moment, in dem ich verstand, dass Dorian mir nichts verraten würde, war der, in dem meine Füße sich widerwillig in Bewegung setzten. Die Feen hatten mich in schwarze Lackschuhe mit hohen Absätzen gesteckt, weswegen ich den Korridor eher entlangstakste, als dass ich lief.

Dorian lotste mich durch den Flur, die Treppe nach unten, bis in den Eingangsbereich.

Zu Hause hatte ich jeden Blick in den Spiegel vermieden, um nicht mit der unschönen Wahrheit konfrontiert zu werden. Doch als ich jetzt das Silberglas vor mir stehen sah, ließ ich Dorians Finger los und eilte darauf zu.

Mir stockte der Atem. Die ersten Sekunden gelang es mir nicht, die Frau, die ich vor mir sah, mit dem Mädchen, als das ich mich fühlte, in Verbindung zu bringen. Dann trat ich näher an das schmutzige Glas heran und erkannte die ersten Ähnlichkeiten: die Farbe der Augen, die Form der Wangenknochen, die dünnen Lippen, die mir mein Vater vererbt hatte.

Mit den Händen ging ich mir durch die schwarzen Haare, die voller wirkten als sonst. Geschickt hatten die Feen sämtliche graue Strähnen unter meinem Haupthaar verdeckt.

Meine Augenlider waren in einem Silberton geschminkt, der sich auch auf meinen Nägeln, auf den Armbändern und der schlichten Kette wiederfand, die um meinen Hals lag.

Das Kleid schmiegte sich wie eine zweite Haut um meine Taille, ließ mich aber nicht dürr, sondern beinahe weich wirken.

Ich musste gegen die Tränen ankämpfen. Zum allerersten Mal in meinem Leben fühlte ich mich schön.

»Du schaffst das«, flüsterte Dorian mir zu und ich nickte meinem Spiegelbild entgegen. Egal, was da auf mich zukam, ich würde einen Weg finden, damit fertigzuwerden.

Ich ließ mich von Dorian hinaus in die Nacht führen, den Burginnenhof entlang, an der Kapelle vorbei, bis wir die Mauer und die Brücke hinter uns ließen. Schon jetzt taten mir die Füße weh.

Wir liefen über eine Wiese, die in der Dämmerung verlassen und einsam anmutete, weiter geradeaus, hinein in den Wald. Nichts deutete darauf hin, dass hier eine Hochzeit stattfinden sollte.

Ein kalter Wind wehte mir ins Gesicht, der erste Vorbote des Winters. Tannen standen so dicht beieinander, dass der einzige Ausweg den Blick nach oben auf den nachtblauen Himmel bot.

Mein Herz hämmerte in meiner Brust. Ich wusste längst, dass Weglaufen zwecklos war, und dennoch konnte ich den Gedanken nicht ganz aus meinem Kopf vertreiben. Hinzu kam die Angst vor dem Unbekannten.

Plötzlich blieb Dorian stehen und deutete auf den Weg vor uns, der von schwarzen Laternen erleuchtet wurde und zu einem Platz führte. Instinktiv spürte ich, dass diese Hochzeit anders sein würde als jene, die ich in Kryndon erlebt hatte. Anders als der Tag, an dem Rieka und Freso sich das Jawort gegeben und ihre Liebe mit einem offiziellen Schwur besiegelt hatten.

Glühwürmchen flogen durch die Nacht – oder waren es Feen?

»Ab hier musst du allein gehen«, gab Dorian mir zu verstehen. Er drückte meine Hand ein letztes Mal. Erst, als ich seine Berührung nicht mehr spürte, merkte ich, wie viel Halt er mir gegeben hatte.

Die Frage nach dem *Wieso* lauerte auf meinen Lippen, aber er deutete bloß nach vorn. Dann verschwand er wie eine Sternschnuppe aus meinem Sichtfeld.

Die Einsamkeit schlug unbarmherzig auf mich ein, und bevor ich zu viel darüber nachdenken konnte, was ich tat, ging ich den beleuchteten Weg entlang. Meine Hände waren klamm, meine Lippen bebten. Ich war mutterseelenallein.

Am Ende des Weges sah ich eine große Schaukel, die in der Dunkelheit leuchtete. Hinter ihr zeichnete sich eine Klippe ab, ein Abgrund. Weiße Rosen rankten sich um die Seile der Schaukel; sie bewegte sich leicht im Wind.

Bevor ich weitergehen konnte, legte sich eine knochige Hand auf meinen Nacken, ließ mich herumwirbeln und in ein Paar weißer Pupillen blicken, die zu einer älteren Frau mit grauem Haar und dünnen Augenbrauen gehörten.

Gespenstisch presste sie sich den Zeigefinger vor den Mund, dann breitete sie einen schwarzen Mantel über mir aus und zog mir die Kapuze über den Kopf. »Schau nicht auf, bis du darum gebeten wirst«, sagte sie streng, griff nach meiner Hand und zog mich in Richtung Schaukel. Ein unbehagliches Gefühl ergriff von mir Besitz, das mit jedem Meter, den ich mich auf den Abgrund zubewegte, wuchs.

»Bleib stehen«, herrschte die Alte mich an. »Und sieh dich nicht um.«

Ich hörte, wie sich ihre Schritte in der Nacht entfernten. Zeitgleich spürte ich einen Schatten neben mir. Plötzlich fiel mir das Atmen schwer.

Von irgendwoher erklang ein Glockenspiel, unter das sich der dunkle Ton eines Cellos mischte. Der Mantel, den ich trug, roch streng. Unter ihm hatte ich meine Hände zu Fäusten geballt.

Obwohl es mir verboten war, hob ich den Kopf. Nur kurz, sodass ich unter der Kapuze hindurchschauen konnte. Sechs Gestalten in Kutten hatten sich in einem Halbkreis vor der Schaukel versammelt. Sie hielten Kerzen in den Händen, die sie gespenstisch gen Himmel reckten.

»Was gefunden wurde, wird vereint«, erklang eine Stimme direkt neben mir, die mich zur Seite ausweichen ließ. »Was vereint ist, soll gemeinsam wachsen. Asche zu Erde, Geist zu Schall. Heute im Traumwald, morgen in dir.«

Die Stimme war tief. Ein schauriger Klang haftete ihr an. Ich kam nicht umhin, an die schwarzen Prozessionen zu denken, die Magiebegabte und sogar einige Menschen während des Krieges besucht hatten. Als das Elend zu groß war und der Glaube an eine göttliche Macht nicht mehr ausreichte. Als sie sich einem anderen, dunklen Herrscher zuwandten und sich ihm unterwarfen.

»Ein Zeichen, unter der Haut, bindend für alle Zeiten, über den Tod hinaus, das vereinend, was niemand trennen kann. Ein Bund, der niemals gebrochen werden soll.«

Jemand – oder *etwas* – griff nach meinem Arm, riss ihn unsanft nach vorn, bis mein bleiches Fleisch in der Dunkelheit leuchtete. Ich spürte die Klinge, bevor ich sie erkannte, hellrotes Blut rann über meine Haut, in die etwas geschnitzt wurde. Schmerzhaft biss ich mir auf die Zähne. Jemand schlang ein Leinentuch um meinen verletzten Arm.

Eine innere Stimme befahl mir wegzulaufen, doch meine Füße schienen mit dem Erdboden verwachsen.

»Bezeugen, was sich heute findet«, fuhr die Stimme fort. Das Glockenspiel wurde lauter, ein erschrockenes Raunen war zu vernehmen. Es kostete mich körperliche Kraft, nicht den Kopf zu heben.

»Erkennen, was im Schatten lauert. Ein Kreislauf, getrieben vom ewigen Herzschlag. Die Braut erwartet ihren Bräutigam.«

Jemand drehte mich so, dass ich mit dem Gesicht zur Menge stand. Nur dass ich immer noch nicht in selbige schauen durfte. Aber vielleicht war das auch gar nicht nötig: Weil ich die forschen, entschlossenen Schritte auch so hörte. Die Präsenz der Gestalt spürte, die sich links von mir manifestierte.

Mir schossen all die Bilder durch den Kopf, die ich verdrängen wollte. Das faltige, ausgedörrte Gesicht, die tiefen Höhlen, in denen blicklose Augen lagen. Haare, die wild aus der Nase wuchsen, ein Unheil verkündender Rabe auf der Schulter.

»Hebt das Angesicht und schaut euch an.« Unsanft wurde mir die Kapuze vom Kopf gerissen. Mit Mühe schaffte ich es, aufzuschauen.

Ich muss den Blick heben, um ihn zu sehen. Er ist mindestens einen Kopf größer als ich. Seine Lippen sind voller als meine. Sein Kinn ist ebenso spitz wie seine Wangenknochen, die sich wie Waffen aus seinem Gesicht heben. Von seinem rechten Ohr fehlt ein Stück. Eine schwere Kette liegt um seinen Hals.

Pechschwarze Haare fallen seinen Rücken hinab, der Ansatz eines Barts verdeckt sein Kinn. Seine Augen sind grau mit silbernen Sprenkeln, die sich auch in seinen Haaren wiederfinden.

Sein Gesicht trägt die Spuren der Zeit, und doch ist er niemals hundert Jahre alt. Er wirkt nicht mal viel älter als ich. Eine Aura von Macht und Überlegenheit umgibt ihn.

Ich vergaß, wie man atmete. Starrte den Mann, über den ich so viel gehört hatte und der doch ganz anders war als in allen Geschichten, an. Sein Gesicht war von einer erbarmungslosen, beinahe gefährlichen Schönheit.

Während ich nicht wusste, wohin ich schauen sollte, schien er in sich selbst zu ruhen. Mit einer Mischung aus Entschlossenheit und Arroganz sah er mich an.

Mein Blick wanderte zu seinem rechten Arm, um den ebenfalls ein Leinentuch geschlungen war. Bloß dass das Zeichen, das die Kuttenträger ihm in die Haut geritzt hatten, unter seinen vielen Tätowierungen kaum auffallen würde.

Der Zauberer fasste nach meiner Hand. Sein Griff war fest und unnachgiebig. In seinen Augen tobte ein Kampf.

Ohne ein Wort zu sprechen, führte er mich zu der beleuchteten Schaukel und wartete, bis ich mich gesetzt hatte. Die Bank bewegte sich leicht unter meinem Gewicht, und als er neben mir Platz nahm, schlug sie einmal nach hinten aus.

Er saß so dicht neben mir, dass unsere Knie sich berührten – und ein seltsames Feuer durch meinen Körper ging, das sich allerdings im Bruchteil einer Sekunde verflüchtigte. Der Zauberer trug einen Anzug aus nachtschwarzer Seide, die sich kaum von der Dunkelheit um ihn herum abhob.

Ich versuchte aus seinem Blick schlau zu werden. Doch obwohl so viele Gefühle in seinen Augen tobten, bekam ich nicht eines davon zu fassen.

Zwei der Kuttengestalten kamen auf uns zu und nahmen uns die Verbände ab.

Der Zauberer streckte mir seinen Arm entgegen, und aus einem inneren Impuls heraus wusste ich, dass ich meinen darüberlegen musste. Damit die Symbole, die man uns in die Haut geritzt hatte und die ich durch das getrocknete Blut darum herum kaum erkennen konnte, sich berührten.

Ein goldenes Licht erstrahlte, das mich die Augen aufreißen ließ. Als hätte er sich an mir verbrannt, zog der Zauberer seinen Arm zurück. Mein Blick fiel auf meine Hand, die zu brennen begann.

»Versiegelt mit dem Blut mehrerer Generationen«, ertönte die gespenstische Stimme erneut. »Ein Kuss, der die Nacht mit dem Tag verbindet, den Kreislauf mit der Ewigkeit.«

Unsere Blicke trafen sich. Der Zauberer rückte näher an mich heran, berührte mit seiner Hand mein Kinn. Seine Fingernägel waren schwarz angemalt.

Ein Kuss.

Noch bevor ich mir ausmalen konnte, wie er sich anfühlen würde, ob der Mann neben mir forsch und unnachgiebig, aggressiv oder wild vorgehen würde, spürte ich seine Lippen auf meinen.

Sie waren zart wie der Flügelschlag einer Fee.

KAPITEL II

MASKEN UND ERWARTUNGEN

Die Gestalten in den Kutten positionierten sich vor der Schaukel. Obwohl sie ihre Köpfe nicht mehr gesenkt hielten, war dort, wo ihre Gesichter sein sollten, nur Schwärze. Fröstelnd rieb ich mir über die Oberarme.

Der Zauberer stand auf, und als er mir seine Hand entgegenstreckte, ließ ich mich von ihm hochziehen. Noch immer trug ich seinen Geschmack auf den Lippen.

Drei der gesichtslosen Gestalten liefen vor uns her, die drei anderen bildeten die Nachhut. Die Finger des Zauberers waren kalt, die Nägel so lang, dass sie sich in meine Haut bohrten.

Er hielt den Blick starr geradeaus gerichtet, so als wollte er mich nicht ansehen. Allzu gern hätte ich gewusst, welche Gedanken ihm durch den Kopf gingen, doch er gestattete es mir nicht.

Blindlings setzte ich einen Schritt vor den anderen, folgte dem beleuchteten Waldpfad, über die Wiese, bis die Silhouette der Burg aus dem Nebel aufragte. Kurz vor der

Brücke stoben die Kuttengestalten nach links und rechts auseinander, sodass der Zauberer und ich zurückblieben.

So schaurig die gesichtslosen Wesen auch gewirkt hatten, hatten sie mir doch ein Gefühl von Sicherheit vermittelt, das abrupt von mir abfiel.

Was hatte er mit mir vor? Wohin brachte er mich? Was würde heute Nacht auf mich warten?

Ich krallte die Finger in meinen Unterrock.

Der Zauberer führte mich um die Burg herum, bis zur Ostseite, auf der sich jener Eingang befand, nach dem ich so fieberhaft gesucht hatte. Die Pforten standen bereits offen, ein dunkelgrüner Teppich war ausgerollt und Dorian wartete vor der Tür. Ein Teil meiner Anspannung legte sich, als ich ihn sah, und ihm schien es nicht anders zu gehen. Er betrat vor uns den Eingangsbereich und nahm die Mäntel entgegen, die wir ihm reichten. Gern hätte ich mit ihm geredet, doch es bot sich keine Gelegenheit.

Dorian geleitete uns in einen Saal auf der ersten Etage, in dem vor einer breiten Fensterfront ein Tisch stand, der für zwei Personen gedeckt war. Feuer flackerte im Kamin, überall brannten Kerzen, und doch blieb ein Teil der Dunkelheit bestehen.

Dorian schob mich sanft, aber mit Nachdruck in den Raum hinein, den der Zauberer schon betreten hatte. Als die Tür hinter uns ins Schloss fiel, breitete sich Unruhe in mir aus.

Hatte er abgeschlossen? War ich gefangen? Nur mit Mühe konnte ich den Impuls unterdrücken, am Knauf zu rütteln.

Der Zauberer – oder sollte ich ihn *meinen Ehemann* nennen – hatte sich schon auf einen der Stühle gesetzt.

Statt mich anzuschauen, blickte er aus dem Fenster. Ich nutzte den Moment, in dem ich unbeobachtet war, um mir meinen Arm anzuschauen, der noch immer leicht blutete.

Ich kniete mich neben eine der Kerzen am Boden. Das Symbol, das die gesichtslose Gestalt mir in die Haut geritzt hatte, erinnerte an ein verschlungenes *S*.

Wofür stand es? War es der Name des Zauberers? Der Burg? Eine Bezeichnung für etwas, das ich noch nicht kannte?

Erst als ich aufstand, bemerkte ich, dass der Zauberer mich musterte. Durchdringend ruhte sein Blick auf mir. Was er wohl in mir sah? Ich war von Natur aus keine Schönheit, doch dieses Kleid holte das Beste aus mir heraus. Mit klopfendem Herzen nahm ich auf dem zweiten Stuhl, der ihm gegenüber stand, Platz.

Ich schenkte dem Essen, das sich vor mir auf der Tafel türmte, keine Aufmerksamkeit.

Der Zauberer hatte seine Ellbogen auf dem Tisch abgestützt und die Hände gefaltet. Zwei Finger ruhten auf seinem Kinn. Seine Hände waren voller silberner Ringe. Routiniert griff er nach der Weinflasche und schenkte uns jedem ein Glas ein.

Froh darüber, etwas zu tun zu haben, nahm ich den ersten Schluck und leerte es dann zügig. Gut möglich, dass ich mir für diesen Abend Mut antrinken musste.

Verlegen räusperte ich mich. Ein Teil von mir wartete darauf, dass er etwas sagte, der andere ahnte, dass nichts kommen würde.

»Ich bin Liora«, brach ich deswegen die Stille.

Mein Name rief keine Reaktion in ihm hervor. Er nahm

ebenfalls einen Schluck von seinem Wein. Seine Lippen hinterließen einen sichtbaren Abdruck am Rand des Glases.

»Jaro«, sagte er nach einer Weile, die sich anfühlte wie eine Ewigkeit. Mit der goldenen Gabel, die neben ihm lag, schob er sich ein Stück Fleisch auf den Teller. Ich beobachtete ihn, wie er es in fünf gleich große Stücke schnitt, ehe er das erste zum Mund führte und andächtig kaute. Sein Gesicht wirkte so regungslos wie das einer Statue – und ebenso emotionslos kam es mir in diesem Moment vor, wobei es während der Zeremonie noch voller Gefühle gewesen war.

»Ich bin froh, dich endlich kennenzulernen«, murmelte ich, auch wenn es nicht stimmte. Aber ich *musste* irgendetwas sagen. Ich hielt die Stille keine Sekunde länger aus. »Ich bin gestern angekommen, aber da warst du noch unterwegs?« Ich ließ es wie eine Frage klingen, in der Hoffnung auf eine Antwort. Stattdessen füllte er mein Weinglas neu auf, und weil ich mir nicht anders zu helfen wusste, trank ich es abermals aus.

»Dieses Zeichen ...« Ich streckte ihm meinen Arm entgegen, auf dem das *S* prangte. »Was hat es zu bedeuten?« Gleichzeitig fiel mein Blick auf seine tätowierten Unterarme. Nach dem *S* suchte ich vergeblich.

»Ein alter Brauch der Waldgeister«, sagte Jaro.

»Die Waldgeister? Waren das die Gestalten in den Kutten?«

Er nickte. Sein Gesicht war schon wieder dabei, sich zu verschließen, als er ein »Haben sie dir Angst gemacht?« hinterherwarf.

»Nein«, sagte ich entschieden, weil ich keine Schwäche

zeigen wollte. »Ich wusste gar nicht, dass es so etwas wie Waldgeister gibt. Was ist das Besondere an ihnen?«

Jaro wirkte nicht, als wollte er sich mit mir unterhalten. Nachdenklich schob er sein Weinglas von links nach rechts. Mit geschürzten Lippen sagte er: »Wenn du dich wirklich für sie interessierst, gibt es in der Bibliothek Bücher über sie.«

»Hier gibt es eine Bibliothek?« Aska hatte etwas in der Richtung erwähnt.

»Hat Dorian sie dir nicht gezeigt?«

Ich schüttelte den Kopf. »Ich bin noch nicht lange hier.« Ich nutzte die Gelegenheit, das Gespräch voranzutreiben: »Möchtest du sie mir zeigen?«

»Nein.«

Ich seufzte – anscheinend zu laut, denn er betrachtete mich durchdringend. »Aber du solltest etwas essen. Dorian hat dich in Kryndon gefunden. Dort sind die Lebensumstände nicht besonders gut.«

Während ich an meinem Wein nippte, fragte ich mich, ob er je in Kryndon gewesen war. Was er getan hatte, bevor er nach Kriegsende auf diese Burg verbannt worden war.

»Solange du bei mir bleibst, wirst du keinen Hunger mehr leiden müssen. Das zumindest kann ich dir versprechen.« Jaro schob mir einen Korb zu, in dem sich geschnittenes Brot befand. Aus einem Pflichtgefühl heraus nahm ich mir eine Scheibe und schnitt sie in der Mitte durch.

»Deine Familie wird bald die nächste Bezahlung erhalten. Mein Diener Dorian kümmert sich darum.«

Stumm nickte ich und kaute auf dem Brot herum. Ich

schmeckte so gut wie nichts, was vielleicht der Nervosität geschuldet war, die mir nach wie vor in den Gliedern steckte.

»Eine Sache muss dir allerdings bewusst sein: Solltest du meine Burg jemals verlassen und dein Wort brechen, ist all das Gold nichts mehr wert. Es wird sich vor deinen Augen in Asche verwandeln.«

»Ich werde mein Wort nicht brechen«, sagte ich, mehr, um ihm Kontra zu geben. Überzeugt war ich davon nicht.

Abschätzig schürzte Jaro die Lippen. »Natürlich nicht«, erwiderte er sarkastisch.

Er wollte dem noch etwas hinzufügen, doch Dorian betrat den Raum. Auf seinen blauen Lippen lag ein gequältes Lächeln.

»Ich hoffe, es hat euch geschmeckt«, sagte er und verbeugte sich umständlich. »Das Schlafzimmer ist hergerichtet.« Obwohl seiner Stimme nichts Bedrohliches anhaftete, fühlte sie sich wie eine eiskalte Hand an, die sich um meinen Hals schlang. Ich suchte Jaros Blick, aber er begegnete meinem nicht. Geräuschvoll schob er seinen Stuhl nach hinten, rückte sein schwarzes Sakko gerade und trat auf Dorian zu.

»Ich hoffe, es war alles zu Eurer Zufriedenheit.«

Jaro nahm ihn nicht weiter zur Kenntnis und steuerte die Tür an. Seine Gestalt wirkte von hinten beinahe bedrohlicher als von vorn; er hatte breite Schultern, in denen eine gefährliche Entschlossenheit lag. Sein schwarzsilbernes Haar ergoss sich wie ein Wasserfall über seinen Rücken.

Unmittelbar vor dem Türrahmen blieb er stehen und sah mich auffordernd an. Ich stand so ruckartig vom Stuhl auf, dass ich den Rest Wein in meinem Glas umschüttete. Rote Flüssigkeit sickerte in mein Kleid.

»Beeil dich«, zischte Dorian, weswegen ich auf Jaro zuhastete.

Ich kannte die Burg nicht gut genug, um zu wissen, wohin er mich führen wurde. Ich wusste nur, dass ich hundert Mal lieber in das Kaminzimmer gegangen wäre, selbst wenn dort der Domovoi auf mich wartete.

Jaros Gang war forsch, seine Schritte unnachgiebig. Wir bogen in den westlichen Flügel ab, nahmen drei Treppen nach oben, bis es nicht mehr weiter hoch ging. Auf einem schmucklosen Flur befanden sich zwei Türen, von denen Jaro die linke öffnete.

»Lass uns jetzt allein«, wies er Dorian an.

Vor der geöffneten Tür blieb ich stehen. Das Zimmer dahinter war mindestens doppelt so groß wie meine Kammer, verfügte aber nur über ein winziges Fenster, sodass es wahrscheinlich auch am Tag finster blieb.

In der rechten Ecke brannten vier Kerzen, die die einzige Lichtquelle darstellten. Ein großes Bett, auf dem sich Felle und Decken türmten, war an die Wand geschoben. Links von ihm befand sich ein Regal, vollgestellt mit Büchern, Landkarten und seltsamen Figuren.

»Was ist das?«, fragte ich Jaro, als ich davorstand und die kleinen Wesen musterte. Sie waren aus Marmor, vielleicht auch aus Alabaster gefertigt, etwa so groß wie meine Hand und sahen aus wie junge Drachen.

»Wasserspeier. Gargoyles. Sie erwachen bei Neumond zum Leben.«

Grinsend drehte ich mich zu ihm um, in der festen Überzeugung, dass er einen Scherz gemacht hatte und endlich das Eis zwischen uns brechen wollte. »Ich kann es kaum erwarten.«

Missfallen breitete sich auf seinem schönen Gesicht aus. »Du glaubst nicht daran?«

»An kleine Figuren, die sich bei Vollmond in Monster verwandeln? Nein.«

»Neumond, nicht Vollmond«, korrigierte er mich. »Und ich habe nichts anderes erwartet.« Er entfernte sich von mir und verschloss die Tür.

»Sperrst du mich ein?«

»Ich sperre *sie* aus.«

»Wer sind *sie*?«

»Wesen, an die du sowieso nicht glaubst.« Jaro nahm auf dem Bett Platz und zog sich die Stiefel von den Füßen. Das schwarze Sakko warf er achtlos zu Boden. Das Hemd, das er darunter trug, gab mir einen Vorgeschmack auf das, was mich erwartete: Nicht nur seine Brust, sondern auch die Arme zeichneten sich darunter ab. Ich gab mir Mühe, nicht allzu genau hinzuschauen. Im diffusen Licht der Kerzen bemerkte er hoffentlich nicht, wie rot ich wurde.

Es war ein Fehler gewesen, mich von den Wasserspeiern zu entfernen. Denn jetzt stand ich planlos im Raum herum und wusste nicht, wohin mit mir. Schließlich tat ich es ihm gleich und zog meine unbequemen Schuhe aus. Der rote Teppich fühlte sich wohlig weich unter meinen Füßen an.

»Ist dir kalt?« Jaro warf einen Blick auf den Kamin, in dem kein Feuer brannte.

Ich schüttelte den Kopf. »Wohnt in diesem Kamin auch ein Domovoi? Ich habe Radost kennengelernt ...«

»Zwei Domovois in einer Burg?« Auf Jaros Stirn entstand eine steile Falte. »Das würde nur im Chaos enden.«

»Also ist der Kamin unbewohnt?« Ich kniete mich davor, tat so, als würde ich ihn mir genauer ansehen, um der seltsamen Stimmung zu entkommen.

Jaro seufzte bloß; es lag alles darin, was ich wissen musste: Er hielt mich für einfältig. Für unter seinem Niveau und anstrengend. Es hätte mir egal sein können, aber irgendetwas an seinem vorschnellen Urteil störte mich.

»Du solltest dein Kleid ausziehen«, sagte er dann. Ich zuckte zusammen. »Wie bit-te?«

»Dein Kleid. Es ist schon spät. Brauchst du Hilfe?«

Ich schluckte, ehe ich verneinte.

»Dorian hat dir Kleidung für die Nacht zurechtgelegt.« Mit dem beringten Zeigefinger deutete Jaro auf eine Tür, die von der Kammer abging und die ich bisher nicht bemerkt hatte. Schnell verschwand ich in das angrenzende Zimmer, während mein Herz heftig gegen meinen Brustkorb wummerte.

Im Bad fand ich ein weißes, schimmerndes Nachthemd, das etwas kürzer war als das, was ich gestern getragen hatte und so tief ausgeschnitten, dass mir die Hitze in die Wangen stieg. Nicht, dass ich Brüste hätte, die hatte mir der Hunger längst weggefressen.

Im Spiegel schaute mir ein verängstigtes Mädchen entgegen. Nichts war mehr von der Frau übrig, die sich in ihrem Kleid unbesiegbar gefühlt hatte.

Ich wusste, was in der Hochzeitsnacht geschah. Ich hatte Rieka mit roten Ohren und stockendem Atem davon berichten hören. Ich wusste von meiner Mutter, dass ich mit dem Bund der Ehe Verpflichtungen einging. Und dass mein Leben – *mein* Körper – in Jaros Hände wanderte. Schon die Vorstellung ließ mich schaudern.

Ich brauchte mehrere Anläufe, um die Korsage des Kleides zu lösen, den Unterrock abzustreifen und in das Nachthemd zu schlüpfen, das mir kaum bis zu den Knien reichte. Dann kämmte ich meine Haare mit der Bürste, die neben der Wasserschüssel lag, und wusch mir das Gesicht.

Die Frau, die ich jetzt im Spiegel sah, kam meinem wahren Ich so viel näher als jene im Brautkleid. Wie würde Jaro reagieren, wenn er erkannte, dass unter all der Schminke und dem schönen Stoff nicht mehr viel übrig blieb? Dass ich nicht mehr als ein blasses, gewöhnliches Mädchen war?

Möglichst unauffällig ging ich zurück in unser Schlafzimmer, in dem Jaro in der Zwischenzeit seinen Anzug gegen einen grauen Einteiler eingetauscht hatte, der sehr viel mehr von seinem Körper bedeckte als mein Kleid. Wieso durfte er seine Haut verstecken? Ich widerstand dem Drang, den Kleidersaum nach unten zu ziehen.

»Mach die Kerzen aus«, trug er mir auf. Eine Bitte, der ich gern nachkam. Vielleicht wurden die Dinge, die er gleich von mir forderte, leichter, wenn ich ihm dabei nicht in die Augen sehen musste.

In Wahrheit jedoch steigerte die Dunkelheit mein Unbehagen.

Jaro räusperte sich – ein Zeichen seiner Ungeduld? Blindlings schlich ich durch das Zimmer, bis meine Hände den Bettkasten ertastet hatten. Jaro lag bereits unter der Decke, und als ich zu ihm auf die Matratze kletterte, zog sich mein Magen schmerzhaft zusammen.

Es konnte schön sein, wenn sich zwei Menschen liebten. Das hatte Rieka mir erzählt. Wenn suchende Körper sich fanden und zu einer Einheit wurden, die niemand mehr trennen konnte.

Aber es gab auch andere Geschichten. Geschichten von Gewalt, Übergriffen und fehlender Zustimmung.

Da es so dunkel war, nahm ich seinen Körper nur als übergroßen Schatten wahr. Ich deckte mich mit dem Fell zu, rollte aber so weit von ihm weg, dass wir uns nicht berührten. Angespannt wartete ich darauf, dass er sich zu mir umdrehte – und Dinge von mir forderte, die ich noch nicht bereit war, ihm zu geben.

Die Zeit dehnte sich bis in die Unendlichkeit aus und verging dann doch viel zu schnell. Die einzigen Geräusche, die ich hörte, waren Jaros Atmen und mein polterndes Herz.

Und nach einer Ewigkeit, die ich bangend, wartend und zitternd verbracht hatte, sagte er: »Gute Nacht, Liora.«

KAPITEL 12

FUCHSKÖPFE UND WUT

Als ich wach wurde, schlug mein Herz noch immer viel zu schnell, dabei war die Bettseite neben mir leer, das Fell glatt gezogen. Ich schaute mich in der Kammer um, die verlassen dalag, und verschwand im Badezimmer. Jaro musste vor mir aufgestanden sein.

Erleichtert atmete ich durch. Obwohl er in dieser Nacht nichts von mir eingefordert hatte, fühlte ich mich in seiner Gegenwart unsicher.

Was würde ich darum geben, Rieka bei mir zu haben. Sie nur kurz zu sehen. Ihre Ratschläge hatten mir schon so oft geholfen, vielleicht wüsste sie einen Ausweg.

Doch sie war nicht hier, weswegen mir nichts anderes übrig blieb, als mich frisch für den Tag zu machen, aus dem Schrank ein Kleid zu ziehen und meine Haare am Hinterkopf festzustecken. Im Gegensatz zu gestern sah ich farblos und unscheinbar aus – genauso, wie ich mich fühlte.

Auf dem Weg nach unten begegnete ich Dorian, der Goldmünzen vor sich stapelte und nacheinander in einen

Umschlag schob. Er warf mir einen verwirrten Blick zu, der sich jedoch in Wohlwollen auflöste, als er mich erkannte. »Liora.« Beinahe väterlich sah er mich an. »Hast du gut geschlafen?«

Ich linste in Richtung des Umschlags, auf dem der Name meiner Familie stand. »Was ist das?«

»Jaro hat mich gebeten, die nächste Zahlung auf den Weg zu schicken. Dreißig Goldtaler werden deine Verwandten in wenigen Tagen erreichen.«

Mir fiel auf, dass er nicht mehr von seinem *Gebieter* sprach.

»Es ist gefährlich, so viel Geld zu verschicken«, merkte ich an. »Die Bevölkerung in Kryndon ist so arm, dass die Menschen stehlen müssen. Manchmal bedienen sich die Briefträger sogar selbst an den Umschlägen.«

»Ich habe nicht vor, den Umschlag einem Briefträger zu geben«, sagte Dorian nur. Er war im Begriff, das Kuvert zu schließen, als mir eine Idee kam.

»Glaubst du, ich kann meiner Familie selbst einen Brief schreiben? Meiner Schwester? Ich weiß, dass sie mich fürchterlich vermisst und sich über ein paar Worte von mir freuen würde.«

Dorians Mundwinkel verzogen sich bekümmert. »Das geht leider nicht.«

»Bitte.« Ich legte meine Hand auf seinen Arm. »Du kannst ihn vorher lesen. Ich werde nichts schreiben, was du nicht gutheißt.«

Er schob die Lippe vor und neigte nachdenklich den Kopf. »Es tut mir leid. Jaro hat es verboten.«

»Er wird es nie erfahren. Das bleibt unser Geheimnis. Versprochen.«

»Ich stehe in seinen Diensten und muss mich an seine Regeln halten.« Demonstrativ verschloss Dorian den Briefumschlag mit einem roten Siegel.

»Warte«, bat ich ihn. »Gib mir zehn Minuten. Wo ist Jaro?«

»Das kann ich dir nicht sagen. Er ist vor Sonnenaufgang aufgestanden und seitdem habe ich ihn nicht mehr gesehen.«

Ich schob die Lippe vor. »Wo verbringt er denn normalerweise seine Zeit? Was tut er den ganzen Tag?«

»Er hält sich oft in der Bibliothek auf.«

»Zeigst du mir den Weg dorthin?«

Fast schon widerwillig schob er den Umschlag beiseite, dann nickte er. »Folge mir. Ach, da fällt mir etwas sein.« Dorian griff in die Tasche seines blauen Umhangs und zog einen schwarzen Briefumschlag hervor. »Der hier ist für dich.«

Mein Herz stolperte. Hastig riss ich den Umschlag auf. Ein dünner Zettel lag darin.

Sommerregen. Weißt du noch, wie er sich auf deiner Haut angefühlt hat? Und dein blaues Kleid mit den gelben Tupfen. Du hast der Sonne Konkurrenz gemacht.

Ich faltete das Papier zusammen, konzentrierte mich auf die Wut, die mich durchströmte, nicht auf die Furcht.

»Woher hast du den?«, fragte ich Dorian geradeheraus, und wurde nur ungehaltener, als er die Schultern hochzog.

»Das kann ich dir leider nicht sagen. Nun komm mit.«

»Aber«, protestierte ich, da war er schon vorangegangen. Unverrichteter Dinge verstaute ich den Umschlag in der Tasche meines Kleides und folgte ihm.

Er führte mich in einen Teil der Burg, der mir bisher unbekannt war. Hoffentlich würde ich diesen Wirrwarr an Gängen und Treppen irgendwann verstehen.

Vor einer massiven Holztür mit verzierten Schnitzereien blieben wir stehen. »Falls du später Hunger bekommst – dein Frühstück steht im Speisesaal bereit«, verabschiedete mich Dorian.

Die Tür ließ sich nur öffnen, indem ich mich mit meinem ganzen Gewicht dagegenstemmte. Kaum hatte ich den Raum betreten, schlug mir ein muffiger Geruch entgegen, der offensichtlich von den Unmengen an Büchern stammte, die sich bis zur Decke stapelten.

In Kryndon hatte es vor dem Krieg auch eine Bibliothek gegeben, ein übersichtlicher Raum mit exakt vier Regalen, deren Auswahl verbesserungswürdig war. Offensichtlich hielt Jaro Regale nur für schmückendes Beiwerk, denn die Bücher lagen überall herum, gestapelt auf dem Boden, nebeneinander, aufgeschlagen, auf Sesseln, Beistelltischen oder der Fensterbank. Es war mir ein Rätsel, wie man hier den Überblick bewahren sollte.

Auf einem Stehschreibtisch fand ich mehrere Blätter Pergament und eine Feder neben einem Tintenfässchen. Neugierig betrachtete ich die Zeichnungen auf dem Pergament: Ein buckeliges Wesen mit Bart und drei Augen schaute mich grimmig an.

Liora.

Liora, komm zu mir.

Mit klopfendem Herzen sah ich mich in der Bibliothek um. Jaro war nicht hier, aber woher kam die Stimme, die ich nicht mit meinen Ohren vernahm?

Ich stieg über Bücherberge, ging an der Fensterfront

vorbei bis zu einer Tür, die nur angelehnt war. Als ich sie aufstieß, wurde ich von Dunkelheit empfangen.

Tritt ein.

Ein rotes Augenpaar schob sich aus der Finsternis.

Aska.

»Wo versteckst du dich?« Ich betrat die Kammer und schloss die Tür, sodass sie sich mir offenbaren konnte. Aufgeregt bewegte sich das Augenpaar auf mich zu.

Ich hab mich schon gefragt, wo du bleibst. Aska stieß ein Geräusch aus, das entfernt an ein Lachen erinnerte.

»Was ist das für ein Raum?« Mir blieb keine Zeit mich umzuschauen, weil ein Schatten sich aus der Finsternis löste und auf mich zuschnellte.

»Du hast hier nichts zu suchen.« Jaros Stimme drang mir durch Mark und Bein. »Dieser Raum ist verboten für dich. Geh wieder in die Bibliothek.«

Es tut mir leid, ich habe sie hereingelockt, das wollte ich nicht.

Verwirrt schaute ich zwischen Aska und Jaro hin und her. Letzterer drängte mich gegen die Wand.

»Ich habe gesagt, du sollst zurück in die Bibliothek.«

Er riss die Tür so schwungvoll auf, dass ich mich schnell in das andere Zimmer rettete.

Wenige Sekunden später schob Jaro sich aus der Kammer. Sein schwarzes Haar war zu einem unordentlichen Dutt gebunden, wodurch sein Gesicht länger wirkte. An seinen Händen klebte eine grüne, glibberige Substanz.

»Was ist das?«, fragte ich ihn.

»Was willst du?« Er schloss die Tür hinter sich. Das braune Hemd, das er trug, spannte über seiner breiten Brust.

»Ich ... habe dich gesucht.«

»Und wieso?«

Weil wir verheiratet sind? Weil dieses Arrangement nicht von mir, sondern von dir ausging? Weil du ...

»Dorian schickt meiner Familie heute Geld. Ich möchte ihnen einen Brief dazulegen.«

»Nein.«

»Nein?« Verblüfft sah ich ihn an.

»Sonst noch was?«

»Ähm ...« Unschlüssig verlagerte ich mein Gewicht von der einen auf die andere Seite.

»Gut, denn ich habe genug zu tun.« Er war im Begriff, sich abzuwenden.

»Warte. Wieso darf ich meiner Schwester nicht schreiben?«

»Weil du einen Vertrag unterzeichnet hast.«

»In dem stand lediglich, dass ich meine Familie nicht besuchen darf. Meine Schwester weiß nicht, dass ich hier bin. Ich werde ihr nicht die Wahrheit sagen, sie soll nur wissen, dass es mir gut geht.«

»Du darfst gar keinen Kontakt zu ihnen haben«, erwiderte Jaro kurz angebunden.

»Und wieso nicht?«

»Du stellst zu viele Fragen.«

»Weil vieles hier keinen Sinn ergibt.« Je bockiger er sich verhielt, desto mutiger wurde ich. »Ich verstehe ja kaum, was hier vor sich geht. Alles ist neu für mich und ...«

Jaro stemmte eine Hand in die Hüfte. Etwas von dem glibberigen grünen Zeug landete auf seinem Hemd, doch es schien ihn nicht zu kümmern. »Bitte Dorian um eine Burgführung, dann wirst du dich bald besser zurechtfinden.« Und mit diesen Worten verschwand er wieder in der Dunkelkammer und schloss hinter sich ab.

Blödmann!

Frustriert verließ ich die Bibliothek und machte mich auf den Weg zu Dorian, doch ich fand ihn nicht mehr.

Unverrichteter Dinge ging ich in den Speisesaal, um zu frühstücken. Das Essen war bereits aufgetragen, der Tisch jedoch nur für eine Person gedeckt. Würde es ab jetzt immer so ablaufen? Genervt schmierte ich mir ein Brot und belegte es mit Käse.

Draußen regnete es; der Himmel war ein ungemütliches Gemisch aus Wolken und undurchdringlichem Nebel. Einen Moment verlor ich mich in dem Anblick. Regnete es in Kryndon auch? Blickte Kaida gerade wie ich hinaus und dachte an mich? Ob Tian mittlerweile zu Hause war? Wohl kaum. Denn ich war, so wurde mir bewusst, gerade einmal zwei Tage in der Burg – und doch fühlte es sich wie die längste Zeit meines Lebens an. Meine Finger krampften um das Brot in meiner Hand. Ich trank ein Glas Blaubeersaft, dann stand ich auf.

Die Korridore der Burg waren leer und verlassen, als wäre ich das einzige Wesen hier. Ich hatte keine Erfahrung mit Einsamkeit. Zeit meines Lebens war ich von meiner Familie umgeben gewesen, hatte eher zu viele als zu wenig Menschen um mich herum gehabt. Das Gefühl, allein zu sein, war neu für mich – und es behagte mir nicht.

Deswegen ging ich hinauf in das Kaminzimmer.

Auch wenn der Domovoi nicht meine bevorzugte Gesellschaft war. Aber vielleicht hatte er Antworten für mich, die mir sonst niemand geben wollte.

Die Kammer sah genauso aus, wie ich sie verlassen

hatte – in ihr fand ich ein kleines Stückchen Geborgenheit. Ich ließ mich am Bettrand hinab auf den Boden sinken und griff nach dem Schürhaken, der am Kamin lehnte.

»Wag es nicht«, meldete sich eine knarzige Stimme. Der
Domovoi kletterte umständlich aus dem Kaminrohr. Seine
Kopfhaare standen in alle Richtungen ab, ein schwarzes
Krabbeltier sprang von seinem Bart in meine Richtung. Ich
konnte gerade noch die Beine anziehen, um es abzuwehren.

»Hat er dich schon satt?« Radost grinste mich mit gelben Zähnen an. »Hat er dich als Strafe zu mir geschickt?«

»Tut er das normalerweise?«

Das haarige Wesen kratzte sich am Kinn. »Jedenfalls
hättest du es verdient.«

Ich rutschte näher an ihn heran, was ihm gar nicht zu
gefallen schien, weil er sich automatisch zurück zum Kamin bewegte.

»Kannst du mir ein paar Fragen beantworten?«

»Warum sollte ich das tun?« Er setzte sich mitten in
die Feuerstelle und verschränkte die Arme vor der Brust.

»Ich habe keinen Schimmer, wo ich hier gelandet bin.
Ich bin in dem Wissen groß geworden, dass es Menschen,
Magiebegabte und Zauberer gibt – aber hier tummeln sich
so viele unterschiedliche Wesen. Und nicht mal alle von
ihnen scheinen böse zu sein.« Das Eingeständnis kostete
mich Überwindung, da es im Gegensatz zu allem stand,
was man in Arvendom lehrte. Radost verdrehte die Augen.

»Hast du Hunger?«, versuchte ich es mit einer anderen
Strategie.

»Wieso?« Skeptisch furchte er die buschigen Brauen.

»Weil du deine Leibspeise bekommst, wenn du mir ein
paar Fragen beantwortest.«

Ein mürrischer Zug legte sich um seinen Mund, aber das Funkeln in seinen Augen verriet, dass er nicht abgeneigt war.

»Was würdest du mal wieder richtig gern essen?«

»Menschenfleisch«, antwortete er und grinste mich breit an.

»Und davon abgesehen?«

»Kein Interesse.« Er war im Begriff, zurück in den Kamin zu klettern, als ich ihn an der Schulter anfasste. Gänsehaut überzog meine Arme. Seine Haut fühlte sich alt und schlabberig an.

»Es muss doch etwas geben, das dir richtig gut schmeckt.«

Unter einem Schnauben ließ er sich wieder auf die Feuerstelle sinken. »Ich warne dich: Wenn du dein Versprechen nicht hältst, werde ich dich verbrennen. Ich locke dich in den Kamin und ...«

»Schon gut, schon gut.« Abwehrend hob ich beide Hände.

»Hat dir schon mal jemand gesagt, dass du echt hässlich bist? Und dass du stinkst?«

»Nein, solche besonderen Komplimente bekomme ich für gewöhnlich nur von dir.«

Sein Grinsen wurde, sofern möglich, noch breiter. »Die vor dir waren schöner.«

Es war offensichtlich, dass Radost mich damit köderte. »Also, was willst du?«

»Einen Fuchskopf. Einen kleinen. Jünger als ein Jahr.«

»Das ist barbarisch.«

Der Domovoi zuckte mit den Schultern. »Dann eben nicht.«

»Warte.« Ich rutschte näher. »Gibt es Füchse im Wald?«

Seine gelben Augen funkelten. »Zuhauf. Aber Dorian

fängt mir nie einen. Er gibt sich sowieso wenig Mühe mit mir. Einmal kam er auf die hirnrissige Idee, mich *fleischlos* zu ernähren. Kannst du dir das vorstellen?«

Ich mimte ehrliche Betroffenheit, während ich überlegte, wie ich an einen Fuchs kommen sollte. Mehr als ein paar entkräftete Ratten hatte ich bisher nicht gefangen. Ein kleiner Fuchs wiederum ...

»Einverstanden«, sagte ich. Ich musste irgendwie vorankommen. Um den Handel zu besiegeln, streckte ich dem Domovoi die Hand entgegen.

»Oh, so funktioniert das bei uns nicht.« Mit der Intelligenz eines Gelehrten sah er mich an. »Domovois geben sich nicht die Hand.«

»Was tun sie stattdessen?«

Radost richtete sich auf der Feuerstelle auf und sprang hinunter, was die Asche aufwirbeln ließ. »Beug dich nach vorn«, forderte er mich auf.

Verwirrt zog ich die Augenbrauen zusammen, tat aber wie mir geheißen. Blitzschnell schlang der Domovoi seine faserigen Arme um mich und küsste mich ... direkt auf den Mund.

»Bist du wahnsinnig?« Etwas zu hart stieß ich ihn von mir. »Du kannst mich doch nicht einfach küssen!«

Er sah mich an, als könnte er kein Wässerchen trüben. »Alte Domovoi-Tradition.«

Wütend wischte ich mir über die Mundwinkel. »Du kannst jemanden nicht einfach küssen, ohne vorher zu fragen!«

»Und du solltest aufhören, friedliche Kaminbewohner in den Arsch zu stechen«, hielt er dagegen. »Ich will meinen Fuchskopf in spätestens einer Woche.«

Meine rechte Hand ballte sich zur Faust. Ich konnte seine labberigen Lippen immer noch auf meinen spüren. »Natürlich«, sagte ich dennoch.

»Du küsst besser, als du aussiehst.« Radost streckte die Zunge raus und fuhr sich damit gemächlich über die Mundwinkel.

»Du bist ein Lustmolch.«

»Ich bin ein Domovoi. Also, was willst du wissen?«

Das, was eben geschehen war, machte es mir beinahe unmöglich, mich zu konzentrieren. In meinem bisherigen Leben war ich allenfalls von Kaida oder meiner Mutter geküsst worden, nun konnte ich einen unsympathischen Zauberer und einen haarigen Kaminbewohner meiner Liste hinzufügen.

»Jaro ist nicht besonders gesprächig. Ich frage mich, wieso er mich geheiratet hat, wenn er offensichtlich kein Interesse an mir hat.«

»Oh doch, das hat er. Er kann es nur nicht so gut zeigen.«

»Was macht dich da so sicher?«

Abwehrend hob der Domovoi beide Hände. »Nächste Frage.«

»Du hast angedeutet, dass es vor mir andere Frauen gegeben hat. Wieso sind sie nicht mehr hier?«

Der Schalk verließ Radosts Gesicht. An seine Stelle trat ein Gefühl, das mich Böses vorahnen ließ.

»Es gibt für alles und jeden eine Zeit, Prinzessin. Manchmal vergeht sie schneller als ein Wimpernschlag.«

»Wieso mussten die Frauen gehen?«, wiederholte ich meine Frage mit Nachdruck.

»Sie sind nicht gegangen.« Der Domovoi kratzte sich

am Kopf. »Und du wirst auch nicht gehen. Mehr kann ich dazu nicht sagen.« Mit diesen Worten verschwand er im Kamin.

Die große Uhr im Eingangsbereich der Burg schlug zur achten Stunde, als Dorian mich zum Abendessen abholte. Die Feen hatten mich in ein Kleid aus fliederfarbener Seide gesteckt, die meine Taille betonte und bis auf den Boden schlängelte. Es war eine Farbe, die ich nie zuvor getragen hatte und ein Kleid, in dem ich mir verkleidet vorkam.

Meine Haare waren zu unzähligen Zöpfen geflochten und am Hinterkopf hochgesteckt.

Als ich den Speisesaal betrat, in dem Jaro bereits auf mich wartete, spürte ich meine Aufregung. Ich hatte ihn den ganzen Tag nicht mehr gesehen, und auch jetzt wirkte er nicht besonders erfreut über meine Anwesenheit.

Er saß, über ein Buch gebeugt, am Tisch. Seine langen, schwarzen Haare waren zu einem unordentlichen Dutt hochgetürmt. Auf seiner Nase ruhte eine schmale Brille, die er absetzte, als er auf mich aufmerksam wurde.

»Guten Abend«, begrüßte ich ihn.

Seufzend schlug er das Buch zu.

»Was liest du da?«

Mit dem Zeigefinger deutete er auf den Titel, der mir nichts sagte.

Schweigend nahm ich meinen Platz am anderen Ende der Tafel ein. Während Dorian mir einen Teller Suppe einschenkte und ich meinen Löffel in die warme Flüssigkeit tauchte, wurde mir bewusst, wie selbstverständlich der Zugang zu Nahrung für mich geworden war. Dass es nur wenige Tage gebraucht hatte, bis ich Essen als etwas wahrnahm, das ich mir nur nehmen musste. Das schlechte Gewissen nagte an mir.

»Schmeckt dir die Suppe nicht?«

Seine Frage kam so plötzlich, dass mir der Löffel aus der Hand fiel und mit einem Klirren auf dem Tisch landete. Ich ignorierte sein Augenrollen und sagte: »Ich habe sie noch nicht probiert.«

»Wenn sie dir nicht zusagt, kann der Koch dir etwas anderes zubereiten.«

Ich schüttelte den Kopf. »Darum geht es nicht.« Ich rutschte mit dem Stuhl näher an den Tisch heran. »Ich bin es einfach nicht gewohnt, so leicht an Essen zu kommen. So ... viel zu essen zu haben. Und ich musste an meine Familie denken.«

Eine steile Falte grub sich auf Jaros Stirn.

»Wie du weißt, stamme ich aus Kryndon, aus einer der sechs freien Städte in Arvendom. Die Lebensumstände dort sind sehr schlecht, die Menschen leiden Hunger und meiner Familie geht es nicht gut, auch wenn wir immerhin ein Dach über dem Kopf haben. Ich habe einen kleinen Bruder, der sehr krank ist ...«

»Dorian hat ihnen heute Morgen Geld geschickt.«

»Ich weiß.« Ich tauchte den Löffel abermals in die Suppe. Sie war warm und cremig und ließ mich seufzen. »Das Geld wird ihnen helfen. Sie fehlen mir trotzdem. Ich war noch nie so lange von ihnen getrennt. Mein Bruder ist erst sieben und ...« Ich hielt inne. Das Thema machte mich emotional – und das war eine Seite an mir, die ich Jaro nicht zeigen wollte.

166

»Hast du auch Familie?«, fragte ich ihn.

Sein Mund öffnete und schloss sich wieder. Dann schüttelte er den Kopf.

»Wie lange wohnst du schon hier?«

»Warum willst du das wissen?«

»Weil wir … verheiratet sind?« Ich hob meinen Arm, an dem sich das verschlungene *S* befand. Mittlerweile pochte die Wunde nur noch leicht.

»Das tut nichts zur Sache.« Jaro leerte hastig sein Weinglas und schielte in Richtung seines Buches, das er offensichtlich meiner Gegenwart vorzog.

»Meine Schwester Kaida liest ebenfalls gern«, wagte ich einen zweiten Versuch. Denn das Schweigen, das sich wie eine schwarze Wolke zwischen uns ausbreitete, hielt ich nur schwer aus. »Sie liest alles, was sie in die Finger bekommt, und ist mit ihren zwölf Jahren sehr viel schneller, als ich es jemals war. Ich selbst kann mich kaum konzentrieren, wenn ich lese.«

Ich hoffte, dass er nachfragen würde, wieso das so war, aber er schnitt nur seelenruhig sein Fleisch in kleine Stücke. Die Ärmel seines Hemds waren zu drei Vierteln hochgekrempelt, sodass ich freie Sicht auf seine tätowierten Arme hatte.

»Haben deine Tattoos eine Bedeutung?«

»Ja und nein. Manche mehr als andere.«

Es war unfassbar anstrengend, mit ihm zu reden, und ich kurz davor, aufzugeben und mich schweigend meinem Essen zu widmen.

»Weißt du, was man sich in Kryndon über dich erzählt?«, versuchte ich es mit einer anderen Taktik. »Dass du ein jahrhundertealter Zauberer bist, vor dem wir Menschen uns fürchten müssen. Dass du das Land verhext hast mit deinen dunklen Fähigkeiten.«

»Weißt du, was man sich über dich erzählt?«, erwiderte er mit Schärfe in der Stimme. »Gar nichts.«

Mir klappte die Kinnlade herunter. Jaro schob seinen Stuhl nach hinten und stolzierte aus dem Saal. Perplex sah ich ihm hinterher. Hatte ich ihn verärgert?

Unverrichteter Dinge blieb ich sitzen, dann schnappte ich mir das Buch, in dem er eben gelesen hatte. *Artenvielfalt in verlorenen Kolonien.* Neugierig schlug ich es auf – es schien ein Sachbuch zu sein, das verschiedene Pflanzen- und Tierarten präsentierte. Mein Blick fiel auf eine Kohlezeichnung, eine Blume mit herzförmigen Blättern, die sich an einem Haus hinaufschlängelte.

»Wo ist Jaro?«

Dorian tauchte neben mir auf, als wäre er nicht auf eine Tür angewiesen. Ich erkannte einen Anflug von Panik in seinem Gesicht. »Was ist geschehen?«

»Gar nichts ist geschehen. Wir haben uns unterhalten und er ist aufgestanden.«

»Was hast du zu ihm gesagt? Hast du ihn beleidigt?«

Meine Augen verengten sich zu Schlitzen. »Wir haben ein normales Gespräch geführt. Wieso ist dir das überhaupt wichtig?«

Fahrig fuhr Dorian sich über die Knopfleiste seines Hemds. »Es ist schon spät. Ich bringe dich auf euer Zimmer.«

»Kann ich vielleicht im Kaminzimmer schlafen? Ich fühle mich dort wohler.«

Sein entschiedenes Kopfschütteln war Antwort genug. Ich traute mich nicht einmal, ihm zu sagen, dass ich noch so gut wie nichts gegessen hatte. Stattdessen griff ich nach Jaros Buch und ließ mich von Dorian in unser Schlafzimmer führen.

Ich war mir zu neunundneunzig Prozent sicher, dass Jaro nicht dort sein würde. Er ging mir schon den ganzen Tag aus dem Weg, wahrscheinlich wollte er auch die Nacht fernab von mir verbringen. Was mir nur recht war.

Doch als ich das Zimmer betreten und Dorian die Tür hinter mir geschlossen hatte, saß er auf dem Bett.

Seine Beine waren zum Schneidersitz angezogen, die Haare fielen ihm offen über die Schultern. In den Händen hielt er eine der Wasserspeierfiguren.

Ich verachtete ihn für seine Attraktivität. In Kryndon hätten sich nicht nur die Frauen nach ihm umgedreht. Doch seine Haltung signalisierte etwas Abweisendes.

»Das mit eben tut mir leid«, sagte ich dennoch.

Er schenkte mir einen knappen Blick. »Es war nichts, was ich nicht schon gehört hätte.«

»Du hast dein Buch unten vergessen.« Ich trat auf das Bett zu und hielt es ihm hin. Jaro betrachtete es, als sähe er es zum ersten Mal. Ich legte es auf dem Nachttisch ab.

Es kostete mich Überwindung, mich zu ihm auf die Matratze zu setzen.

»Was wünschst du dir von mir, Jaro? Du hast mich sicherlich nicht grundlos ausgesucht.«

»Dorian hat dich ausgesucht, nicht ich.«

»Trotzdem. Was wünschst du dir von mir? Von dieser ... Ehe?« Die mir mit jeder verstrichenen Stunde lächerlicher vorkam. Vielleicht sollte ich froh sein. Immerhin ließ er mich in Ruhe. Stattdessen bekam ich ein Dach über dem Kopf und mehr Essen, als gut für mich war.

Jaro blies sich eine Strähne seines schwarzen Haares aus der Stirn. Kalkulierend verschränkte er die Arme vor der Brust. »Gerade wünsche ich mir vor allem Schlaf. Und dass du endlich den Mund hältst.«

Seine Worte trafen mich mehr, als sie es hätten tun sollen. Doch ich ließ es ihn nicht sehen.

»Dafür hast du dir die Falsche gesucht. Ich lasse mir den Mund nicht verbieten. Wenn das hier funktionieren soll, müssen wir miteinander reden.«

Unbeeindruckt sah er mich an. »Das wird sowieso nicht funktionieren.«

»Warum dann dieses ganze Theater? Wozu die seltsame Zeremonie, das Symbol auf meinem Arm, das gemeinsame Zimmer? Wenn du offensichtlich nicht an mir interessiert bist ...«

Jaro sprang regelrecht vom Bett auf. Wütend durchquerte er den Raum, ehe er eine Kerze nach der anderen ausblies. »Gute Nacht, Liora.«

KAPITEL 13

ROUTINE UND GEFAHR

Zu Hause in Kryndon hatte es so etwas wie Routine kaum gegeben. Jeder Tag war ein neuer Kampf, an dem ich nicht wusste, was auf mich zukam. Einen geregelten Tagesablauf kannte ich nicht.

Und jetzt, da ich ihn hatte, wollte ich ihn nicht mehr.

Wenn ich wach wurde, war die Bettseite neben mir leer. Das Frühstück nahm ich allein ein und versuchte mir den Vormittag mit dem zu vertreiben, das Dorian mir zur Verfügung stellte: eine Leinwand zum Malen, ein Klavier zum Musizieren oder Bücher aus der Bibliothek.

Nach dem Mittagessen erkundete ich die Burg, doch was mir anfangs aufregend und neu vorgekommen war, langweilte mich mit jedem Tag mehr. Ein Großteil der Räume ließ sich nur mit Dorians magischem Stern öffnen. In denen, die übrig blieben, gab es kaum etwas zu entdecken.

Die Nachmittage zogen sich derart in die Länge, dass ich mich irgendwann vor die große Standuhr in der Eingangshalle setzte, weil ich glaubte, die Zeit würde gar nicht mehr vergehen. Stellenweise war mir so langweilig, dass ich es als willkommene Abwechslung ansah, wenn die Geisterfrau mich besuchen kam oder ich den nächsten schwarzen Briefumschlag enthielt, über dessen Absender ich nichts hatte herausfinden können.

Jeden Abend suchten mich die Feen auf, um mich für das gemeinsame Essen mit Jaro herzurichten. Wo auch immer er sich tagsüber herumtrieb, um acht Uhr saß er an der langen Tafel und wartete auf mich. Während ich die ersten Tage noch versuchte, ein Gespräch mit ihm anzufangen, kapitulierte ich bald. Er war weder an mir noch an irgendetwas sonst interessiert. Seine Gleichgültigkeit hätte mir egal sein können, stattdessen trieb sie mich in den Wahnsinn.

Während ich ihn finster über den Tisch hinweg anschaute, war er längst dazu übergegangen, in seinen Büchern zu lesen oder kryptische Notizen auf einem Stück Papier festzuhalten. Dass er eine wunderschöne, beinahe filigrane Schrift hatte, machte mich nur wütender.

Es frustrierte mich. Nicht nur, dass ich mir nutzlos und überflüssig vorkam, sondern auch, dass ich nicht wusste, welche Rolle ich in seinem Spiel spielte.

Dorian begegnete mir verschlossen. Aska wollte mit mir nur über Kleider und Prinzen reden und Radost sprach gar nicht mehr mit mir, seit ich ihm keinen Fuchskopf hatte besorgen können.

Mir fiel die Decke auf den Kopf. Was hätte ich darum gegeben, mit Rieka reden zu dürfen. Kaida einen Brief zu schreiben. Irgendetwas zu tun, das mich aus dem Trott rausholte. Doch mir war es nicht einmal gestattet, im nahen Wald spazieren zu gehen. Und wenn ich Dorian auf das Problem ansprach, dachte er sich neue Beschäftigungen für mich aus, an denen ich aber spätestens nach einer Stunde die Lust verlor.

Ich wollte nun mal nicht töpfern lernen. Und fürs Sticken hatte ich noch nie Talent gehabt.

Als ich in der Bibliothek stand und auf die Unmengen an Büchern schaute, die mich nicht im Geringsten interessierten, kam ich mir wie eine verwöhnte Göre vor. Sollte ich nicht dankbar sein, dass ich auf einmal all diese Annehmlichkeiten hatte?

Ich zog die Gardinen zu und stopfte eine alte Jacke, die über einem der Stühle hing, vor den Türspalt, sodass kein Licht mehr durchdrang.

Es dauerte nur den Bruchteil einer Sekunde, bis sich Askas rote Augen aus der Finsternis lösten. Jeden Tag nach dem Mittagessen trafen wir uns hier – das war zu einem kleinen Ritual geworden. Und auch wenn sie mir keine Fragen beantwortete, vertrieb ihre Anwesenheit mir zumindest die Zeit.

Ich hatte keine Angst mehr vor ihr. Zuckte nicht mehr zurück, wenn ich ihren Körper spürte. In der Einsamkeit war sie beinahe so etwas wie eine Freundin geworden.

Ich dachte schon, dass du nicht mehr kommst.

Der Stuhl neben mir bewegte sich, als Aska auf ihm Platz nahm.

»Wieso sollte ich nicht kommen? Wir sehen uns doch jeden Tag.«

Das stimmt wohl. Schemenhaft erkannte ich, wie sie die Hände auf die Oberschenkel presste. *Und doch habe ich jeden Morgen Angst, dass du nicht mehr hier bist.*

Ein trauriges Lächeln glitt über meine Mundwinkel.

»Aber wo soll ich denn hin, Aska? Ich darf die Burg ja nicht mal verlassen.«

Das stimmt nicht. Du kannst in die Kapelle gehen oder in den Garten. Du kannst ...

»Das ist nicht das Gleiche. Ich komme mir trotzdem eingesperrt vor.« Missmutig ließ ich mich auf den Lesesessel sinken, in den Jaro sich zurückzog, wenn er arbeitete. Was er genau tat, hatte ich bis heute nicht herausfinden können.

Bist du mit deiner Stickerei schon fertig? Kann ich sie sehen? Askas Augen funkelten voller Vorfreude.

»Ich habe sie weggeworfen, nachdem ich mir fünfmal in den Finger gestochen habe«, sagte ich ehrlich. »Sticken ist einfach nichts für mich.«

Was würdest du denn gern machen, wenn du alles tun dürftest?

»Ich würde die Kutsche zurück zu meiner Familie nehmen. Sie fehlt mir wahnsinnig.«

Aska senkte den Blick. *Wie fühlt sich das an, eine Familie zu haben?*

Ich zögerte, weil ich wusste, dass mir die Frage wehtun würde, wenn ich sie beantwortete. Dann aber fasste ich mir ein Herz. »Auch wenn du weit weg bist, weißt du, dass es immer jemanden gibt, zu dem du zurückkehren kannst. Der dich liebt und sich um dich sorgt. Familie ist Geborgenheit.«

Aber was ist mit Jaro? Ist er nicht jetzt deine Familie? Ihr habt doch geheiratet.

Ich lachte verhärmt. »Dazu gehört mehr als ein komisches magisches Ritual und ein flüchtiger Kuss. Ich kenne Jaro nicht. Und er hat kein Interesse daran, mich kennenzulernen.«

Ich glaube, dass er dich liebt.

Die alleinige Vorstellung war so absurd, dass sie mich zum Schnauben brachte. »Ich glaube, dass er mich hasst. Ich glaube, diese ganze Brautschau war eine einzige Farce und er denkt darüber nach, wie er mich am besten loswerden kann.«

Das würde er nicht tun. Jaro ist ein guter Mann.

Wie oft hatte ich diesen Satz in den letzten Tagen von ihr gehört. Ich presste die Lippen aufeinander.

Übrigens siehst du heute sehr gut aus.

»Ich sehe nicht anders aus als gestern.« Ich nestelte am Saum des schlichten grauen Kleides. Wenn ich morgens vor dem Kleiderschrank stand, hatte ich keine Muße mehr, mir Mühe mit meinem Aussehen zu geben.

Das meine ich nicht. Aska streckte ihre kalten Finger nach meinem Gesicht aus und strich über meine Wange. *Mit jedem Tag siehst du ... gesünder aus. Als du herkamst, warst du so dünn, dass du mir Angst gemacht hast. Deine Haare sind dichter geworden. Dein Körper ist nicht mehr so kantig, sondern hat eine Form bekommen.*

»Weißt du, was das Komische ist? In Kryndon ging es mir wirklich schlecht. Ich konnte meine Familie nicht ernähren, mir war ständig schwindlig und ich wusste nicht, ob mein Bruder den nächsten Tag überlebt. Ich hätte alles getan, damit sich mein Leben ändert.« Ich presste die Lippen aufeinander. »Und jetzt weiß ich, dass meine Familie versorgt ist und auch ich genug zum Leben habe. Trotzdem hasse ich es hier.«

Du hasst es? Auch mich? Askas Stimme wurde weinerlich. Der Stuhl bewegte sich, doch ich ließ sie nicht aufstehen.

»Natürlich nicht. Es sind nur die Umstände, in die ich geraten bin. Niemand redet mit mir. Ich weiß nicht, ob du einen Vertrag unterschrieben hast, der es dir verbietet, aber ... Ich kann mir ja nicht mal die Zeit im Schloss vertreiben, weil die Räume fast alle abgeschlossen sind.«

Was das angeht ... Ihre Stimme wurde leiser und sie senkte den Kopf. *Du brauchst den Schlüssel.*

»Ich habe aber keinen. Dorian hat einen Stern, mit dem er sich Zutritt verschaffen kann. Ich komme nur in die Räume rein, die ...«

Da legte sich Askas Hand um meinen Unterarm. Drehte ihn so, dass ich freie Sicht auf das eingeritzte *S* bekam, das mittlerweile etwas verblasst, aber nicht ganz verschwunden war.

Ich dachte, du hättest es mittlerweile herausgefunden.

»Was ...«

Ich dürfte dir das nicht sagen, und wenn Jaro davon erfährt ...

Mein Unterarm kribbelte vor Aufregung, als ich durch die Korridore der Burg lief. Ich nahm die erste Treppe nach oben, weil ich wusste, dass sich auf diesem Stockwerk mehrere verschlossene Türen befanden.

Sollte es wirklich so einfach sein? Hatte ich die Lösung die ganze Zeit auf meiner Haut getragen?

Mit klopfendem Herzen stellte ich mich vor die erste Tür und presste meinen Unterarm gegen das Holz. Nichts geschah, und als ich eine andere Stelle ausprobierte, tat sich ebenfalls nichts. Ich rüttelte mehrmals am Knauf, doch die Tür blieb verschlossen.

Verwirrt trat ich einen Schritt zurück und betrachtete

das Holz. Ich musste irgendetwas übersehen haben. Mit den Fingern fuhr ich die Maserung nach, schloss die Augen, um die Erhebungen besser zu erkennen – und stockte. Unter meiner Hand ergab sich ein *S*, ungefähr gleich groß wie das auf meinem Unterarm. Reflexartig presste ich das Symbol auf meiner Haut gegen die Tür und jubelte innerlich, als sie mit einem Knacken aufsprang.

Der Raum vor mir lag in Dunkelheit, und da ich auf die Schnelle keine Kerze oder Lampe fand, ließ ich die Tür offen stehen.

Das Zimmer war kleiner als erwartet, jedoch sehr hoch. Eine Leiter lehnte an der Wand, an der unzählige Regale hingen. Ich stellte mich auf die Zehenspitzen, es reichte gerade aus, um das unterste von ihnen zu erreichen.

Meine Hand traf auf etwas Kaltes, Hartes, das ich vorsichtig anhob. Im diffusen Licht des Korridors erkannte ich eine bauchige Flasche, die mit einem Pfropfen verschlossen war. Eine goldene Flüssigkeit schwappte darin und schimmerte verheißungsvoll. Um den Flaschenhals war ein Etikett angebracht, auf dem *Glückstränen* stand.

Ich stellte den Trank zurück ins Regal und entdeckte direkt daneben eine herzförmige Flasche mit rotem, dickflüssigem Inhalt. Der Deckel war mit Kerzenwachs verschlossen, auf dem Etikett las ich *Liebeszauber*. Verwirrt zog ich die Augenbrauen zusammen.

Das Regal war über und über mit bunten Flaschen beladen, die die kunstvollsten Namen trugen. Neben *Schwarzem Nebel*, *Grüner Hoffnung* und *Drachenatem* entdeckte ich einige Fläschchen, die sich mit der Bekämpfung von Krankheiten beschäftigten.

Ob Tian etwas von der Medizin helfen würde?

»Diese Mittel sind nicht dafür da, um deinem Bruder zu helfen.«

Mir entwich ein spitzer Schrei, ich stolperte nach hinten, wodurch das Regal in meinem Rücken gefährlich wackelte. Die Geisterfrau stand in der offenen Tür und musterte mich nachdenklich.

Nein, es war nicht *die* Geisterfrau.

Es war eine andere. Kleiner als die erste und eine Ecke jünger. Ihre blonden Haare waren zu zwei Zöpfen geflochten, die ihr bis zur Hüfte reichten, was ihr etwas Kindliches verlieh. Eine Weile starrte ich sie stumm an, dann verschwand sie in einer Art Nebel vor meinen Augen.

Ich rieb mir über die Arme, während ich mir etwas eingestand: Ich war schon viel zu lange auf der Burg, um die sonderbaren Frauen als eine Begleiterscheinung meiner Mangelernährung anzusehen. Wieso tauchten sie immer noch auf? Und wieso ... wurden sie mehr?

Ich verließ den Raum und schloss die Tür hinter mir. Als ich mich auf die Suche nach einem zweiten Zimmer begab, bemerkte ich, wie ruhig es heute in der Burg war. So leise, dass es beinahe verdächtig wirkte. Ich lauschte in die Stille hinein und fragte mich, ob sie etwas zu bedeuten hatte. Dann jedoch kam mir eine Idee. Wenn sich wirklich niemand in der Burg aufhielt, sollte ich meine Suche an einem anderen Ort fortsetzen. Kurzerhand nahm ich die Treppe nach unten und ging in den Keller. Hier, so wusste ich aus meinen früheren Erkundungsgängen, war so gut wie jede Tür verschlossen.

In dem unterirdischen Gewölbe war es bitterkalt. Zitternd schlang ich die Arme um meine Mitte. Der steinerne

Gang wurde von Fackeln erhellt, die gespenstische Schatten auf Wände und Boden warfen.

Dadurch, dass die Türen aus Eisen bestanden, ließen sie sich schwerer öffnen. Ich musste mich mit meinem ganzen Gewicht dagegenstemmen. Einige von ihnen bekam ich trotz des Schlüssels auf meinem Arm nicht auf. Eine Tür ließ sich jedoch bewegen – und fiel krachend hinter mir zu, sobald ich den dahinterliegenden Raum betreten hatte. Ein schmales Fenster auf der rechten oberen Seite bildete die einzige Lichtquelle. Ansonsten lag das Zimmer in Dunkelheit.

Ich tastete mich an der Wand entlang, entdeckte einen Tisch, einen Schrank und ein Bett. Wohnte hier jemand? Wurde am Ende vielleicht sogar gefangen gehalten?

Meine Gedanken drifteten zu Clara; eine böse Vorahnung machte sich in mir breit. Eine innere Stimme riet mir, den Raum schnellstmöglich wieder zu verlassen. Hastig wandte ich mich der Tür zu, suchte in der Dunkelheit nach dem *S*, um sie aufzusperren – und fand nichts.

Panik breitete sich in mir aus, die ich nur mit Mühe niederkämpfen konnte. Mit klammen Fingern fühlte ich jeden Millimeter der Tür ab, denn irgendwo musste der Ausgang ja sein. Das *S* auf meinem Unterarm begann zu jucken, doch ertastete ich keine Maserung, die passte.

Das Fenster befand sich zu weit oben; ich konnte es unmöglich erreichen.

Wütend ließ ich meine Faust gegen die Wand krachen. Wieso war ich nur in den Keller gelaufen? Ich war doch sonst nicht so unvorsichtig. Seufzend ließ ich mich an der Wand nach unten gleiten. Die Wahrscheinlichkeit, dass mich hier jemand fand, ging gegen null. Ich wollte aber auch nicht wie eine Wahnsinnige gegen die Tür schlagen und um Hilfe rufen. Vielleicht würde man mich nicht mal dann hören. Kapitulierend zog ich die Beine an den Körper.

»Aska?«, fragte ich in die Stille hinein, ohne große Hoffnung. Sie hätte sich mir längst gezeigt.

Nein, ich war mutterseelenallein.

Ein Röcheln durchdrang die Stille. Ich spitzte die Ohren, drehte meinen Kopf im Zeitlupentempo und erhaschte eine Bewegung aus dem Augenwinkel. An der Wand mir gegenüber, direkt neben dem Bett, zeichnete sich ein Schatten in der Größe eines ausgewachsenen Menschen ab. Das Röcheln wurde lauter – und mir brach der Schweiß aus.

Meine Hände zitterten. Unweigerlich musste ich an das gehörnte Wesen denken, das ich an meinem ersten Tag gesehen hatte und das sich seitdem vor mir versteckt hielt. Gab es weitere Gestalten in dieser Burg, von denen ich nichts wusste?

Ich richtete mich auf und ging ein paar Zentimeter nach vorn, um den Schatten in Augenschein nehmen zu können. Er bewegte sich in einem gleichmäßigen Rhythmus – und immer nur minimal –, woraus ich schloss, dass er schlief.

Je länger ich ihn anstarrte, desto mehr von ihm konnte ich erkennen: einen haarigen, großen Kopf, von dem zwei spitze Ohren abstanden. Ein langer, schlanker Körper, der in vier gigantischen Pranken endete. Ein buschiger, spitz zulaufender Schwanz.

Ich hätte ihn für einen Löwen gehalten, wären da die nicht die imposanten, feingliedrigen Flügel, die aus seinem Rücken wuchsen. Ich schluckte und schlich zurück zur Tür. Was zur Hölle sollte ich tun? Ich konnte von Glück reden, dass das Wesen noch nicht wach geworden war. Es schien einen tiefen Schlaf zu haben, aber ich wollte es nicht darauf ankommen lassen.

Erneut tastete ich die Tür nach dem verborgenen Zeichen ab. Ich hatte hier hineingefunden, also musste es auch einen Weg nach draußen geben. Unter Anstrengung lehnte ich mich gegen die Eisentür, die sich nicht einen Millimeter bewegte.

Nachdenklich knabberte ich auf meiner Unterlippe herum und maß den Raum mit Blicken. Dorian hatte mir von verborgenen Gängen erzählt, die vor Hunderten von Jahren als Fluchtwege angelegt wurden. Befand sich einer dieser Gänge hier?

Während ich die Holzdielen untersuchte, spürte ich, dass sich etwas verändert hatte. Erst konnte ich nicht sagen, woran es lag, weil ich nichts *hörte*. Und dann erkannte ich, dass genau das das Problem war.

Denn das gleichmäßige Röcheln, das Atmen, hatte aufgehört. Langsam hob ich meinen Kopf – und blickte in ein schwarzes Augenpaar, das sich just in dem Moment zu Schlitzen verengte.

KAPITEL 14

BLUT UND APFELWEIN

Zwei Dinge wurden mir mit rasiermesserscharfer Klarheit bewusst: Erstens, wenn kein Wunder geschah, würde ich in dieser Kammer mein Ende finden. Und zweitens, der Tod war definitiv doch etwas, vor dem ich mich fürchtete, vor allem, wenn es um meinen eigenen ging.

Unerträglich langsam streckte das Wesen seine Pranken aus und richtete sich auf. Sein Schwanz zuckte gefährlich, ein Knurren drang durch seinen Körper.

Ich presste mich näher an die Tür, während tausend Gedanken durch meinen Kopf stoben. Mein Verstand schaltete sich aus; meine Instinkte übernahmen das Ruder.

Der Moment, in dem ich erkannte, dass das Wesen zu einem Sprung ansetzte, war der Moment, in dem ich zu schreien begann. Ich drehte mich zur Tür um, trommelte mit den Fäusten gegen das Eisen und brüllte mir die Seele aus dem Leib.

Blitzschnell drehte ich mich um, just, als die Bestie auf mich zugeschossen kam, und sprang in die Ecke neben mir. Das Wesen landete direkt vor der Tür, knurrte böse, seine Augen glommen. Ich war mir zu einhundert Prozent sicher, dass das fehlende Licht ihm keine Probleme bereitete. Ich kletterte über das Bett, rannte in Richtung Kleiderschrank. Die Bestie bewegte sich erneut. Nur mit Glück entkam ich ihren gigantischen Pranken, aber ich wusste, dass ich diesen Kampf auf kurz oder lang verlieren würde.

Schweiß rann in Strömen meinen Körper hinab, während ich von Ecke zu Ecke sprang. Kurz überlegte ich, mich unter dem Bett zu verstecken, aber wenn ich erst dort lag, konnte ich mich gar nicht mehr bewegen.

»Hilfe«, schrie ich wieder, auch wenn die Wahrscheinlichkeit, dass mich jemand durch die Eisentür hören konnte, gering war. »HILFE!«

Die Bestie richtete sich zu ihrer vollen Größe auf. Sie maß bestimmt zwei Meter. Speichel floss aus ihrem Maul, Hass loderte in den tiefschwarzen Augen.

Unnachgiebig trieb sie mich in die Enge. Bewegte sich zunächst langsam fort, nur um dann mit voller Geschwindigkeit auf mich zuzurennen. Ein letzter Schrei verließ meine Kehle, hinter mir spürte ich nichts als die kalte, starre Tür. Gerade gelang es mir noch, das Gesicht abzuwenden und die Augen zu schließen. Dann gab die Eisenwand hinter mir nach. Ich fiel nach hinten und prallte mit dem Kopf auf den Boden. Sterne tanzten vor meinen Augen, Schmerz explodierte in meinem Schädel, dennoch schaffte ich es irgendwie, ein paar Meter nach hinten zu krabbeln. Alles um mich herum drehte sich, die Dunkelheit war wie ein schwarzer Schleier, der sich auf mich legte. Vor Schreck hatte ich mir auf die Zunge gebissen und schmeckte Blut.

Erst dann sah ich ihn.

Jaro, wie er in der offenen Tür stand, die Arme erhoben, den Rücken durchgestreckt. Jaro, der mit der Bestie kämpfte, die sich auf die Hinterläufe aufgerichtet hatte und ihn um mehrere Köpfe überragte. Jaro, der von dem Wesen in meine Richtung gedrängt wurde. Jaro, der vor Schmerz aufschrie, als die Bestie ihm mit der Pranke das Gesicht zerkratzte.

Ich hasste mich für meine eigene Unfähigkeit. Dass ich wie erstarrt am Boden kauerte, zum Zuschauen verdammt. Während Jaro in einen Kampf verwickelt wurde, den er nicht gewinnen konnte.

Du musst Hilfe holen.

Das Leben trat zurück in meinen Körper. Unter Schmerzen rannte ich die Treppe hoch, nahm immer zwei Stufen auf einmal und hielt erschrocken inne, als ein unmenschlicher Schrei meine Ohren zum Klingen brachte.

Von jetzt auf gleich schien die Temperatur um mehrere Grad zu fallen. Ich traute mich kaum, umzudrehen, und tat es dennoch.

Jaro lag am Boden und rührte sich nicht mehr. Seine Arme waren seltsam verdreht, sein Dutt hatte sich gelöst, sodass sich das schwarze Haar wie flüssiges Pech über die Steine ergoss.

Ehe ich mich's versah, rannte ich die Treppe wieder hinunter und sank neben ihn auf den Boden. Seine Augen waren geschlossen, die Lippen leicht geöffnet.

Ebenso wie die Tür zu der Kammer, aus der die Bestie gekommen war. Hastig stand ich auf, stemmte mich mit meinem Gewicht gegen das Eisen, und atmete erst auf, als sie zufiel.

»Jaro?« Ich rüttelte an seiner Schulter. »Jaro, wach auf.«

Er atmete noch – zumindest hatte der Angriff ihn nicht umgebracht. Doch die Pranken des Tieres hatten ihn schwer getroffen. Er blutete im Gesicht.

»Jaro, wach auf!« Gegen die Panik ankämpfend, drehte ich ihn auf den Rücken. Dabei fiel etwas aus seiner Hand. Ein Gegenstand, der sich bei genauerem Hinsehen als Figur entpuppte. Ein geflügeltes Wesen. *War es möglich, dass ...?*

Ich hatte keine Zeit, den Gedanken zu Ende zu führen, denn Jaro schlug die Augen auf. Verwirrt blinzelte er mehrmals, dann fuhr er sich über das verletzte Gesicht. Ich sah, wie er gegen den Schmerz ankämpfte.

»Gib das her«, herrschte er mich an.

Schweigend reichte ich ihm die Figur. »Es ... es tut ...«

Sein Kiefer mahlte, während er sich aufrichtete. Wut tanzte in seinem blutigen Gesicht. Ich war mir zu nahezu einhundert Prozent sicher, dass er weglaufen würde. Stattdessen drängte er mich gegen die Eisentür. Er war mir so nah, dass ich das metallische Blut auf seinem Gesicht roch. »Mach das nie wieder«, zischte er mir ins Ohr. »Wäre ich nicht gekommen, wärst du jetzt tot.« Seine Stimme bebte vor Hass, aber ich hörte auch einen Hauch Verzweiflung.

»Ich wusste nicht, was da ...«

»Schnüffel hier nicht rum«, blaffte Jaro mir entgegen. Ein dicker Tropfen Blut fiel von seinem Kinn auf den Steinboden. Er sah aus wie ein Krieger, der die Schlacht nur knapp überlebt hatte. »Wenn ich nicht in der Nähe gewesen wäre ...«

»Ich hatte keine Ahnung ...«

»Du hast im Keller nichts zu suchen. Wie bist du überhaupt da reingekommen?«

Weil ich meine Stimme nicht fand, streckte ich ihm

einzig meinen Arm entgegen, auf dem das *S* in der Dunkelheit leicht schimmerte.

Etwas blitzte in Jaros Augen auf. Dann presste er die Lippen aufeinander und lief die Treppe hoch. Verwirrt schaute ich ihm hinterher, auch dann noch, als er längst verschwunden war.

Erschöpft ließ ich mich auf den Boden sinken. Ich zitterte am ganzen Körper und eine Mischung aus Angst, Schrecken und Wut brodelte in mir. Es dauerte eine ganze Weile, bis sich mein rasendes Herz beruhigt hatte. Erst dann wurde mir bewusst, dass ich nicht nur selbst knapp dem Tod entronnen war, sondern auch Jaro in Gefahr gebracht hatte.

Und dass er mir das Leben gerettet hatte.

Das Geräusch polternder Schritte riss mich aus dem Moment. Instinktiv drängte ich mich enger an die Wand, doch es war nur Dorian. Bereitwillig ergriff ich seine Hand, die er mir entgegenstreckte.

»Geht es dir gut?«

Ich weiß nicht, was es war: Die Sorge auf seinem Gesicht, seine ruhige Stimme oder die Tatsache, dass zu viele Dinge auf einmal passiert waren, doch ich brach in Tränen aus. Verstohlen wischte ich mir mit dem Ärmel über die Augen.

»Ich ... wusste nicht, dass ich hier unten nicht ... das Wesen ...« Weil ich nicht einen vernünftigen Satz zustande bekam, schloss ich den Mund. Dorian legte seine Hand auf meinen Rücken – eine linkische Geste, die mir trotzdem Trost spendete.

»Komm mit hoch.«

Mir entging nicht, dass er die Kellertür hinter mir abschloss. Dann brachte er mich in einen Raum, der mit zwei Sesseln, einem Kamin und einem runden Tisch ausgestattet war. Eine Kanne Tee stand für uns bereit, ebenso zwei Tassen. Ich schlang meine kalten Hände um das warme Gefäß, kaum dass ich mich gesetzt hatte.

»Es tut mir leid«, beteuerte ich mit Blick in die Tasse. »Ich hatte keine Ahnung, was mich dort unten erwartet. Ich hatte gerade herausgefunden, wie das Symbol funktioniert und ...«

»Wie das Symbol funktioniert?« Als ich den Blick hob, hatte sich eine steile Falte auf Dorians Stirn ausgebreitet.

Umständlich nestelte ich an meinem Kleid herum und streckte ihm den Arm mit dem blassen *S* entgegen. »Das habe ich an meiner Hochzeit bekommen. Ich habe ... herausgefunden, dass man es als Schlüssel benutzen kann. So, wie du deinen Stern verwendest.«

»Erstaunlich.« Dorian griff nach seiner Teetasse und nahm einen Schluck.

»Ich wollte niemanden in Gefahr bringen. Wirklich nicht. Hätte ich gewusst, was sich da hinter der Tür verbirgt ...« Ich hielt inne. »Was genau war das überhaupt? Es ...« Dorian hob die Hand.

»Du hast Xerros, unseren Greifen, kennengelernt.«

»Einen Greifen?«

»Der Keller ist nicht sein natürliches Habitat. Aber er ist gezwungen, sich dort aufzuhalten, bis ... Wie auch immer. Es ist zum Glück alles gut gegangen.«

Ich wusste, dass Dorian etwas vor mir verbarg.

»Wieso war Jaro so schnell bei mir? Ich habe ihn den ganzen Tag nicht gesehen und dachte, er wäre *unterwegs*.« Wo dieses *unterwegs* lag, hatte mir bisher auch niemand verraten, vor allem, weil er das Burggelände nicht verlassen konnte.

Dorian schlang die Hände um sein Knie. Seine Haut war weniger blau als sonst. Woran das wohl lag? »Lass es mich so sagen, Liora: Jaro hat einen sechsten Sinn für alles, was in der Burg vor sich geht. Wenn jemand in Gefahr gerät, der unter seinem Schutz steht, spürt er das.«

»Ich stehe ganz sicher nicht unter seinem Schutz«, murmelte ich, während ich mir eine zweite Tasse Tee einschenkte.

»Natürlich tust du das. Du bist seine Ehefrau.«

»Das Wort bedeutet in seiner Welt nicht das Gleiche wie in meiner.« Ich lehnte mich auf dem grauen Sessel zurück, die warme Tasse zwischen meinen Händen. »Es wäre ein Leichtes für ihn gewesen, mich loszuwerden. Er hätte die Bestie machen lassen sollen.«

»Und doch hat er es nicht getan«, hielt Dorian dagegen und ich dachte an Jaro, der mit hoch erhobenen Händen versucht hatte, dem Wesen Einhalt zu gebieten.

»Er hat mich schließlich auch geheiratet, ohne dass ich den Grund kenne. Und das, obwohl er mich verachtet. Bis gestern hat er mich vor allem ignoriert, spätestens jetzt hasst er mich.«

Dorian schüttelte den Kopf. »Die Dinge sind komplizierter, als du glaubst.«

Meine Hand ballte sich zur Faust. »Und wann erklärt mir mal jemand, was genau *die Dinge* sind? Ich laufe wie ein blindes Huhn durch diese Burg und habe das Gefühl, von Dutzenden Augenpaaren gleichzeitig beobachtet zu werden. Alle wissen mehr als ich.«

»Du musst keine Angst haben ...«

»Ich habe keine *Angst*. Zumindest gerade nicht. Was ich brauche, sind Antworten.«

Wie beiläufig warf Dorian einen Blick auf seine goldene Armbanduhr. »In einer Stunde wird das Abendessen serviert. Geh doch schon mal hoch in dein Zimmer und suche dir ein hübsches Kleid aus.«

»Ist das dein Ernst? Du willst einfach so weitermachen wie bisher?«

»Angesichts der Uhrzeit nicht weiter verwunderlich. Ich habe ein dunkellila Kleid in deinem Schrank gesehen. Es würde dir wunderbar stehen.«

Kopfschüttelnd sah ich ihn an und empfand zum ersten Mal so etwas wie Abscheu für ihn. Doch ehe ich etwas sagen konnte, hatte Dorian den Raum bereits verlassen.

Ich machte es den Feen unmöglich, mich anzukleiden. Wann immer sich eine von ihnen auf mir niederließ, kickte ich sie mit dem Finger weg. Aus dem Schrank zog ich das hässlichste Kleid, das ich fand – ein graues, unscheinbares Stück, das mir nur bis zu den Knien reichte und das ich auch in Kryndon getragen hätte.

Ich wollte mich nicht aufhübschen. Wollte nicht gute Miene zum bösen Spiel machen und Jaro gegenübertreten, als wäre nichts geschehen.

Meine Haare flocht ich zu einem dünnen Zopf und schaute mich im Spiegel an. Ich sah genauso farblos aus, wie ich mich fühlte.

Der Speisesaal war wie gewohnt hergerichtet, die Tafel für zwei Personen gedeckt. Im Kamin flackerte das Feuer und sandte eine angenehme Wärme durch den Raum.

Eine Sache jedoch war anders: Seit ich mit Jaro verheiratet war, war er stets vor mir da gewesen. Heute jedoch blickte ich auf den leeren Platz mir gegenüber. Mein schlechtes Gewissen war nicht verflogen, auch wenn es sich mit der Wut in meinem Bauch vermischt hatte.

Quälende Minuten vergingen, die ich allein in dem viel zu großen Zimmer zubrachte, mit Blick auf die hölzerne Standuhr, deren Zeiger zur nächsten halben Stunde rückten. Ich legte den Kopf in die Hände – und schrie auf, als ein rotes Augenpaar sich zwischen meinen Fingern zeigte.

»Aska, verdammt!«, schimpfte ich und riss die Hände von meinem Gesicht. »Du hast mich zu Tode erschreckt, du kannst doch nicht ...« Ich hielt inne, weil ich sie in der Helligkeit nicht mehr sehen konnte.

»Warte kurz.«

Auf dem Sessel vor dem Kamin lag eine Decke, die ich mir behelfsmäßig über den Kopf stülpte. Darauf hoffend, dass in der Zwischenzeit niemand reinkam, spähte ich in die Dunkelheit und sah die roten Augen.

»Jaro ist in der Bibliothek.«

»Er kommt also nicht zum Essen?«

Askas Augen bewegten sich von links nach rechts, was ich als Kopfschütteln interpretierte.

»Wie ... geht es ihm? Ist er schlimm verletzt?«

»Er sieht übel aus, aber das war nicht das erste Mal, dass es zu einem solchen Zwischenfall gekommen ist. Er wird schon wieder.«

»Es ist wahrscheinlich das Beste, wenn ich ihn in Ruhe lasse, oder?«

Askas Körper zeigte sich in der Dunkelheit. Sie setzte

sich zu mir unter die Decke und zog die Beine an. »Glaubst du, das macht es besser?«

»Ich gehe nicht davon aus, dass er mich sehen will. Er war furchtbar wütend.«

»Das ist er immer noch«, bestätigte Aska. »Normalerweise liest er stundenlang und lässt sich durch nichts unterbrechen. Eben hat er dreimal das Buch gewechselt und es jedes Mal so laut zugeschlagen, dass der Schreibtisch unter ihm gebebt hat.«

»Und du glaubst, es hilft, wenn ich zu ihm gehe?« Ich hob die Augenbrauen, da ich doch sehr skeptisch war, was den Erfolg ihrer Strategie anging.

»Ich weiß, dass es nicht besser wird, wenn du ihm aus dem Weg gehst.«

Aska verschwand und ließ mich allein unter der Decke zurück. Ich seufzte. Ich wollte nicht mit Jaro reden. Dennoch spürte ich, dass es an mir war, auf ihn zuzugehen. Schweren Herzens stülpte ich mir die Decke vom Kopf und näherte mich der gedeckten Tafel.

In den letzten Tagen hatte ich ein Gespür für Jaros Essgewohnheiten entwickelt. Ich wusste, dass er vom Hauptgericht stets nur ein bisschen nahm, um mehr Platz für den Nachtisch zu lassen. Die Honigplätzchen, die es heute als Dessert gab, hatten es ihm dabei besonders angetan, weswegen ich eine Handvoll von ihnen auf einem Teller stapelte. Ich griff nach dem Krug mit Apfelwein und trug beides aus dem Zimmer.

Auf dem Weg zur Bibliothek warf ich mehrmals einen Blick über die Schulter, weil ich das Gefühl hatte, beobachtet zu werden. Doch der Gang lag verlassen hinter mir.

Ich verzichtete darauf, anzuklopfen und stieß die Tür ohne Umschweife auf.

Die Bibliothek war in sanftes Licht getaucht, das von drei Kerzen auf der Fensterbank stammte. Das Feuer knisterte warm und einladend im Kamin, vor dem Felle und Decken lagen. Das Geräusch von Papierrascheln drang durch die Stille.

Ich näherte mich dem Schreibtisch, vor dem Jaro stand, die schwarzen Haare in einem zerzausten Zopf. Seine Lesebrille war ihm tief ins Gesicht gerutscht, konzentriert starrte er auf das Buch, das aufgeschlagen vor ihm lag.

Auch aus der Entfernung konnte ich die Spuren sehen, die der Greif auf seiner Haut hinterlassen hatte. Drei unschöne Narben zogen sich quer über sein Gesicht, vom linken Auge bis zum Kinn. Ich presste die Lippen aufeinander. Wenn ich nur nicht so neugierig gewesen wäre!

»Jaro.«

Er setzte die Brille ab, als er seinen Namen vernahm. Schlug das Buch zu, legte es auf den Stapel zu den anderen, ehe er mich ansah. Zorn zeichnete sich auf seinen Zügen ab, meine Entschlossenheit geriet ins Wanken.

»Ich habe keinen Hunger«, sagte er mit Blick auf den Teller.

»Das wusste ich nicht. Ich dachte, ich bringe dir etwas, damit ...«

»Wie gesagt, ich habe keinen Hunger.« Sein Blick war messerscharf – und so hasserfüllt, dass ich einen Schritt zurücktrat. »Du kannst gehen.«

Nichts hätte ich lieber getan, doch Askas Worte geisterten mir im Kopf herum. Vom Verstecken und ihm aus dem Weg gehen würde nichts besser werden. Deswegen stellte ich Teller und Krug auf den Tisch vor dem Kamin und trat erneut auf Jaro zu.

»Hör zu: Es tut mir aufrichtig leid, was heute im Keller passiert ist. Ich wusste nicht, dass er tabu für mich ist und dort unten ein Greif wohnt.«

»Er wohnt dort doch nicht«, empörte sich Jaro. Seine Lippen bildeten eine schmale Linie.

»Wie auch immer. Es tut mir leid. Es tut mir leid, dass ich dich durch mein Verhalten in Gefahr gebracht habe.«

»Du ...«

»Ich möchte dir danken. Du hast mir das Leben gerettet.«

Jaros Augen verengten sich zu Schlitzen. Mit seinen langen, schwarz lackierten Fingernägeln trommelte er auf das Holz des Schreibtischs.

»Ich werde mich in Zukunft vom Keller fernhalten.«

»War das alles?«

Ich hasste ihn dafür, dass er auch im Zorn wunderschön war. Dass seine grauen Augen gefährlich blitzten, seine Wangenknochen messerscharf waren und er mich in Grund und Boden starrte. Ich musste mich konzentrieren, um bei der Sache zu bleiben.

»Da ist noch etwas.« Ich lehnte mich mit dem Rücken gegen eins der Regale. »Vielleicht ist es dir noch nicht aufgefallen, doch das zwischen uns funktioniert nicht. Ich weiß nicht, wieso du mich geheiratet hast, aber du möchtest mich offensichtlich nicht hierhaben.«

»Du willst die Burg verlassen? Ist es das?« Er stieß sich vom Tisch ab und kam auf mich zu. Seine plötzliche Nähe verwirrte mich. Jaro überragte mich um mehr als einen Kopf, was es ihm leicht machte, verächtlich auf mich hinabzusehen. Bevor er mich gegen das Regal drängen konnte, wich ich nach links aus.

»Nein. Ich werde mich an unser Abkommen halten. Ich habe einen Vertrag unterschrieben.«

Sein böses Lachen drang mir durch Mark und Bein. »Ja, ein fantastischer Vertrag. Wenn der nicht wäre, hättest du dir längst das Geld unter den Nagel gerissen und wärst über alle sieben Berge, was?« Er trat noch einen Schritt auf mich zu. Die Ader auf seiner Stirn pochte, sein Adamsapfel bewegte sich auf und ab. Wut pulsierte durch Jaros Körper, ließ seine Schultern noch breiter wirken – und ihn so lächerlich attraktiv, dass ich weiche Knie bekam.

»Sag mir endlich, warum zur Hölle du mich hier brauchst. Was willst du eigentlich von mir?«

»Dass du endlich deinen Mund hältst.« War da Schalk in seinen Augen? Jedenfalls schien er davon auszugehen, mir mit seiner Aussage den Wind aus den Segeln genommen zu haben. Doch ich hatte nicht jahrelang mit meinem Vater gestritten, um mich nun klein kriegen zu lassen.

»Dann hast du dir die Falsche gesucht. Ich habe dir schon einmal gesagt, dass ich mir den Mund nicht verbieten lasse. Und auch nicht meinen Kopf. Ich merke doch, dass hier irgendetwas vor sich geht, was du mir nicht sagen willst. Diese ganze Burg ist verhext. Hier gibt es Wesen, von denen ich nicht einmal wusste, dass sie existieren. Ich ...«

»Darf ich nun weiterlesen?«, fragte er gelangweilt.

»Nein. Du wirst mir jetzt zuhören«, blaffte ich ihn an. »Du hast den ganzen Tag, um zu lesen. Was treibst du überhaupt die ganze Zeit? Immer, wenn ich dich suche oder jemanden nach dir frage, bist du weg. Obwohl du diese Burg angeblich nicht verlassen darfst. Und wenn du dann doch mal da bist, ignorierst du mich.«

Jaro verdrehte die Augen. Ich hätte ihm am liebsten ins Gesicht geschlagen. Oder ihm die Hand vor den Mund gelegt, damit ich nicht mehr auf seine verflucht perfekten Lippen starren musste. »Was willst du mir denn unbedingt mitteilen?« Verachtung lag in seinem Blick; er ging auf Abwehrhaltung. Wenn ich jetzt einknickte, hatte ich so gut wie verloren.

Deswegen trat ich einen Schritt auf ihn zu. Baute mich so nah vor ihm auf, dass ich seinen vermaledeiten Geruch nach Moschus aufnahm und er mir für einen Moment die Sinne vernebelte. Eine gefährliche Aura umgab Jaro und ließ alle Alarmglocken in mir schrillen. Vielleicht sollte ich mich mit dem begnügen, was er mir bot: ein Dach über dem Kopf und genug zu essen. Aber etwas an ihm forderte mich heraus. Möglicherweise war es der Umstand, dass ich schon immer gern mit dem Feuer gespielt hatte.

»Du kennst vielleicht meinen Namen und weißt, woher ich komme, aber du hast keine Ahnung, wer ich bin. Du weißt nicht, was mir gefällt oder was mich nachts wachhält. Du weißt nicht, wovon ich träume oder was mich ängstigt.« Mein Herz schlug so schnell gegen meine Rippen, als wollte es mir aus der Brust springen.

Jaros Mund öffnete sich, doch ich machte noch einen Schritt auf ihn zu, bis sich unsere Oberkörper beinahe berührten. Damit er meine zitternden Finger nicht bemerkte, ballte ich die Hände zu Fäusten.

»All das weißt du nicht. Und vielleicht interessiert es

dich auch nicht. Aber hast du mal darüber nachgedacht, dass es sich lohnen könnte, mich kennenzulernen?«

Ich schaute ihm ein letztes Mal in die schiefergrauen Augen, dann machte ich auf dem Absatz kehrt und verließ die Bibliothek.

KAPITEL 15

HEILUNG UND GESTÄNDNISSE

Es war weit nach Mitternacht, als Jaro zu mir ins Bett kam. Ich hatte nicht mehr mit ihm gerechnet. Als sich dann doch die Tür öffnete, war ich bereits halb weggedämmert und schüttelte die Nachwirkungen eines Traumes ab, den ich nicht richtig zu fassen bekam. Die Kerze neben mir brannte noch, die ständige Dunkelheit behagte mir nicht.

Müde richtete ich mich auf und zog das Nachtkleid gerade, das im Schlaf verrutscht war. Jaro trug ein einfaches Leinenhemd zu einer schwarzen Hose. Seine Haare hingen ihm lose hinab, er sah müde und abgekämpft aus.

In der Hand hielt er ein Buch, das er auf dem Boden ablegte.

»Ich wollte dich nicht wecken«, sagte er leise.

»Ich habe noch nicht lange geschlafen.«

Im Kerzenlicht wirkten Jaros Wunden besonders tief. »Tut es sehr weh?«, fragte ich ihn, was mich meinen ganzen jämmerlichen Mut kostete.

Verwirrt hielt er inne, als wüsste er nicht recht, worauf ich mich bezog, dann schüttelte er den Kopf. »Ich habe schon Schlimmeres überstanden.«

»Es … tut mir leid«, flüsterte ich. Denn das tat es. Immer noch.

Stumm rutschte ich gegen das runde Fenster, um ihm Platz auf dem Bett zu machen. Die Matratze senkte sich, als er sich neben mich legte. In den letzten Wochen hatten wir genauso nebeneinander geschlafen – zum ersten Mal fühlte es sich anders an.

Die Luft um uns herum schien sich zu verdichten, die Stille hallte unangenehm laut in meinen Ohren nach. Jaros Finger krallten sich um die Decke, und ich wartete auf den Moment, in dem er sich von mir wegdrehte. Stattdessen starrte er mit verhangenem Blick an die Decke. Für einen Moment hörte ich nichts außer seinen gepressten Atem. Mehrmals erschien es mir, als dass er etwas sagen wollte, aber nicht ein Wort kam über seine Lippen.

Ich rutschte einen Zentimeter näher an ihn heran – wartete darauf, dass er sich von mir entfernen würde, aber er verharrte in der Position. Lediglich sein Griff um die Decke wurde fester.

Ich spürte Jaro bis in meine Fingerspitzen, und wusste nicht, ob das etwas Gutes oder Schlechtes war. Seine Brust hob und senkte sich regelmäßig unter der Decke.

Ebenso wenig, wie er es schaffte, mit mir zu reden, konnte ich das Wort an ihn richten. Obwohl ich mir zum ersten Mal sicher war, dass er mir zuhören würde.

Das Gespräch in der Bibliothek – oder zumindest der Teil, in dem ich ihn angeschrien hatte – schien etwas zwischen uns verändert zu haben.

Jaro, dachte ich. *Ich will wissen, wer du bist. Ich will dich endlich kennenlernen. Auch wenn du mir Angst einjagst und deine Unnahbarkeit mich in den Wahnsinn treibt. Doch wie es aussieht, werden wir eine ganze Weile hier zusammen verbringen.*

Ich sah ihn so lange an, bis er einschlief. Bis seine Augen, die ruhelos an die Decke gestarrt hatten, schwer wurden und sich schließlich ganz schlossen.

Ich kann unter Wasser atmen. Ich habe es bisher nur nie versucht. Doch wenn ich untertauche, die Augen öffne und tief Luft hole, weiß ich, wie sich meine Lunge ausdehnt. Wie das Meer ein Teil von mir wird, der Ozean seinen Namen auf meine Haut schreibt. Wie mein Körper leicht und schwerelos wird und dann immer tiefer sinkt.

Ich kann unter Wasser atmen. Macht mich das zu einem Teil der See?

Japsend schreckte ich auf. In der Kammer war es eiskalt, als hätte man jegliche Wärme aus ihr verbannt. Die Kerze neben mir war heruntergebrannt, der Raum dunkel und schaurig durch die Schatten der Nacht. Ein blasser Mond schien zum Fenster herein.

Ich hatte Angst.

Angst, die tief in mir wallte, mich in ihren Klauen hielt und immer fester zudrückte. Jaro lag neben mir, auch wenn er sich im Schlaf weggedreht hatte.

Ich versuchte auszumachen, was mich geweckt hatte, als ein Wimmern an meine Ohren drang. Es schien von weit her zu kommen, wurde aber klarer, je stärker ich mich darauf fokussierte. Ich richtete mich im Bett auf und öffnete das Fenster. Eiskalte Nachtluft schlug mir entgegen, dennoch streckte ich den Kopf nach draußen. Das Wimmern verwandelte sich in ein Heulen.

Kurz überlegte ich, Jaro zu wecken, doch er sah im Schlaf so friedlich aus, dass ich mich nicht traute. Deswegen schlüpfte ich in meine Hausschuhe, zog mir den Morgenmantel über und lief durch die nächtlichen Korridore nach unten. Das Geräusch trieb mich aus der Burg. Vor den Eingangspforten blieb ich stehen und folgte den Lauten. Dann öffnete ich die breiten Türen und ließ die Kälte des nahenden Winters herein. Ich nahm die Treppenstufen nach unten, fand mich auf dem Burghof wieder – und wäre beinahe über eine gigantische Flosse gestolpert. Erschrocken zuckte ich zurück, während ich das Wesen zu meinen Füßen musterte, das ich bisher allenfalls in Büchern gesehen hatte, jedoch in abgemilderter Form: weniger spitze Zähne, weniger schaurige Augen.

Es war weder Mensch noch Fisch, schien eine Kreuzung aus Land- und Wassergestalt zu sein. Eine dunkelgraue Flosse zuckte auf dem Boden, ging in einen Frauenkörper über, der so dünn war, dass man die Rippen einzeln zählen konnte.

Vorsichtig kniete ich mich vor die Gestalt. Der Oberkörper der Frau war nackt, ihre Brüste hingen schlaff herab. Aus gespenstischen, schmerzverzerrten Augen sah sie mich an, als wäre ich ihre letzte Hoffnung. Ihre Haare waren weiß und so dünn, dass sie mich an ein Spinnennetz erinnerten.

Ein wahnsinniger Ausdruck zog sich über ihr Gesicht, der von klagenden Lauten begleitet wurde. Jedes Mal, wenn sie den Mund öffnete, kamen rasiermesserscharfe Zähne zum Vorschein.

Gegen meine Ängste ankämpfend, rückte ich näher und legte meine Hand auf ihre bebende Schulter. Wütend fauchte sie mich an; ihr Speichel spritzte in mein Gesicht.

»Kannst du mich verstehen?«, fragte ich sie, erhielt als Antwort jedoch nur ein Fauchen.

»Wo kommst du her?« Ich blickte mich um. Zwar wusste ich, dass es unweit des Burggrabens einen Teich gab, doch war dieser nicht annähernd tief genug, um ein Wesen ihrer Größe zu beherbergen.

Ihr Wimmern wurde lauter, schraubte sich zu einem lang gezogenen Heulen. Sie atmete hektisch und abgehackt. Erstickte sie? Brauchte sie Wasser?

»Was ist geschehen?«, fragte ich abermals. Mit aller Macht blendete ich meine Furcht aus. Stattdessen sah ich ihr tief in die Augen.

Das Weiß ihrer Iriden verwandelte sich in eine Farbe, die ich schon einmal gesehen hatte. *Dorian.* Auch in den Augen der Frau lebte das Meer. Doch ich erkannte mehr als nur Wellen, die sich an Klippen brachen. Da war ein Sturm, der sich am Himmel zusammenzog. Eine Gestalt mit einer Stichwaffe in der Hand, die sich in drei Zacken aufteilte. *So viel Blut.*

»Du bist verletzt«, erkannte ich und beugte mich über ihre Flosse. Ein feines Rinnsal Blut sickerte auf den Steinboden, doch die eigentliche Wunde musste sich auf der Rückseite befinden.

»Ich muss dich umdrehen.« Mit voller Kraft drückte ich gegen ihre Flosse. Das Wesen bäumte sich auf, schrie vor Schmerz und bleckte die Zähne.

»Hilf mit!« Der Schweiß lief in Strömen über mein Gesicht. Unnachgiebig stemmte ich mich gegen den Fischschwanz, bis es mir endlich gelang, ihn umzudrehen. Inmitten auf ihm befand sich ein faustgroßes Loch, aus dem unaufhörlich Blut sickerte. Ich presste meine Hand dagegen, doch das half nur geringfügig.

Kurzerhand schlüpfte ich aus meinem Morgenmantel und band ihn so gut es ging um die Wunde. Das Wesen schrie und tobte, schien aber verstanden zu haben, dass ich ihm helfen wollte. Mit wachsendem Entsetzten beobachtete ich, wie der Stoff sich innerhalb von Sekunden rot färbte. So würde ich nicht weiterkommen.

Hilflos schaute ich mich um, und war schon kurz davor, zurück in unser Schlafzimmer zu gehen und Jaro um Hilfe zu bitten. Da wurde mein Blick in die Ferne von zwei leeren Augenpaaren erwidert.

»Was wollt ihr hier?«, fragte ich die beiden Geisterfrauen barsch, überrascht, dass sie sich an den Händen hielten. Die Größere von ihnen, jene, die ich schon zu Hause in Kryndon gesehen hatte, flüsterte der anderen etwas ins Ohr. Dann verzogen beide synchron das Gesicht.

»Ich habe keine Zeit für euch«, herrschte ich sie an. »Ich muss Jaro suchen.« Doch bevor ich losrennen konnte, hatte eines der Wesen mich am Arm gepackt. Eisige Kälte breitete sich auf meiner Haut aus. Ich wirbelte herum, schaute der Geisterfrau direkt in die Augen und sah …

Die Tränke. In der Kammer, die ich mit meiner Tätowierung hatte öffnen können, hatte es Medizin gegen fast jede Art von Verletzung gegeben.

»Danke«, hauchte ich der Geisterfrau zu und richtete ein »Bleib liegen!« an das verletzte Wesen auf dem Boden.

Dann hastete ich die Treppen nach oben, hinein in die Burg. Glücklicherweise hatte sich meine Orientierung in den letzten Wochen verbessert, sodass ich die Kammer schon beim ersten Anlauf fand. Ich schnappte mir eine Kerze aus dem Korridor und drückte die Tür mit meinem Unterarm auf.

Drachentränen, Flüssiges Gold, Wasseratem, las ich die Inschriften auf den Flaschen. Meine innere Anspannung wuchs, als ich nichts fand, was mir weiterhalf. *Herbstluft, Trank der Vergessenheit, Blutkämpfer.*

Blutkämpfer? Es war einen Versuch wert – und in Anbetracht der Alternativen wohl das Beste. Mit fahrigen Fingern griff ich nach der bauchigen Flasche, in der sich eine dickflüssige grüne Masse befand. Ich musste sie fest an mich pressen, weil ich sonst Gefahr lief, sie auf dem Weg nach unten fallen zu lassen.

Mein Morgenmantel ertrank in einer Lache aus Blut, als ich bei dem Wesen ankam. Es hatte die Augen geschlossen, das Gesicht von Schmerz verzerrt.

»Ich helfe dir«, versprach ich und zog den Korken aus der Flasche. Mit einer Hand schob ich den Morgenmantel beiseite, dann träufelte ich die Hälfte des Mittels auf ihre verletzte Flosse. Es zischte, die Frau bäumte sich kreischend auf, ehe sie in sich zusammensank. Ihr Fischschwanz zuckte ein letztes Mal, dann rührte sie sich nicht mehr.

»Verdammt.« Die Flasche glitt mir aus der Hand und rollte über den Steinboden. Wiederholt rüttelte ich an der Schulter der Frau.

»Wach auf!«, schrie ich sie an.

Angst ergriff Besitz von mir, bis mir auffiel, dass die grüne Tinktur das Loch in ihrer Flosse verstopft hatte.

Fasziniert beobachtete ich, wie das Zaubermittel nach und nach die Farbe der Flosse annahm, bis nichts mehr von der Verletzung zu sehen war.

In diesem Moment öffnete die Frau die Augen. Verwirrt blickte sie erst mich und dann ihren Schwanz an, ehe sie sich aufrichtete.

Wasser, formten ihre Lippen.

Kraftlos streckte sie den rechten Arm aus. Ich folgte ihrer Bewegung, schaute die Treppenstufen hinauf, die in die Burg führten, und sah direkt in Jaros Gesicht.

Er lehnte im Torbogen, die Arme vor der Brust verschränkt. Das Haar vom Schlaf zerzaust, die Augen müde und von Schatten umgeben. Dennoch lag Lebendigkeit in seinem Blick.

Der Moment, in dem ihm klar wurde, dass ich ihn beobachtete, war der Moment, in dem er sich in Bewegung setzte. Innerhalb von Sekunden kniete er vor dem verletzten Wesen.

»Geh zurück ins Bett«, wies er mich an. »Ich kümmere mich um sie.«

Ich nickte, rührte mich jedoch nicht von der Stelle. Stattdessen beobachtete ich, wie Jaro seine Hände über der Kreatur ausbreitete und die Augen schloss. Seine Lippen bewegten sich, als würde er eine Zauberformel murmeln. Mit einem Zischen verschwand die sonderbare Frau. Zurück blieb nur die Lache aus Blut und Wasser.

»Wie hast du ...« *das gemacht?*, wollte ich fragen, da sah ich, dass das Wesen nicht verschwunden, sondern geschrumpft war. Vorsichtig hob Jaro die Gestalt, die nicht größer war als eine Walnuss, auf seine Handfläche und erhob sich.

»Was passiert mit ihr?«

»Sie kommt in unser Wasserglas, bis Dorian sie zurück ins Meer bringt.«

Jaro verschwand durch den Torbogen. Ich schloss die Tür und folgte ihm die Stufen hinauf. Sein schwarzer Morgenmantel wehte gespenstisch hinter ihm her.

Vor dem seltsamen Aquarium, das ich schon an meinem ersten Tag gesehen hatte, blieb er stehen.

»Hältst du sie kurz?«

Perplex schaute ich auf seine ausgestreckte Hand, in der das winzige Wesen lag, und nickte. Mit einer Sanftheit, die nicht zu seinem groben Wesen zu passen schien, bettete er die Gestalt auf meine Handfläche. Sie war kalt und fühlte sich ein wenig glitschig an.

Jaro schob den Deckel des Aquariums beiseite, woraufhin die Wasserwesen an die Oberfläche schwammen. Nicht alle hatten Fischschwänze, manchen ähnelten den Feen, die mich einkleideten, nur dass ihre Flügel sie auch unter Wasser vorantrugen. Ein leuchtender Fisch mit gezackter Flosse schwamm unruhig im Kreis umher.

»Wird höchste Zeit, dass Dorian sich hierum kümmert«, murmelte Jaro mit aufeinandergepressten Lippen. Dann sah er mich auffordernd an.

Mit klopfendem Herzen näherte ich mich dem Aquarium. Die Frau auf meiner Handfläche sah mich ängstlich an.

»Leg sie vorsichtig ins Wasser«, wies Jaro mich an. Als er sich direkt hinter mich stellte, stockte mir der Atem. Ich brachte meine Arme auf Höhe des Aquariums, ehe ich die Gestalt sanft ins Wasser gleiten ließ. Kaum hatte sie die Oberfläche berührt, verschwand der verschreckte

Ausdruck in ihren Augen und sie begann zu schwimmen. Erleichtert atmete ich aus.

»Hilf mir hiermit.« Jaro griff nach dem Glasbrett. Gemeinsam schoben wir es zurück auf den Kasten.

»Wie lange bleibt sie dort?«

»Sobald wir sicher sind, dass sie ihre Verletzung überstanden hat, kommt sie zurück nach Hause.«

»Wo ist das?«

Für den Bruchteil einer Sekunde dachte ich, er würde mir antworten, dann aber drehte er sich von mir weg. »Lass uns schlafen gehen«, sagte er stattdessen.

Jaro hielt mir die Tür zu unserer Kammer auf und wartete, bis ich ins Bett gestiegen war und mich mit einem der Felle zugedeckt hatte. Aus Gewohnheit rutschte ich gegen die Wand, damit wir uns nicht im Schlaf berühren mussten.

Doch Jaro kam nicht zu mir. Im Dunkel der Nacht erkannte ich, wie er die Kerzen anzündete, die überall im Zimmer standen, und im Schaukelstuhl Platz nahm. Sein Blick war nachdenklich aus dem Fenster gerichtet, als er fragte: »Woher wusstest du, was du tun musstest?«

Ich setzte mich im Bett auf und zog die Beine an den Körper. Es war zu früh, ihm von den Geisterfrauen zu erzählen.

»Das wusste ich nicht. Aber ich musste an das Zimmer mit den Tränken denken, das ich bei einem Streifzug durch die Burg entdeckt hatte.«

»Hattest du keine Angst?«

»Am Anfang vielleicht. Ich … habe keine Erfahrung mit dieser Art von Wesen. Bevor ich zu dir kam, wusste ich nicht einmal, dass es sie gibt. Aber nachdem ich mich an ihren Anblick gewöhnt hatte, ging alles so schnell, dass ich schlichtweg keine Zeit hatte, Angst zu haben. War das dumm von mir?«

»Nein. Nymphen sind ungefährlich.«

»Passiert so etwas öfter?«

Jaro sah noch immer zum Fenster hinaus. Das Licht der Kerze zeichnete seine Züge weich, ließ seine Wangenknochen weniger scharf und die Augen beinahe friedlich wirken. »Wenn Wesen in Gefahr sind, kommen sie hierher. In den meisten Fällen kann ich ihnen helfen, aber nicht in allen.«

»Du konntest sie schrumpfen lassen. Besteht darin deine Zauberkraft?«

»Zauberkraft«, er spie mir das Wort regelrecht entgegen. »So sehen mich die Menschen in Kryndon, was? Als den dunklen Zauberer auf dem Berg, der Unheil und Schande über sie bringt.«

»Bist du das denn nicht?« Meine Stimme war nur ein Hauch in der Stille.

Jaro seufzte. Für den Bruchteil einer Sekunde huschte etwas Trauriges über seine Züge. »Menschen urteilen schnell, wenn sie Dinge nicht verstehen. Es ist so viel einfacher, sich vorab eine Meinung zu bilden, weil man dann nicht ernsthaft nachdenken muss.«

Ich nahm meinen ganzen Mut zusammen. »Aber hast du nicht dasselbe gemacht?«

Endlich sah er mich an, die linke Augenbraue ein Stück gehoben.

»Deine Meinung über mich hat von Anfang an festgestanden. Ich hatte keine Möglichkeit, dir zu zeigen, wer ich bin. Egal, was ich versucht oder getan habe, du hast mir keine Chance gegeben.«

Innerlich wappnete ich mich gegen seinen Konter, doch Jaro schwieg. Der Schaukelstuhl quietschte, während er aufstand und alle Kerzen bis auf eine ausblies. Es wurde dunkler in der Kammer, und mein Herz schlug viel zu schnell, als Jaro ins Bett stieg. Als er sich zu mir unter das Fell legte und zum ersten Mal, seit wir dieses Zimmer teilten, sich in meine Richtung drehte.

Er sah mich an.

Und ich erwiderte seinen Blick, während konkurrierende Gefühle in mir tobten.

»Wer bist du?«, fragte er dann.

Ich schluckte. Sein Duft nach Moschus vernebelte meine Gedanken. Dadurch, dass er so nah bei mir lag, spürte ich ihn überall.

»Wer ist Liora?«

»Ich war mir nicht mal sicher, ob du meinen Namen kennst.«

»Mach dich nicht lächerlich. Natürlich kenne ich deinen Namen.«

Alles in mir wollte den Blick senken. Nicht mehr in seine schiefergrauen Augen starren, sein schönes Gesicht vor mir haben, dem die Narben keinen Abbruch taten. Ich wollte mich in mein Schneckenhaus zurückziehen, weil es dort sicher und warm war.

Doch irgendwie reichte dieses Haus nicht mehr aus. Irgendwann war es zu eng geworden, sodass ich nicht mehr hineinpasste. Und deswegen nahm ich Jaro in seiner Gänze wahr. Die Konturen seines kantigen Gesichts. Die schwarze Strähne, die ihm in die Stirn hing, und die ich ihm am liebsten hinter sein Ohr gesteckt hätte. Seine vollen Lippen, die leicht bebten. Mein Unterleib zog sich zusammen.

»Was weißt du sonst über mich?« Meine Stimme war nur ein Hauch.

Sein Atem kitzelte meinen Hals. Ich krallte meine Finger um das Fell, um meine Nervosität unter Kontrolle zu bekommen.

»Du kommst aus Kryndon. Deine Familie ist arm, aber das ist in der Stadt keine Besonderheit. Mit großer Wahrscheinlichkeit hattest du nie vor, zu heiraten.«

»Wie kommst du darauf?«

»Als ich dir in der Nacht unserer Hochzeit das erste Mal ins Gesicht gesehen habe, wusste ich es: Du warst nur hier, weil dein Leben dir keine Wahl gelassen hat.«

Sein Tonfall verriet nicht, was er davon hielt.

Ich wurde an die Hochzeitsnacht erinnert, die noch gar nicht lange zurücklag und mir doch vorkam, als gehörte sie zu einem anderen Leben. »Ich hatte damit gerechnet, einen uralten Mann zu heiraten. Mindestens zweihundert Jahre alt ...«

»Dreihundert.«

»Oder das.« Ich lachte nervös, Jaro presste die Lippen aufeinander.

»Ich meine es ernst. Ich lebe seit dreihundert Jahren. Dreihundertelf, um genau zu sein.«

Verwirrt sah ich ihn an.

»Es ist in Ordnung, wenn du mir nicht glaubst. Es gibt Dinge, die der menschliche Verstand nicht erfassen kann und das ist gut so.«

»Wieso?«

Jaro rutschte nur einen Millimeter von mir weg, aber

auf einmal war da wieder diese Distanz zwischen uns. Als hätte er eine unsichtbare Mauer hochgezogen.

»Lass uns über etwas anderes reden. Erzähl mir von dir.«

Ich senkte den Blick. Fühlte mich auf einmal unter Druck gesetzt und hatte keine Ahnung, was ich ihm sagen sollte.

Es war Jaros Hand auf meinem Arm, die mich aufschauen ließ. »Dorian hat gesagt, dass du dich um deine Familie gekümmert hast.«

Noch bevor ich mich entscheiden konnte, ob ich seine Hand auf meinem Körper mochte, zog er sie zurück.

Verlegen räusperte ich mich. Warum fühlten sich meine Wangen auf einmal so heiß an? Warum erschien mir dieser Raum, dieses Bett, diese Decke so klein?

Verzweifelt versuchte ich, mich auf seine Frage zu konzentrieren. »Ich habe zwei jüngere Geschwister. Kaida und Tian. Unsere Mutter ist im Krieg gestorben. Mein Vater war Soldat, aber er hat den Verlust seiner Frau nie verarbeitet und zu trinken angefangen. Er kümmert sich nicht um uns.« Ich presste die Lippen aufeinander. Der Gedanke an meinen Vater machte mich wütend, half mir aber, mich auf das Hier und Jetzt zu konzentrieren.

»Das heißt, du hast die Rolle deiner Mutter übernommen?«

»So gut es mir möglich war, ja. Vor dem Krieg hatte ich noch Arbeit. Uns ging es nicht gut, aber wir kamen über die Runden. Bis die wirtschaftliche Lage uns in den Ruin getrieben hat. Ich ...«

»Fehlen sie dir sehr?«

Ich nickte.

»Hasst du es, bei mir zu sein?«

Seine Frage stand eine Weile zwischen uns, bis ich die

210

richtigen Worte fand. »Nicht zu wissen, was mich erwartet, hat mir Angst gemacht. Und auch jetzt weiß ich nicht mal ansatzweise, wieso ich überhaupt hier bin. Aber nein, ich hasse es nicht. Zumindest nicht mehr.«

Als ich zu ihm aufschaute, verschwanden die Schatten aus seinem Blick. Jaros Augen wurden klar – und zum ersten Mal, seit ich ihn kannte, hatte ich das Gefühl, dass er mir sein wahres Gesicht zeigte.

»Kann ich etwas tun, damit du dich wohler fühlst?«

Etwas zwischen uns hatte sich verändert. Es war nicht nur die Art und Weise, wie er mit mir sprach oder die Tatsache, dass er sich auf einmal Gedanken um meine Bedürfnisse machte. Angefangen bei der verletzten Nymphe über den Moment am Aquarium hatte sich etwas in Bewegung gesetzt, das sich nicht mehr aufhalten ließ.

»Erzähl mir von dir«, bat ich ihn. »Das, was du gesagt hast, stimmt: Ich wollte nie heiraten. Dennoch habe ich es getan. Da möchte ich zumindest wissen, wer der Mann an meiner Seite ist.«

Für einen Moment sah es aus, als würde Jaros Blick sich wieder verschließen. Dann aber sagte er:

»Ich weiß nicht, wer meine Eltern sind. Ich bin in einem Waisenhaus aufgewachsen, viele Hundert Meilen von Arvendom entfernt. In den ersten Jahren war ich wie besessen davon, etwas über meine Familie herauszufinden, weil ich wissen wollte, woher ich komme. Nicht zu wissen, wer ich bin, hat mich wahnsinnig werden lassen. Als ich auch nach Jahren nichts erfahren hatte, habe ich mir Geschichten über meine Eltern ausgedacht. Wahrscheinlich hatten diese ebenso viel Wahrheit wie das, was sich die Menschen aus deiner Stadt über mich erzählen.«

Er machte eine kurze Pause. »Mit elf Jahren wurde ich abgeholt.«

»Abgeholt?«

»Heute weiß ich, wer ich bin.«

Ich wollte fragen, was er damit meinte, doch sein Blick war verschlossen. Deswegen versuchte ich es auf einem anderen Weg. »Lebst du schon lange in der Burg?«

Jaro seufzte. »Mir kommt es vor, als hätte ich nie woanders gelebt. Diese Burg ist ein Teil von mir, so eng mit mir verbunden, dass nicht mal der stärkste Zauber uns trennen kann.« Er sah an mir vorbei, hinaus in Richtung Fenster. »Selbst wenn ich einmal nicht mehr hier bin, wird mein Geist noch durch die Gänge wandeln. Die Spiegel werden mein Bild reflektieren, auch wenn ich nicht mehr vor ihnen stehe.«

»Als der Krieg vorbei war, hat unser König alle Zauberer in ihre Burgen verbannt. Ist es richtig, dass du sie nicht verlassen darfst?«

»Das ist richtig. Aber euer König hat nichts damit zu tun.«

»Wo bist du jeden Tag? Wenn ich aufwache, ist das Bett leer und egal, wen ich frage ...«

»Warum bist du Dorian gefolgt?«, stellte er mir eine Gegenfrage.

»Du weißt doch, dass ich keine Wahl hatte. Es waren dreißig Goldtaler, die mich gehen ließen.«

Er nickte nachdenklich, so als hätte ich einen neuen Gedanken in seinen Kopf gepflanzt.

»Warum darf ich meine Familie nicht besuchen?«

»Weil es nicht geht. Du hast einen Vertrag ...«

»Ich weiß, dass ich einen Vertrag unterschrieben habe«,

fiel ich ihm ins Wort. »Aber ich möchte den wahren Grund kennen.«

Statt mir eine Antwort zu geben, legte Jaro sich auf den Rücken. Das Fell, mit dem er sich zugedeckt hatte, rutschte zur Seite und entblößte seine nackte Brust, die im Schein des Mondlichts an Alabaster erinnerte.

»Es tut mir leid. Sie fehlen mir nur einfach sehr, verstehst du?«

»So, wie deine Mutter dir fehlt?«

Ich schüttelte den Kopf, auch wenn er das nicht sehen konnte. »Das ist anders. Bei ihr weiß ich, dass ich sie nie mehr sehen werde, ich ...« Meine Kehle schnürte sich zusammen. Wie konnte etwas, das schon so viele Jahre zurücklag, immer noch so wehtun?

»Wie ist sie gestorben?«

Rieka war die Einzige, mit der ich über den Tod meiner Mutter gesprochen hatte. Weil der Schmerz zu tief saß und jedes Mal neu befeuert wurde, wenn ich über sie redete. Weil ich damals, kurz nachdem sie von uns gegangen war, alles in mich hineingefressen, und nichts verarbeitet hatte.

Ich richtete mich im Bett auf, sodass ich die Fensterbank erreichen konnte, auf der die letzte noch brennende Kerze stand. Mit dem Finger löschte ich die Flamme.

»Ihr Name war Lucia«, begann ich zu erzählen. Meine Stimme hallte unangenehm laut in der Stille wider. »Lucia, die Lichtbringerin. Und genau so war sie. Wo Mutter war, war Licht. Ihr Lachen hat auch die größte Dunkelheit vertrieben. Ich glaube, ich habe nie einen Menschen mehr geliebt als sie.« Die Worte kamen mühsam über meine Lippen. Fühlten sich fremd an, als würden sie gar nicht zu mir gehören. »Als der Krieg kam und Verzweiflung brachte, war Mutter diejenige, die ihre Hoffnung nie verlor. Die uns von besseren Zeiten erzählte und davon, dass jeder Schrecken ein Ende hat. Wir haben uns so sehr auf unseren kleinen Bruder gefreut. Aber die Schwangerschaft war nicht einfach. Mutter war oft krank und hat nicht alle Nährstoffe bekommen, die sie gebraucht hätte. Es ...« Ich atmete tief durch, kämpfte mit den Tränen. »Das Geld war damals schon knapp. Wir konnten uns keinen Arzt leisten. Mutter hat im siebten Monat ein untergewichtiges Baby auf die Welt gebracht. Es war kaum lebensfähig. Gedanklich hatten wir uns alle schon von ihm verabschiedet.« Meine Lippen bebten. »Mutter nannte ihn Tian, wie *Himmel*, in der Hoffnung, dass dieser ein Zuhause für ihn bieten würde, wenn er von uns geht. Aber das Schicksal hatte andere Pläne.«

Jaro drehte sich zu mir um. Ich merkte es daran, wie die Matratze unter seinem Gewicht plötzlich nachgab, sein warmer Atem streifte meine Wange. Ein Teil von mir wollte dichtmachen, wollte allein mit meinem Schmerz sein und ihn nicht noch näher an mich heranlassen.

Der andere Teil blieb, wo er war, und erzählte weiter.

»Als Tian eine Woche alt war, wurde Mutter krank. Wir schoben es auf die Geburt, die ihren Tribut forderte, aber die Symptome klangen nicht ab. Sie bekam Fieber, Schwindel und blutete stark. Tagelang kämpfte sie ...«

Ich blinzelte gegen die Tränen an, aber konnte sie dieses Mal nicht zurückdrängen. Ebenso wenig wie die Erinnerungen, die sich glasklar von meinem Auge abzeichneten, obwohl ich sie so viele Jahre in die hinterste Ecke meines Bewusstseins geschoben hatte: Mutter, die fantasierend im Bett lag und Schreckensgestalten sah. Mutter, deren Körper von Krämpfen geschüttelt wurde. Mutter, die mich nicht mehr erkannte, obwohl ich direkt vor ihr stand. Mutter, die nach Vater rief, der an der Front war und nicht ahnte, dass er einen Sohn bekommen hatte und eine Frau verlieren würde.

Meine Lippen waren versiegelt. Gleich wie sehr ich es versuchte, nicht ein Wort schaffte es hinaus. Verlegen wischte ich mir über das Gesicht, darauf hoffend, dass Jaro keine Nachfragen stellte.

Ich schloss die Augen und atmete tief durch.

Und als ich mich in Richtung der Wand drehen wollte, spürte ich auf einmal eine Berührung an meinem Arm. Eine Hand, die nach meiner griff – zunächst fragend und vorsichtig, ehe sie sich mit meinen Fingern verwob und sie die ganze Nacht nicht mehr losließ.

KAPITEL 16

GEHEIMGÄNGE UND HÜTER

Ich war mir sicher gewesen, dass sich etwas zwischen uns verändert hatte. Doch als ich am nächsten Morgen aufwachte, war die andere Seite des Bettes leer und Jaro fort.

Müde reckte ich mich. Ich hatte schlecht geschlafen und von meiner Mutter geträumt.

Das Wetter spiegelte meine Stimmung wider. Der Himmel war schwarz und es regnete so heftig, dass ich die schweren Tropfen sogar durch das geschlossene Fenster hören konnte.

Als Mutter gestorben war, hatte die Sonne so hell geschienen, als wollte sie sich über unser Leid lustig machen. Am Tag ihrer Beerdigung hatte uns der Schweiß auf der Stirn gestanden.

Ich zog mir ein schlichtes Kleid über, steckte mir meine Haare, die in den letzten Wochen voller geworden waren, am Hinterkopf fest, und machte mich auf die Suche nach Dorian. Jaro hatte erzählt, dass er sich um die Kreaturen im Aquarium kümmern würde. Außerdem wollte ich mich vergewissern, dass es der Nymphe gut ging.

Doch als ich vor dem Glaskasten stand, befand sich nicht ein einziges Wesen mehr im Wasser. Die Muschel im Sand, das kleine Häuschen in der rechten Ecke, die grünen Schlingpflanzen – alles wirkte seltsam verwaist.

Enttäuscht ging ich in den Speisesaal, um zu frühstücken, doch kaum hatte ich an der Tafel Platz genommen, fühlte ich mich einsam.

Kurzerhand schnappte ich mir eins der Tabletts, belud es mit Brot und Früchten und stellte meine Tasse Tee darauf. Ich würde im Kaminzimmer essen. Vielleicht gesellte sich sogar Aska zu mir, wenn ich das Fenster mit einem Tuch verhängte. Hauptsache, ich musste nicht allein speisen und hatte Gesellschaft.

Mit dem Tablett auf dem Arm schlich ich durch die Korridore. Mit Radost hatte ich ewig nicht mehr gesprochen. Dass ich ihm keinen Fuchskopf besorgt hatte, nahm er mir noch immer übel.

Ich betrat das Zimmer und stellte das Essen auf dem Tisch ab. Dann kniete ich mich vor den Kamin und klopfte gegen die steinerne Außenwand.

»Radost?«

Entweder stellte er sich taub oder er hörte mich wirklich nicht.

»Radost?« Ich klopfte fester. »Ich hab dir Essen mitgebracht.«

Neben dem Kamin stand der Schürhaken. Ich streckte meine Hand aus ...

»Denk nicht mal dran.« Radost landete mit einem *Platsch* mitten in der Feuerstelle und wirbelte Asche auf, die mir ins Gesicht flog. Hustend schirmte ich die Augen vor dem Staub ab.

»Geschieht dir recht«, sagte Radost voll Genugtuung. Ich wischte mir über die Lider und beobachtete, wie der Domovoi sich am Tisch hochangelte und sein haariges Hinterteil auf das Tablett wuchtete. Gierig griff er nach einer Scheibe Käse, die er herunterschlang, ohne zu kauen.

»Dasss ifft kein Fuffs«, beschwerte er sich mit vollem Mund, nachdem er sich auch das Brot ins Maul gestopft hatte.

»Scheint dir trotzdem zu schmecken.«

Ich wollte mir eine der Weintrauben nehmen, aber seine gierigen Finger hatten bereits nach den Früchten gegriffen. Eine nach der anderen steckte er sich in den Mund und rülpste zufrieden, als er fertig war.

»Und was soll ich jetzt essen?«

Der Domovoi zuckte mit den Schultern. »Hättest du dir früher überlegen sollen.« Er machte Anstalten, zurück in den Kamin zu klettern, als ich ihm von hinten unter die Arme griff. Radost schrie und zappelte wie ein kleines Kind, was mich unweigerlich zum Lachen brachte.

»HILFE!«, brüllte er. »DORIAAAN!«

»Der ist nicht hier.«

»Was willst du von mir?« Er spuckte mir ins Gesicht, woraufhin ich ihn am Boden absetzte und mir seinen Speichel von den Wangen wischte. Hektisch rannte das kleine Monster in Richtung Kamin. Seine Spucke roch mindestens genauso widerlich wie er selbst.

Seufzend kniete ich mich vor den Kamin, in dem er verschwunden war.

»Radost! Ich will mit dir reden.«

»Ich will aber nicht mit dir reden«, antwortete er, ohne sich zu zeigen.

»Es tut mir leid, dass ich mein Versprechen nicht halten konnte. Es wird nicht mehr vorkommen.«

»Das stimmt. Weil ich mich nie mehr auf einen Handel mit dir einlasse.« Ich konnte mir regelrecht vorstellen, wie er unzufrieden die dünnen Ärmchen vor der Brust verschränkte.

»Ich möchte, dass wir uns vertragen. Gib mir noch eine letzte Chance.«

Weil er nicht antwortete, rutschte ich näher an den Kamin heran. »Komm raus. Ich fasse dich auch nicht mehr an, wenn du es nicht willst.«

Es raschelte kurz.

»Ich könnte dir auch noch mehr Essen besorgen. Unten im Speisesaal gibt es eine Menge und ...«

Obwohl ich wusste, dass es keine gute Idee war, streckte ich den Kopf in den Kamin. Falls Radost Rache nehmen wollte, war das seine Chance, denn er müsste nur auf mich springen und ...

Verwirrt hielt ich inne, denn im Kaminrohr war es nicht wie erwartet dunkel und staubig. Ein helles Licht ließ mich glasklar sehen. Radost kauerte auf einer Art Holzbrett, das sich etwa einen Meter über mir befand. Mit einer Mischung aus Verwunderung und Neugier schaute er zu mir hinab, drängte seinen Körper gleichzeitig so eng gegen die Wand, dass ich verstand, dass er nicht angefasst werden wollte.

Tatsächlich interessierte er mich aber gerade am wenigsten. Denn direkt neben meinem Kopf entdeckte ich eine Tür. Sie war so klein, dass selbst der Domovoi zu groß für sie war, doch auf ihrem Holz befand sich das sonderbare *S*. Umständlich zog ich den Arm durch das Rohr und hielt ihn gegen die Tür. Radost rief etwas, das ich nicht verstand, weil ein Ruck durch meinen Körper ging. Erschrocken blickte ich zum Domovoi, der sich immer weiter aus meinem Sichtfeld entfernte. Der Kamin über mir schien endlos zu wachsen, das Rohr wurde länger und länger, bis ich sein Ende nicht mehr sehen konnte.

Und die Tür? War auf einmal viel größer.

Vielleicht lag das aber auch daran, dass ich plötzlich *im* Kamin stand. Verwirrt blickte ich an mir hinab. Ich sah aus wie immer, bloß dass ich in meiner menschlichen Größe niemals in den Kamin gepasst hätte. Es sei denn, ich war geschrumpft.

Ich dachte daran, wie Jaro den Greifen und die Nymphe verkleinert hatte. Vielleicht war ein Zauber dafür verantwortlich, dass ich ...

Das *S* auf der Tür vor mir flammte grün auf. Meinen Mut zusammennehmend, drehte ich am Knauf und hielt die Luft an, als er unter meinem Druck nachgab.

Gleißend helles Licht empfing mich, als ich die Tür öffnete. Radost landete neben mir. Wahrscheinlich wollte er mich davon abhalten, durch diese Tür zu gehen. Doch er schaute mich bloß aus seinen kugelrunden Augen an und stieß mich hinein – mitten in das weiße Licht.

Meine Arme ruderten in der Luft, als ich den Boden unter den Füßen verlor. Ich fiel und fiel, wollte schreien, doch ehe ein Laut über meine Lippen kam, landete ich.

Meine Finger trafen auf etwas Weiches. Verwirrt blinzelte ich und erkannte, wie sich das sonderbare Licht nach und nach auflöste, bis ich die Umgebung um mich herum ausmachen konnte.

Ich lag auf einer Wiese, die von Kirschbäumen gesäumt und von einer großen, grünen Hecke umgeben war. Der Himmel über mir war wolkenlos und von einem so tiefen Blau, dass es beinahe unecht wirkte. Mühsam setzte ich mich auf – und zuckte zusammen, als etwas Glitschiges meine Hand berührte. Eine dunkelgrüne Schlange mit gelben Tupfern auf dem Rücken kroch an mir vorbei. Ich rappelte mich auf und stolperte einige Schritte nach hinten, ehe ich mir die Hand am Kleid abwischte.

Wo war ich hier gelandet? Was war das für ein seltsamer Ort? Vom Kaminzimmer fehlte jede Spur, ebenso von Radost.

Ich schlüpfte durch ein Loch in der Hecke, vor mir taten sich mehrere Meter Wiese auf. Nicht ein einziges Geräusch war zu vernehmen, doch die Stille behagte mir nicht. Etwas Undefinierbares lag in der Luft, das ich mit Gefahr verband.

Obwohl die Sonne vom Himmel schien, begann ich zu frieren. Ich schlang die Arme um meinen Oberkörper und lief weiter, über Wiesen und Felder hinweg, bis ich einen kleinen See erreichte, dessen Oberfläche verheißungsvoll glitzerte. Glockenförmige, weiße Blumen trieben auf dem Wasser, welches sich leicht bewegte.

Auf einer Bank, die vor dem See stand und über und über mit Moos bewachsen war, nahm ich Platz. Wohin ich auch sah, nirgends entdeckte ich die Burg. War die Tür im Kamin einer jener Geheimgänge, von denen Dorian gesprochen hatte?

Mein Herz klopfte schneller, als mir ein Gedanke kam: Vielleicht befand ich mich in der Nähe von Menschen. Vielleicht gab es hier ein Dorf oder eine Stadt, in der ich ...

Die Wasseroberfläche vor mir begann sich zu bewegen.

Ein Platschen drang an meine Ohren, Luftblasen stiegen auf. Ein Fisch vielleicht … oder wieder eine Schlange. Neugierig lehnte ich mich vor.

Ein Kopf durchbrach die Wasseroberfläche. Dunkle, kurze Haare, die zu einem kantigen Gesicht mit aufmerksamen grünen Augen gehörten. Die Haut des Wesens war blau, um einige Nuancen dunkler als die von Dorian.

»Guten Morgen«, begrüßte der Fremde mich und entblößte eine Reihe perfekter Zähne, die nach unten hin spitz ausliefen. Er konnte nicht viel älter sein als ich – seine Züge besaßen eine Perfektion, die mir meine eigene Unscheinbarkeit vor Augen führte.

Dennoch stand ich von der Bank auf und kniete mich vor den See. »Wer bist du?«

Er stützte sich mit den Ellbogen ab, wodurch ich einen Blick auf seine muskulöse Brust erhaschen konnte. Wasser tropfte von seinen Haaren. »Keleb – und du?«

»Liora.« Im trüben Wasser versuchte ich zu erkennen, ob auch er eine Schwanzflosse besaß.

»Kannst du mir sagen, wo ich hier gelandet bin?«

Meine Frage schien ihn zu amüsieren. »Die Frage ist eher, wie du hierhergekommen bist.«

»Durch den Kamin«, antwortete ich und merkte sogleich, wie beschränkt das klang. Keleb grinste mich breit an, was mich beschämt den Blick senken ließ.

»Schön, dich kennenzulernen, Liora aus dem Kamin.« Er streckte seine feingliedrige, blaue Hand nach mir aus. Vorsichtig berührte ich seine Finger. Kelebs Griff war stark und entschieden.

»Hast du eine Ahnung, wie ich zurück zur Burg komme?«

Statt einer Antwort zog er an meiner Hand. Ich rutschte näher, doch das schien ihm nicht zu genügen. Keleb drückte sich aus dem Wasser, fasste mit seiner Hand nach meinem Arm und hielt mich so fest, dass seine Fingernägel sich schmerzhaft in meine Haut bohrten.

»Lass das, du tust ...«

Und dann ging alles auf einmal ganz schnell: Ich stürzte in den See. Das eiskalte Wasser brach über mir zusammen. Keleb tunkte meinen Kopf und hielt mich so fest, dass ich nur noch hilflos mit den Händen und Füßen rudern konnte. Ein Schrei glitt über meine Lippen, der für niemanden zu hören war.

Ich riss die Augen auf. Trübes Wasser erschwerte mir die Sicht. Keleb offenbarte sich mir nur in ungenauen Schemen. Ich versuchte, ihn zu fassen zu bekommen, während ich viel zu viel Wasser schluckte. Meine Lungen protestierten, ich rang nach Luft. Keleb drückte mich immer tiefer in das Wasser; ein boshaftes Lächeln zuckte über sein Gesicht.

Ich sank auf den Boden, der aus einer Schicht aus Sand und Schlick bestand. Hilflos zappelte ich mit den Armen, während meine Lungen kurz davorstanden, zu bersten. Todesangst breitete sich in mir aus.

Keleb ließ mich für den Bruchteil einer Sekunde los, dann schlang er seine Arme um meinen Körper und kam mir so nah, dass sich seine Brust gegen meine presste. Er hielt mich im Klammergriff, fixierte mich wie ein Jäger seine Beute und packte mich hart am Hinterkopf. Wahnsinn schimmerte in seinen Augen.

Keleb kam meinem Gesicht immer näher, und da verstand ich, was er im Begriff war, zu tun. Bevor sein Mund meinen berührte, biss ich ihm mit voller Kraft in die Lippen. Er riss die Augen auf, zuckte zurück und ließ mich vor Schreck los.

Mir wurde schwindelig. Ich hielt schon viel zu lange die Luft an. Dennoch holte ich mit voller Wucht aus und schlug Keleb meine Faust ins Gesicht. Dann schwamm ich mit kräftigen Zügen an die Oberfläche, kletterte aus dem See, krabbelte ein paar Meter über das Ufer und brach zusammen.

Japsend rang ich nach Luft. Spuckte Wasser und atmete gegen das Engegefühl in meiner Lunge an. Ich war klitschnass, das Kleid, das ich trug, hatte sein Gewicht verdoppelt.

Bang blickte ich zum See hinüber, der still und friedlich dalag, als würde kein Monster in den Tiefen sein Unwesen treiben. Ich musste hier weg! Keleb würde wiederkommen und ...

Mühsam richtete ich mich auf. Meine Zähne klapperten, der moderige Geruch des Sees hatte sich in meiner Nase festgesetzt und benebelte meine Sinne. Meine Schuhe hatte ich irgendwo im Wasser verloren, die durchnässten Strümpfe riss ich mir von den Beinen.

Hektisch lief ich los, wollte Distanz zwischen den See und mich bringen. In der Panik, die mich noch immer gefangen hielt, achtete ich nicht auf meine Umgebung und prallte mit der Stirn gegen ein Hindernis. Ein Baumstamm vermutlich. Oder ...

Jaro.

Ich hob den Kopf und begegnete schiefergrauen Augen. Sein Blick war undurchdringlich, und brachte mich unweigerlich dazu, einen Schritt nach hinten zu treten.

»Es tut mir leid«, stammelte ich. »Ich habe dich nicht gesehen, ich ...«

»Geht's dir gut?« Er überbrückte die Distanz und berührte mich am Arm. Seine schwarzen Haare waren zu einem Zopf geflochten, der ihm den Rücken hinabhing. Er trug ein einfaches, braunes Hemd und eine beigefarbene Hose, die in schwarzen Stiefeln endete. Seine Hände waren voller Erde.

»Ich ...« Irgendetwas an seiner Berührung ließ mich vergessen, was ich sagen wollte.

Jaro trat noch einen Schritt auf mich zu und hob mein Kinn an. »Was ist passiert?« Sein Blick war sanft und aufmerksam, wodurch ich mich etwas entspannte. So knapp wie möglich erzählte ich ihm von der seltsamen Wassergestalt.

Jaro mahlte mit dem Kiefer. »Keleb wird seine Strafe dafür bekommen, darauf kannst du dich verlassen.«

»Was ... was ist das für ein Wesen?«

»Eine männliche Nymphe. Entstanden aus der zweiten Generation, die sich vor vielen Hundert Jahren mit den Wasserdämonen gekreuzt hat und ausschließlich darauf aus ist, anderen das Leben schwer zu machen. Seine Gestalt ist für Menschen unwiderstehlich. Er hätte dich auch in den Teich bekommen, ohne dich anzufassen. Sein Kuss ist tödlich.«

Ich schauderte angesichts dessen, was hätte passieren können.

»Mein Medaillon hat mir das Signal zu spät geschickt. Ich hätte dich nicht mehr retten können.« Jaro knabberte an seiner Unterlippe. »Aber das war anscheinend nicht nötig. Du wusstest dich zu verteidigen.«

»Wenn du mit verteidigen meinst, dass ich wie eine Wahnsinnige mit den Armen ausgeschlagen und ihm auf die Lippen gebissen habe, dann ja.«

Er zuckte mit den Schultern. »Letztlich zählt nur das Ergebnis. Geht es dir wirklich gut?«

Ich atmete tief durch und nickte. Dennoch kam ich nicht umhin, noch einen Blick in Richtung See zu werfen. »Kann er an Land kommen?«

»Er würde sofort zu Staub zerfallen, wenn er sein Gewässer verlässt.«

»Ist Dorian ... genau wie er?«

Jaros Stirn legte sich in Falten, ehe er grinste. Es war das erste Mal, dass ich ihn lächeln sah – und es ließ die gesamte Dunkelheit, die sonst seinem Blick innewohnte, verschwinden. Ein warmes Gefühl flutete mich.

»Sag das Dorian und er bringt dich um. Er gehört zwar auch zu den Wasserwesen, aber seine Spezies ist nicht mit der von Keleb zu vergleichen.«

Ich nickte. Tat so, als würde ich irgendetwas von dem, was er erzählte, verstehen. Dabei galt meine gesamte Aufmerksamkeit seiner Hand, die meine umfasst hatte. Verlegen räusperte ich mich.

»Du musst dir was Trockenes anziehen. Ich will nicht, dass du krank wirst.«

»Gehen wir zurück zur Burg?«

»Nein.« Er warf einen Blick auf das runde, goldene Medaillon, das um seinen Hals hing. Auf seiner Oberfläche erkannte ich jenes *S*, das sich auch auf meinem Arm befand.

»Wann sagst du mir endlich, wofür es steht?« Mit dem Finger deutete ich auf den eingravierten Buchstaben.

Jaro blickte von mir zu dem Medaillon. »Silvandor«, flüsterte er dann. »Das ist der Ort, an dem wir uns befinden.«

»Silvandor«, wiederholte ich das unbekannte Wort, nur dass es sich gar nicht mehr fremd anfühlte, nachdem ich es ausgesprochen hatte. Das Symbol auf meinem Arm begann so stark zu leuchten, dass ich es durch den nassen Stoff meines Kleides erkennen konnte.

»Bin ich wirklich durch den Kamin gefallen?«

»Offensichtlich. Welchen hast du genommen?«

»Äh ... den in meiner alten Kammer. Ich wollte mit Radost reden, habe meinen Kopf durch den Kamin gesteckt und ... irgendwie war da eine Tür, durch die er mich gestoßen hat. Ich habe helles Licht ...«

Abrupt hielt ich inne, weil das Lächeln auf Jaros Lippen mich gefangen nahm. Es brachte seine Augen zum Strahlen und bescherte mir weiche Knie.

»Was ist los?«, fragte ich ihn.

»Es ist schön, dass du endlich hier bist, Liora.«

Jaro führte mich über eine Wiese, auf der Schneeglöckchen blühten, durch einen Tannenwald und einen Berg hinauf, auf dessen Spitze eine einfache Blockhütte stand. Sein Tempo war schnell, sein Gang beinahe euphorisch und ich hatte Mühe, mit ihm mitzuhalten. Da war auf einmal eine Leichtigkeit an ihm, die im Gegensatz zu seinem sonst so verschlossenen Wesen stand.

Die Tür der Hütte war rot angemalt und mit einem schlichten Kranz behangen. Fragend sah ich Jaro an, da hatte er sein Medaillon bereits gegen das Schloss gehalten.

»Nach dir«, wies er mich an und zog die Tür hinter uns zu, als ich eingetreten war.

Wasser tropfte von meinem Kleid auf den Holzboden, schnell hatte sich eine Pfütze unter mir gebildet. Jaro ging zu einem Regal, das in die Wand eingelassen war, und holte eine braune Decke hervor, die er mir um die Schultern legte.

»Ich schau mal, ob ich etwas für dich zum Anziehen habe.« Er verschwand durch eine angrenzende Tür. Ich hörte ihn rumpeln und hatte Gelegenheit, mich in der Hütte umzusehen, die durch das viele Holz Behaglichkeit ausstrahlte, auch wenn das Mobiliar bloß aus zwei Sesseln, einem Tisch und ein paar Regalen bestand.

Und einem großen, grauen Kamin. Ob man durch ihn zurück in die Burg kam? Ob im Rohr auch ein Domovoi lebte?

»Es ist besser als nichts«, kommentierte Jaro die Ausbeute in seinen Händen – ein schlichtes Leinenhemd und eine dunkle Hose. Dazu reichte er mir ein Paar warmer Socken. »Schuhe stehen neben dem Kamin.«

Dankbar nahm ich die Kleidung entgegen. »Wo kann ich mich umziehen?«

Einen Wimpernschlag zu lang glitt sein Blick über mich, dann deutete er auf die Tür, aus der er eben gekommen war.

Ich hastete an ihm vorbei. Warum glühten meine Wangen plötzlich?

Notdürftig wrang ich meine Haare aus und trocknete meinen Körper mit einem Handtuch, das mir Jaro an den Schrank gehängt hatte. Das Zimmer war winzig und beherbergte nicht viel mehr als ein Bett. Ob Jaro hier vor unserer Heirat seine Nächte verbracht hatte? Geistesabwesend fuhr ich die Nähte der Bettwäsche nach, ehe ich in die Hose schlüpfte und mir das Hemd überzog.

Beides war mehrere Nummern zu groß für mich. Vor allem die Hose hielt sich kaum auf meinen Hüftknochen und rutschte immer wieder herunter. Notdürftig schlang ich eines der Bänder aus meiner Korsage um den Bund der Hose. Dass das Hemd zu weit war, störte mich weniger. Es versteckte einen Körper, in dem ich mich noch immer nicht vollständig wohlfühlte.

Ich löste ein weiteres Band aus meiner Korsage, kämmte mir mit den Fingern die Haare und flocht mir einen Zopf, damit ich weniger zerzaust aussah. Dann ging ich zurück zu Jaro.

Er hat Feuer gemacht, kniet vor dem Kamin. Jaro hebt den Kopf, als er auf mich aufmerksam wird. Er sieht mich mit diesem verklärt-verwirrten Blick an, von dem ich keine Ahnung habe, was er zu bedeuten hat. Den ich unbedingt ergründen möchte, weswegen ich mich neben ihn auf den Boden setze und die Beine anziehe.

Das Feuer flackerte verheißungsvoll. Jaro stocherte in der Glut, ehe er auf dem Fell neben mir Platz nahm. »Hätte ich gewusst, dass du heute auftauchst, hätte ich dir ein Kleid besorgt«, sagte er mit Blick auf meinen Aufzug.

»Wann hätte ich denn kommen sollen?«

»Um ehrlich zu sein, habe ich nicht damit gerechnet, dass du je kommen würdest. Wobei mich die letzte Nacht etwas ins Wanken gebracht hat.«

»Was ist das hier? Wo bin ich?« Ich rutschte näher an das Feuer heran, weil mir nach wie vor kalt war. Die Erinnerung an das Wasserwesen drängte sich in meine Gedanken.

Jaros Brust spannte sich an. Er holte tief Luft, so als müsste er sich auf etwas vorbereiten, das ihm nicht leichtfiel. »Das Land, in dem wir uns befinden, heißt Silvandor. Es geht auf ein altes Wort zurück, das so viel wie *ewig* bedeutet. Der Name passt perfekt, denn Silvandor existiert bereits seit Äonen. Es ...« Er fasste sich an den Kopf.

»Ist das hier dein Heimatland?«, fragte ich ihn.

»Nein. Ich wurde als gewöhnlicher Mensch in der Nähe von Litaria geboren und dort in einem Waisenhaus großgezogen. Erst die Frau, die mich abgeholt und sich meiner angenommen hat, hat mir Silvandor gezeigt.« Er zog das Knie an den Körper. Die Flammen warfen Schatten auf sein Gesicht. Mir wurde allmählich wärmer.

»Gewöhnliche Menschen können keine Zauberer werden«, stellte ich seine Geschichte infrage. »Sie müssen als Magiebegabte geboren werden und ihre Fähigkeiten ausbauen.«

Jaro neigte den Kopf. »Wer auch immer dir das gesagt hat, es stimmt nicht. Ich war ein ganz gewöhnlicher Junge, als ich gefunden wurde.« Er schob die Lippe vor. »Dir ist wahrscheinlich aufgefallen, dass ich die Tage nach unserer Hochzeit selten in der Burg war. Das liegt daran, dass meine wahre Aufgabe hier liegt. Ich bin der Hüter dieses Landes.« Ein Anflug von Stolz klang in seiner Stimme mit. »Vor vielen Jahren wurde mir die Ehre zuteil, über Silvandor zu wachen und dafür zu sorgen, dass es seinen Bewohnern gut geht. Mindra, die Frau, die mich aus dem Waisenhaus holte, hat mich angelernt und mir alles Wichtige beigebracht. Das ist jetzt ...«, seine Mundwinkel verzogen sich, »fast dreihundert Jahre her.«

»Du bist also wirklich über dreihundert Jahre alt?« Ich hatte es bislang für einen schlechten Scherz gehalten.

Jaro nickte. Es lag etwas Beschämtes in der Geste.

»Das ist ...«

»Lass mich bitte ausreden.« Er hob die Hand. »Ich bin sechs Jahre bei Mindra in die Lehre gegangen. Sie war die damalige Hüterin und hat mich in meine Aufgaben und Pflichten eingeführt. Bis zu dem Zeitpunkt, als sie mich adoptiert hat, wusste ich nicht, dass es mehr gibt als Menschen, Magiebegabte und Zauberer. Dass da so viel mehr Wesen existieren, die totgeschwiegen oder sogar verfolgt werden.« Das Feuer vor uns knisterte.

»Vor ein paar Hundert Jahren waren die Menschen abergläubischer als heute. Sie hatten Angst vor Magie und ihrer Wirkung. Alle, die anders aussahen, anders rochen oder sich anders verhielten, wurden getötet, gefoltert oder aus dem Land vertrieben. Der allgemeine Hass gegen das *Andere* hat dazu geführt, dass sich Fabelwesen nur schwer behaupten konnten. Sie alle haben einen Ort gesucht, an dem sie sicher sind.«

»Silvandor«, murmelte ich.

»Silvandor«, bestätigte Jaro.

»Aber ... was sind das für Wesen? Wer wohnt alles hier? Und wie groß ist das Land?«

»Warte kurz.« Jaro stand auf und öffnete die Türen des Schranks. Mit einem Buch, das aussah wie eine gesamte Enzyklopädie, kam er zu mir zurück. Eine dicke Schicht Staub hatte sich auf den Einband gelegt.

Mit dem Handrücken strich Jaro über das Buch und schlug es in der Mitte auf. Er legte es auf seinem Schoß ab, sodass ich mit ihm hineinschauen konnte.

»In diesem Buch werden alle Wesen gesammelt, die in Silvandor leben oder gesichtet wurden. Es können sich jederzeit neue Spezies bilden. Nicht alle von ihnen existieren heute noch, aber ihr Auftauchen muss festgehalten werden.«

Ich blätterte in dem Buch, das aus schwerfälligen Seiten bestand, die verheißungsvoll raschelten. Mein Blick fiel auf eine Schwarz-Weiß-Zeichnung, die ein kleines Männchen mit Hakennase und drei Augen zeigte.

»Das ist der Berbuman«, erklärte Jaro. »Mittlerweile leider ausgestorben, aber vor hundert Jahren hat er uns mit seiner herrischen Art ganz schön auf Trab gehalten.« In seinen Augen flackerte Nostalgie.

Ich blätterte weiter. »Der Domovoi«, erkannte ich, als Radost mir keck entgegengrinste. »Aber er wohnt nicht in Silvandor. Er ist im Kaminzimmer ...«

»Meine Burg und Silvandor sind eng miteinander verknüpft, auch wenn die Burg deiner Welt angehört. Dennoch ist sie ein Ort, an dem ich die Wesen willkommen heiße und an dem sie sicher sind, sofern sie sich an gewisse Regeln halten.« Er zupfte an seiner Unterlippe. »Ein paar der Wesen aus Silvandor fühlen sich auf der Burg wohler. Radost ist einer von ihnen.«

»Genau wie Aska und Dorian«, erkannte ich, was Jaro mit einem Nicken quittierte.

»Sie gehen an den Ort, an dem sie sich zu Hause fühlen und an dem ihre Talente am meisten gebraucht werden. Aska fürchtete sich vor der Dunkelheit, die in den Höhlen, in denen sie normalerweise lebt, herrscht, und will so wenig wie möglich mit ihren Artgenossen zu tun haben. Dorian liebt es, in Seen und Teichen unterwegs zu sein, aber vor allem erfreut er sich daran, mir zu dienen und für mich in deine Welt überzusiedeln.«

»Und nach Kryndon zu fahren, um Frauen für dich zu suchen.«

»Eine«, verbesserte Jaro, dann schlug er das Buch zu und schob es von seinem Schoß. Sein Blick ruhte auf mir, ich konnte ihn auch noch spüren, als ich meinen Kopf abwandte und in die Flammen schaute. Nervosität ergriff von mir Besitz.

»Was genau sind deine Aufgaben als Hüter?«, fragte ich, hauptsächlich, um das Schweigen zwischen uns zu brechen.

»Alles, was dazu beiträgt, das Land zu erhalten. Ich bin derjenige, der dafür verantwortlich ist, dass es den Wesen gut geht, dass eine Koexistenz untereinander möglich ist und keine Feindschaften entstehen. Bei Spezies, die von Geburt an verfeindet sind, muss ich darauf achten, dass sich ihre Lebensräume nicht überschneiden.« Er räusperte sich. »Ich überprüfe die Wasserqualität, schaue, ob das Klima stimmt, und rede mit den Wesen. Viele Schwierigkeiten zeigen sich erst, wenn ich mich mit ihnen unterhalte.«

»Kannst du sie denn alle verstehen?«

»Manche leichter, andere schwerer. Ich musste viele Sprachen lernen und kann sie bis heute nicht alle, aber ich habe einen Weg gefunden, mich rudimentär zu verständigen.« Die Art und Weise, wie er die Augen zu Schlitzen verengte, zeigte mir, dass er nicht ganz zufrieden damit war.

»Ich kümmere mich um verletzte und kranke Wesen. Auch wenn in Silvandor Frieden herrscht, sind kleine Auseinandersetzungen unvermeidbar. Je nachdem, wie schwer ein Wesen verwundet ist, nehme ich es mit auf die Burg, wo es gesund werden kann, ehe es wieder in seinen natürlichen Lebensraum gebracht wird.«

»Die Nymphe, die gestern Nacht vor der Burg aufgetaucht ist ...«

Jaro nickte. »Alle Bewohner aus Silvandor kennen den Weg in die Burg. Wenn sie Hilfe brauchen, kommen sie zu mir.«

»Aber wie hat sie das geschafft? Mit ihrer riesigen Flosse kann sie sich wohl kaum an Land fortbewegen.«

»Du stellst gute Fragen.« Jaro nickte. »Wenn ein Wesen in Silvandor in ernsthafte Gefahr gerät, reicht der Gedanke an den Hüter, um es in die Nähe der Burg zu bringen. Da muss es von mir dann noch gefunden und gepflegt werden.«

»Und ... wenn du das nicht schaffst?«

Als sich Jaros Gesichtsausdruck verdunkelte, hätte ich meine Frage am liebsten zurückgezogen. Von jetzt auf gleich wirkte er wieder wie der unnahbare Zauberer, den ich kennen- und fürchten gelernt hatte.

»Der Tod gehört zum Leben dazu und lässt sich nicht vermeiden. Nur wenige Spezies sind unsterblich. Die meisten müssen diese Welt verlassen, wenn ihre Zeit gekommen ist. Auch das ist meine Aufgabe als Hüter: die Toten zu beerdigen.«

Ob es ihm leidtat, wenn eines der Wesen starb? Ob er zu jedem von ihnen eine Bindung hatte? Ich versuchte, mich in Jaro hineinzuversetzen, aber es wollte mir nicht recht gelingen. Stattdessen fiel mein Blick auf sein rechtes Ohr, dem ein Stück fehlte. Ehe ich es mich versah, hatte ich die Hand ausgestreckt und den deformierten Teil berührt.

Jaro zuckte zusammen, und ich wollte schon meine Hand zurückziehen, als er seinen Kopf zu mir drehte und sein Gesicht so nah an meins brachte, dass mein Atem stockte. Im Licht des Feuers muteten seine Augen beinahe silbern an.

Ich öffnete den Mund, schaffte es aber nicht, etwas zu sagen. Stattdessen richtete ich mich auf und kniete mich hin, um mit ihm auf einer Höhe zu sein.

Jaros Hand fand meinen Nacken. Überrascht über seinen harten Griff fuhr ich zusammen. Er legte den Kopf schief …

In diesem Moment begann das Medaillon um seinen Hals zu leuchten.

»Verdammt.« Er ließ meinen Kopf los und stand so hektisch auf, dass ich nach hinten kippte.

»Was ist los?«

Mit zusammengepressten Lippen starrte er das Schmuckstück an. »Es gibt Schwierigkeiten bei den Florifeen. Kommst du mit?«

KAPITEL 17

MOHN UND SCHWERELOSIGKEIT

Jaros Stiefel waren mir viel zu groß, und sosehr ich mich auch bemühte, ihm hinterherzukommen, ich fiel meterweit zurück. Irgendwann zog ich sie aus und ging in Strümpfen weiter.

Jaro führte mich durch einen Birkenwald, in dem sich mehrere tiefe Höhlen befanden, an einem Fluss entlang, der sich über Felder schlängelte, bis hin zu einem Stück Wiese, auf der Butterblumen blühten. Ich hatte keinen Schimmer, ob es so was wie Jahreszeiten hier überhaupt gab. Mit sehnsüchtigem Blick schaute ich auf die Blumen, deren gelbe Köpfe sich in die Luft reckten.

»In Kryndon ist die Natur verwüstet. Die ganze Stadt ist ein großes Schlammloch. Es ist so schön, mal wieder ein paar Blumen ... oh ...« Eine winzige Gestalt hatte sich auf meinen Finger niedergelassen. Auf den ersten Blick erinnerte sie mich an die Feen, die mir beim Ankleiden halfen, aber sie wirkte wie eine blasse Version jener Spezies. Ihre Flügel waren von einem tiefen Grau, das sich auch in ihren

Haaren wiederfand. Ich beobachtete, wie sie über meinen Zeigefinger kroch, den Handrücken hinauf, auf den sie sich bettete und die Augen schloss.

»Sie müssen irgendetwas zu sich genommen haben, was sie nicht vertragen haben«, sagte Jaro mit Blick auf meine Hand. Aus seiner Hosentasche nestelte er Lederhandschuhe, die er sich überzog, sowie eine dünne Phiole, in der eine hellrote Flüssigkeit schwappte. Er ließ einige Tropfen auf die Blütenblätter der Sonnenblume träufeln. Seine Stirn legte sich in Falten, als sich die gelben Blätter grau färbten.

»Was bedeutet das?«

»Dass irgendjemand oder etwas die Blumen vergiftet hat. Ich werde das in der Burg genauer untersuchen müssen, damit ich ein Gegengift brauen kann.« Jaro ging in die Hocke und riss eine der Sonnenblumen aus. Dann deutete er auf die leere Holzkiste, die er mit aus der Hütte genommen hatte.

»Wir müssen die Florifeen alle einsammeln und auf eine andere Wiese bringen. Solange sie grau sind, können sie sich mithilfe von Sonnenlicht und den Nährstoffen einer gesunden Blume erholen. Falls du welche findest, die sich blau verfärben, nehmen wir sie mit in die Burg.« Jaro rupfte Gras aus und legte es in die Holzkiste.

»Versuch, die Blumen nicht unnötig anzufassen«, trug er mir auf, dann machte er sich daran, nach den winzigen Flügelwesen zu suchen.

Die Fee auf meiner Hand schlief tief und fest. Ihre sanften Bewegungen kitzelten mich. Kritisch schaute ich sie an, aber ihr Körper war grau, nicht blau. So vorsichtig wie möglich ließ ich sie in die Holzkiste gleiten.

Kurz öffnete sie ihre Augen, nur um sie sofort wieder zu schließen.

»Wie viele werden es ungefähr sein?«, fragte ich Jaro, der drei weitere Feen auf seinen Handschuhen balancierte und sie in der Kiste absetzte.

»Das letzte Mal habe ich vierundzwanzig gezählt. Das ist aber schon ein paar Wochen her. Florifeen vermehren sich nicht mehr, weswegen wir besonders gut auf sie aufpassen müssen, aber sie wechseln manchmal die Wiese.« Noch bevor er zu Ende gesprochen hatte, fand er die nächste, die auf seiner Hand kraftlos mit den Flügeln schlug.

Ich entdeckte eine, die halb unter einem Blütenblatt der Sonnenblume verborgen lag. Mit Fingerspitzengefühl schob ich es zur Seite und die graue Fee mit einem Stöckchen auf meine Hand.

»Wohin bringen wir sie?«, fragte ich Jaro, während sich die Kiste füllte.

»Aufs Mohnblumenfeld. Dort leben andere und es gibt genügend Platz.«

»Weißt du das alles auswendig? Also wie viele Arten es wo gibt?«

Jaro hielt in der Bewegung inne, dann nickte er.

»Das muss aufwendig sein.«

»Die Arbeit als Hüter ist einsam und langwierig. Man hat unendlich viel Zeit, zu lernen.« Ob ihn der Umstand störte, konnte ich seinem Tonfall nicht entnehmen.

Ich fand zwei weitere Feen am Rand der Wiese, dort, wo der Wald begann. Sie lagen eng umschlungen und hatten die Stirn gegeneinandergepresst. Ein Pärchen? Als sie auf mich aufmerksam wurden, versuchten sie zu fliehen, doch ihre Flügel bewegten sich kaum. Um sie nicht zu ängstigen, streckte ich ihnen lediglich meine Handfläche entgegen, auf die sie schließlich kletterten.

»Das dürften alle sein.« Zufrieden musterte Jaro unsere Ausbeute. In der Kiste tummelten sich zweiundzwanzig graue Feen.

»Siehst du den Berg da vorn?« Jaro deutete mit dem Zeigefinger auf einen Hügel weiter südlich. »Kannst du die Kiste dort hinbringen und die Florifeen auf die Mohnblätter legen?«

Ich nickte. Die Tatsache, dass er mir die kleinen Wesen anvertraute, machte etwas mit mir.

»Dann kann ich schon mal in die Burg zurück und die Sonnenblume untersuchen.«

Ich kniete mich hin, um die Kiste anzuheben. »Wie komme ich zurück?«

»Ich bin allerhöchstens eine halbe Stunde weg. Mach dich solange mit dem Land vertraut. Es gibt eine Menge zu entdecken.« Jaro zwinkerte mir zu – es hatte etwas Neckisches –, eine Seite an ihm, die ich bisher nicht kennengelernt hatte. Einen Moment stand ich nur da und starrte ihn an. Erst, als er in Richtung Wald verschwand, machte ich mich an die Arbeit.

Ich fand die Wiese auf Anhieb. Vom Hügel aus konnte ich sie gar nicht übersehen. Hunderte Mohnblumen reckten ihre Köpfe in die Höhe, erstrahlten in den sattesten Rottönen und weckten die Sehnsucht nach Frühling in mir.

Die Feen verhielten sich leise, gaben nur ab und an ein Surren von sich. Nacheinander holte ich sie aus der Kiste und platzierte sie, so wie Jaro es mir gesagt hatte, auf den Blütenblättern. Gespannt beobachtete ich, wie das Leben in sie zurückkehrte, sie sich bewegten, mit den Flügeln schlugen und nach und nach die kränkliche Färbung verloren. Manche schafften es sogar, eine kleine Runde zu fliegen.

Ein warmes Gefühl breitete sich in mir aus. Ich hatte etwas richtig gemacht. Keine große Tat, nichts Weltbewegendes, aber ich hatte diesen kleinen Wesen womöglich das Leben gerettet. Nachdem ich bei meinen Geschwistern wieder und wieder gescheitert war, fühlte es sich wie ein Sieg an.

Und obwohl Jaro mir vorgeschlagen hatte, das Land zu erkunden, setzte ich mich zu den Feen auf die Wiese und reckte meinen Kopf der Sonne entgegen. Mit geschlossenen Augen genoss ich den Moment, in dem ich mich aufgehoben und angekommen fühlte.

Ich musste eingeschlafen sein, denn als mich jemand an der Schulter berührte, schreckte ich aus wirren Träumen hoch. Mühsam blinzelte ich gegen die Sonne an und fuhr mir über das müde Gesicht. Jaro kniete vor mir und sein besorgter Ausdruck wurde von Erleichterung abgelöst. »Ich dachte schon, dich hätte ein Tier angefallen.«

Ich blinzelte. »Wieso das?«

»Weil ich deinen reglosen Körper vom Hügel aus gesehen habe.«

»Entschuldigung, ich bin wohl eingeschlafen.« Verlegen richtete ich meinen Blick auf die Mohnblumen vor mir. Jaro setzte sich zu mir ins Gras.

»Als mein Vater Heimaturlaub hatte, hat er meiner Mutter einen Mohnblumenstrauß mitgebracht«, erinnerte ich mich. »Um ihr zu zeigen, dass es auch inmitten von Krieg und Zerstörung Schönheit gibt. Und sie die Hoffnung nicht aufgeben soll.«

»Hattest du ein enges Verhältnis zu deiner Mutter?«

Ich nickte. »Ich habe nie daran gedacht, dass es sie irgendwann nicht mehr geben könnte. Deswegen bin ich mit meiner Liebe verschwenderisch umgegangen.« Obwohl mich die Erinnerung an meine Mutter traurig stimmte, wollte ich nicht weinen. »Das hat es umso schlimmer gemacht, als sie gegangen ist. Aber nur die, die wahrhaftig leiden, haben wahrhaftig geliebt.«

Eine steile Falte hatte sich auf seine Stirn gegraben. »Ich habe nie jemanden geliebt«, gestand er mir.

»Du liebst doch all das hier.« Meine Handbewegung fing die Wiese vor mir und sinnbildlich ganz Silvandor ein. »Du kümmerst dich um all das Leben in diesem Land. Das ist ziemlich viel Liebe.«

Ein Lächeln stolperte von seinen Lippen, das mein Herz schneller schlagen ließ.

»Bist du einsam hier?«, fragte ich ihn.

Jaro zuckte die Schultern. »Keine Ahnung. Ich habe jeden Tag genug zu tun und das seit vielen, vielen Jahren. Die Burg und Silvandor sind mein Zuhause – und es ist ja auch nicht so, als ob ich niemanden um mich herum hätte.«

»Und trotzdem hast du nach einer Frau gesucht.«

Seine Hand lag nur wenige Zentimeter von mir entfernt im Gras. Sanft strich ich darüber, bis sich seine Finger mit meinen verhakten.

»Und trotzdem habe ich eine Frau gesucht.«

»Was erhoffst du dir von mir, Jaro?«

»Jetzt gerade?« Er drehte sich zu mir um, nahm meine Hand und zog sie auf seinen Schoß. Dann rückte er näher an mich heran. Mit dem Finger strich er mir eine Strähne aus dem Gesicht. Meine Haut vibrierte unter seiner Berührung und ich wusste nicht, wohin ich schauen sollte.

Ich hatte nicht viel Erfahrung mit diesen Dingen. Ich war nie zuvor verliebt gewesen, hatte nie Interesse an einem Mann gezeigt. Mein ganzes Leben war darauf ausgerichtet, für meine Familie zu sorgen und dabei nicht selbst draufzugehen. Ich hatte schlichtweg keine Zeit gehabt, mich mit romantischen Gefühlen zu beschäftigen.

Aber jetzt, da Jaro mit dem Daumen über meine Wange strich, den Schwung meiner Lippen nachfuhr und mich mit diesem verklärten Ausdruck ansah, wusste ich, dass es etwas zu bedeuten hatte. Und dass es einen Grund gab, wieso mir gleichzeitig heiß und kalt war.

»Gerade will ich dich nur küssen«, schloss Jaro und kam meinem Gesicht so nah, dass ich einen wimmernden Laut von mir gab. Ich wusste nicht, was ich tun sollte. Aber vielleicht war das gar nicht schlimm. Vielleicht tat ich das Richtige, indem ich die Augen schloss, auf den Moment wartete, in dem sich seine Lippen mit meinen verbanden und alles, was mich von ihm trennte, die Vergangenheit voller Elend und eine ungewisse Zukunft, ausblendete.

Bis die ganze Welt nur noch aus Jaro und mir bestand.

»Durch die Kamine kommst du nach Silvandor. Der Rückweg ist etwas komplizierter. Du hast drei Möglichkeiten.«

»Und die wären?«

»Feuer, Wasser oder Stein. Wähle weise.« Jaro grinste breit.

»Nichts davon klingt sonderlich verlockend.«

»Keine Angst, ich leite dich an.« Er streckte mir seine

Hand entgegen, die ich zögerlich ergriff. »Also, für was entscheidest du dich?«

»Da ich immer noch nicht ganz getrocknet bin, nehme ich wohl das Wasser. Aber nur, wenn du mir versprichst, dass Keleb weit weg ist.«

»Den wirst du so schnell nicht mehr treffen.« Jaro zog mich über das Mohnfeld, das für immer eine besondere Bedeutung für mich haben würde. Nicht nur wegen meiner Eltern, sondern auch wegen der Florifeen, denen ich das Leben gerettet hatte. Und nicht zuletzt wegen unseres Kusses. Ich lächelte.

Vor einem trüben, unscheinbaren Teich blieb Jaro stehen. Der Geruch nach Moder lag in der Luft.

»Vielleicht hätte ich doch das Feuer nehmen sollen.«

»Zu spät.« Jaro ließ meine Hand los und schlüpfte aus seinen Stiefeln. Mit nackten Füßen watete er in das Schmutzwasser. Weil ich ihm nicht folgte, drehte er sich um und sah mich auffordernd an.

»Bei Keleb hat das Ganze genauso angefangen.«

Unbeeindruckt zuckte Jaro mit den Schultern. »Bloß dass ich keinen Fischschwanz habe und auch nicht die betörenden Fähigkeiten einer Nymphe. Also, was ist jetzt? Vertraust du mir?«

Nein!, schrie meine Vorsicht. Weil es normalerweise Monate, teilweise Jahre brauchte, bis ich einer Person mein Vertrauen schenkte. Vor allem, wenn sie nicht zu meiner Familie gehörte und mich bis vor Kurzem kaum zur Kenntnis genommen hatte.

Aber ich befand mich in diesem Land. In Silvandor, in dem nichts normal erschien. Ich war durch einen Kamin getreten, hatte eine Nymphe überlistet und verletzte Feen auf einer Wiese eingesammelt. Also konnte ich auch diesem sonderbaren Mann vertrauen. Ich reckte das Kinn und folgte ihm durch das schmutzige Wasser, das sich kalt auf meinen Körper legte.

»Wir müssen untertauchen«, sagte Jaro. »Wenn du die Augen unter Wasser aufmachst, siehst du ein helles Licht. Darauf musst du zuschwimmen, bis es dich vollständig umgibt.«

»Und dann?«

»Lässt du die Magie für dich arbeiten.« Er schloss die Augen, ehe er sich mit dem Kopf vornüber ins Wasser warf. Es teilte sich unter seinem Gewicht und spritzte mir direkt ins Gesicht. Der Geruch ließ mich würgen – ein Vorgeschmack auf das, was mich erwartete. Mit gemischten Gefühlen tauchte ich unter. Ich versuchte mich zu orientieren, aber sah absolut gar nichts. Irgendetwas Glitschiges schwamm an mir vorbei.

»Jaro?«, rief ich, woraufhin sich Wasser in meinem Mund sammelte. Hilflos schlug ich mit den Armen aus und drehte mich einmal um die eigene Achse. Wie lange würde es dauern, bis ich etwas erkannte? Wahrscheinlich hatte Jaro das helle Licht bereits gefunden und befand sich schon auf dem Weg in die Burg.

Japsend tauchte ich wieder auf und atmete tief durch. Bei ihm hatte es so leicht ausgesehen. Wütend wischte ich mir den Schlamm vom Gesicht.

Ich war im Begriff, ein zweites Mal unterzutauchen, als ich eine Bewegung aus dem Augenwinkel ausmachte. Nein, keine Bewegung. Einen *Mann*.

Jaro, um genau zu sein.

Mit einem breiten Grinsen saß er am Rand des Teichs,

die Beine übereinandergeschlagen, die Arme vor der Brust verschränkt. »Na, hast du das Licht gesehen?«

»Wie ... was meinst du? Wieso sitzt du da?«

Er stützte die Hände auf den Oberschenkeln ab, dann stand er auf. In gemächlichem Tempo kam er auf mich zu und kniete sich vor die Stelle, an der ich schwamm. »Hast du das weiße Licht gesehen?«, wiederholte er.

»Habe ich offensichtlich nicht. Sonst wäre ich nicht wieder aufgetaucht. Und du anscheinend ja auch nicht.«

Jaro rückte näher an mich ran, sodass seine nassen Knie meinen Oberkörper berührten. In seinen Augen glomm Schalk, was mich misstrauisch machte.

»Glaub nicht alles, was man dir erzählt.« Mit dem Zeigefinger stupste er gegen meine Nase.

»Was ... wie ...?«

»Hast du allen Ernstes geglaubt, dass ich durch diesen Matsch schwimme, um wieder in die Burg zu kommen?« Ein tiefes Lachen löste sich aus seiner Kehle.

»Warte mal ... hast du mich reingelegt?«

Seine Augen blitzten.

»Du Mistkerl! Weißt du, wie eklig diese Brühe ist? Und wie lange ich mich waschen muss, um ...«

»Ich bin ja auch dreckig.«

»Ja, und doch ...« Mir klappte die Kinnlade herunter. *Unglaublich!*

Während ich noch zu verdauen versuchte, dass ich hinters Licht geführt worden war, fügte ich meiner imaginären Liste über Jaro eine neue Spalte hinzu: *hat Humor.* Ob er mir gefiel, wusste ich nicht, was ich aber mochte, war die Art und Weise, wie er den Kopf schieflegte und mich herausfordernd anfunkelte.

Ich stützte meine Hände auf dem Gras ab und wollte mich aus dem Wasser ziehen, als mir eine bessere Idee kam.

Blitzschnell schlang ich die Arme um Jaros Hals und presste meine Lippen auf seine, um sein Vertrauen zu gewinnen, ehe ich ihn am Kragen voran in den Teich zog. Ich sah noch, wie seine Augen groß wurden, ehe er mit einem dumpfen Platschen kopfüber fiel.

Japsend tauchte er wieder auf. Schüttelte seine Haare, sodass das schmutzige Wasser in alle Richtungen flog, und holte Luft. Kampfeslust lag in seinen Schieferaugen. Jaro holte aus und schleuderte mir eine Ladung Wasser ins Gesicht. Ich quiekte überrascht, wich nach hinten aus, da traf mich auch schon der nächste Schwall.

Schnell schwamm ich um ihn herum, was in dem sumpfigen Wasser einer Unmöglichkeit gleichkam, umschlang ihn von hinten und zog ihn rücklings in den Teich. Jaro ruderte mit den Armen in der Luft, ich tunkte ihn erfolgreich unter, da griff er unter Wasser nach meinen Beinen und riss mir den Boden unter den Füßen weg. Mein Schrei ging im Platschen unter, und ich tauchte japsend wieder auf.

»Na warte«, murmelte ich, stieß gegen seine Brust, aber Jaro bewegte sich keinen Zentimeter. Grinsend starrte er auf mich hinab, ein bisschen erhaben, ein bisschen arrogant ... *und absolut unwiderstehlich.*

Ich wusste nicht, wieso mein Herz auf einmal so schnell schlug. Wusste nicht, wieso ich etwas für einen Mann empfand, den ich vor ein paar Tagen noch verachtet hatte.

Jaro umschlang mich, hob mich aus dem schlammigen Wasser und wirbelte mich in der Luft herum, als hätte ich das Gewicht einer Feder. Über uns brannte die Sonne vom Himmel. Ich schloss die Augen, genoss das Gefühl, von ihm getragen zu werden. Ein Lachen löste sich aus meiner Kehle. Ich hatte beinahe vergessen, wie es klang.

KAPITEL 18

LICHTMOTTEN UND LEIDENSCHAFT

Der Rückweg zur Burg erfolgte über ein Höhlensystem, das die unterschiedlichen Plätze Silvandors miteinander verband und zu dem mehrere Eingänge in den Wäldern gehörten. Laut Jaro konnte man sich in den unterirdischen Gängen nicht verlaufen, sofern man jedes Mal, wenn sich der Weg teilte, nach rechts abbog. Und obwohl ich die Orientierung schnell verlor, sah ich irgendwann das weiße Licht, nach dem ich schon im Teich Ausschau gehalten hatte. Es führte uns hinein in den Wald, der Jaros Burg umgab.

Jaro zog sich in die Bibliothek zurück, um Recherche über eine neue Lebensform zu betreiben, während ich mich auf den Weg in unsere Kammer begab. Mein Herz war leicht, ich fühlte mich angeheitert. Beinahe so, als hätte ich ein Glas Wein zu viel getrunken.

»Liora?« Dorians Stimme holte mich jäh ins Hier und Jetzt zurück. Er stand am Ende des Korridors und sah mich aus großen Augen an. »Ist etwas vorgefallen?«

Erst da wurde mir bewusst, wie ich aussah. Meine Kleidung troff vor Schlamm. Undamenhaft schnupperte ich an mir und verzog das Gesicht.

»Bist du verletzt?« Mit schnellen Schritten war Dorian bei mir, doch ich wich ihm aus, damit er mich nicht berührte.

»Was hast du getrieben?« Er furchte die Stirn. In Jaros viel zu großer Kleidung musste ich seltsam aussehen, aber die Verwirrung auf Dorians Zügen hielt nicht lange an. Stattdessen legten sich seine blauen Lippen in ein wissendes Lächeln. »Du warst da.«

Ich nickte.

»Wie hast du nach Silvandor gefunden?«

»Durch den Kamin. Es war mehr Zufall, als dass ...«

Dorian schüttelte den Kopf. »Merk dir eins: Hier gibt es keine Zufälle. Alles geschieht aus einem Grund.« Seine Augen glänzten feucht, als er nach meiner Hand griff. »Ich lasse dir ein heißes Bad ein und bitte die Wingadis, dir ein Kleid für das Abendessen zurechtzulegen. Hast du einen besonderen Essenswunsch?«

»Äh ... nein, mir hat es bisher immer geschmeckt.«

»Wünsch dir etwas. Was hast du schon lange nicht mehr gegessen?«

Seit der Krieg über Arvendom hereingebrochen war, hatte Essen einzig und allein den Zweck erfüllt, mich am Leben zu erhalten. Mit Genuss hatte es nichts zu tun gehabt.

»Als es uns noch besser ging, hat meine beste Freundin Rieka manchmal Marmeladenplätzchen gebacken. Sie waren mit einer dicken Zuckerschicht bedeckt und wie Herzen geformt.«

»Dann wird es diese heute Abend geben.« Dorian verneigte sich, ehe er mit einem Summen auf den Lippen über den Korridor verschwand.

Ich fand den schwarzen Briefumschlag, noch bevor ich die Tür zu unserem Schlafzimmer zugezogen hatte. Wie ein böses Omen lag er auf dem Bett, gut sichtbar und mit meinem Namen auf dem Kuvert. Das Hochgefühl von eben verschwand, während ich nach dem Papier griff und es mit den Zähnen aufriss.

Ich ließ mich rücklings auf das Bett sinken und entfaltete die Notiz. Zum ersten Mal bestand der Inhalt aus mehr als ein paar Sätzen – ich wusste nicht, ob das ein gutes oder schlechtes Zeichen war.

Liora, stand oben in der Mitte. Das L war auf eine Weise verschlungen, die mein Herz schneller schlagen ließ, auch wenn ich keinen Schimmer hatte, wieso.

Liora, du kannst nichts dafür, dass du dich nicht erinnerst. Es ist meine Schuld, dass ich dir die Erinnerung an diesen Tag nahm, und deswegen sehe ich es als meine Pflicht an, die Bilder, die du längst vergessen hast, wieder in dein Bewusstsein zu holen. Ich habe dir damals eingebläut, dass du mit niemandem darüber sprechen darfst, zu keiner Zeit. Und du hast dich daran gehalten – bis heute. Aber irgendwann darfst du nicht mehr schweigen, irgendwann musst du begreifen, zu was du imstande bist …

Ich drehte das Papier um und suchte im Umschlag nach einer Fortsetzung, fand jedoch nichts. Mit gerunzelter Stirn las ich die Nachricht ein zweites und drittes Mal, ohne aus den Worten schlau zu werden. Wer auch immer sie an mich gerichtet hatte, musste einen Weg gefunden haben, Briefe in die Burg zu schicken. Ich sollte dringend mit Dorian reden. Oder mit Jaro. Vielleicht konnte er mir weiterhelfen.

Ich habe dir damals eingebläut, dass du mit niemandem darüber sprechen darfst, zu keiner Zeit.

Was hatte das zu bedeuten? Und wieso wurde mir auf einmal so schwer ums Herz, als hätte mein Körper etwas erfahren, das mein Verstand noch nicht zu fassen bekam?

Das ausgiebige Bad lenkte mich von meinen Gedanken ab. Kurz darauf saß ich vor dem Spiegel und schaute mich im Silberglas an. Ich sah aus wie eine verdammte Prinzessin. Mir war schleierhaft, wie die Feen das hinbekommen hatten, aber die Frau vor mir hatte mit mir selbst nicht mehr viel zu tun. Andächtig strich ich über den dunkelblauen Stoff des Kleides, das sich eng an meinen Oberkörper schmiegte und unten weit ausfiel. Es war aus Seide gefertigt, bestand aus mehreren Schichten Stoff, wodurch es schwer und ausfallend war. Während es vorn hochgeschlossen war, ließ es hinten tief blicken. Eine Tatsache, die mich gleichermaßen verunsicherte, wie sie mein Herz aufgeregt flattern ließ. Dennoch legte ich mir das schwarze Tuch, das die kleinen Feen mir reichten, um die Schultern.

Sie hatten meine Haare in Locken gelegt, was ihnen Volumen gab. Leicht fielen sie meine Schultern hinab und verliehen meinem Gesicht etwas Weibliches.

Hatte ich meinen eigenen Anblick bis vor ein paar Wochen gemieden, gefiel mir auf einmal, was ich sah. Und zum ersten Mal freute ich mich auf das Abendessen mit Jaro.

Doch als ich vor dem Speisesaal stand, waren die Türen verschlossen. Auf dem Boden fand ich ein zusammengefaltetes Papier. *Finde mich dort, wo unsere Geschichte begonnen hat,* las ich mit stockender Stimme und musste gegen das Lächeln auf meinen Lippen ankämpfen.

Ich verstaute die Notiz in den Taschen meines Kleides und ging bis zur Eingangstür, vor der Dorian auf mich wartete. Ich würde ihn später nach dem sonderbaren Brief fragen. Jetzt wollte ich einfach den Abend genießen.

Dorian bot mir seinen Arm an. »Du siehst wunderschön aus.«

Als ich an seiner Hand durch den Schlossgarten schritt, an der Kapelle vorbei, über die Wiese und mich in den Schatten des Waldes rettete, war es beinahe wie in der Nacht meiner Hochzeit. Derselbe Weg – und doch hatte sich so viel verändert. Hatte ich mich damals ängstlich und überfordert gefühlt, schaute ich dem Abend jetzt zuversichtlich entgegen.

Dennoch beschlich mich ein Gefühl von Déjà-vu, als Dorian auf den schmalen Steinweg deutete, der wie in der Nacht meiner Hochzeit von Laternen erhellt wurde. Mit einem bedeutungsschweren Nicken ließ er mich allein.

Ich schritt den Pfad entlang, in der Ferne entdeckte ich den Abgrund, vor dem die beleuchtete Schaukel stand, auf der Jaro und ich uns das erste Mal geküsst hatten. Damals noch vorsichtig und unsicher – zwei Menschen, die sich erst kennenlernen mussten.

In der Mitte des Platzes, auf dem wir uns das Jawort gegeben hatten, stand ein Tisch mit mehreren Kerzen, die ihre Flammen in die Nacht warfen und trotz des Windes nicht ausgingen.

Mein Blick glitt über die Köstlichkeiten, die darauf warteten, verzehrt zu werden. Instinktiv wusste ich, dass dieses Abendessen anders war. Dass es etwas zu bedeuten hatte.

Ein Räuspern hinter mir ließ mich herumwirbeln. Jaro stand etwa einen Meter von mir entfernt, zwischen den Laternen. Er trug sein schwarzes Haar offen und hatte sich den Bart abrasiert, was ihm nicht nur Härte nahm, sondern ihn auch jünger wirken ließ. Seine Schultern steckten in einem weißen Hemd. Dazu trug er eine dunkle Stoffhose und schwarze Stiefel.

Er versank vor mir in eine tiefe Verbeugung, dann streckte er mir seinen Arm entgegen. Gemeinsam gingen wir auf den gedeckten Tisch zu.

Unsere Blicke trafen sich und die Zeit blieb stehen. Mir kam es vor, als würde er mich zum ersten Mal wirklich ansehen. Und obwohl es mich oft verunsicherte, wenn mich jemand musterte, fühlte ich mich unter seinem Blick sicher. Sicher ... und *wunderschön.*

Er zog mir einen der beiden Stühle zurecht, wartete, bis ich mich gesetzt hatte und goss mir aus der großen Karaffe Wein ein.

Vor mir lag ein Teller Marmeladenplätzchen, die denen von Rieka so ähnlich waren, dass sich mein Herz zusammenzog.

»Wieso das alles?«, fragte ich Jaro, sobald er mir gegenüber Platz genommen hatte.

»Ich möchte dich um Verzeihung bitten. Für jeden Moment, in dem ich dich nicht so behandelt habe, wie du es verdient hast. Für jeden Moment, in dem ich mich unausstehlich und unfreundlich verhalten habe. Es tut mir leid, Liora.«

Ich senkte den Blick, aber dann verstand ich, dass es leichter war, ihn anzusehen. »Was hat sich geändert?« Mit dem Finger strich ich über den Zuckerguss eines Plätzchens, ehe ich es mir in den Mund schob. *Es schmeckte genauso wie damals.*

»Als Dorian dich auf die Burg gebracht hat, war ich skeptisch. Du wirktest wie ein gewöhnliches Mädchen aus den Sümpfen Kryndons und ich war mir sicher, dass du keine Woche hier überleben würdest.«

»Das ist hoffentlich nur metaphorisch ausgedrückt«, murmelte ich, während ich einen Schluck von dem Wein nahm.

»Ich hatte keine Lust, dich kennenzulernen. Du warst mir die Mühe nicht wert.« Jaro presste seine Lippen aufeinander.

»Du hast eine dumme Frage nach der anderen gestellt und alle Vorurteile, die ich über dich hatte, bestätigt. Ich habe die Farce nur mitgemacht, weil ich Dorian versprochen hatte, dir zumindest eine Chance zu geben.«

»Was hat deine Meinung geändert?«

»Du«, antwortete er schlicht und leerte sein Weinglas. »Auf einmal wusstest du, was du tun musstest. Du hast dich um die verletzte Nymphe gekümmert und den Weg nach Silvandor gefunden.« Seine Stirn legte sich in Falten, als würde er Letzteres immer noch nicht begreifen.

»Also habe ich alle Prüfungen bestanden?«, scherzte ich.

Ein Schatten huschte über Jaros Gesicht. Ruckartig stand er vom Stuhl auf. »Komm mit.«

Ich legte das angebissene Marmeladenplätzchen zurück auf den Teller und folgte ihm zur Schaukel, um die sich leuchtender Efeu rankte. Die Nacht, die mir in Kryndon so oft Angst gemacht hatte, war hier bezaubernd.

Jaro legte den Arm um mich, nachdem wir nebeneinander Platz genommen hatten. Weil es sich richtig anfühlte, rückte ich näher an ihn heran. Schweigend blickten wir auf den Wald in der Ferne und den meterhohen Abgrund vor uns.

»Jedes Mal, wenn ich nachdenken muss, komme ich hierher. Die Weite des Waldes macht mich frei.«

Ich bettete meinen Kopf auf seine Schulter und fragte mich, wie es sein konnte, dass mir seine Gegenwart keine Angst mehr bereitete. »Worüber willst du nachdenken?«

Er begegnete meinem Blick. »Gerade am liebsten über gar nichts. Gerade möchte ich nur ...«

Rückblickend wusste ich nicht, wer von uns als Erstes die Augen schloss. Unsere Lippen fanden sich so schnell, als wären sie für den jeweils anderen geschaffen. Leidenschaftlich schlang ich meine Hände um Jaros Nacken, spürte ein Feuer in mir erwachen, das ich nie zuvor gefühlt hatte und in meinem Unterleib wütete. Mein Magen zog sich verheißungsvoll zusammen, als Jaro mein Kinn streichelte, meine Wange, und mit der Hand in meine Haare wanderte.

Ich seufzte und intensivierte unseren Kuss. Seine Lippen waren weich und warm und aufregend – ich bekam nicht genug von ihm. Und weil ich ihn sehen wollte, öffnete ich die Augen.

Als ich bemerkte, dass auch er *mich* ansah, musste ich grinsen. Jaro schenkte mir einen Blick, der ganz mir allein gehörte. Nie zuvor hatte ich mich einem Menschen so nah gefühlt; es war aufregend, überwältigend ... und auch ein bisschen beängstigend.

Jaro drängte mich gegen die Schaukelwand. Der liebevolle Ausdruck in seinen Augen wich einem gefährlichen Funkeln, das von einem diabolischen Lächeln auf seinen Lippen begleitet wurde.

Mein Herz klopfte vor Erregung, während ich mich rücklings auf das Holzbrett legte. Ich zog Jaro mit mir, bis sein Oberkörper meine Brust traf. Seinen Körper so nah an meinem zu spüren, raubte mir den Atem – und ließ mich mutig werden. Mit der rechten Hand glitt ich unter sein Hemd, während ich mit der anderen die Knöpfe nacheinander öffnete.

»Liora«, stöhnte er meinen Namen an meinem Ohr, ehe er beinahe hektisch die Bänder seiner Hose öffnete und sich den Stoff über die Oberschenkel zog. Keuchend atmete ich aus. Mein Kleid erschien mir plötzlich wie ein Hindernis. Ich wollte mich ihm ganz und gar zeigen. So, wie mich noch kein Mann gesehen hatte.

Hungrig küsste er mich. Seine Zähne gruben sich in meine Unterlippe, verursachten einen Schmerz in mir, der gleichzeitig wehtat und schön war. Leise wimmerte ich, als seine Hand meinen Rücken hinabwanderte.

Mühelos zog er sich das Hemd über den Kopf. Lachend thronte er über mir, wie eine Gottheit, und gewiss nicht wie ein Mann, der dreihundert Jahre alt war. Im Mondschein sah sein Körper aus wie Marmor; ich gab dem Impuls in mir nach und strich mit meinen Fingern über seine gestählte Brust.

Jaro küsste meinen Hals, dann vergrub er seine Hände in meinen Locken. Ein sehnsüchtiges Ziehen breitete sich in meinem Körper aus, gepaart mit dem Wunsch nach mehr. Weil ich es nicht mehr aushielt, löste ich die Bänder an meinem Rücken. Das Kleid fühlte sich zu eng an meiner Haut an, ließ mich nicht mehr atmen.

»Lass das«, bat Jaro mich da. Er griff nach meinen Händen und bedeckte sie mit kleinen Küssen. Seufzend legte ich den Kopf in den Nacken, schloss die Augen und konzentrierte mich allein auf seine Berührungen.

»Du bist wunderschön«, knurrte er, schlang die Arme um meinen Oberkörper und setzte mich auf, sodass meine Stirn gegen seine drückte und unsere Blicke miteinander verschmolzen. Aufregung pulsierte durch meinen Körper, ich blickte auf seine perfekten Lippen, wollte so viel mehr von ihm spüren und schmecken.

Da schob Jaro mich sanft von sich. Mit flinken Bewegungen knöpfte er sein Hemd zu und griff nach der Hose, die auf dem Boden lag. Ehe ich protestieren konnte, hatte er sie sich übergezogen. »Lass uns ein bisschen spazieren gehen.«

»Spazieren gehen?«

Mein enttäuschter Gesichtsausdruck ließ ihn lachen, dann streckte er mir die Hand entgegen, auf der feine Schweißtropfen standen. Ich brauchte einige Momente, um die Traumwelt, die Jaro mir in den letzten Minuten geschaffen hatte, zu verlassen. Schließlich kämmte ich mir die zerzausten Haare mit den Fingern, richtete mein Kleid und ließ mich von ihm von der Schaukel ziehen.

Der Wald um uns herum war nachtschwarz. Auf halbem Weg ließ Jaro meine Hand los und ging so schnell, dass ich Mühe hatte, hinterherzukommen. Seine Küsse brannten noch auf meiner Haut, die Erinnerung an das, was wir beinahe getan hatten, besetzte jeden meiner Gedanken. Ich hatte keine Erfahrungen, was die Liebe betraf. Aber wenn sie sich so anfühlte, wollte ich mehr von ihr. Mehr und immer mehr, bis ich in ihr versank.

»Wohin führst du mich?«, fragte ich atemlos. Kalter Nachtwind schlug mir ins Gesicht, die kahlen Äste der Bäume machten aus dem sonst so friedlichen Wald einen Ort des Schreckens.

»Sei nicht so neugierig.« Er warf mir einen neckischen Blick über die Schulter zu. Aufregung tanzte auf seinem Gesicht. Wir befanden uns so tief im Dickicht, dass der Geruch nach Erde und Moos das Einzige war, das ich wahrnahm. Ich hatte mir gar keine Mühe gemacht, mir den Weg einzuprägen, so sicher war ich, dass Jaro mich wieder in die Burg bringen würde. Ein sternenloser Himmel begleitete unsere Schritte.

»Hier ist es.« Jaro blieb so abrupt stehen, dass ich in ihn hineinlief. Sein Zeigefinger war auf einen Punkt in der Ferne gerichtet, den ich zunächst nicht ausmachen konnte. Dann schälte sich eine Ansammlung von aufrecht stehenden Steinen aus der Dunkelheit, die ein Gewässer umkreisten.

»Es war in meinem fünfzigsten Jahr als Hüter, als ich erkannte, dass die Magie nicht in Silvandor bleibt«, sagte Jaro in die Stille der Nacht hinein. »Sie folgt mir, wohin auch immer ich gehe. Es sind nicht nur die Wesen in der Burg, auch mein Wald wird zunehmend magischer.«

»So wie dieses Gewässer?« Ich beugte mich über das Wasser, doch es war zu dunkel, als dass ich etwas in ihm sehen konnte.

»Warte kurz.« Jaro rieb seine Finger gegeneinander, dann erfüllte ein Surren die Luft. Goldene Punkte regneten vom Himmel, legten sich auf die Steine, das Wasser und den Boden unter uns.

»Glühwürmchen?« Fasziniert schaute ich auf die leuchtenden Gestalten.

»Nicht ganz. Ich habe sie in einer Höhle in Silvandor gefunden, in der es nie dunkel war. Zwei von ihnen sind mir in den Wald gefolgt und haben sich vermehrt. Willst du mir dein Zuhause zeigen?«

»Mein Zuhause?«

Er kniete sich vor das Gewässer und wartete, bis ich mich zu ihm gesellt hatte. »Lichtmotten haben die Fähigkeit, dir andere Orte und Menschen zu zeigen.«

»Das heißt ...« Mir schnürte sich die Kehle zu. »Ich könnte meine Familie sehen?«

»Nicht in diesem Moment. Lichtmotten fangen einen Augenblick ein und konservieren ihn für die Ewigkeit. Aber du wirst deine Familie sehen, wenn du sie mir zeigen willst.«

Ich schluckte. »Wie genau geht das?«

Mit einer Handbewegung lotste Jaro die Lichtmotten in Richtung Gewässer. »Es wird Zeit für einen Ausflug nach Kryndon«, sagte er so leise, dass ich beinahe glaubte, mir seine Stimme eingebildet zu haben.

Das Wasser vor uns verwandelte sich. Zeigte mir heruntergekommene Gebäude, den Marktplatz, auf dem Obdachlose um Geld bettelten, die halb zerfallene Brücke, die man nach dem Krieg – wie so vieles andere auch – nie repariert hatte.

»Willst du mir dein Haus zeigen?«, fragte Jaro sanft.

Ich nickte, dachte nur kurz an mein Zuhause – und sah es vor mir. »Vor ein paar Jahren war es in besserem

Zustand«, rechtfertigte ich das windschiefe Hüttchen. »Aber ich bin dankbar, dass wir überhaupt ein Dach über dem Kopf haben.«

Auf einmal empfand ich eine seltsame Scham. Dadurch, dass er im Luxus lebte und sich keine Gedanken um Geld machen musste, fiel es mir schwer, ihm die Zustände zu zeigen, aus denen ich kam.

Deswegen dachte ich an meine Familie.

Und da waren sie auch schon – als leuchtende Silhouetten im Gewässer. Nicht so, wie ich sie verlassen hatte, sondern so, wie wir einst gewesen waren. Mein Vater war gesund und lebensfroh, Mutter trug ein rotes Kleid und hatte einen Strauß Mohnblumen im Arm. Kaida hielt das Buch so dicht vor ihre Nase, dass ich ihr Gesicht kaum erkennen konnte, Tian spielte auf dem Boden mit einer Holzeisenbahn ...

Das Alter stimmte nicht, denn Mutter hatte ihren Sohn nie erlebt, doch die Szenerie war so harmonisch, dass ich mich für einen Moment in der Vorstellung verlor.

»Wer ist das?« Jaro deutete auf ein Mädchen, das sich hinter Kaida versteckte.

KAPITEL 19

BEGRÄBNISSE UND ERINNERUNGEN

Ich hatte beinahe vergessen, wie es war zu fallen. Den Boden unter den Füßen zu verlieren, mit den Armen in der Luft zu rudern und sich doch nirgendwo festhalten zu können. Meine Knie kamen auf der feuchten Erde auf, und doch zog es mich immer weiter nach unten, bis ich all das, was um mich herum geschah, nur noch durch einen Schleier wahrnahm.

Ich spürte, wie Jaro nach meinen Armen griff, wie er mich fragte, ob alles gut war, aber es war *ihr* Gesicht, das meine Aufmerksamkeit fesselte. Erdbeerblonde Locken, große, hungrige, traurige Augen. Sie versteckte sich hinter Kaida, so wie sie es immer getan hatte, dabei verdiente sie es, gesehen zu werden. Auch jetzt noch.

»Maylea«, sprach ich ihren Namen aus. Ich konnte mich nicht daran erinnern, wann ich das letzte Mal jemandem von ihr erzählt hatte. Den Blick auf das Wasser gerichtet, auf ihr ewig junges Gesicht, ließ ich Erinnerungen zu, die mir immer noch so wehtaten wie am ersten Tag.

»Der Krieg hat mir nicht nur meine Mutter genommen«, sagte ich mit belegter Stimme. Ich verlor mich in Mayleas Augen, dann dachte ich an Kaidas Schule, damit sich ein anderes Bild im Gewässer zeigte und ich wieder freier atmen konnte.

»Es gibt zwei verbrannte Stellen in meinem Herzen. Zwei Dinge, über die ich nie hinweggekommen bin. Die erste Stelle ist meine Mutter. Die zweite gehört meiner Schwester Maylea.« Ich presste die Lippen aufeinander. »Es wäre erträglicher für mich gewesen, wenn der Hunger Maylea geholt hätte. Oder eine Krankheit. Aber ihr Tod war einfach ... unnötig.«

Eine Sache wurde mir in diesem Moment bewusst: Schuld verjährte nicht. Schuld wurde nicht alt. Ich hatte *so* lange nicht mehr an sie gedacht. Hatte alles, was am 14. August geschehen war, in einem Raum eingesperrt und den Schlüssel versteckt. Plötzlich stand die Tür ein Stück weit offen.

»Es ist an einem Tag passiert, an dem ich nach langer Zeit wieder so etwas wie Hoffnung hatte. Darauf, dass das Elend irgendwann vorbei sein würde. Vater hatte uns Geld von der Front geschickt und Mutter bat mich, mit Kaida und Maylea auf dem Markt einkaufen zu gehen.« Ich vergrub meine Finger in der feuchten Erde. »Ich ... war gerade dabei, Mehl und Milch in meinen Korb zu legen, als ich ein Wiehern hörte. Ich ... drehte mich um und sah diese Kutsche, die von Pferden gezogen wurde, die offensichtlich durchgegangen waren. In bahnbrechender Geschwindigkeit raste sie über den Marktplatz.«

Ich konnte es fühlen.

Ich konnte es sehen.

Ich war wieder da.

Gänsehaut breitete sich auf meinen Armen aus. Ich zog die Beine an meinen Körper und drehte mich von Jaro weg. Mit geschlossenen Augen fuhr ich fort: »Es ging alles so furchtbar schnell. Kaida stand neben mir, aber Maylea spielte am Brunnen. Sie war ein wildes Kind, blieb selten bei mir und an dem Tag hatte ich es nicht für nötig gehalten, auf sie aufzupassen. Ich weiß noch, wie ich ihren Namen geschrien habe, wie ich auf sie zugerannt bin, aber ich war nicht schnell genug. Die Kutsche hatte sie bereits erfasst.«

Mir war der Korb aus der Hand gefallen, der Mehlsack geplatzt, die Milchflasche zersprungen. Eine kleine Ewigkeit hatte ich wie paralysiert auf die weiße Flüssigkeit gestarrt – ein Schutzmechanismus meines Körpers, damit ich mich dem Unausweichlichen nicht stellen musste.

»Kaida hat angefangen zu schreien. Die Leute auf dem Marktplatz sind durcheinandergelaufen, haben versucht, die Pferde zu beruhigen, die Kutsche zu stoppen ... Meine Schwester ...« Ich presste mir die Faust vor den Mund, um nicht zu weinen. »Sie lag auf dem Bauch. Die Kutsche hatte sie überrollt. Ihr Rücken ... sie sah so seltsam verrenkt aus, und gleichzeitig so, als würde sie nur schlafen. Ich weiß noch, wie ich regungslos neben ihr stand – ich konnte mich nicht rühren, war wie erstarrt. Unter ihrem Kopf war Blut, es hat sich unaufhörlich über den Steinboden ergossen. In dem Moment habe ich verstanden, was passiert ist.«

Als ich zu Jaro sah, war sein Blick nachdenklich in die Ferne gerichtet. Manchmal erschien er mir wie ein offenes Buch, doch in Augenblicken wie diesem hatte ich keine Ahnung, was er dachte. Und da ich die Stille nicht ertrug, füllte ich sie mit dem Rest der Geschichte.

»Maylea war sofort tot – ich hatte keine Möglichkeit, mich von ihr zu verabschieden. In der einen Sekunde hat sie noch am Brunnen gespielt, in der anderen war sie fort. Ich meine, wie ist so was überhaupt möglich?« Wut mischte sich unter die Schuldgefühle; meine Schultern bebten. »Ich weiß nicht, wie ich diesen Tag überlebt habe. Wie ich meiner Mutter erzählt habe, was passiert ist. Ich war wie fremdgesteuert, habe nichts mehr gefühlt, nichts mehr richtig wahrgenommen. Und wenn ich ehrlich bin, habe ich den Schmerz bis heute nicht zugelassen.«

Um uns herum wurde es dunkel. Die Lichtmotten verschwanden nacheinander, bis das Gewässer sumpfig und Unheil verkündend vor uns lag.

»Wir haben zu Hause nie über Mayleas Tod gesprochen. Es war ... zu viel, verstehst du? Man hört immer, dass man nur so viel Leid zugemutet bekommt, wie man ertragen kann. Aber was ist, wenn es doch zu viel wird? Ich glaube, dann baut der Körper eine Schutzbarriere.«

Ich schlang die Arme um meine angezogenen Knie und bettete den Kopf darauf.

»Ich habe nie erfahren, ob Mutter mir die Schuld an Mayleas Tod gegeben hat. Ich weiß nur, dass es keinen Unterschied machen würde, denn ich fühle mich schuldig. Und das ist etwas, was ich für immer mit mir herumtragen werde.«

Jaro öffnete den Mund, aber ich kam ihm zuvor. »Ich weiß, was du sagen willst: Dass ich mir selbst verzeihen muss. Dass ich abschließen muss. Dass ich die Kutsche nicht hatte kommen sehen können. Dass ...«

»Nichts davon wollte ich sagen«, unterbrach er mich sanft. Ich hob den Blick.

»Ich wollte dir sagen, dass ich weiß, wie es ist, mit Schuld zu leben. Und dass die Zeit daran nichts ändert. Dass es nicht leichter wird.«

»Auch nicht, wenn man den Schmerz irgendwann zulässt?«

Jaro schüttelte den Kopf. »Der Schmerz wird dich in ein sehr dunkles Tal schicken. Nicht alle kommen wieder aus ihm hinaus.« Auf einmal wirkte er abwesend. Auf seiner Schulter saßen die letzten Lichtmotten. Als er den Rücken durchbog, flogen sie weg.

»Wie soll ich je damit leben, Jaro?«

»Indem du dich daran erinnerst, dass die Vergangenheit geschrieben ist und niemand etwas daran ändern kann – kein Mensch, Magiebegabter und auch keiner der Zauberer, von denen du immer sprichst. Ich glaube, bis zu einem gewissen Punkt müssen wir einsehen, dass wir Fehler machen.«

»Willst du mir von deinen Fehlern erzählen?« Ich ging mit der Frage ein Wagnis ein, weil ich nicht wusste, ob wir diese Art der Intimität schon erreicht hatten.

Jaro furchte die Stirn, und als er ein Stück von mir wegrutschte, rechnete ich nicht mit einer Antwort. Sein Blick war auf den Himmel gerichtet, auf dem noch immer kein einziger Stern stand. »Ich möchte diese Nacht nicht damit verbringen, über meine Verfehlungen zu reden«, sagte er, dann streckte er den Arm nach mir aus und zog mich an sich heran. »Nicht, wenn eine Zukunft vor uns liegt.«

Als wir in dieser Nacht schlafen gingen, fühlte es sich an wie das erste Mal. Eng umschlungen lagen wir in einem Bett, das mir auf einmal weit und groß vorkam. Ich spürte Jaros Haut auf meiner, atmete seinen Geruch ein und fuhr mit den Fingern über seinen Rücken. Im Licht der Kerze zählte ich die silbernen Strähnen in seinem Haar, von denen er, wenn ich ihm denn glauben wollte, eine für jedes Jahr besaß, das er schon auf dieser Erde weilte.

Mein Körper fügte sich so problemlos in seinen, als wäre er genau zu diesem Zweck geschaffen.

Wie viel sich doch in kurzer Zeit ändern konnte. Wie verbunden ich mich ihm fühlte, obwohl ich ihn kaum kannte.

Ich hatte Jaro von Maylea erzählt und mich ihm damit von einer Seite gezeigt, die ich normalerweise unter Verschluss hielt. Das erste Mal seit so vielen Jahren hatte ich über meine kleine Schwester gesprochen. Und jetzt wollte ihr Gesicht nicht mehr vor meinen Augen verschwinden. Es tat weh, doch der Schmerz hatte auch etwas Heilsames an sich, denn er bedeutete, dass ich mich mit meiner Trauer auseinandersetzen würde. Mit meiner Schuld.

Meine Hände krampften sich um das Fell, während ich zum Fenster hinausschaute. Mutter hatte uns in dem Glauben großgezogen, dass nichts ohne Grund geschah und hinter allem ein tieferer Sinn steckte, aber ich konnte mir nicht vorstellen, dass Mayleas Tod Bestandteil eines Plans war – eher kam er mir wie eine üble Laune des Schicksals vor.

In dieser Nacht gestattete ich mir den Gedanken an sie. An ihre Stupsnase. Ihr krauses Haar. Ihre helle Stimme. Ihre grenzenlose Fantasie.

Ich wüsste so gern, zu welchem Mensch sie geworden wäre.

Fortan begleitete ich Jaro täglich nach Silvandor. Jeder Kamin in der Burg konnte als Eingang genutzt werden und brachte einen in unterschiedliche Teile des Landes.

In der Bibliothek hatte mir Jaro eine Karte von Silvandor gezeigt, aber ich konnte mir nur im Entfernten vorstellen, wie groß es wirklich war. Er selbst entdeckte immer wieder neue Flächen, Gebiete und Arten.

Mir gefiel die Vielseitigkeit. Die Tatsache, dass ich gebraucht wurde. Als Hüter hatte Jaro alle Hände voll zu tun und es freute mich, ihm einen Teil der Arbeit abnehmen zu können. Auch wenn ich vorerst nur einfache Aufgaben bekam, denn mein Wissen und meine Fähigkeiten mussten noch wachsen.

Jeden Morgen setzten wir uns in einer der Blockhütten zusammen, die über ganz Silvandor verteilt standen und besprachen den Tag. Manchmal blieben wir zusammen, oft aber trieben uns die Pflichten in unterschiedliche Gefilde und wir trafen uns zwischendurch, um uns auf dem Laufenden zu halten.

Die Kraft Silvandors nährte sich von einem gigantischen, jahrhundertalten Baum, dem *Baum der Welt*. Eine Eiche, deren Wurzeln sich mehrere Meter in die Tiefe gruben und wie ein unterirdisches System das ganze Reich verbanden. Neben den gewöhnlichen, immergrünen Blättern wuchsen am *Baum der Welt* rote Blüten, die das Land mit Kraft und Stärke versorgten.

»Es ist unsere Aufgabe, sicherzustellen, dass der Baum niemals stirbt.« Jaro klopfte gegen den dicken Stamm. »Wir müssen ihm alles bieten, was er braucht. Und nicht nur das.«

Er kniete sich auf den Boden, befühlte die feuchte Erde mit seinen Händen. »Wir in Silvandor sehen das Leben als ewigen, sich wiederholenden Kreislauf an. Der Tod ist nur eine Vorstufe zum nächsten Leben, das sich vielleicht in anderer Form ereignet, aber sicher stattfindet. Nur die wenigsten Wesen sind unsterblich, weswegen wir uns besonders gut um jene kümmern müssen, die das irdische Leben verlassen haben.« Bedeutungsschwer sah er mich an, dann klappte er das Medaillon, das um seinen Hals hing und rot leuchtete, auf.

»Jedes Mal, wenn das rote Licht erscheint, ist ein Wesen aus Silvandor gestorben. Vielleicht in Folge eines Kampfes, vielleicht eines natürlichen Todes. Das Medaillon zeigt mir, wer es ist und wo sich das Wesen befindet.«

Ich rutschte näher an Jaro heran, damit ich einen Blick darauf werfen konnte. »Ein Reh?«

»Eine Lymela«, sagte er. »Das sind Gestaltwandler, deren Ausgangsform ein Hirsch ist. Je nach Stand des Mondes können sie sich in einen Menschen, eine Nixe oder einen Baum verwandeln.«

»Woran ist es gestorben?« Das Tier lag mit schaurig geöffneten Augen neben einem Fluss, die Hufe von sich gestreckt.

»Ich gehe davon aus, dass der Tod eine natürliche Ursache hat.« Jaro klappte das Medaillon zu. »Die Lebenserwartung der Lymela ist sehr kurz. Bei jeder Gestaltwandlung, die sie durchlaufen, verlieren sie mehrere Jahre. Bisher habe ich nichts gefunden, das den Prozess verlangsamen kann.« Unzufriedenheit schwang in seiner Stimme mit. »Begleitest du mich? Es ist nicht weit von hier.«

Ich klopfte mir den Staub vom Kleid und stand auf.

Innerhalb von zehn Minuten hatten wir das tote Tier gefunden. Obwohl es genauso aussah wie auf Jaros Medaillon, beschlich mich ein Schauder, als ich mich neben den Kadaver kniete. Die Zunge hing dem Reh aus dem Hals, die blicklosen Pupillen ließen mich frösteln.

Jaro nahm Einstellungen an seinem Medaillon vor, dann schloss er die Augen und atmete durch die Nase ein. »Ein natürlicher Tod«, stellte er fest. »In den letzten drei Stunden ist an diesem Ort nichts Ungewöhnliches vorgefallen und länger ist die Lymela noch nicht tot.«

»Was machen wir mit ihr? Begraben wir sie?«

»Ja, aber nicht hier. Alle Wesen, die in Silvandor gestorben sind, finden ihr Ende unter dem *Baum der Welt*. Damit der ewige Kreislauf sich fortsetzen kann.«

»Was passiert, wenn man sie nicht dort begräbt?«, wollte ich wissen.

Jaro streichelte das tote Tier. Eine Geste, in der etwas Zärtliches lag. »Die Erde des Baums sorgt dafür, dass Nachleben ausgeschlossen werden.«

»Nachleben?«

Er hielt in der Bewegung inne und drehte sich zu mir um. »Manchmal kommen Wesen, nachdem sie gestorben sind, wieder, allerdings nicht in ihrer ursprünglichen Form.«

»Als Geist?«

»Nicht unbedingt. In meinen ersten Jahren als Hüter war ich öfter nachts in Silvandor unterwegs. Es gibt Wesen, die nur wach sind, wenn es dunkel ist, und diese wollte ich erforschen. Dabei bin ich einer Gestalt begegnet.« Sein Blick schweifte in die Ferne. »Sie sah aus wie eine wunderschöne Frau, bloß dass sie etwas blass war. Ihre Haare waren golden und bodenlang, das Kleid ... das ist unwichtig.« Seine Stimme nahm etwas Getriebenes an. »Ich wollte mit ihr reden, konnte sie aber nicht verstehen. Also bin ich ihr gefolgt. Mir ist aufgefallen, dass sie wiederholt Gewässer aufgesucht hat, aber nie hineingegangen ist. Erst später habe ich erfahren, dass sie der Geist eines Wasserwesens war und auf diese Weise versucht hat, wieder an ihre alte Gestalt zu kommen. Nur dass das nicht möglich ist. Sie ist dazu verdammt, auf ewig in Silvandor zu wandeln.«

»Woher weißt du das alles?«

Jaro grinste. »Ich bin glücklicherweise nicht der erste Hüter und meine Vorfahren haben gute Arbeit geleistet. Mindra, die Frau, die mich aus dem Waisenhaus geholt hat, hat mir alles Wichtige beigebracht und in der Bibliothek wird das gesamte Wissen festgehalten.«

»Ich glaube nicht, dass ich das je könnte.«

Das Lächeln auf seinen Lippen erstarb so plötzlich, dass ich mich fragte, ob ich etwas Falsches gesagt hatte. »Unterschätz deine Fähigkeiten nicht, Liora«, sprach er und hauchte mir einen Kuss auf die Stirn, der meine Wangen glühen ließ.

»Wie schaffen wir das Tier von hier weg?«, fragte ich, um die unangenehme Stille zwischen uns zu brechen.

»Wir schnallen es dir auf den Rücken.«

Erst, als ich Jaro ansah, verstand ich, dass er einen Scherz gemacht hatte. Dann holte er eine Glasphiole aus seiner Hosentasche. »Das ist ein Mittel, das ich immer bei mir trage, weil ich es fast jeden Tag brauche. Es ist in der Lage, alles zu verkleinern.«

»Aus was besteht es?« Die Flüssigkeit war so klar wie Wasser.

»Eine einfache Mischung aus Quelltränen und den Früchten des Lautjek-Baumes. Beides in Silvandor in großer Masse vorhanden, weswegen es uns nie ausgehen wird. Willst du?« Jaro streckte mir die Phiole entgegen.

Mit den Zähnen löste ich den Pfropfen. »Einfach auf das Tier geben?«

Er nickte und beobachtete mich, wie ich die ersten Tropfen auf den Kadaver träufeln ließ. Ein Zischen durchschnitt die Luft, Sekunden später schrumpfte das Wesen auf die Größe meines Daumens.

»So können wir die Lymela besser transportieren. Außerdem ist es einfacher, einen Platz für sie unter dem *Baum der Welt* zu finden, wenn sie nicht ganz so groß ist.«

Meine Finger kribbelten, als ich das Wesen in die Hand nahm. Selbst der Tod hatte ihm seine Schönheit nicht rauben können.

Rechts neben der blühenden Eiche grub Jaro ein Loch in die Erde und wies mich an, das Tier in die Kuhle zu legen. Jaros Lippen murmelten ein stummes Gebet – vielleicht auch eine Beschwörung, ehe er den Kadaver mit Erde zudeckte und seine Hände auf das Grab presste.

»Geschafft. Weitere Notfälle gibt es nicht.« Er streckte seine Arme und gähnte. »Hast du Hunger?«

»Ich habe *immer* Hunger«, sagte ich und lachte.

»Dann lass uns zurück zur Burg gehen.« Jaro griff nach meiner Hand, und als er mich anlächelte, spürte ich es: dass ich dabei war, mich rettungslos in ihn zu verlieben. In den Zauberer auf dem Berg, vor dem mich alle gewarnt hatten.

Es dämmerte bereits, als wir hoch in unsere Kammer gingen. Der Tag in Silvandor war anstrengend gewesen und ich wusste, dass ich heute Nacht gut schlafen würde. Die Arbeit machte mir Spaß, mindestens genauso sehr freute ich mich aber auf die Abende, die wir gemeinsam ausklingen ließen.

Doch als ich den Umschlag auf dem Bett entdeckte, kippte meine Stimmung. Er war nicht schwarz, sondern rot, aber bescherte mir ein ebenso mulmiges Gefühl. Vielleicht war jetzt der richtige Moment, Jaro von den seltsamen Briefen zu erzählen.

»Weißt du, was das ist?«, fragte ich ihn.

»Mach ihn auf«, antwortete er schlicht, woraufhin ich das Siegel mit der rechten Hand brach und ein zusammengefaltetes Papier aus dem Umschlag zog. Als ich es aufklappte und Kaidas Namen las, presste ich mir die Hand vor den Mund. Tränen stiegen mir in die Augen. »Wie ... das ...«

»Es ist eigentlich nicht vorgesehen«, erklärte Jaro. »Aber ich konnte den Gedanken, wie sehr du deine Familie vermisst, kaum ertragen, deswegen habe ich Dorian nach Kryndon geschickt.«

Meine Hände zitterten so sehr, dass ich das Papier kaum halten konnte. »Das bedeutet mir die Welt.«

Ich stellte mich auf die Zehenspitzen und küsste ihn.

Meine nass geweinten Wangen berührten seine warme Haut.

»Nun lies ihn schon«, forderte er mich sanft auf. Ich nickte, besann mich dann aber eines Besseren und reichte ihm das Papier.

»Lies ihn mir vor.«

»Sicher?«

Ich nickte. »Du hast das erst möglich gemacht. Ich will den Moment mit dir teilen.«

Beinahe ehrfürchtig strich er über die Nachricht. Wir setzten uns nebeneinander auf das Bett und breiteten das Fell über uns aus, weil es heute Nacht ungewohnt kalt war. Ich kuschelte mich an Jaro und schloss die Augen.

»Liebe Liora«, trug er Kaidas Worte in seiner eigenen Stimme vor. Und doch war es meine Schwester, die ich hörte.

»Heute hat uns ein gruseliger Mann besucht. Er hatte blaue Haut, wahrscheinlich ist er krank. Und er war komplett nass, obwohl es draußen nicht geregnet hat. Aber er hat gesagt, dass er dich kennt und es dir in deinem neuen Leben gut geht. Er hat gesagt, dass ich dir einen Brief schreiben darf, weil du uns vermisst.

Er hat gesagt, dass du wissen willst, was sich verändert hat, seit du nicht mehr da bist.

Es ist stiller geworden. Mir fehlt dein Lachen. Deine Klugheit. Die Tatsache, dass du immer genau weißt, was du sagen musst und jedes Problem lösen kannst. Aber es haben sich auch Dinge verbessert – dank des Geldes, das wir regelmäßig bekommen. Wobei das gar nicht so einfach ist. Als Vater davon Wind bekommen hat, hat er das ganze Haus durchsucht und einen Teil des Geldes, den ich noch nicht Rieka hatte geben können, gefunden. Was er damit gemacht hat, weißt du. Deswegen bewahren wir jetzt alles bei Rieka auf. Sie besucht uns oft, und auch wenn sie dich nicht ersetzen kann, fühle ich mich wohl bei ihr. Freso und sie haben Tian und mir sogar angeboten, zu ihnen zu ziehen, aber irgendwie will ich unser altes Haus nicht verlassen.

Du fehlst, Liora. Jeden Tag. Ich hoffe so sehr, dass wir uns irgendwann wiedersehen können. Tian fragt ständig nach dir und ich weiß nicht recht, was ich ihm sagen soll. Er ist zu jung, um es zu verstehen. Wenn ich ehrlich bin, verstehe ich es ja selbst nicht ganz.

Tian ist übrigens wieder fast gesund. Rieka hat uns einen guten Doktor und Medizin besorgt. Es geht ihm jeden Tag besser. Ich wünschte, du wärst hier und könntest es sehen.

In Liebe,

deine Kaida.

Ich hatte mein Gesicht dem Fenster zugewandt, damit Jaro meine Tränen nicht sah. Ungelenk wischte ich mir mit dem Handrücken über die Augen und atmete tief durch. Da spürte ich seine Hand auf meiner Schulter.

»Habe ich es mit dem Brief schlimmer gemacht?«

»Ganz im Gegenteil. Es bedeutet mir unheimlich viel, von ihr zu hören«, sagte ich unter einem Schluchzen. »Es ist nur ... überwältigend.«

Nun sah ich ihn doch an, und fand Trost in seinem Blick.

»Ich habe Kaida aufwachsen sehen. Es gab nicht einen

Tag, den wir getrennt verbracht haben. Dass sie jetzt unerreichbar für mich ist, ist schwer zu ertragen.« Ich presste mir die Hand vor den Mund, um mein Weinen zu unterdrücken. »Was schaust du mich so an?«, fragte ich Jaro dann.

»Weil ich so etwas wie Familie nie hatte. Wie fühlt es sich an, jemanden zu lieben?«

»Gerade fühlt es sich ziemlich bescheiden an.« Ich lachte heiser. »Aber so ist die Liebe wohl: Sie führt dich durch die höchsten Hochs und die tiefsten Tiefs. Wenn du jemanden liebst, spürst du alles intensiver.« Ich bettete meinen Kopf auf Jaros Hand und griff nach seinen Fingern.

»Was ist mit der Frau, die dich aus dem Waisenhaus geholt hat? War sie nicht wie eine Mutter für dich?«

Sein Körper spannte sich an, als er sagte: »Das zwischen uns hatte nichts mit Familie zu tun. Das hat mir Mindra von Beginn an klar gemacht. Unsere Beziehung war auf geschäftlicher Ebene, auch wenn sie sich immer um mich gekümmert hat. Nichtdestotrotz war sie immer darauf bedacht, dass ich keine allzu tiefen Gefühle für sie entwickele, weil ich von Anfang an wusste, dass sie mich verlassen würde.«

»Woran ist sie gestorben?«

Jaro presste die Lippen aufeinander. »Ihre Zeit war gekommen.«

»Was ist aus dir geworden? Warst du ganz allein? Hattest du jemanden, der auf dich aufgepasst hat?«

Sein Kopfschütteln ließ Mitleid in mir wachwerden. Vor meinem inneren Auge stand eine jüngere Version von Jaro, schutzlos und einsam.

»Ich hatte das Land. In Silvandor gibt es immer eine Menge zu tun.«

»Aber ... das reicht doch nicht.« Mit einem Ächzen setzte ich mich auf. »Niemand kann so lange allein bleiben. Dafür sind wir Menschen einfach nicht geschaffen.«

Er lächelte leicht, während er mir über den Kopf streichelte. »Jetzt bin ich ja nicht mehr allein. Ich habe dich.«

Das warme Gefühl, das mein Körper einzig für Jaro reserviert hatte, breitete sich in meiner Brust aus. Doch zum ersten Mal wurde es von etwas anderem getrübt: von der Gewissheit, dass Jaro noch immer ein Fremder war und ich so gut wie nichts über ihn wusste.

KAPITEL 20

SCHWARZBOLDE UND VERRAT

Das goldene Medaillon hing schwer um meinen Hals. Am Morgen hatte Jaro mir seine wichtigsten Funktionen erklärt. Dennoch fand ich immer wieder Knöpfe und Rädchen, mit denen ich nichts anfangen konnte.

Vor ein paar Minuten hatte das Medaillon blau geleuchtet, ein Zeichen, dass sich ein verletztes Wesen im Umkreis von fünf Meilen befand. Mit Jaros Hilfe war es mir gelungen, den Ort zu lokalisieren.

Nach einer Stunde, die wir durch einen Wald gehetzt waren und uns zweimal verlaufen hatten, erreichten wir eine steinerne Höhle, die in pechschwarze Finsternis führte.

Jaro trat hinein und presste sein Ohr gegen den alten Stein. Angestrengt lauschte er, dann kräuselten sich seine Lippen. »Komm her.«

In der Höhle war es um ein Vielfaches kälter. Ich knöpfte meinen Mantel zu und zog die Kapuze über, weil es von oben auf mich hinabträufelte.

»Was zeigt das Medaillon? Wo befindet sich das Wesen?«

Statt einer Antwort streckte ich ihm das Schmuckstück hin. »Da sind Koordinaten.« So viel hatte ich mittlerweile verstanden, und doch keinen Schimmer, was sie bedeuteten. Jaro hielt das Medaillon hoch und runzelte die Stirn. »Alle Wesen, die in dieser Höhle leben, sterben, sobald sie Licht sehen. Deshalb müssen wir uns im Dunkeln fortbewegen. Glücklicherweise ist es nicht sehr weit.«

»Um was für ein Wesen geht es?«

»Das kann ich dir noch nicht sagen. Erst, wenn wir näher dran sind. Es kann entweder eine Donnerschlange oder ein Spitzgnom sein.«

Jaro lachte, als er meinen Gesichtsausdruck sah. »Tja, in Silvandor gibt es nicht nur bunte Feen und Meerjungfrauen. Aber dir wird nichts passieren. Bist du bereit?«

Noch bevor ich nicken konnte, hatte er mir das Medaillon zurückgegeben und sich in Bewegung gesetzt. Die ersten Meter stellten keine Schwierigkeit dar, da wir das Tageslicht noch im Rücken hatten, doch schnell wurde es dunkler.

»Der Trick besteht darin, sich mit der rechten Hand an der Wand vorzutasten«, erklärte Jaro. Seine Stimme klang weit weg, was bedeutete, dass ich zu ihm aufholen musste. »Zum Glück kann man sich hier drin fast nicht verlaufen. Es geht eigentlich nur geradeaus.«

»Und ... kann etwas passieren?«

»Die Wesen, die hier unten wohnen, sind schreckhaft. Meine Stimme kennen sie mittlerweile, also gibt es nichts zu befürchten.« Er klang selbstsicherer, als ich mich fühlte.

»Da vorn.« Jaro blieb so abrupt stehen, dass ich in ihn hineinlief und meine Nase an seiner Schulter stieß.

»Was ist da?«, wisperte ich in die Stille hinein, ehe ich es entdeckte.

Auf dem Boden, nahe der Wand, lag ein leuchtendes Tier, das mich an ein Pferd erinnerte, bloß dass es sehr viel kleiner war. Seine Augen waren weit aufgerissen, die Hufe zitterten unkontrolliert.

Bevor ich mich fragen konnte, was ihm fehlte, war Jaro bereits auf den Boden gesunken. Findig fuhr er das Fell des Tieres ab, bis er eine offene Stelle auf dem Rücken ausmachte, aus der schwarze Flüssigkeit floss. Je näher ich dem Wesen kam, desto deutlicher nahm ich den abgestandenen, fauligen Geruch wahr.

»Verdammte Mistviecher«, murmelte Jaro, während er seine Hände auf die offene Stelle presste. Das Pferd wimmerte. Beruhigend strich ich über seine Nüstern.

»Was ist passiert?«

»Das war ein Schwarzbold«, sagte Jaro. »Ein gefräßiges, kleines Wesen, das es liebt, Streiche zu spielen. Es wohnt überall dort, wo kein Licht hinkommt, und ist eigentlich harmlos, nur dass sein Biss Gift absondert, das unbehandelt für bestimmte Wesen tödlich sein kann.« Er beugte sich über das verletzte Pferd. Kaida hätte es mit seinen großen, schwarzen Augen und der silberfarbenen Mähne sofort ins Herz geschlossen.

»Schwarzbolde wollen nur spielen, aber sie können ihre eigenen Kräfte nicht einschätzen. Leider lassen sie sich nur sehr schwer erziehen.« Jaro seufzte.

»Was können wir gegen die Verletzung tun?«

Mit geschickten Bewegungen öffnete er seine braune Ledertasche, in der er Tränke und Mittel aufbewahrte. »Wir brauchen ein Gegengift gegen Erdkreaturen. Davon gibt es reichlich ...« Er zog eine der Flaschen aus der Halterung, hielt den Inhalt gegen das leuchtende Fell des Pferdes und seufzte erneut. »Nur wie es aussieht, habe ich nichts dabei.«

»Müssen wir zurück in die Burg?«

Nachdenklich nickte Jaro. Er war schon im Begriff, aufzustehen, als er innehielt. »Würde es dir etwas ausmachen, allein zu gehen? Es kann sein, dass die Schwarzbolde zurückkommen. Ich würde gern bei ihr bleiben.«

»Kein Problem.« Ich richtete mich auf. »Was genau brauchst du?«

Jaro reichte mir die leere Flasche. »Eine davon. Du findest sie dort, wo ich alle Tränke aufbewahre.«

»Wie viel Zeit habe ich?« Aus der Wunde des Tieres sickerte fortwährend Flüssigkeit.

»Die Verletzung ist nicht lebensbedrohlich. Aber mir wäre es recht, wenn ich nicht ewig hier sitzen muss.«

Zurück in der Burg, rannte ich in die Kammer, in der die Zaubertränke aufbewahrt wurden. Ich ließ die Tür offen stehen, sodass Tageslicht hineinfiel. Dann stellte ich mich vor das erste Regal und verglich die dort stehenden Flaschen mit der in meiner Hand. Obwohl ich schon Dutzende Male hier gewesen war, hatte ich das System, nach dem Jaro die Tränke sortierte, noch nicht durchblickt.

Ich las die Namen von den Etiketten halblaut mit, während mein Finger über die Phiolen fuhr. Ich musste Jaro unbedingt fragen, wie die Medizin hergestellt wurde.

Im obersten Regalbrett entdeckte ich eine Flasche, die der in meiner Hand ähnelte. Kurz überlegte ich, die Leiter zu Hilfe zu nehmen, stieg dann aber auf den Holzschemel und streckte die Hand nach dem Trank aus. Meine Finger berührten die Wand dahinter, ein Dröhnen drang durch den Raum, ehe die Wand sich nach vorn schob und einen schmalen Durchgang freigab. Er war gerade breit genug für eine Person. Perplex kletterte ich vom Schemel. Was war das? Eine Fehlkonstruktion? Oder doch ein Geheimgang?

Hin- und hergerissen zwischen dem verletzten Wesen, das Hilfe brauchte, und meinem eigenen Wunsch nach Antworten griff ich schließlich nach der Kerze, die auf dem Tisch stand und schob mich durch die schmale Öffnung. Gut möglich, dass sich gar nichts dahinter befand, gut möglich, dass ich gleich auf eine Wand stieß und ...

Ich landete in einem Raum, in dem es so kalt war, dass mein Atem kleine Wölkchen bildete. Die Wände waren aus grobem, festem Stein gefertigt, auf dem Boden lag ein alter Flickenteppich. Nach einem Fenster suchte ich vergeblich.

Das letzte Mal, dass ich die Burg auf eigene Faust erkundet hatte, war gehörig schiefgegangen, und ich hatte wenig Lust, wieder in die Klauen einer Bestie zu geraten. Doch der Raum lag still und friedlich vor mir. Nacheinander leuchtete ich alle Ecken mit der Kerze ab. Sehr wahrscheinlich handelte es sich um einen gewöhnlichen Abstellraum, der vergessen worden war. Den massiven Schrank, der an der Wand mir gegenüber stand, wollte ich mir allerdings genauer ansehen. Seine Türen klemmten, ließen sich erst nach ein paar Versuchen öffnen.

Eine Staubwolke löste sich und brachte mich zum Niesen. Die Kerze in meiner Hand wackelte, während ich das Innere des Schrankes ausleuchtete: Hauptsächlich Kleider, die ordentlich auf Bügeln nebeneinanderhingen. Ihre Schnitte waren ähnlich zu denen, die auch ich trug. Ich wollte die Schranktür schon wieder schließen, als mein Blick auf den Boden fiel. Auf eine Holzplatte, die deplatziert wirkte.

Ich ging in die Knie und schob das Holz beiseite. Darunter befand sich ein Hohlraum. Nicht größer als eine Schuhschachtel. Mit klopfendem Herzen streckte ich meine Finger hinein und ertastete kaltes Glas. Ein weiterer Zaubertrank?

Ich stellte die Kerze neben mir ab und griff mit beiden Händen in das Fach, um die Flasche hinauszuziehen. Sie war schwerer als die anderen und mit einem braunen Pfropfen verschlossen. Ein weißes Schild war um den Flaschenhals geschlungen. »Lucy«, las ich vor und runzelte die Stirn. Erst dann warf ich einen Blick auf den Inhalt.

Die Flasche glitt mir aus der Hand, rollte vom Schrank und blieb am Boden vor meinen Füßen liegen. Das Glas war zu dick, um zu zerbrechen.

Ich griff nach der Kerze, während ich mir einredete, dass das, was ich gesehen hatte, nur Einbildung war. Hier drin war es so dunkel, dass es mich nicht weiter wundern würde, wenn mein Verstand mir Streiche spielte.

Mit der linken Hand richtete ich die Flasche auf, mit der rechten leuchtete ich den Inhalt ab. Mein Magen verkrampfte sich, mir wurde übel.

In der Flasche saß eine Frau. Nackt. Um ein Vielfaches verkleinert. Sie hatte krauses, blondes Haar, das in alle Richtungen abstand, und einen ausgemergelten, dürren Körper. Obwohl sie lange tot sein musste, kam es mir vor, als würde sie mich durch ihre grünen Augen taxieren.

Ekel überkam mich so plötzlich, dass ich mich auf den Boden übergab. Meine Atmung ging hektisch.

Was hatte das zu bedeuten?

Widerstrebend schaute ich mir die Frau erneut an. Sie saß im Schneidersitz, hatte die Beine an den Körper gezogen. Irgendetwas an ihr kam mir schmerzhaft bekannt vor.

Doch es war das Mal an ihrem Arm, das mir die Luft abschnürte. Ein blasses *S*, direkt in ihre Haut geritzt.

Panik überkam mich, aber ich zwang mich dazu, tief durchzuatmen. Wie mit Scheuklappen vor den Augen ging ich zurück zum Schrank und griff in das Loch. Schon eben hatte ich weitere Flaschen erfühlt, nun holte ich sie eine nach der anderen heraus. Die ersten drei waren leer, die letzte …

Unter Aufwendung all meiner Kraft reihte ich sie neben den anderen auf dem Boden auf. Der Geruch nach meinem eigenen Erbrochenen verpestete die Luft und ließ mich würgen.

Blonde Haare, zu Zöpfen geflochten. Blaue Augen. Eine schwarze Kette um den nackten Hals. Der Mund zu einem Schrei geöffnet. Ihr Todesschrei?

Die Frau war nicht ganz so dürr wie die erste, ihr Körper jedoch über und über mit roten Striemen bedeckt. An ihrer rechten Hand fehlte ein Finger.

Clara, stand auf dem Schild um den Flaschenhals.

Clara.

Clara.

Ihr Name wiederholte sich in Endlosschleife. Ich war wie gelähmt, während ich auf das Schild starrte, das eine Flut von Erinnerungen in mir lostrat.

Hanja, die mir zum ersten Mal von Clara erzählt hatte. Rieka, der die Geschichte eine riesige Angst bereitete. Dorian, der so reagierte, als würde er sie nicht kennen. Und Jaro, den ich schlichtweg nie nach ihr gefragt hatte.

»Wir haben dich gewarnt.«

Ein Schrei verließ meine Lippen, als ich herumwirbelte. Vor der Steinwand standen die beiden Geisterfrauen mit bekümmerten Mienen.

»Wir haben dich gewarnt, aber du wolltest nicht auf uns hören.«

Perplex starrte ich von ihnen zu den Flaschen und wieder zurück. Allmählich setzten sich die losen Puzzleteile zu einem Bild zusammen. Ich presste mir die Hand vor den Mund.

»Clara und Lucy«, flüsterte ich. »Das seid ihr, nicht wahr?«

Sie mussten nicht nicken, denn die Ähnlichkeit war unverkennbar. Mit der Erkenntnis kam die Angst, die wie eine Welle über mir zusammenschlug.

Was hat das zu bedeuten?, wollte ich die Geisterfrauen fragen, doch mein Mund war wie ausgedörrt.

Stattdessen trat die Größere von ihnen, Clara, auf mich zu. Ein Schaudern drang durch meinen Körper, als sie mich an der Schulter berührte. Ihr Blick wirkte beinahe lebendig.

»Du musst von hier fliehen«, machte sie mir eindrücklich klar. »Wenn du dich beeilst, hast du noch eine Chance.«

»Aber ... wo soll ich hin?«

»Verschwinde«, zischte die kleinere Geisterfrau, die bislang schweigend an der Wand gestanden hatte, mir zu. Das Kleid, das sie trug, war gerade einmal lang genug, um ihre Scham zu bedecken. Mit ihrem knochigen Finger deutete sie in Richtung Tür, und diese Geste war es, die mich handeln ließ.

Fahrig griff ich nach der Kerze, die durch meine unkoordinierten Bewegungen erlosch. Dunkelheit breitete sich aus. »Verdammt«, fluchte ich.

Ich musste hier weg.

Ich musste ganz dringend weg.

Es ist nicht so, wie es aussieht.

Askas flehende Stimme ließ mich innehalten. Ihre roten Augen schwebten direkt vor mir.

»Was hat das zu bedeuten? Was für ein teuflisches Spiel ist das?« Ich war froh, dass ich meine Stimme wiedergefunden hatte.

Ich kann es dir nicht sagen, ich ...

»Aska!« Vor Wut stampfte ich mit dem Fuß auf den Boden. »Ich brauche Antworten. Entweder du gibst sie mir oder ich bin weg.«

Bitte lauf nicht davon.

»In diesen Flaschen sind tote Frauen. *Tote Frauen!* Und wie es aussieht, bin ich die Nächste, wenn ich nicht schleunigst verschwinde.«

Das bist du nicht. Es sieht alles so gut aus. So weit hat es noch keine geschafft.

»Was meinst du damit?« Kurz verharrte ich. Die Geisterfrauen schienen verschwunden, Aska selbst drängte mich nun gegen die Wand.

»Sag es mir. Es ist deine letzte Chance«, machte ich ihr klar.

»Vielleicht solltest du lieber mit mir reden.«

Jaros Stimme drang mir durch Mark und Bein. Hatte ich seine Gegenwart bisher mit Sicherheit verbunden, tobte da nur noch Angst in mir.

»Was machst du hier?« Die Tatsache, dass ich lediglich seinen Schatten sah, trug nicht zu meiner Entspannung bei.

»Das ist unwichtig.« Er trat auf mich zu, fasste mich grob am Ärmel. »Wir sollten reden.«

Ich versuchte, seine Berührung abzuschütteln, aber er ließ nicht locker. Ein harter Zug hatte sich um seinen Mund gelegt, das sah ich sogar in der Dunkelheit.

Demonstrativ deutete ich auf die Glasflaschen auf dem Boden. »Was hat das zu bedeuten, Jaro?«

»Das hättest du gar nicht finden dürfen.«

Ich lachte so laut, dass es in meinen eigenen Ohren widerhallte. »*Ich hätte es nicht finden dürfen?* Das ist deine Antwort? Jaro, da sind ... da sind tote ...«

»Bitte lass uns in Ruhe miteinander reden.« Er trat noch einen Schritt auf mich zu; ich wurde verschluckt von seiner Präsenz. Aska konnte ich nirgendwo erkennen.

»Es gibt eine Erklärung.« In seiner Stimme lag nichts Freundliches mehr, sie war durchdrungen von Kälte.

»Lass uns zurück nach Silvandor gehen.«

Stoisch schüttelte ich den Kopf. »Auf keinen Fall. War es mit Clara genauso wie mit mir? Dorian hat sie auf dem Marktplatz eingesammelt, du hast sie geheiratet, ihr Lügen erzählt, nur um sie dann zu töten? War es so, Jaro?«

Er schnaubte – wie konnte er so ruhig bleiben? Wie konnte ihn das Ganze hier nicht in Aufruhr versetzen?

»Bitte«, sagte er erneut. »Lass uns zumindest in der Bibliothek miteinander reden. Hier ist es stockdunkel ...« Etwas Flehendes lag in seiner Stimme.

»Lass mich los!«, fauchte ich, und endlich kam er meiner Bitte nach. Schnell schob ich mich an ihm vorbei, verließ die Kammer mit den Tränken. Ich wollte nicht mit ihm reden. Ich musste hier weg. Doch er hatte mich schon eingeholt.

»Was hat das zu bedeuten?«, fragte ich ihn ein letztes Mal.

»Nicht hier.« Er sah sich um, wahrscheinlich in der Angst, dass uns jemand belauschte. War ich vielleicht nicht die einzige Person, vor der er seine Gräueltaten verbarg?

»Das da drin war ... krank. Du bist krank!« Ich hasste ihn dafür, dass er größer war als ich und ich zu ihm aufsehen musste. Hasste ihn dafür, dass mein Herz wehtat, weil ich mich so in ihm getäuscht hatte.

»Liora, es gibt einen Grund, wieso die beiden Frauen nicht mehr leben.« Er schob den Ring an seinem Zeigefinger hoch und runter, spielte nervös mit seinen Armbändern. »Ich ...«

»Nun sag es endlich!«, schrie ich.

Seufzend legte Jaro den Kopf in den Nacken. »Ja, es gab schon vor dir jemanden. Ja, du bist nicht die Erste, die ich auf meine Burg geholt habe. Aber die, die vor dir da waren ...«

»Was ist mit ihnen?«

»Bitte lass uns in die Bibliothek gehen.«

»Wenn du mir etwas zu sagen hast, dann tu es jetzt. Dafür brauchen wir keine Bibliothek.«

»Ich habe dir nicht alles erzählt. Über meine Rolle als Hüter und welche Aufgaben damit verbunden sind.« Jaro biss sich auf die Lippe. »Es ist so, dass ich ...«

Ein Sturm tobte durch mein Inneres. Ein Tornado, der jegliches gute Gefühl, das ich für Jaro empfunden hatte, zunichtemachte. Der Ekel und die Abscheu über das, was er getan hatte, lösten alles Gute in nichts auf.

Er redete sich um Kopf und Kragen. Sprach, ohne dass er etwas sagte. Und da merkte ich, dass es keinen Ausweg gab.

»Ich will nur eine Sache wissen.«

Er hob den Kopf. »Was?«

»Hast du sie getötet? Hast du Clara und Lucy umgebracht?«

Die Zeit schien sich bis ins Endlose auszudehnen, dabei dauerte es wahrscheinlich nur ein paar Sekunden. Jaros Mund öffnete und schloss sich zweimal, ehe er sagte: »Ja, das habe ich.«

KAPITEL 21

SCHEUKLAPPEN UND ZWEITE CHANCEN

Mehr musste ich nicht wissen.

Während alles in mir starb, rannte ich an Jaro vorbei, die Treppe hinauf, bis in unsere Kammer. Ich spürte seine Schritte hinter mir, wagte es aber nicht, einen Blick über die Schulter zu werfen.

Ich riss die Türen des Schranks auf. *Mantel, ein Paar Stiefel. Außerdem Schal und Mütze, denn die Nächte konnten kalt werden.*

Ich rechnete damit, Jaro vor der Tür stehen zu sehen, aber als ich nach unten rannte, war die Burg wie ausgestorben. Was mich leichtsinnig werden und in die Küche hasten ließ, in der ich bisher nur einmal gewesen war. Zielsicher steuerte ich den Vorratsschrank an, fand ein paar Scheiben Brot und ein Stück Käse, das ich in einer Box verstaute. Ich wagte es nicht, nach etwas zu trinken zu suchen, denn schon jetzt saß mir die Zeit im Nacken. Jeden Moment rechnete ich damit, dass mich jemand finden und einsperren würde. Dass Jaro mir dasselbe antat wie den Frauen vor mir.

Das Gefühl von Verrat breitete sich in mir aus. Doch ich hatte schlichtweg keine Zeit, mich mit dem, was ich empfand, auseinanderzusetzen.

Mit der Box unter dem Arm verließ ich die Küche und lief bis zur Tür, die nach draußen führte. Ob Jaro sie in der Zwischenzeit abgeschlossen hatte? Ob ich den Weg durch die Gewölbe nehmen musste, den ich mit Dorian gegangen war?

Im Kopf ging ich schon meine Optionen durch, als sich eine Hand auf meine Schulter legte. Eiskalte Angst ergriff von mir Besitz, ich wirbelte herum und da war Jaro. Tiefe Ringe lagen unter seinen Augen, ein trauriger Zug um seinen Mund.

»Bitte geh nicht«, flehte er. Nur für den Bruchteil einer Sekunde hielt ich inne, dann schüttelte ich entschieden den Kopf, ehe ich an ihm vorbei zur Tür rannte, die sich problemlos öffnen ließ.

»Liora!«, brüllte Jaro mir hinterher. »Bitte geh nicht! Es würde alles kaputt machen!«

Ich nahm die Stufen nach unten, rannte durch den Burginnenhof, an der Kapelle vorbei, in Richtung Brücke. Würde sie hochgezogen sein? Hatte er mich auf diese Weise eingesperrt?

Doch da war nichts. Kein Hindernis. Niemand, der mich aufhielt.

Mit klopfendem Herzen rannte ich über die Brücke und atmete erst auf, als ich mich zwischen Tannen und Fichten wiederfand. Zwar gehörte der Wald noch zu Jaros Territorium, aber zumindest sorgte er für räumliche Distanz.

Ich lief so lange, bis meine Lunge brannte. Trieb meinen Körper zu Höchstleistungen an, und bereute schnell, bei der Auswahl meiner Schuhe nicht klüger vorgegangen zu sein. Sie waren mir mindestens eine Nummer zu klein und quetschten meine Zehen ein.

Dennoch blieb ich nicht stehen. Bestimmt hatte Jaro schon eine Suchmannschaft losgeschickt, vielleicht war ich nur ein paar Meter von potenziellen Verfolgern entfernt.

Und was passierte, wenn sie mich bekamen – darüber wollte ich nicht nachdenken. Zu frisch war mein Fund im Schrank.

War das Jaros Masche? Verarmte Frauen zu finden, ihnen die Welt zu versprechen, nur um sie in einem unbedachten Moment zu töten? Aber was hatte er davon? Wollte er seine Macht demonstrieren?

Was es auch war – ich durfte nicht stehen bleiben.

Ich hatte mich in ihm getäuscht. Hatte mich von seinen Worten einlullen lassen. Aber vielleicht war es noch nicht zu spät.

Während ich durch den Wald lief, schob ich energisch den Gedanken zur Seite, dass ich keine Ahnung hatte, wie man nach Kryndon kam. Ich hoffte einfach, dass ich irgendwann auf eine Menschenseele traf, die mir weiterhelfen konnte.

Die Bäume um mich herum verdichteten sich. Nur dunkel konnte ich mich an die Kutschfahrt mit Dorian erinnern. Ich wusste noch, dass sie mehrere Stunden gedauert hatte – eine Strecke, die ich niemals zu Fuß zurücklegen könnte. Energisch presste ich die Zähne zusammen, stieg über einen umgefallenen Stamm und lief weiter.

An einer Quelle stillte ich meinen Durst und klatschte

mir kaltes Wasser auf meine erhitzten Wangen. Ich erlaubte mir, ein paar Minuten durchzuatmen und eine kurze Pause einzulegen. Das Tempo würde ich sowieso nicht mehr lange durchhalten.

Der Blick nach hinten bereitete mir keine so große Angst mehr. Mittlerweile hatte ich genug Abstand zwischen die Burg und mich gebracht.

Ob es Clara auch so gegangen war? Hatte sie erfahren, wer Jaro wirklich war, sich in die Wälder gerettet und war dort von ihm gefunden und getötet worden?

Eine Gänsehaut breitete sich auf meinen Armen aus. Eins wurde mir plötzlich klar: Egal wie viel Zeit verging, das, was ich heute gefunden hatte, würde ich nie vergessen.

Als die Aufregung allmählich in mir abklang, war in mir wieder Platz für andere Empfindungen. Mein Körper beruhigte sich, mein Herz schlug nicht mehr so schnell, und plötzlich tat es aus einem anderen Grund weh.

Ich hatte mir zeit meines Lebens nie viel aus der Liebe gemacht. Die letzten Wochen allerdings hatten mir gezeigt, dass ich dennoch nicht immun gegen sie war. Dass ich mich in Jaro verliebt hatte, wusste ich mittlerweile. Aber dass es so wehtat, ihn zu verlieren, damit hatte ich nicht gerechnet. Neben der Quelle sank ich auf den Boden und zog die Beine an den Körper. Energisch versuchte ich, Jaros Bild aus meinen Gedanken zu verbannen, doch er war auf einmal überall. Nicht nur vor meinem inneren Auge, sondern auch in meinen Erinnerungen und bei mir im Wald. Ich spürte seine Hände auf meiner Haut, hörte sein Lachen und die Art und Weise, wie er meinen Namen aussprach. Die letzten Tage hatte ich dauerhaft an seiner Seite verbracht – und auch jetzt und hier, viele Meilen von ihm entfernt, war es, als könnte ich die feinen silbernen Strähnen seiner Haare zwischen meinen Fingern spüren.

Wütend klatschte ich mir eine zweite Ladung Wasser ins Gesicht, ehe ich mich zwang, aufzustehen und weiterzugehen.

Die Dämmerung senkte sich über mich. Nicht mehr lange, und der Himmel würde ein schwarzes Kleid tragen. Wenn ich besser wüsste, wo ich mich befand, könnte ich die Nacht durchlaufen, aber da ich schon jetzt keine Orientierung mehr hatte, sollte ich es nicht darauf ankommen lassen.

Bitte geh nicht!, hallte seine Stimme in meinen Gedanken wider. *Das würde alles kaputt machen.*

Er hatte traurig ausgesehen, verletzt. Nicht wütend. Da war ein Ausdruck in seinen Augen gewesen, den ich nicht verstanden hatte.

Zornig biss ich die Zähne aufeinander. Ich durfte keine Schwäche zeigen. Vielmehr sollte ich mich darauf konzentrieren, den Wald zu verlassen – oder, und das erschien mir angesichts der Umstände realistischer, ein Lager für die Nacht finden.

Je dunkler es wurde, desto stärker fror ich. Der Mantel hielt mich nur notdürftig warm. Konnte ich es überhaupt riskieren, im Wald zu schlafen? Oder war es dafür zu kalt? Die Vorboten des Winters waren bereits zu erkennen, ein Großteil der Bäume trug keine Blätter mehr und ein eiskalter Wind wehte.

Unbeirrt ging ich weiter. Meine Füße brachten das Laub auf dem Boden zum Rascheln. Ich aß eine Scheibe Brot und biss vom Käse ab, bevor ich beides zurück in die Box stopfte.

Auf einer Lichtung zwischen Bäumen und Büschen überlegte ich, dort die Nacht zu verbringen, aber schon nach ein
paar Minuten wurde es so kalt, dass meine Zähne klapperten. Also suchte ich weiter.

Es war bereits dunkel, als ich unter einem Felsvorsprung einen geschützten Platz ausfindig machte. Sollte
es regnen, wäre ich zumindest im Trockenen und hier
war es wärmer als auf der Wiese. In Ermangelung einer Alternative setzte ich mich unter den hervorstehen-
den Stein und bettete den Kopf auf die Knie. Erste Sterne
zeigten sich am Himmel; wurden mehr, je länger ich hin-
schaute. Ich beobachtete die funkelnden Punkte, die so
weit weg waren und doch nah erschienen und dachte an
meine Familie. An Kaida, Tian und Alev. Es bestand eine
Chance, dass ich sie wiedersah.

Es war das Gesicht meiner kleinen Schwester, das ich vor
Augen hatte, als meine Lider schwer wurden. Ich merkte
noch, wie mein Kopf wegsackte, ehe ich in den Schlaf glitt.

Knack.

Ich riss die Augen auf, setzte mich abrupt auf. Mühsam
rief ich mir in Erinnerung, wo ich war. Mit der Erkenntnis kam die Angst. Meine Finger waren eiskalt, meine Lippen fühlten sich taub an. Keine Ahnung, wie lange ich geschlafen hatte, ich …

Knack.

Der Wind ging durch das Gebüsch vor mir, bewegte
die Blätter sanft. Ich presste mich gegen die Steinwand
und lauschte in die Finsternis. Irgendetwas hatte mich geweckt – oder war es lediglich die Kälte gewesen?

Nein, da! Ein Knacken, ein Rascheln. Es kam von links. Ein Schauer rieselte mir über den Rücken. Irgendjemand ... oder etwas war hier. Ein Tier?

Ich biss mir auf die Lippen, um keinen Laut zu machen, dann stand ich langsam auf. Das Bedürfnis, wegzulaufen, war auf einmal so groß, dass es mich zu überwältigen drohte. Das Herz schlug mir bis zum Hals. Blindlings tapste ich nach vorn, während die Dunkelheit ihre Klauen nach mir ausstreckte. Das Rascheln war nun ganz deutlich zu hören – und nicht nur das: Wer auch immer sich durch das Gebüsch bewegte, schien näher zu kommen. Und sein Ziel ... war ich.

Ich schluckte. Hektisch blickte ich mich nach einer Waffe um und fand einen faustgroßen Stein auf dem Boden. Ein lächerlicher Verteidigungsversuch, wenn ich es mit einem wilden Tier zu tun hatte, aber besser als nichts. Den Stein in der rechten Hand verharrte ich an Ort und Stelle. Das Wesen – oder was auch immer es war – war nur noch wenige Meter von mir entfernt. Nervös biss ich mir in die Innenseite meiner Wange. Während ich gegen die Angst ankämpfte, meine Handflächen heiß und schwitzig wurden, trat es aus dem Buschwerk.

Es war nicht seine Größe, die mir Angst machte, es war sein ausgemergelter, haariger Körper. Seine Augen waren blutunterlaufen, das Gesicht seltsam deformiert. Er reichte mir nur etwa bis zum Knie, doch ...

»Radost?« Mir fiel der Stein aus der Hand und er landete mit einem dumpfen Aufprall auf dem Boden. »Was zur Hölle tust du hier?«

Ich hockte mich hin, um mit dem Domovoi auf einer Höhe zu sein. Nachdem ich mich vergewissert hatte, dass es wirklich Radost war – immerhin wusste ich nicht, wie seine Artgenossen aussahen –, wiederholte ich: »Was machst du hier?« Radost krabbelte über den Boden zu mir.

Ein paar Zentimeter vor mir blieb er stehen und blinzelte mich schuldbewusst an. Hektisch drehte ich den Kopf nach links und rechts. Hatte er jemanden mitgebracht? War er mit Jaro gekommen?

»Lauf nicht weg«, sagte der Domovoi so leise, dass ich ihn kaum verstand. »Ich bin allein.«

»Wieso bist du mir gefolgt? Ich dachte, du kannst den Kamin nicht verlassen.«

Er kroch zu mir unter den Felsvorsprung und zog die Beine zum Schneidersitz an. »Was ich kann und was ich tue, sind zwei unterschiedliche Dinge.« Seine dürren Finger deuteten auf die freie Stelle neben sich, aber ich blieb wachsam. Vielleicht war das ein ausgeklügelter Plan. Vielleicht hatte Jaro Radost vorgeschickt, damit er mein Vertrauen erschlich und mich zurückbrachte.

Allerdings hatte der Domovoi auf mich nie gewirkt, als ob er irgendjemandes Befehle befolgen würde.

In einer Geste tiefer Unzufriedenheit schob Radost die Lippe vor. Seine Augen waren nicht länger rot, sondern hatten ihren gewöhnlichen Ton angenommen.

Seufzend ließ ich mich neben ihn sinken. »Du hast fünf Minuten.«

»Hast du was zu essen?« Gier flackerte in seinem Blick, ich schlug ihm gegen die Schulter. Radost stieß ein infernalisches Kreischen aus, das so maßlos übertrieben war, dass es mich zum Lachen brachte. »Nein, ich habe nichts zu essen«, stellte ich klar.

»Und was ist in der Box in deiner Hand?«

Ich versteckte sie hinter meinem Rücken, aber Radost war schon aufgesprungen.

»Ich schlage dir ein Abkommen vor.« Er turnte hinter mir herum, bekam die Box jedoch nicht zu fassen, weil ich sie immer, wenn seine kleinen Finger danach griffen, in die Höhe riss.

»Du gibst mir was zu essen und ich sage dir, warum ich gekommen bin.«

Ich hob die Augenbrauen. »Und warum sollte ich das wissen wollen?«

»Na ja, du hättest auch weglaufen können«, sprach er das Offensichtliche an. »Trotzdem bist du noch hier. Also los, mach schon die verdammte Box auf.« Geifer tropfte ihm die Mundwinkel hinab.

»Hat dir schon mal jemand gesagt, dass du das gefräßigste Wesen auf der Welt bist?«

»Jaro, da bist du ja endlich.«

»Was?« Erschrocken folgte ich Radosts Zeigefinger. War schon im Begriff, aufzustehen und die Flucht zu ergreifen. Die Box fiel mir aus der Hand, ich hörte Radosts gedämpftes Lachen, und als ich mich zu ihm umdrehte, hatte er den Deckel bereits aufgerissen und sich über den Käse hergemacht.

»Ich hasse dich«, rief ich ihm entgegen. »Du bist ein widerwärtiger, kleiner Mistkerl.«

Mit beiden Händen griff der Domovoi in die Box, stopfte sich abwechselnd Brot und Käse in den Mund. Er schlang die Bissen so schnell herunter, dass er sich mehrmals verschluckte, hustete und seine Sauerei mit einem herzhaften Rülpser krönte. »Hast du noch mehr?«

»Nein, habe ich nicht.« Energisch riss ich ihm die leere

Box aus der Hand und funkelte den Domovoi an, der damit beschäftigt war, zufrieden über seinen faltigen Bauch zu streichen.

»Was ist jetzt? Was hast du hier zu suchen? Bist du mir gefolgt?«

Er schüttelte den Kopf. »Ich war im Kamin, als du weggelaufen bist. Habe es erst danach erfahren.«

»Und?«

»Und was?«

»Na, was ist dann passiert?« Dieses kleine Monster trieb mich zur Weißglut – und raubte mir wertvolle Zeit.

»Es ist nicht gut, dass du weggelaufen bist.« Radosts Stimme war auf einmal ganz leise. Nachdenklich schaute er den rauen Felsen neben sich an. »Du ... warst besser als die anderen.«

»Die anderen?«, blaffte ich ihm entgegen. »Meinst du die Frauen, die Jaro getötet hat?«

Seine Antwort, ein einfaches Nicken, erschütterte mich. Denn Radost versuchte nicht einmal, Jaros Gräueltat zu rechtfertigen. Geschweige denn, dass er sie leugnete.

»Also stimmt es. Jaro hat diese Frauen wirklich getötet.« Nun sank ich doch zu ihm auf den Boden. Radost senkte den Kopf – das war mir Antwort genug.

»Dann hätte er mich auch getötet.«

»Nein. Du bist anders. Das ist es ja. Ich hätte das am Anfang nicht gedacht.«

»Inwiefern bin ich anders?«

»Du hast keine Angst.«

Ich lachte ihm mitten ins Gesicht. »Da kennst du mich aber schlecht. Ich habe die letzten Wochen in ständiger Angst verbracht.«

»Das mag sein.« Er kratzte sich am Kopf. »Aber du bist nicht weggelaufen. Du hast uns nicht sofort verurteilt, sondern bist geblieben. Und das macht dich anders.«

Ich legte den Kopf schief. »Du magst mich doch nicht mal.«

Radost zuckte mit den Schultern. »Du bist schon in Ordnung. Auch wenn du mich mit dem Stab beinahe getötet hättest. Und ich immer noch einen Fuchskopf bei dir guthabe.« Sein drohender Zeigefinger verfehlte seine Wirkung. »Davon abgesehen hatte ich wirklich gedacht, dass du diejenige sein könntest.«

»Diejenige?«

Der Domovoi senkte den Blick. »Diejenige, die Jaros Herz erobert.«

»Also geht es bei dem Ganzen um Gefühle? Und Jaro hat die anderen Frauen umgebracht, weil sie Angst hatten? Ist das der Grund?«

»Schätzt du ihn wirklich als so dumm ein?« Radost schüttelte den Kopf. »Ich dachte, du kennst ihn besser.«

»Das ist es ja.« Ich biss die Zähne zusammen. »In Wahrheit kenn ich ihn überhaupt nicht. Die letzten Tage sind wir uns nähergekommen, aber er hat sich mir nie geöffnet. Da waren so viele ungeklärte Fragen. Dann habe ich die toten Frauen gefunden ... und er hat mir nicht mal gesagt, warum er so etwas Schreckliches getan hat.«

»Hast du ihm denn die Möglichkeit dazu gegeben?«

»Was gibt es da zu erklären?«

Radost zog die Schultern hoch. »Für gewöhnlich steckt hinter allem eine Geschichte, oder?«

»Es gibt Taten, die kann auch eine gute Geschichte nicht rechtfertigen. Wieso bist du wirklich hier?«

Er seufzte. »Weil Jaro zu stolz ist, um dich zurückzuholen. Weil er glaubt, dass du nicht die Richtige bist, wenn du wegläufst. Ich sehe das anders.«

Die Tatsache, dass er auf einmal um mich kämpfte, wo er mich immer herablassend behandelt hatte, berührte mich. Andererseits, vielleicht *wünschte* er sich ja meinen Tod und hoffte deswegen, dass ich mit ihm zur Burg zurückkam. Nur dass er mich dann auch einfach im Wald hätte zurücklassen können – immerhin waren meine Aussichten, allzu bald nach Hause zu kommen, alles andere als rosig.

»Wie hast du mich überhaupt gefunden?«

»Oh, das ist nicht schwer. Wenn ich einmal einen Menschen berührt habe, finde ich ihn immer und überall.« Er grinste breit.

»Versprichst du mir, dass Jaro dich nicht geschickt hat?«

»So, wie du mir den Fuchskopf versprochen hast?«

Ich verdrehte die Augen, lächelte aber. »Nein, so richtig.«

Er nickte. »Niemand hat mich geschickt. Und wahrscheinlich wird mich auch niemand vermissen. Ist besser so, weil ich sowieso nicht mehr zurückkomme.«

»Was meinst du damit?«

Er blieb mir eine Antwort schuldig. Stattdessen starrte er auf meinen Mantel und anschließend auf die Gänsehaut auf seinen Armen. »Ist es sehr warm unter diesem Stoff?«

»Ach, Radost.« Bereitwillig knöpfte ich den Mantel auf. Damit, dass der Domovoi auf meinen Schoß kletterte und sich an mein Kleid kuschelte, hatte ich nicht gerechnet. Reflexartig spannte ich mich an, doch es war gar nicht so unangenehm. Ich breitete den Mantel über seinen frierenden Körper, woraufhin Radost die Augen schloss.

»Hey!« Sanft stieß ich ihn an. »Du schläfst jetzt nicht ein, bevor du mir sagst, was du zu sagen hast.«

»Tut mir leid.« Er zitterte. »Ich bin nur ... so schwach.«

»Das sah aber eben noch ganz anders aus. Du hast mir einen riesigen Schrecken eingejagt. So viel zum Thema, dass ich keine Angst habe. Also, was ist jetzt?«

»Jaro mag dich. Er mag dich sehr. Ich kenne ihn seit mehreren Hundert Jahren und in all der Zeit hat er niemanden so angesehen, wie er dich angesehen hat.«

Ich hob eine Augenbraue. »Und wie kannst du da so sicher sein, wenn du den ganzen Tag in deinem Kamin hockst?«

»Ich bekomme mehr mit, als du glaubst.« Er kicherte und schmiegte sich noch näher an meinen Bauch. Das Zittern schien dennoch nicht aufzuhören.

»Man kann vieles über Jaro sagen. Er ist ein Eigenbrötler, macht sich nicht viel aus der Gesellschaft anderer Menschen und ist gern für sich. Am Anfang kann er verschwiegen und vielleicht auch etwas unfreundlich wirken. Aber eins ist er nicht: ein schlechter Mensch.« Radost richtete sich auf und sah mich bedeutungsschwer an. »Er würde dir nie ein Leid zufügen.«

»Und was ist dann mit den anderen Frauen?«

Das *S* an meinem rechten Arm glühte, erinnerte mich an das Versprechen, das ich einem Mann gegeben hatte, vor dem ich nun davonlief.

»Du hast ihm keine Chance gegeben, sich zu erklären«, fuhr der Domovoi fort. »Du hast etwas gefunden und deine eigenen Schlüsse daraus gezogen. Ich hätte dir ein bisschen mehr Weitsicht zugetraut.«

»Bist du hier, um mich zu beleidigen?«

»Eigentlich nicht. Auch wenn du es verdient hättest.« Das Grinsen, das er mir zuwarf, war halbherzig. »Hast du auch nur zwei Minuten über deine Entscheidung nachgedacht?«

»Nein, weil ich Todesangst hatte und nicht wusste, was ich tun sollte.«

»Du hättest dir die Zeit nehmen sollen.« Radosts Lider hingen auf Halbmast. Obwohl er so nah an mich gekuschelt lag, wurde sein Körper immer kälter.

»Hast du vergessen, was Jaro alles für dich getan hat? Wie er dich vor dem Monster im Keller gerettet und sein eigenes Leben riskiert hat? Wie er dir Silvandors Geheimnisse anvertraut und dir die Verantwortung übertragen hat? Wie er dafür gesorgt hat, dass du einen Brief von deiner Schwester bekommst, obwohl es ihm verboten war? Er hat dir keinen Wunsch ausgeschlagen.«

Ich presste die Lippen aufeinander.

»Wieso sollte er sich so viel Mühe geben, wenn du ihm egal bist? Wenn sein Ziel eigentlich darin besteht, dich zu töten?«

Ich legte den Kopf in den Nacken. »Ich weiß es doch selbst nicht, Radost. Das Ganze ... ging so schnell, dass ich nicht darüber nachdenken konnte. Ich habe aus einem Instinkt heraus gehandelt.«

»Findest du nicht, er verdient eine zweite Chance?«

»Es geht hier nicht um eine zweite Chance«, stellte ich klar, auch wenn ich mich nicht halb so sicher fühlte, wie ich klang. »Es geht um mein Leben.«

»Bloß dass du ohne Jaro gar kein Leben mehr hättest. Denn das hätte dir der Greif im Keller genommen. Und deine Familie würde vielleicht auch nicht mehr leben, weil sie längst verhungert wäre. Nur dank Jaros Geld geht es ihnen gut.«

»Wie kann ich sicher wissen, dass er dich nicht geschickt hat, um mich zurück in die Burg zu lotsen?«

Radost schüttelte den Kopf. Seine Zähne klapperten so stark, dass ich ihn kaum verstand. »Das kannst du nicht. Du musst dich entscheiden, ob du mir vertraust oder nicht.« Seine Lider klappten zu.

Er hatte gut reden. Dieses hässliche, haarige Wesen, das sich mit seinen Händchen an meinem Kleid festkrallte. Das ein bisschen streng roch, mich regelmäßig in den Wahnsinn trieb und mir trotzdem nicht egal war. Ich wusste nicht, ob ich Radost vertrauen konnte. Dennoch hatten seine Worte ihre Wirkung nicht verfehlt.

Als ich die Augen schloss und alles um mich herum ausblendete, war es Jaros Gesicht, das ich vor mir hatte. War ich zu vorschnell gewesen? Verdiente er diese zweite Chance?

Meine Hände ballten sich zu Fäusten, als sich die toten Frauenkörper in meine Gedanken schoben. Wenn ich zurückkehrte, lief ich womöglich in mein eigenes Verderben.

Radosts Wimmern brachte mich zurück in die Realität.

»Was ist los?« Er hatte die Augen geschlossen und den Mund vor Schmerz verzogen. »Radost?« Ich stieß gegen seine Schulter, aber er reagierte kaum. »Wach auf!«

Vorsichtig schlang ich meine Hände um seinen Körper, der sich weich und haarig anfühlte. »Radost, was ist los?« Erst, als ich ihn anhob, öffnete er träge die Lider.

»Keine gute Idee, den Kamin zu verlassen.«

»Was?«

»Ich bin ein Domovoi.« Seine Stimme war nur noch

ein Wispern. »Wenn ich meinen Kamin zu lange verlasse, sterbe ich.«

»Das ... meinst du jetzt nicht ernst, oder?« Ein hysterisches Lachen kam über meine Lippen. »Hey, Radost, das ist nicht lustig.« Mit dem Fingernagel stieß ich ihm in den Bauch, ohne dass ich eine Reaktion provozierte. Ein erster Anflug von Panik überkam mich.

»Mach verdammt noch mal die Augen auf!«, herrschte ich ihn an.

Der Domovoi wimmerte leise. »Bin ... nicht lebensfähig ... ohne den Kamin.«

»Wieso bist du dann hergekommen?«

»Weil Jaro zu stolz war.« Er hustete. Sein kleiner Körper bäumte sich in meinen Armen auf. *Oh nein, was sollte ich tun?*

»Verdammt, Radost, was geschieht mit dir?«

»Ich ... muss nach Hause ... schnell.«

KAPITEL 22

WAHRHEIT UND TOD

Ein Teil von mir hasste den Domovoi. Dass er mich zwang, zurück zur Burg zu gehen, weil das der einzige Weg war, wie ich ihm helfen konnte. Und sosehr ich mir wünschte, meine Bedürfnisse vor seine stellen zu können, konnte ich ihn doch nicht sterben lassen.

Sein Griff wurde stetig schwächer. Er röchelte, und ich hatte keine Ahnung, ob uns überhaupt genug Zeit blieb.

Der Weg bis zu meinem Nachtlager war lang und beschwerlich gewesen, die Aussicht, ihn in sehr viel kürzerer Zeit noch einmal zurücklegen zu müssen, trieb mir den Schweiß auf die Stirn. Hinzu kam, dass in der Nacht alles gleich aussah und ich mich noch weniger orientieren konnte.

»Du musst mir helfen, hörst du? Ohne dich finde ich den Weg nicht. Radost, bitte!« Meine Stimme glich einem Flehen. Immer wieder überzeugte ich mich, dass er noch atmete.

»Wie lange kannst du ohne deinen Kamin überleben?

Rede verdammt noch mal mit mir!« Wütend zog ich an seinen schwarzen Rückenhaaren.

»Etwas sanfter bitte«, knurrte er. »Und du musst nach links.«

Schnaubend folgte ich an der Weggabelung seiner Anweisung. Wie lange war ich unterwegs gewesen? Fünf Stunden, vielleicht sechs? Ich trieb meine Beine zu Höchstleistungen an, schnaufte aber jetzt schon. Meine Hände schlossen sich fester um den Domovoi und ich schickte ein stummes Gebet gen Himmel, dass er es schaffen würde. Denn wenn er wegen mir starb ...

Ich hörte mein Herz in meiner Brust hämmern, der Wind strich über meine erhitzten Wangen.

Jedes Mal, wenn Radost die Augen schloss, wuchs meine Angst. Die Erinnerung an Tian, an seinen schwindenden Körper und die Hilflosigkeit war noch zu frisch. Ich kämpfte mich einen Berg hoch und durch einen Tannenwald. Nichts von der Umgebung kam mir bekannt vor, aber jedes Mal, wenn sich der Weg gabelte, schaffte ich es, Radost zum Sprechen zu bringen. Er war noch nicht tot, aber sehr, sehr schwach – und die Frage, wie viel Zeit uns blieb, wollte er nicht beantworten.

Sein Körper fühlte sich zerbrechlich an. Er war so leicht; ich hatte Angst, ihn zu zerquetschen. »Bitte halt durch«, flehte ich ihn an. »Ich bring dich nach Hause.«

Die Befürchtung, dass Jaro es auf mein Leben abgesehen hatte, trat in den Hintergrund. Das Einzige, was zählte, war, dieses Wesen zu seinem Kamin zu bringen.

»Wasser«, krächzte Radost irgendwann. Es dauerte, bis ich eine Quelle fand, aber nachdem er getrunken hatte, schien es ihm für einen Moment besser zu gehen. Irgendwie gelang es ihm, sich in meinen Armen aufzurichten. »Es ist nicht mehr so weit«, sagte er, und ich wusste, dass er log, weil wir höchstens eine Stunde unterwegs waren.

Und doch lag irgendwann die Burg vor mir.

Die spitzen Türme schraubten sich Unheil verkündend in den Himmel. Hinter ihnen ging die Sonne auf, was beinahe grotesk war angesichts des Schreckens, der sich in mir ausbreitete.

»Radost?« Ich blieb stehen. »Schaffst du es von hier aus allein? Es ist nicht mehr weit.«

Der Domovoi war eingeschlafen, wie so oft in den letzten Stunden. Ich rüttelte erst sanft, dann immer fester an seiner Schulter, doch er reagierte nicht.

»Radost, bitte!«

Er atmete noch, das war aber auch das Einzige. Verzweifelt presste ich die Lippen aufeinander und ging weiter. Je näher ich der Burg kam, desto schneller wuchs das Unbehagen in mir. Es fühlte sich nicht richtig an, wieder hier zu sein.

Kaum hatte ich den Burginnenhof betreten, kam ich mir beobachtet vor. Als würde Jaro dutzendfach hinter den Fenstern stehen. Sich die Hände reiben, weil ich wieder da war. Weil ich ihm in die Falle lief, ohne dass er etwas dafür tun musste.

»Radost, tu mir das nicht an!« Tränen rannen meine Wangen hinab, doch der Domovoi antwortete nicht. Als mir bewusst wurde, dass sich sein Körper gar nicht mehr regte, hetzte ich auf die breiten Eingangspforten zu, die ich mit meinem Ellbogen aufdrückte. Dann betrat ich die Burg. Von jetzt auf gleich war ich wie gelähmt. Als würde mich eine fremde Macht davon abhalten, auch nur einen Schritt zu tun. Meine Beine schienen mit dem Boden verwachsen, doch das Wesen in meinem Arm erinnerte mich daran, wieso ich hier war. Ich presste Radost gegen meine Brust und eilte zu seinem Kamin.

Die Burg kam mir so leer und verlassen wie immer vor, aber das musste nichts bedeuten. Ihre Bewohner hatten sich mir noch nie offen gezeigt. Ich warf einen Blick auf den sterbenden Domovoi und musste auf einmal mit den Tränen kämpfen. *Wenn er starb ...*

»Liora?«

Dorians Stimme ließ mich innehalten – und dann Hals über Kopf zu ihm umdrehen.

»Du musst ihm helfen.« Meine Stimme überschlug sich. »Du musst Radost helfen.« Auffordernd streckte ich ihm den Domovoi entgegen, der sich gar nicht mehr bewegte. »Bitte, ich weiß nicht, was ich tun kann. Du musst ihm helfen.«

»Du ... bist zurückgekehrt?« Erst jetzt erkannte ich, wie blass Dorian war.

»Nein. Aber Radost ... du ... musst ... er.« Meine Stimme brach.

Endlich nahm Dorian den Domovoi zur Kenntnis. Die Zeit saß uns im Nacken. »Er ist mir in den Wald gefolgt, um mich zurückzubringen und hat sein eigenes Leben riskiert. Ich ... kannst du ihn retten?« Tränen schossen mir in die Augen.

Dorian fuhr mit seinen blauen Fingern über Radosts Stirn und nahm den Domovoi an sich. »Er muss zurück in seinen Kamin. Dann hole ich ihm Medizin.« Er rauschte an mir vorbei.

Ich könnte gehen. Jaro wusste noch nicht, dass ich hier war. Endlich bekam ich eine zweite Chance.

Ich überlegte nur den Bruchteil einer Sekunde.

Dann folgte ich Dorian.

In der Kammer, in der ich meine erste Nacht verbracht hatte, sank er vor den Kamin. Radost lag wie tot in seinen Armen. War ich zu spät gekommen? Hatte ich wertvolle Zeit verschwendet und damit ein weiteres Leben auf dem Gewissen? Um mein Schluchzen zu unterdrücken, presste ich mir die Hand vor den Mund. Bang beobachtete ich, wie Dorian die Asche aus dem Kamin schob, den Domovoi in die Mitte der Feuerstelle legte und ihm abermals über den Kopf strich.

»Er braucht Medizin. Sofort. Er ist sehr schwach.« Dorian war schon aufgestanden und bei der Tür, als ich ihm versicherte: »Ich bleibe bei ihm.«

Meine Knie fühlten sich wie Pudding an, als ich mich auf den Boden kniete und Radost über das graue Fell streichelte. Jetzt, da ich im Begriff war, das kleine Monster zu verlieren, merkte ich, wie viel es mir bedeutete.

»Schhh...«, flüsterte ich, während ich mit meinen Fingern die Spur seiner Ohren nachfuhr. Ihm zärtlich über die geschlossenen Lider strich, die Knollennase entlang bis zum spitzen Kinn. Die kleinen Tierchen, die sonst über sein Fell krochen, bewegten sich nicht mehr, doch Radosts Brustkorb hob und senkte sich kaum merklich. Solange er atmete, gab es Hoffnung. Das zumindest redete ich mir ein, während ich auf Dorian wartete. Wieso dauerte es so lange?

Wiederholt schaute ich zur Tür, doch als sie geöffnet wurde, starb meine Hoffnung.

Wie eine Naturgewalt tauchte Jaro im Türrahmen auf. Er schenkte mir einen kurzen, erbarmungslosen Blick. Dann hechtete er zum Kamin, ungeachtet der Tatsache, dass ich noch davor kauerte, und beugte sich über den Domovoi. Seine Augen schlossen sich, seine Lippen formten Worte, die ich nicht verstand. Dann holte er eine Flasche aus seiner schwarzen Manteltasche und löste den Pfropfen mit den Zähnen. Jaro verteilte eine dickflüssige Paste auf dem Rücken des Domovois und schob seinen Körper bis an die Kaminwand. Die Flasche ließ er achtlos auf den Boden fallen.

Und dann kam der Moment, vor dem ich Angst hatte.

Der Moment, in dem er mich ansah.

Ich hätte weglaufen können, während er sich um Radost kümmerte. Hätte meine dritte Chance ergreifen können. Aber vielleicht war ich noch hier, damit *er* seine zweite bekam.

Eine kleine Ewigkeit lang sah Jaro mich nur an. Sein Adamsapfel bewegte sich auf und ab, ob aus Furcht oder Wut konnte ich nicht sagen. Seine Augen waren auf mich gerichtet, die Brauen zusammengezogen, sodass ich nicht sagen konnte, ob er erstaunt oder zornig war. Der traurige Zug um seinen Mund sprach jedoch Bände.

»Warum bist du hier?«, fragte er.

Ich wollte auf den Domovoi zeigen, doch Jaro griff nach meiner Hand. »Warum bist du hier?«, wiederholte er.

Die Luft um uns herum schien sich zu verdichten.

»Weil ich dir keine Chance gegeben habe, dich zu erklären.«

Er hatte die Lippen aufeinandergepresst. Sah mich mit dieser Mischung aus Zorn und Getriebenheit an und seufzte schließlich. »Du siehst aus, als wärst du tagelang durch den Wald gerannt. Du brauchst Schlaf und ein Bad. Vielleicht auch etwas zu essen.«

Ich schüttelte den Kopf. »Ich will nur wissen, was mit Clara und Lucy passiert ist.«

Jaro schnaubte. »Hast du wirklich Angst, dass ich dich töte, während du schläfst? Traust du mir *das* zu?«

Ich wusste, dass seine Frage rhetorischer Natur war, dennoch dachte ich über sie nach.

Fakt war: Ich kannte diesen Mann kaum. Aber da gab es einen Teil in mir, der ihm vertraute. Auf eine komische Art und Weise.

»Wird er wieder?« Ich deutete auf den Domovoi, der reglos in der Kaminasche lag.

Jaros Gesicht verzog sich enttäuscht. Nicht, weil er um Radost bangte, sondern weil ich seine Frage nicht beantwortet hatte. Er seufzte abermals. »Das kann ich noch nicht sagen. Radost hat diese Burg noch nie verlassen.«

»Ich hoffe so sehr, dass er durchkommt. Jaro, ich ...«

»Wollen wir uns in die Bibliothek setzen? Dorian kocht uns einen Tee und ich erzähle dir alles?«

Ich hätte Angst vor ihm haben sollen. Es war erst ein paar Stunden her, dass ich die Frauen gefunden hatte. Aber als ich in dem großen Ohrensessel in der Bibliothek saß, Jaro hinter dem Schreibtisch vor mir, fühlte ich mich allenfalls traurig.

Nachdenklich blickte ich in die Tasse Tee, um die ich meine kalten Hände schlang. Ich hatte meinen Mantel abgelegt und war in ein sauberes Kleid geschlüpft.

Jaro blätterte fahrig in einem Buch, das aufgeschlagen vor ihm lag. Seine Stirn war gefurcht, seine Hände zitterten. Nie zuvor hatte ich ihn so nervös erlebt. Seinen Tee hatte er nicht angerührt.

»Ich suche ... schon länger nach einer Frau«, fing er schließlich an und schüttelte sofort den Kopf. »Ich suche jemanden, der ... das Leben, das ich führe, liebt. Der es versteht und nicht voller Vorurteile und Ängste ist. Lucy war die Erste. Dorian hat sie in Alder gefunden, sie war vierundzwanzig, laut und selbstbewusst. Ihr Lachen kann ich heute noch in den Gängen hören. Sie hatte ein einnehmendes Wesen, und etwas daran ließ Dorian glauben, dass sie zu mir passt.« Jaro griff nach dem Federkiel, der auf dem Pult lag und notierte etwas in dem Buch. »Ich war ... überfordert mit ihr, anders kann ich es nicht sagen. Wo ich leise war, war sie laut. Wo ich zurückhaltend war, wollte sie alles wissen. Sie war begierig darauf, meine Geheimnisse zu ergründen. Es war ihre Neugier, die sie umgebracht hat.« Er ließ den Federkiel fallen und sah mich unverwandt an. »Erinnerst du dich an Xerros, den Greifen im Kellergewölbe?«

Auf mein Nicken hin sagte Jaro: »Lucy fand ihn schneller als du. Ihr Bedürfnis, auf jede Frage eine Antwort zu bekommen, hat sie leichtsinnig werden lassen. Sie hat den Greifen gereizt und wusste ihn nicht zu bändigen. Das Tier ... es hat sie angegriffen und verletzt – so schwer, dass ich nichts mehr für sie tun konnte.« Sein Blick wurde dunkel. »Ich war in Silvandor und kam zu spät. Als ich endlich bei ihr war, konnte ich nichts mehr für sie tun. Sie hatte starke Schmerzen – und ich beschloss, sie zu erlösen.« Seine Stimme wurde brüchig wie Seidenpapier. »Ich weiß noch genau, wie sich ihre Augen geschlossen haben. Und ich hasse mich dafür, dass sie im Tod Angst empfand. Dass ich zu spät gekommen bin.« Jaros Hände schlossen sich um die Teetasse. »Als du die Tür zum Gewölbe geöffnet hast, als ich dich mit dem Greifen kämpfen sah ... war es, als würde sich die Vergangenheit wiederholen.«

»Bloß dass du mich gerettet hast. Ohne dich wäre ich nicht mehr hier.« Ich wusste nicht, woher der plötzliche Drang rührte, ihm den Schmerz nehmen zu wollen.

Als Jaro nicht darauf reagierte, fragte ich: »Und Clara?«

Er atmete aus und streckte die Schultern durch. »Ich hatte kaum eine Möglichkeit, Clara kennenzulernen. In der Nacht unserer Hochzeit hat sie Radost im Kamin entdeckt. Ich habe versucht, es ihr zu erklären, aber sie hat in mir das Böse gesehen und wollte weg. Sie ließ nicht mit sich reden und hat die Burg Hals über Kopf verlassen. Im Gegensatz zu dir ist sie aber nicht in den Wald gelaufen, sondern hat den Weg genommen, den Dorian und du mit der Kutsche gefahren seid. Ich ...« Er blinzelte zweimal. »Ich wollte mit ihr reden, das wollte ich wirklich. Also bin ich ihr gefolgt. Ich darf die Burg nicht verlassen, an diesem Tag habe ich mich über die Regel hinweggesetzt. Weil ich ...« Jaro presste sich die Hand vor den Mund und schüttelte den Kopf. Die Kerze vor ihm warf Schatten auf sein Gesicht.

»Ich fand sie schnell. Sie ist den Berg hinuntergelaufen. Als sie mich bemerkte, erlitt sie eine Panikattacke. Ich wollte nur mit ihr reden, das schwöre ich dir. Aber ...«

Mein Kopf vervollständigte die Geschichte von selbst. Ich sah Clara vor mir, die in ihrem Strudel aus Panik und Überforderung jenen Mann vor sich hatte, der für ihren persönlichen Albtraum verantwortlich war. Sie taumelte nach hinten, wollte fliehen, vergaß, dass der Abgrund ...

»Sie ist rücklings die Schlucht hinuntergestürzt. Ich bin auf sie zugerannt, aber war nicht schnell genug. Das Einzige, was ich zu fassen bekam, war ein Band ihres Kleides. Ich weiß noch, wie es in meiner Hand lag.« Jaro starrte auf seine Finger hinab. »Und ich höre ihren Körper, der auf dem Stein aufschlägt. Sie ist nicht bis ganz nach unten gefallen, sondern auf einem Felsvorsprung gelandet. Ich bin ihr nachgeklettert – in dem Moment war es mir egal, ob ich sterbe. Ich wollte sie retten, überall an ihrem Kopf war Blut. Ich war wieder zu spät.« Seine Hand krallte sich so fest um die Teetasse, dass seine Knöchel weiß hervortraten. »Ich habe ihr Leid verkürzt. Und ich war dabei, als sie die Augen geschlossen hat.«

»Warum hast du mir das nicht vorher erzählt?«, fragte ich und bereute es im selben Moment. Ich kannte doch die Antwort. »Es tut mir leid, dass ich einfach so weggelaufen bin. Ich ... hatte so eine schreckliche Angst. Aber sag mir, gibt es noch mehr?«

»Tote Frauen?« Seine Stimme hätte Glas schneiden können. »Nein.«

»Wieso ... hast du sie aufbewahrt? Das ist ...«

»Trauer macht seltsame Dinge mit Menschen, Liora. Das solltest du selbst am besten wissen.« Er stand von seinem Schemel auf und stellte sich vor das runde Fenster, hinter dem der Morgen erwachte.

»Die Tatsache, dass ich für den Tod eines Menschen verantwortlich bin, hat mich wahnsinnig gemacht. Ich wollte Lucy beerdigen, aber es erschien mir nicht richtig. Weil sie dann nur noch ein Kreuz und ein Berg Erde wäre.«

»Aber du hast sie ... verkleinert und in diese Flasche ...«
Ich konnte den Abscheu nicht ganz aus meiner Stimme
bannen.

»Jedes Volk geht anders mit Trauer um. Die Menschen
beerdigen ihresgleichen. Dorian entstammt den Wasserwesen. Wenn jemand von ihnen stirbt, dann soll er nicht
vergessen werden. Die Körper der Toten werden konser-
viert und in Glassärge in eine unterirdische Gruft gebracht.
Auf diese Weise bleibt ein Teil von ihnen immer da.« Jaro
ging zurück zu seinem Platz. »Ich weiß, dass es komisch
auf dich wirken muss. Ich verstecke die beiden wie mein
kleines, schmutziges Geheimnis. Aber ... ich besuche sie
regelmäßig. Rede mit ihnen. Bitte wieder und wieder um
Verzeihung.« In seinen Augen schimmerte es feucht. »Und
ich werde nie aufhören mich zu fragen, was passiert wäre,
wenn ich nur etwas schneller ...« Er schüttelte den Kopf.

»Als Dorian mich hierhergebracht hat ...« Ich stand
vom Sessel auf und ging auf Jaro zu. Kurz vor dem hohen
Schreibtisch blieb ich stehen. »Hast du gedacht, ich würde
genauso enden? Hast du mit meinem Tod gerechnet?«

»Ich habe keine großen Stücke auf dich gesetzt.«

»Und ... besonders viel getan, um mich zu beschützen,
hast du auch nicht.«

Sein Mund öffnete und schloss sich.

»Ist das nicht irgendwie ... egoistisch, Jaro? Dass du eine
Frau nach der anderen hierherbestellst und ...«

»Ich bestelle sicher nicht *eine Frau nach der anderen* hierher. Ich wollte nach Lucy niemanden mehr um mich haben,
ich konnte die Schuldgefühle nicht ertragen.«

»Und doch ...«

»Und doch habe ich es wieder getan. Zweimal. Aber ...

wenn du seit Hunderten Jahren hier oben bist und nur dich selbst hast, drehst du irgendwann durch.«

Ich legte den Kopf schief. Jaro und ich hatten schon einmal über die Einsamkeit gesprochen. Damals meinte er noch, dass er sie nicht so stark spürte, weil er viel zu tun hatte.

»Als du gestern weggelaufen bist, war ich mir sicher, dass ich auch dich verloren habe. Aber ich bin dir nicht gefolgt. Ich hatte Angst, dass es schiefgeht. Dass ich wieder etwas tue, was ich mein Leben lang bereue. Außerdem wollte ich nicht schon wieder jemanden zu einem Leben zwingen, das er gar nicht führen will.« Schwungvoll schlug er das Buch zu, von dem sich eine feine Schicht Staub löste. Jaro war im Begriff, die Bibliothek zu verlassen, als ich meine Hand auf seinen Arm legte. Er zuckte zusammen, als hätte er sich an mir verbrannt.

»Ich bin nicht weggelaufen, weil ich nicht bei dir bleiben wollte. Sondern weil ich Angst hatte. Meine Gefühle sind mit mir durchgedreht.« Ich nahm die Hand herunter. »Es tut mir leid, Jaro. Nicht nur, weil ich gegangen bin. Sondern wegen all dem, was du ertragen musstest.«

Ein Teil seiner Fassade bröckelte. »Und jetzt?«, fragte er.

»Ich ...«

»Dorian kann dich mit der Kutsche zurück nach Kryndon bringen. Ich möchte dich ungern den langen Weg zu Fuß laufen lassen.«

»Aber ... der Vertrag.«

»Verdammt sei der Vertrag!« In seinen Augen tobte Wut. »Was bringt mir ein Vertrag, wenn du sowieso nicht bei mir bleiben willst? Was bringt mir erkaufte Liebe, wenn ...?«

In diesem Moment verstand ich, dass er verletzt war. Dass ich *ihn* verletzt hatte. Und das machte etwas mit mir. Ich überbrückte die Distanz zwischen uns und löste seine zu Fäusten geballten Hände. Dann stellte ich mich auf die Zehenspitzen, um mit ihm auf Augenhöhe zu sein. Skepsis tanzte über sein Gesicht. »Mit dem Vertrag hast du dir gar nichts erkauft, schon gar nicht meine Liebe. Den habe ich einzig unterschrieben, damit ich meine Familie ernähren kann.«

Er wollte etwas erwidern, aber ich schüttelte den Kopf. Jetzt war ich an der Reihe.

»Die erste Zeit bei dir habe ich gehasst. Ich habe *dich* gehasst. Da war nicht ein gutes Gefühl, das ich dir gegenüber empfunden habe. Bis ...« Ich holte tief Luft. »Bis sich die Dinge geändert haben. Und ich auf einmal nicht mehr geblieben bin, um einen Vertrag zu erfüllen, sondern weil ich es wollte.«

Sein Blick lichtete sich für die Dauer eines Wimpernschlags.

»Und das ist auch der Grund, aus dem ich zurückgekehrt bin. Aber ich ertrage die Geheimnisse nicht. Wenn ich ein Leben an deiner Seite führen soll, dann muss ich dich kennenlernen. Und zwar alles. Die guten und die schlechten Seiten. Auch die Abgründe, die du vor mir zu verbergen versuchst.«

Er schnaubte leise. »Das macht verletzlich, ist dir das bewusst?«

»Liebe macht immer verletzlich. Ich will endlich wissen, wer du bist, Jaro. Zeigst du es mir?«

Statt einer Antwort nahm er mein Gesicht besitzergreifend zwischen seine Hände. Küsste mich mit all der Leidenschaft und Wildheit, die ich an ihm so liebte. Mein Herz zog sich zusammen, ehe es weiter wurde. Größer. Und doch nur Platz für ihn hatte.

»Ich dachte, ich hätte dich verloren.«

»Bedank dich bei Radost«, lachte ich, während die Tränen meine Wangen hinabliefen. »Wollen wir schauen, wie es ihm geht?«

KAPITEL 23

PRÜFUNGEN UND KAMINFEUER

Obwohl ich todmüde war, wich ich nicht eine Minute von Radosts Seite. Mit angezogenen Beinen kauerte ich vor dem Kamin, während es hinter dem Fenster dunkel und in der Kammer kalt wurde. Jaro schaute ein paar Mal vorbei, um den Herzschlag des Domovois zu prüfen, der schwach und unregelmäßig war.

Es machte mich fertig, dass ich nichts tun konnte, außer seine graue, faltige Hand zu halten und ihm über den Bauch zu streicheln. Wenn er starb, war das mein Fehler. Hatte sich Jaro so gefühlt, als er Lucy und Clara verlor?

Mir klappten die Augen zu, als er zu mir in die Kammer kam. Es musste mitten in der Nacht sein – ich hatte jegliches Gespür für Zeit verloren. Müde murmelte ich, dass ich bei Radost bleiben wollte, aber als Jaro von hinten seine Arme um mich schlang und mich sanft anhob, protestierte ich nicht mehr.

Er trug mich in unsere Kammer, legte mich in unser Bett und deckte mich sanft zu. »Ich bleibe bei Radost, während du schläfst«, sagte er und hauchte mir einen Kuss auf die Stirn.

Die Müdigkeit legte sich bleischwer auf mich.

Als ich aufwachte, wusste ich nicht, wie lange ich geschlafen hatte. Die Sonne stand im Zenit, die Matratze neben mir war leer. Schläfrig reckte ich mich und schlüpfte in meine Hausschuhe.

Mein erster Weg führte zu Radost. Doch als ich die Kammer betreten hatte, lag der Kamin verwaist vor mir. Ich streckte meinen Kopf durch die Öffnung nach oben, rief Radosts Namen, vergeblich. Eine schreckliche Vorahnung ergriff von mir Besitz. Ich rannte aus der Kammer nach unten.

»Jaro?«, rief ich. »Dorian? Ist hier irgendjemand?«

Ich hastete den Korridor entlang und nahm die Treppe nach unten. Die Tür zur Bibliothek war nur angelehnt, doch als ich sie aufstieß, befand sich niemand dort. Nur die Feder auf dem Schreibtisch, aus deren Kiel Tinte tropfte, bewies mir, dass jemand vor Kurzem hier gewesen war. Ich näherte mich dem Pult, auf dem sich Pergamente stapelten.

»Der Kreislauf der Hüter«, murmelte ich halblaut. Die Zeichnung eines Kreises war dort abgebildet, um den in Jaros Handschrift Begriffe gruppiert waren. »Hüter wird geboren – Hüter wird eingeführt – Hüter legt Amt ab – Hüter ...«

Eine Hand, die sich auf meine Schulter legte, ließ mich herumfahren. »Was machst du hier?« Jaro bedeckte das Papier mit seiner Hand.

»Ich habe Radost nicht gefunden. Geht es ihm gut?«

Jaros Mundwinkel sackten nach unten.

»Bitte nicht«, flüsterte ich. »Bitte ... sag mir nicht, dass ...«

»Er lebt noch.«

Erleichtert atmete ich aus.

»Aber es steht nicht gut um ihn. Der Ausflug hat ihn sehr geschwächt. Ein Domovoi ist nicht dafür gemacht, seinen Kamin zu verlassen. Alle Nährstoffe, die er zum Leben braucht, findet er in der Asche. Sein Zustand ist kritisch.«

»Wo hast du ihn hingebracht? Nach Silvandor?«

Jaro nickte. »Zum *Baum der Welt*. Seine Wurzeln kümmern sich um die Toten, aber sie können auch den Lebenden helfen. Er ist unsere letzte Hoffnung.«

»Gibt es nichts, was ich tun kann?«

»Denk an ihn. Er wird es spüren.«

Jaro schloss mich in die Arme. Ich presste meine Stirn gegen seine Brust. Nach unserem klärenden Gespräch fühlte ich mich ihm wieder nah. So als hätte es die Mauer, die er zwischenzeitlich hochgezogen hatte, nie gegeben. »Kann ich zu ihm?«, fragte ich, als ich mich von ihm gelöst hatte.

»Du kannst mit mir nach Silvandor kommen, aber Radost muss allein bleiben. Der Baum arbeitet nur im Verborgenen. Morgen schauen wir, wie es ihm geht.«

»Wenn er ... wenn er stirbt, dann erfährst du es doch, oder?«

Jaro blickte auf sein Medaillon. »Natürlich. Und auch, wenn es kurz davor ist. Wir werden bei ihm sein, falls sein Zustand sich verschlechtert.«

»Bist du böse auf mich?«

Er kräuselte die Stirn. »Wieso sollte ich böse sein?«

»Weil es meine Schuld ist. Hätte er nicht nach mir gesucht ...«

»... dann wärst du jetzt nicht bei mir.« Er drückte meine Schulter. »Es war allein seine Entscheidung, dir nachzulaufen. Außerdem können wir an dem, was war, nichts ändern. Wohl aber an dem, was kommen wird. Deswegen geben wir unser Bestes, um ihn wieder gesund zu machen.«

Betrübt nickte ich.

»Hast du schon gefrühstückt?«

»Nein, aber ich habe keinen Hunger.«

»Deine letzte Mahlzeit ist ewig her. Du solltest etwas essen. Und wenn du das getan hast, folgst du mir nach Silvandor. Ich möchte dir etwas zeigen.«

Es fühlte sich komisch an, nach den Zwischenfällen wieder in Silvandor zu sein. Nicht unbedingt falsch, eher so, als wäre ich mir nicht sicher, ob ich hierhin gehörte.

Ich nahm den Weg durch den Kamin, lief an dem See vorbei, in den mich Keleb gezogen hatte und über die Felder bis zu der Blockhütte, in der Jaro auf mich wartete. Es war ein kalter Tag, der Himmel voller Unheil verkündender Wolken, und ich fror in dem Kleid, das ich trug. Meine Gedanken wanderten zu Radost, der unter dem *Baum der Welt* lag und um sein Leben bangte.

Als ich die Hütte fand, regnete es bereits. Dicke Tropfen prasselten auf mich hinab, ließen mich meinen Mantel vermissen.

Jaro saß auf der Holzbank vor der Hütte, die Beine übereinandergeschlagen, den Blick nachdenklich auf den Horizont gerichtet. Weder der Regen noch der Donner, der in der Ferne grollte, schienen ihn zu beeindrucken. Wie eine Naturgewalt saß er da, die Schultern gereckt, die Brust gespannt. Für einen Moment blieb ich stehen und versuchte aus seinem Gesichtsausdruck schlau zu werden. Es war seine geheimnisvolle Seite, die mich anzog. Ich hatte nach wie vor im Gefühl, dass es so viel an ihm zu entdecken, so viel zu ergründen gab. Gleichzeitig hatte ich Angst vor all den Dingen, die er vor mir verbarg.

Mein Fuß traf auf einen Ast, das Knacken ließ Jaro hellhörig werden. Als sein Blick auf mich fiel, entspannte sich seine Miene und er lächelte leicht. Er überbrückte die Distanz zwischen uns und nahm mich bei der Hand.

»Ein Teil von mir hatte Angst, dass du nicht kommen würdest«, gestand er mir. Regentropfen hingen in seinem Haar und nieselten auf seine Stirn. Er führte mich in die Hütte und schloss die Tür hinter uns.

Feuer flackerte im Kamin, warf aufgeregt tanzende Flammen auf die Wand. Jaro hatte Kerzen angezündet, sie auf dem Tisch, der Fensterbank und im Regal an der Wand verteilt. Während ich meine Schuhe auszog und mir notdürftig die Haare auswrang, fasste sich Jaro nervös an den Nacken.

Erst jetzt bemerkte ich das wuchtige Buch, das aufgeschlagen auf dem Tisch lag.

»Möchtest du dich setzen?« Jaro deutete auf einen der beiden Sessel, auf dem eine kuschelige Decke lag. Ich nahm Platz, breitete das Plaid über mein feuchtes Kleid und faltete die Hände auf meinem Schoß. Mit dem Buch in der Hand setzte sich Jaro auf den Sessel mir gegenüber. In seiner Mimik stand etwas Getriebenes, als hätte er es auf einmal eilig.

Wild blätterte er im Buch und wippte mit seinen Fuß-
ballen auf und ab.

»Ich möchte ehrlich mit dir sein«, sagte er schließlich.
»Ich hätte nicht gedacht, dass wir diesen Punkt erreichen
würden. Nach Lucy und Clara hatte ich jegliche Hoffnung
verloren und nur wegen Dorian noch einen Versuch gestar-
tet.« Jaro presste die Faust vor seinen Mund und atmete tief
durch. »Ich muss dir etwas sagen, Liora.«

Nichts Gutes hatte jemals mit diesen Worten begonnen.

Nicht die Krankheit meiner Mutter. Nicht Vaters Verletzung im Krieg. Nicht Mr Hughes, der mich aufgrund der
schwierigen finanziellen Lage entlassen musste.

Ich setzte mich aufrechter hin und spürte, wie sich mein
Körper anspannte.

»Ich kann es kaum glauben, dass du immer noch hier
bist. Nach all diesen Hindernissen bist du immer noch da.«
Etwas Sanftes, beinahe Zerbrechliches schlich sich in seine
Züge.

»Ich möchte dir danken, dass du geblieben bist. Vertrag
hin oder her. Das ist keine Selbstverständlichkeit.«

Jaro schlug das Buch zu, dann drehte er seinen Sessel in meine Richtung. Die Ader auf seiner Stirn pochte.
»Nichts von dem, was passiert ist, war ein Zufall. Die Dinge
sind geschehen, weil sie geschehen mussten. Zumindest der
Großteil. Es gab auch ein paar Zwischenfälle«, er verzog
den Mund, »mit denen ich nicht gerechnet habe, aber lass
mich am Anfang beginnen.«

Meine Finger zitterten. In meiner Kehle wurde es eng.
Es war beinahe, als ob mein Körper schon etwas verstanden hatte, das mein Geist noch nicht zu greifen bekam.

»Seit du meine Burg betreten hast, stehst du unter Beobachtung. Deine Reise zu mir hat mit der Unterzeichnung des Vertrags begonnen und mit der Zusicherung, dass du dein altes Leben hinter dir lässt, um ein neues mit mir zu beginnen.«

Von jetzt auf gleich änderte sich die Stimmung zwischen uns. Jaros Blick wurde strenger, seine Körperhaltung steifer. Das Kaminfeuer warf schaurige Schatten an die Wand.

»Du hast schnell erkannt, dass du nicht allein in der Burg bist. Deine erste Begegnung war mit Radost, dem Domovoi, der über mein Zuhause wacht. Du hast ihn im Kamin entdeckt und Panik bekommen. Als du hinaus in den Flur geflüchtet bist, hast du weitere Wesen gesehen und einen Eindruck von deinem zukünftigen Leben bekommen. Deine Angst hat dich aus der Burg hinausgetrieben. Da kam dir der Mann auf dem Pferd gerade recht, den du zu kennen glaubtest und dem du vertraut hast.« Jaro räusperte sich. »Du bist auf sein Pferd gestiegen und ihm in den Wald gefolgt. Das war der Moment, in dem ich mir sicher war, dass wir dich verloren hätten. Doch dann bist du umgekehrt.« Jaro drückte seine Finger durch, bis die Knochen knackten. »Ich war überrascht über diese Wendung, habe mir aber nichts weiter dabei gedacht. Denn die Prüfungen hatten gerade erst begonnen.«

»Prüfungen?«

Jaro ging nicht darauf ein. »Zu diesem Zeitpunkt kanntest du mich noch nicht, aber du hast einen Vorgeschmack auf das Leben in der Burg bekommen. Hast dich für eine Hochzeit kleiden lassen, ohne dass du wusstest, wer der Bräutigam ist. Dorian hat dich in den Wald geführt, in dem du einer schaurigen Zeremonie beiwohntest. Du hast mich getroffen, das Ritual mitgemacht und mich geheiratet.«

Wieso klang er auf einmal so distanziert? So emotionslos?

»Ich hielt nicht besonders viel von dir in den ersten Tagen. Ich hatte genau das schon zu oft erlebt. Doch mir blieb keine Wahl. Ich war dazu verdammt, das Spiel wieder und wieder zu spielen. Bis ich die Richtige treffe.« Er seufzte tief.

»Trotzdem habe ich deine Gegenwart gemieden. Was nicht bedeutet, dass ich dich aus den Augen gelassen habe.«

Ein Schauder kroch über meinen Rücken. Reflexartig sah ich zur Tür. Hatte er abgeschlossen? Die feinen Härchen auf meinem Unterarm stellten sich auf.

»Du hast Xerros im Kellergewölbe gefunden und bist in einen Kampf geraten. Als ich euch gefunden hatte, dachte ich, das sei das Ende. Nicht nur, weil Lucy auf diese Weise gestorben ist, sondern auch, weil ich mir sicher war, zu spät zu kommen. Doch das Schicksal hat mir – und dir – eine zweite Chance gegeben.« Er presste sich die Faust vor den Mund, seine Stirn kräuselte sich. »Ich war wütend auf dich, weil du mich erneut in diese Situation gebracht hast. Wütend auf deine Neugier und dass du immer für Ärger sorgen musstest. Ich hätte dich am liebsten im Wald ausgesetzt oder die Klippe hinuntergestoßen.« Er lachte böse. »Bis zum Vorfall mit der Nymphe.«

Ich rieb über die Gänsehaut, die sich auf meinen Armen ausgebreitet hatte.

»Aus unerfindlichen Gründen wusstest du, was zu tun war. Du hast die Wunden der Nymphe versorgt und dich um sie gekümmert. Hattest keine Angst vor ihr und hast instinktiv das Richtige getan.«

»Dann bin ich nach Silvandor gekommen.«

Jaro hob den Blick und nickte. »Das hat vor dir noch niemand geschafft. Niemand war auch nur annähernd so weit. Der Vorfall mit der Nymphe hat einiges für mich verändert, aber als ich dich auf einmal – *tropfnass* – in Silvandor getroffen hatte, starb der letzte Zweifel in mir. Ich weiß gar nicht, wie ich es am besten beschreiben soll: Es war fast, als ob ich dich zum ersten Mal *gesehen* habe. Wo ich vorher nur Schemen wahrgenommen hatte, stand auf einmal eine Frau vor mir. Und mir gefiel, was ich sah.« Jaro lächelte, sein Blick verhangen von gemeinsamen Erinnerungen. »Man könnte sagen, du hast mir keine Wahl gelassen, als mich in dich zu verlieben. In Silvandor hattest du direkt deine nächste Prüfung, aber auch Keleb konnte dich nicht einschüchtern. Mit Leichtigkeit hast du ihn in die Flucht geschlagen.«

»Leichtigkeit würde ich das nicht nennen«, murmelte ich in mich hinein. »Ich bekomme es heute noch mit der Angst zu tun, wenn ich an ihn denke.«

»Und doch hast du ihn überlistet.« Jaro schmunzelte. Für einen Moment verlor ich mich in seinen silbergrauen Augen, in denen all die Geheimnisse verborgen lagen, die er mir nach und nach anvertraute.

»Dann ist etwas passiert, mit dem ich nicht gerechnet hatte.« Von jetzt auf gleich verdunkelte sich seine Mimik. »Es war nicht geplant, dass du Lucy und Clara findest. Ich wollte in einem ruhigen Moment mit dir über die beiden reden, doch es war noch zu früh. Als ich dein Gesicht sah, wusste ich, dass es vorbei ist. Dass all das, was wir uns aufgebaut hatten, in sich zusammenstürzen würde. Ich kann verstehen, warum du weggelaufen bist. Wahrscheinlich hätte ich an deiner Stelle genau dasselbe gemacht.«

Ich atmete tief durch. Mein Körper war zum Zerreißen gespannt.

»Ich habe dich nicht aufgehalten. Bin dir nicht hinterhergelaufen, weil all das – diese *Sache* – auf Freiwilligkeit beruht.« Er hob die Hand, als ich den Mund öffnete. »Der Vertrag hat sichergestellt, dass du zu mir kommst, aber alles, was darüber hinaus ging, geschah auf freiwilliger Ebene. Ich kann dich schließlich nicht zwingen ...« Jaro straffte die Schultern. »Ich war mir sicher, dich verloren zu haben. War mir sicher, dass der Kreislauf von vorn beginnen würde. Die Vorstellung hat mich beinahe umgebracht. Aber nicht nur das.« Ein Lachen purzelte von seinen Lippen, gefolgt von einem Kopfschütteln, so als würde er das, was er sagte, selbst nicht glauben. »Zum ersten Mal in meinem Leben habe ich jemanden vermisst. Du hast mir wirklich gefehlt, Liora.«

Da lag nichts als Aufrichtigkeit in seinem Blick, und als er nach meiner Hand griff und sie mit seinen großen Fingern umschloss, wehrte ich mich nicht.

»Ich wusste nicht, dass Radost dir gefolgt ist. Ich wusste ja nicht mal, dass er sich überhaupt um dich sorgt. Aber der Domovoi zeigt seine wahren Gefühle nur selten. Und letztlich ... bist du zurückgekommen. Nicht wegen mir, sondern aus Liebe zu einem Wesen, vor dem du dich anfangs gefürchtet hattest.«

Jaro umschlang meine Hand fester und stand vom Sessel auf. Er kniete sich vor mir auf den Boden. »Ich bin froh, dass du wieder hier bist. Dass du mir eine zweite Chance gibst.«

Mit den Händen strich ich durch Jaros rabenschwarzes Haar, dann zog ich seinen Kopf gegen meine Brust. Seine

Nähe war elektrisierend und setzte all die Gefühle in mir frei, gegen die ich anzukämpfen versuchte, seit ich die toten Frauen gefunden und die Burg verlassen hatte.

Ich hauchte Jaro einen Kuss auf den Scheitel, spürte seine Wärme tief in meinem Bauch. Als er den Kopf von mir löste, beugte ich mich zu ihm hinab. Verschränkte meinen Blick mit seinem, bis da nichts mehr war außer uns zweien.

Vor dem Kamin lag ein weicher Teppich, der im Schein der Flammen abwechselnd rot, braun und orange wirkte.

Ich löste mich von Jaro und kniete mich vor das Feuer. »Komm her«, bat ich ihn. Mit einem hungrigen Blick gesellte er sich zu mir. Ich gab ihm zu verstehen, sich auf den Rücken zu legen. Seine Lippen waren einen Spalt weit geöffnet, seine schwarzen Haare breiteten sich wie ein Heiligenschein um ihn herum aus.

»Liora«, hauchte er, während ich über ihm thronte und seinen Hals mit quälender Langsamkeit küsste. In mir erwachte das Verlangen, der Wunsch, ihn ganz nah bei mir zu spüren.

»Ich habe dir noch nicht alles erzählt.« Seine Stimme klang erstickt.

»Das weiß ich«, antwortete ich und küsste ihn umso wilder. Natürlich wusste ich es. Das *Aber* hatte unüberhörbar in seinen Erzählungen mitgeschwungen und ich wusste, dass er mir etwas eröffnen wollte. Doch das war mir in diesem Moment egal. Mehr noch: Ich wollte es nicht wissen. Alles, was ich ersehnte, war dieser perfekte Augenblick, in dem Jaro vor dem Kaminfeuer lag und sich nach mir verzehrte.

Dieses Mal würde er mich nicht aufhalten. In Windeseile

riss ich die Knöpfe seines Hemdes auf und zog es ihm über den Kopf. Der Anblick seiner Marmorhaut, seine muskulöse Brust machte mich schwach. Wärme breitete sich zwischen meinen Schenkeln aus. Ich wollte ihn endlich spüren.

»Liora.« Mein Name war ein Stöhnen auf seinen Lippen, eine Bitte um Erlösung. Hektisch zog er sich die Hose von den Beinen und lag nur in Unterhose bekleidet vor mir.

»Du bist so schön«, hauchte er an meinen Lippen. »Schon bei unserer ersten Begegnung fand ich dich zum Sterben schön.«

Gänsehaut breitete sich auf meinem ganzen Körper aus. Jaro zog mich zu sich heran, sodass ich auf seine Brust sank. Seine Finger lösten die Bänder meines Kleides, aber es ging mir nicht schnell genug. Ein tiefes Verlangen erwachte in mir, meine Küsse wurden fordernder, drängender. Als sich meine Korsage endlich lockerte, konnte ich sie mir abstreifen und aus dem Unterrock schlüpfen.

Ich trug nur noch mein weißes Höschen aus Spitze. Doch als Jaro mich ansah, kam ich mir alles anderes als nackt vor. Im Gegenteil: Ich fühlte mich geliebt.

Besitzergreifend schlang er seine Arme um meinen Körper, drückte mich so fest an sich heran, dass ich zum ersten Mal wirklich das Gefühl hatte, dass da nichts mehr zwischen uns passte, weder physisch noch emotional. Sein Herz hämmerte an meiner Brust, ich spürte seinen wohligwarmen Körper und hörte sein Knurren an meinem Ohr. Jaro umschloss mich ganz – und irgendwo auf dem Weg zwischen Suchen und Finden wurden wir eins. Er wirbelte mich auf dem Teppich herum, sodass ich unter ihm lag.

Triumphierend baute er sich auf mir auf, das Grinsen auf seinen Lippen war hinreißend schön. Ich hatte ihn als verschlossenen, wütenden Mann kennengelernt, und ihn befreit lachen zu sehen, machte etwas mit mir.

Seine Zähne vergruben sich in die empfindliche Stelle unterhalb meines Kinns. Ein Prickeln lief durch meinen Körper. Wimmernd krallte ich mich an Jaro, mein Atem ging schwer und angestrengt. Für einen Moment schloss ich die Augen, aber ich wollte nichts verpassen. Wollte ihn sehen, wie er *mich* sah. Und dabei sein, wenn er die Kontrolle verlor.

Im Zeitlupentempo streifte sich Jaro die Unterhose von den Beinen. Drängte mich gegen ihn. Ich rang nach Luft, während mir die Hitze in die Wangen schoss. Mir wurde abwechselnd heiß und kalt, als er mir mein Höschen über die Oberschenkel schob und achtlos neben sich auf den Boden fallen ließ.

Zum ersten Mal sahen wir uns ganz. Nackt und roh, offenbart und echt. Jetzt konnten wir nichts mehr voreinander verstecken, jetzt lag alles an der Oberfläche. Die schönen Dinge, das Glück, die Freude und die Euphorie. Aber auch der ganze Schmerz, den man sonst hinter hochgezogenen Mauern verbarg.

»Ich liebe dich«, flüsterte Jaro, und in dem Moment, in dem er es sagte, wurde mir bewusst, wie sehr ich es hatte hören müssen. Wie sehr ich mich danach verzehrte, von ihm geliebt zu werden.

KAPITEL 24

GLANZ UND GEFÄLLE

Eng umschlungen blieben Jaro und ich vor dem Kamin liegen, bis die Dunkelheit sich über Silvandor senkte. In der Hütte war es angenehm warm, auch dann, als das Feuer längst nicht mehr brannte. Jaros Körper glühte, und ich presste mich so dicht an ihn heran, dass seine Hitze auf mich überging.

Immer wieder küssten wir uns, tauschten Zärtlichkeiten aus und flüsterten uns kleine Geheimnisse ins Ohr. Ich fühlte mich wie im Delirium, beinahe so, als wäre das, was ich erlebte, nicht real. Es war zu schön. Zu perfekt.

Und als nur noch die Kerzen ein wenig Licht in der Finsternis spendeten, kehrten die Gewitterwolken auf Jaros Gesicht zurück. Da erinnerte ich mich daran, dass seine Geschichte noch nicht zu Ende war.

Sanft schob er mich von sich und sammelte seine Kleidung ein. Wieder angezogen, warf er einen prüfenden Blick auf das Medaillon.

Sein Haar hing ihm verschwitzt ins Gesicht, seine Lippen waren geschwollen. Als er sich auf den Sessel setzte und nachdenklich zu mir hinuntersah, wusste ich nicht, was ich dachte. Nur, dass ich mir auf einmal *nackt* vorkam.

Schweren Herzens verließ ich unser warmes Nest vor dem Kamin und zog mich an, auch wenn ich das Korsett nur nachlässig festband. Meine Haare waren ein einziges Durcheinander, weswegen ich sie zu einem Zopf flocht und mit einem der Bänder aus meinem Kleid fixierte. Als ich mich auf den anderen Sessel setzte, suchte ich Jaros Blick, in der Hoffnung auf Bestätigung, dass zwischen uns alles gut war, doch er sah mich nicht an. Nachdenklich hatte er die Finger vor den Mund gelegt.

Eine schier endlose Weile wartete ich darauf, dass er etwas sagte. Schließlich seufzte er. »Ich habe mir keine Frau gesucht, weil ich einsam war«, begann er. »Ich hatte nie vor, zu heiraten. So etwas wie eine Ehe gibt es in meiner Welt nicht einmal. Das Ritual war lediglich eine Farce, um dir vorzuspielen, dass wir zusammengehören.«

»Was?«

»Ich habe dich geheiratet. Aber es bedeutet nichts. Es tut nichts zur Sache, war lediglich ein Mittel zum Zweck.«

»Jaro, was redest du da?«

»Dennoch ist alles anders gekommen ... ich ... Ich hatte nie vor, mich zu verlieben. Ich hatte es nicht mal als Möglichkeit in Betracht gezogen. Es ... ist einfach passiert.«

»Ich habe keine Ahnung, wovon du redest.«

Aber es macht mir Angst.

»Ich bereue es nicht. Dass du jetzt bei mir bist, ist das größte Geschenk meines Lebens. Ich ...« Verlegen biss er sich auf die Unterlippe. »Du hast mir gezeigt, dass es mehr im Leben gibt. Und dafür bin ich dir sehr dankbar.«

Meine Finger krallten sich um die Decke, die ich mir über den frierenden Körper gelegt hatte.

»Diese ganze Sache – Dorian, der in Kryndon auf Frauensuche geht, all die Schwierigkeiten, die Prüfungen in der Burg, der Eingang nach Silvandor, die Begegnungen mit den Wesen – das war nicht dafür gedacht, um eine Frau zu bekommen, mit der ich den Rest meines Lebens verbringen kann. Sondern um eine neue Hüterin zu finden.«

Seine Worte schwebten zwischen uns.

»Kein Hüter herrscht ewig. Genauso wie nichts im Leben für immer ist, hat auch meine Zeit ein Ende. Fast dreihundert Jahre habe ich über Silvandor gewacht und mich um seine Wesen gekümmert. Aber es ist an der Zeit, mein Amt abzulegen und es jemand Neuem zu übergeben.«

Ich schluckte. »Jaro, das ...«

Er hob die Hand. »Lass mich zu Ende erzählen. Wir Hüter sind alle einem Kreislauf unterworfen, aus dem es kein Entkommen gibt. Es ist ein Zirkel, der sich dauerhaft wiederholt. Ich selbst stelle nur eine kleine Figur im großen Gefüge dar. Als mich damals Mindra aus dem Waisenhaus abgeholt hat, hatte sie bereits viele Jahre über Silvandor geherrscht und war schon eine Weile auf der Suche nach einem würdigen Nachfolger. Wenn eine Frau an der Macht ist, muss als Nächstes ein Mann kommen und umgekehrt. Jahrelang streifte sie durch die Länder, denn diese Freiheit hatte sie noch. Meine Burg und das Gesetz, dass der Hüter sie nicht verlassen darf, sind sehr viel später gekommen. Mindra suchte nach einem Nachfolger. Es war mehr Zufall, dass sie das Waisenhaus fand. Sie hatte sich verirrt und wollte nach dem Weg fragen, als sie auf die Kinder aufmerksam wurde, die auf dem Hof des Heims spielten. Als sie mich sah, wie ich abseits der anderen stand und eine Burg aus Erde und Schlamm baute, wusste sie instinktiv, dass ich der Richtige bin. Dass ich der nächste Hüter sein soll, auch wenn ich viel zu jung und unbedarft war. Sie hatte nach einem erwachsenen Mann Ausschau gehalten, nicht nach einem elfjährigen Jungen.« Die Erinnerung ließ Jaro seufzen. »Aber da sie sich so sicher war, hat sie mich adoptiert. Damals ging so etwas leichter als heute. Die Vorsteher waren erleichtert, ein Maul weniger füttern zu müssen. Mindra hat mich also mitgenommen und mir alles Wichtige beigebracht. Auch ich musste einige Prüfungen bestehen, aber mit ihrer Hilfe gelang es mir, meinen Weg zu finden.« Er atmete tief durch. »Ich wurde lange auf meine Aufgabe vorbereitet, weitaus länger, als ich dich vorbereiten kann. Ich war ein elfjähriger Junge ohne Perspektive und Chance auf eine Zukunft. Mindra hat mir alles gegeben, was ich gebraucht habe. Mit Stolz habe ich meine Aufgabe angenommen und bereue es bis heute nicht. Sobald dir das Amt des Hüters zuteilwird, veränderst du dich. Du erlangst Fähigkeiten, die je nach Hüter variieren, und wirst von den Wesen in Silvandor ganz natürlich als Autorität akzeptiert. In Kryndon haltet ihr mich für einen der grässlichen Zauberer, die die Menschheit im Krieg versklavt haben, aber das bin ich nicht. Ich bin als Mensch geboren, habe mir über die Jahre Fähigkeiten angeeignet, ehe ich zum Hüter wurde.« Er senkte den Blick auf seine verschränkten Hände. »Nicht jeder eignet sich für diese Rolle, weswegen sich meine Suche schwierig gestaltet hat. Niemand darf zum Amt gezwungen werden, es muss aus freiem Willen angenommen werden. Die Prüfungen zeigen, dass man es wert ist, über Silvandor zu wachen. Wer versagt, erweist sich als unwürdig. Clara und Lucy haben versagt, und meine Hoffnung, dass es beim dritten Mal funktionieren könnte, war klein. Aber du ... hast alle Prüfungen bestanden.«

Als er mich jetzt ansah, lag etwas Feierliches in seinem Blick. Unruhig rutschte ich auf dem Sessel hin und her. Wusste nicht, was ich sagen, fühlen oder denken sollte.

»Meine Herrschaft als Hüter ist irgendwann vorbei. Das ist vollkommen normal, auch Mindra konnte nicht ewig über die Wesen wachen. Wenn ich keinen Nachfolger finde, bis meine Zeit vorbei ist, stirbt das Land.«

»Was?« Mir klappte die Kinnlade herunter.

»So sind die Regeln. Ich kann nichts dagegen tun.«

»Aber ...«

Jaro hob beschwichtigend die Hände. »Noch bleibt mir Zeit.«

»Wie viel Zeit?«

Bedauernd schüttelte er den Kopf. »Das weiß ich nicht. Den Tag kennt niemand, aber wir werden Zeichen bekommen. Als ich wusste, dass ich mich auf die Suche nach einer Nachfolgerin begeben muss, hat es drei Tage lang in Silvandor schwarzes Wasser geregnet.«

»Ich ...«

»Du musst nichts sagen. Uns bleibt noch Zeit. Du sollst nur wissen, dass ich dir diese Aufgabe voll und ganz zutraue. Dein großes Herz, dein Mut, deine Furchtlosigkeit, die Art und Weise, wie du den Wesen begegnest, all das sind Gründe, die für dich sprechen.«

»Ich soll die neue Hüterin werden?«.

Jaro nickte. »Das hört sich im ersten Moment groß an, aber ...«

»Nicht nur im ersten Moment«, unterbrach ich ihn. »Dieses Land ist verdammt riesig und mir kommt es vor, als kenne ich gerade mal einen Bruchteil.«

»Weil du noch nicht lange hier bist. Ich werde dir alles zeigen und erklären.«

Ich fühlte mich in die Enge getrieben. Wusste nicht, wie ich mit der Situation umgehen sollte. Meine Kehle schnürte sich zu, die Wände der Blockhütte schienen näher an mich heranzurücken. Ich rang nach Atem, dann stieß ich die Decke von mir und sprang vom Sessel. »Ich muss hier raus.« Ich schnappte mir Jaros Mantel und schlüpfte in die immer noch feuchten Stiefel, ehe ich aus der Hütte rannte.

Die Nachtluft legte sich beruhigend auf mein erhitztes Gemüt. Ich schloss die Augen, versuchte mich zu erden. Kurz darauf stand Jaro neben mir.

»Es tut mir leid, dass ich dich so überfallen habe. Aber den perfekten Moment für so eine Nachricht gibt es nicht.« Bedauern lag in seiner Stimme.

»Wie viel Zeit habe ich, um es mir zu überlegen?«

»So viel, wie du brauchst. Und wenn du Fragen hast, komm jederzeit zu mir – oder zu Dorian. Er ist mit den Prozessen vertraut. Und eins darfst du nicht vergessen.« Jaro streichelte meine Arme. »Du bist nicht allein. Ich bin die ganze Zeit bei dir. Und niemand kann dich zwingen.«

Das machte es nur geringfügig besser. Mir kam es vor, als hätte Jaro mir eine riesige Verantwortung auf die Schultern gelegt. »Ich schaff das nicht«, flüsterte ich so leise vor mich hin, dass er es nicht hören konnte.

»Möchtest du allein sein?«

Ich schüttelte den Kopf, dann nickte ich. Vielleicht war es besser so.

»Willst du in die Burg zurück?«

Ich warf einen Blick gen Himmel. Die Nacht war lau und sternenklar. »Ich würde gern hierbleiben, wenn das in Ordnung ist. Du kannst mich morgen früh wieder abholen.«

Jaro bedachte mich mit einem langen Blick, dann nickte er. Er hauchte mir einen Kuss auf die Stirn und zog mich an sich heran. »Ich liebe dich, Liora. Du bist das Beste, was mir in diesem langen Leben passiert ist.«

Tränen stiegen mir in die Augen, aber ich weinte erst, als Jaro den Hügel hinuntergelaufen und im Dickicht der Wälder verschwunden war. Dann sank ich auf den Boden und zog die Beine ans Gesicht.

Ich – die neue Hüterin von Silvandor?

Mir fielen tausend Gründe ein, wieso das nicht funktionieren konnte. In Kryndon war ich nicht einmal in der Lage gewesen, meine Familie zu ernähren, wie sollte ich es da schaffen, für ein ganzes Land zu sorgen? Wie sollte ich den Überblick behalten? Wie allen gerecht werden?

Jaro glaubte an mich. Hielt mich für fähig. Aber wie gut kannte er mich wirklich?

Ich suchte Zuflucht in einer Höhle nicht weit der Wiesen, auf denen Jaro und ich die Florifeen gefangen hatten. Je später es wurde, desto erbarmungsloser legte sich die Kälte auf mich und ließ mich frieren. Obwohl ich erschöpft war, fand ich keinen Schlaf.

Deswegen krabbelte ich bis an den Rand der Höhle und betrachtete den Himmel über mir. In Kryndon hatten sich die Sterne kaum gezeigt, in Silvandor schienen sie ein fester Bestandteil der Natur zu sein. Seufzend legte ich den Kopf in den Nacken und atmete tief durch. Vielleicht merkte ich deswegen nicht, dass sich jemand neben mich setzte. Erst als ich Askas Stimme hörte, wurde ich auf sie aufmerksam.

Ihre roten Augen schimmerten in der Nacht nur schwach.

»Was machst du hier?«, fragte ich sie. »Hat Jaro dich geschickt?« Aska hatte mir mal erzählt, dass sie die Burg nur in Notfällen verließ, weil sie sich in Silvandor nie so heimisch gefühlt hatte wie die anderen ihrer Art.

Jaro ist ohne dich zurückgekommen. Er wirkte aufgelöst und ich wusste, dass etwas vorgefallen ist.

»Und deswegen hast du mich gesucht?« Ihre Fürsorge machte mein Herz ganz schwer. »Du musst dich nicht um mich sorgen, mir geht es gut.« Ich zog die Beine an den Körper und bettete mein Kinn darauf.

Ist es so weit? Hat Jaro dir das letzte Geheimnis verraten?

Askas Augen weiteten sich, als ich nickte. Dass sie mein Schicksal kannte, wunderte mich nicht. Wahrscheinlich wusste die ganze Burg davon und hatte Claras, Lucys und meine Entwicklung gespannt verfolgt.

»Er hat mir Zeit gegeben, um darüber nachzudenken.«

Aska rutschte näher an mich heran. Staubpartikel tanzten in der Luft und machten das Aschemädchen beinahe greifbar für mich. *Was hält dich auf?*

»Was mich aufhält?« Ich lachte. »Alles. Ich fühle mich, als würde eine riesige Katastrophe auf mich zukommen und ich kann nichts tun, um sie zu stoppen. Als würde Jaro den Untergang Silvandors besiegeln, wenn er die Zukunft des Landes in meine Hände legt.«

Wieso denkst du so? Ich habe dich ganz anders wahrgenommen.

»Das liegt daran, dass du mich erst seit Kurzem kennst. Ich bin seit ein paar Wochen auf der Burg. Von allem, was davor war, hast du keine Ahnung.«

Aber spielt es denn eine Rolle? Das, was davor war? Ist das Jetzt nicht viel wichtiger?

Seufzend schüttelte ich den Kopf. Der Nachtwind hatte meine Finger klamm, meine Lippen taub gemacht. »So einfach ist das nicht. Man sollte mir keine Verantwortung geben. Zumindest keine so große. Ich habe es nicht mal geschafft, auf meine Familie aufzupassen. Meine kleine Schwester ist gestorben, weil ich einen Moment unachtsam war ...« Ertappt hielt ich inne, aber es fühlte sich nicht falsch an, mit Aska über Maylea zu reden. »Ich habe meine Geschwister fast verhungern lassen, weil es keine Nahrung gab und ...«

Etwas strich über meine Finger, so abrupt und plötzlich, dass ich zusammenzuckte. War das Aska gewesen? Hatte sie überhaupt eine Hand?

All diese Dinge waren den Umständen geschuldet. Du wurdest in Situationen hineinbefördert, die du nicht kontrollieren konntest und musstest handeln. In Silvandor ist es anders. Dem Land geht es gut. Du musst es nicht retten, es ist stabil und gesund. Du musst dich lediglich darum kümmern, dass es überdauert. Außerdem wird Jaro an deiner Seite sein, wenn du Fragen hast. Du bist nicht allein.

Ich schnaubte. »Manchmal kommt es mir vor, als würde ich nur für Unordnung sorgen. Als würde ich alles ruinieren, was ich anfasse.«

Aska huschte um mich herum. Ihr rotes Augenpaar erschien vor mir. *Wer hat dir das eingeredet? Ich wette, das warst du selbst.*

Ich öffnete den Mund zu einer Erwiderung, aber sie kam mir zuvor.

Du solltest nicht alles glauben, was du über dich denkst. Man glaubt vielleicht, dass man sich selbst am besten kennt, aber die Wesen, die einen umgeben, wissen manchmal mehr. Vielleicht habe ich nur einen Außenblick auf dich, aber ich sehe so viel Stärke in dir.

»Und das sagst du nicht nur, weil du Angst hast, zu sterben?«

Aschemädchen fürchten weder Tod noch Leben. Und ich sage immer die Wahrheit.

Ich streckte die Hand nach ihr aus, versuchte Konturen nachzufahren, die ich nicht zu greifen bekam. »Danke dir«, flüsterte ich. »Du bist mir eine wahre Freundin geworden.«

Aska blinzelte zweimal hintereinander, dann sah ich, dass sich Tränen in ihre roten Augen geschlichen hatten.

Du glaubst vielleicht, dass du zu schwach bist und es nicht schaffst. Aber genau diese Demut brauchen wir. Ich habe die Frauen vor dir gesehen und ich weiß, auf welche Fähigkeiten es ankommt. Du bringst alles mit, was du brauchst. Das Einzige, was fehlt, ist dein Ja.

»Ich kann das unmöglich jetzt entscheiden«, murmelte ich.

Das musst du auch nicht. Aber bevor ich dich jetzt wieder allein lasse, möchte ich dir eine letzte Frage stellen. Aska machte eine theatralische Pause, über die ich grinsen musste, weil sie so *menschlich* war.

Wenn du alles, was dich zurückhält, ausblendest – all die Eventualitäten, all die Dinge, die vielleicht schiefgehen könnten, und die Herausforderungen, die auf dich zukommen: Hättest du Lust, die neue Hüterin zu werden?

KAPITEL 25

ERDBEEREN UND GOLD

Sonnenlicht kitzelte meine Nasenspitze und ließ mich die Augen öffnen. Müde blinzelte ich gegen den Schein an und streckte mich ausgiebig. Mein Rücken tat von der unbequemen Schlafposition in der Höhle weh, davon abgesehen fühlte ich mich ausgeruht.

Vom gestrigen Regen war nichts mehr zu sehen: Die ganze Weite Silvandors lag verheißungsvoll vor mir, das Sonnenlicht glitzerte auf Feldern und Wiesen.

Ich krabbelte aus der Höhle und schnürte meine Stiefel neu. Dann schlüpfte ich in den Mantel, der mir als Decke gedient hatte. An einer Quelle wusch ich mir das Gesicht und pflückte ein paar Blaubeeren von einem Strauch. Eine Libelle ließ sich vor mir auf einem Farn nieder. Ich betrachtete ihren dunkelgrünen Körper und die dünnen Flügel, die im Licht der Morgensonne verheißungsvoll glitzerten. Neugierig beugte ich mich zu ihr hinab, streckte den Finger nach ihr aus, sodass sie auf meine Hand schweben konnte, doch sie flog davon.

Ich wandte mich von der Quelle ab und ließ den Blick über das Mohnblumenfeld schweifen, das vor mir lag. Auf den ersten Blick wirkte es verlassen, beinahe verwaist. Wäre da nicht die hochgewachsene Gestalt, die sich in meine Richtung bewegte.

Meinen Blick gegen die Sonne abschirmend erkannte ich Jaro erst, als er nur noch ein paar Meter von mir entfernt war. Er trug ein lockeres, beigefarbenes Hemd, das freie Sicht auf seine feinen Brusthaare bot und eine schwarze Hose, die auf Kniehöhe dunkle Ränder – vielleicht Grasflecken – aufwies. Sein Haar hatte er zu einem unordentlichen Dutt auf dem Hinterkopf aufgetürmt.

Er sah so mühelos schön aus, dass ich eifersüchtig geworden wäre, wenn er nicht ohnehin zu mir gehört hätte.

Mit schnellen Schritten überbrückte ich die Distanz zwischen uns. Ich wollte Jaro in den Arm nehmen, da fiel mein Blick auf das Wesen in seinen Händen.

Ein Stein in der Größe eines Felsbrockens fiel von meinem Herzen.

»Radost!« Ich sank auf die Knie, um mit dem Domovoi auf einer Höhe zu sein. Seine Haut hatte wieder einen gesünderen Farbton, und dem grimmigen Ausdruck auf seinem Gesicht entnahm ich, dass er fast schon wieder der Alte war.

Ich war machtlos gegen die Tränen, die meine Wange hinabliefen. Mit der Hand berührte ich seinen haarigen Fuß, den er mir sofort entzog.

»Fass mich nicht an!«, grummelte er und versteckte sein hässliches Gesicht hinter seinen Armen.

Ich grinste, während die Erleichterung mich wie eine

Welle flutete. Erst dann wandte ich mich Jaro zu. »Er ist wieder in Ordnung?«

»Das nicht. Aber er ist über den Berg. Wir haben großes Glück. Der *Baum der Welt* hat ihm einen Teil seiner Kräfte wiedergegeben.«

»Was können wir tun, damit es ihm besser geht?«

»Radost braucht Sonne. Als Domovoi hat er Jahre im staubigen Kamin verbracht und nicht das kleinste bisschen Tageslicht gesehen.«

»Und ... du lachst, weil ...?«

»Weil Radost nichts so sehr hasst wie die Sonne und die ganze Zeit am Schimpfen ist.«

Der Domovoi gab ein zustimmendes Brummen von sich. Seine kleinen Finger krallten sich in Jaros Hemd. Er wich meinem Blick stur aus.

»Kann ich das machen? Ihn durch Silvandor tragen?«

»Auf keinen Fall«, protestierte Radost.

»Gute Idee. Ich muss sowieso noch nach den Damlingen schauen, da hat es heute Nacht einen Kampf gegeben.« Grinsend streckte Jaro mir den Domovoi entgegen. Aus Radosts Augen schossen Blitze.

»Ich bin ganz vorsichtig, versprochen«, sagte ich, während ich meine Arme um seine faltige Haut schlang. Ein strenger Geruch umgab ihn.

»Hast du gerade an mir gerochen?« Seine kleinen Hände ballten sich zu Fäusten, allerdings nur kurz, weil er im Begriff war, das Gleichgewicht zu verlieren. Mürrisch hielt er sich an meinem Mantel fest.

»Was genau muss ich tun?«, fragte ich Jaro.

»Trag ihn ein bisschen herum. Geht dahin, wo die Sonne ist, aber übertreib es nicht. Ich glaube zwar nicht, dass ein

Domovoi Sonnenbrand bekommen kann, aber wir müssen es ja nicht darauf ankommen lassen.«

Eifrig nickte ich und hob Radost leicht an, sodass ich ihn besser tragen konnte. Aus Erfahrung wusste ich, dass er mehr wog, als man vermutete – spätestens in einer Stunde würde mir sein Gewicht zu schaffen machen. Doch gerade war ich nur froh, dass es ihm den Umständen entsprechend gut ging und er das Schlimmste hinter sich hatte.

»Geht es dir gut?«, fragte Jaro mich, woraufhin ich nickte.

»Wir reden später.« Er hauchte mir einen Kuss auf die Stirn und drückte meine Schulter. »Hast du Hunger?«

»Jaaaaaa!«, schrie der Domovoi an meiner Stelle und strampelte wie ein Baby in meinen Armen.

»Gibt es hier irgendwo Fuchsköpfe?«

»*Fuchsköpfe*?« Jaro sah mich an, als hätte ich den Verstand verloren. »Da kennst du das Land besser als ich. Ich kann vorerst nur mit Erdbeeren dienen.«

»Ich hasse Erdbeeren«, schimpfte Radost und streckte Jaro die Zunge raus. Ich kicherte.

»Na gut, dann keine Erdbeeren für den Domovoi. Wie sieht's mit dir aus, Liora?«

»Ich habe seit Jahren keine mehr gegessen.« Sosehr ich mir den Kopf auch zermarterte, ich konnte mich nicht an ihren Geschmack erinnern.

»Dann wird es höchste Zeit.« Jaro erklärte mir den Weg zu einem Erdbeerfeld. Als ich mit Radost in Richtung des Waldes verschwand, spürte ich seinen Blick in meinem Rücken.

An diesem Vormittag lernte ich eine wichtige Lektion: Wenn ein Domovoi sagte, dass ihm etwas nicht schmeckte, bedeutete das nicht, dass er es nicht aß.

Wie ein Verhungernder stopfte Radost reife und unreife Erdbeeren in seinen Mund, leckte sich die Finger ab und rülpste genüsslich.

Das Feld, von dem wir die Früchte nahmen, war gigantisch – Radosts Gier allerdings noch größer, was dazu führte, dass er mir die Erdbeeren aus der Hand riss, bevor ich sie selbst probieren konnte.

»Das hast du davon«, gluckste er jedes Mal und freute sich über meinen enttäuschten Gesichtsausdruck, wenn wieder eine Frucht in seinem Maul verschwand. »So was Widerliches habe ich noch nie gegessen.«

»Dafür isst du aber verdächtig viel.«

Böse knurrte er mich an, aber ich wusste mittlerweile, wann ich ihn ernst nehmen musste und wann nicht. Und weil er mir langsam zu frech wurde, zahlte ich es ihm mit gleicher Münze heim. Kaum hatten seine grauen Finger eine Erdbeere von der Pflanze gerissen, schnappte ich sie mir und schob sie genüsslich in meinen Mund. Radost riss die Augen auf, seine langen Arme schwangen in der Luft. Er ballte seine Faust und ließ sie auf mein Gesicht krachen. Überrascht blickte ich ihn an – der Schlag hatte nicht wehgetan, war nur unerwartet gekommen.

»Ha, ha, ha!« Mit dem Zeigefinger deutete er auf mich und hielt sich den Bauch vor Lachen. »Damit hast du nicht gerechnet.« Mein verblüffter Gesichtsausdruck schien ihm eine solche Freude zu bereiten, dass er sich auf dem Erdbeerfeld von links nach rechts kugelte. Amüsiert beobachtete ich, wie er sich über mich lustig machte. Erst als er wieder Herr seiner selbst war, sagte ich: »Ich habe mich noch gar nicht bei dir bedankt, Radost. Du bist der Grund, warum ich wieder hier bin und das weiß ich zu schätzen. Also … danke.«

Der Domovoi lief rot an und senkte schnell den Blick. Verlegen riss er Erdbeerpflanzen aus dem Feld und grummelte.

»Du hast dein Leben für mich riskiert. Das … werde ich nie wiedergutmachen können.«

»Vor allem, weil ich ja mittlerweile weiß, dass du deine Versprechen nicht hältst.« Sein ausgestreckter Zeigefinger traf meine Brust.

»Wo soll ich denn hier bitte einen Fuchskopf herbekommen?« Ich hob die Arme.

»Das hättest du dir überlegen sollen, bevor du mir einen versprichst.«

Ich schnaubte. Das würde er mir bis ans Ende meines Lebens nachtragen. »Tut mir leid, ich werde in Zukunft darauf achten, was ich verspreche.«

Der Domovoi grummelte etwas vor sich hin, ehe er eine gesamte Erdbeerpflanze verspeiste. Mir war schleierhaft, wie er immer noch hungrig sein konnte – aber vielleicht war er das auch gar nicht und aß nur aus Langeweile. Nachdenklich beobachtete ich ihn. Die Sonne schien mit voller Kraft auf uns herunter – und schien die Lebensgeister des Domovois zu beleben.

»Wieso bist du mir in den Wald gefolgt? Damit hast du dein Leben riskiert.«

Der Domovoi hielt im Kauen inne und wischte sich den

Erdbeersaft vom Mund. Dann zog er lediglich die Schultern hoch.

»Ich muss es wissen. Jaro ... er hat mich vor eine schwere Entscheidung gestellt und ...«

»Schwere Entscheidung? Du musst doch gar nichts machen. Hast doch alle Prüfungen bestanden, oder nicht?«

»Das meine ich nicht.« Ich streckte die Beine aus und richtete den Blick in die Ferne. »Ich hatte nie das Gefühl, dass du mich sonderlich magst – und wenn ich ehrlich bin, glaube ich das auch jetzt nicht. Trotzdem bist du mir nachgelaufen. Wieso?«

Der Domovoi seufzte tief. Seinem Gesicht entnahm ich, dass er keine Lust hatte, darüber zu sprechen. »Manchmal muss man sein Leben riskieren, um etwas Wichtigeres zu retten«, sagte er schließlich. »Können wir weitergehen? Ich hasse Erdbeeren.«

Ehe ich protestieren konnte, war Radost schon auf meinen Schoß geklettert und hatte seine Hände um den Mantel geschlungen. Eine Weile sah ich auf ihn hinab, dann nickte ich und hielt ihn mit beiden Armen fest, damit er nicht fiel. Gemeinsam mit ihm stand ich auf und lief über das Erdbeerfeld, immer der Sonne nach. Schon nach ein paar Minuten hatte Radost die Augen geschlossen und kurz darauf hörte ich sein gleichmäßiges Schnarchen.

Meine Gedanken glitten zu Kaida, die außer Rand und Band sein würde, wenn sie mich hier mit dem Domovoi sehen könnte. Nicht nur die Tatsache, dass es Wesen wie ihn gab und Kryndon nur einen winzigen Teil der Welt darstellte, sondern auch, weil es mir scheinbar nichts ausmachte, diese Wahrheit anzunehmen und für jene Gestalt zu sorgen.

In diesem Augenblick wurden mir zwei Dinge bewusst: Erstens, ich vermisste Kaida mehr, als ich mir bisher eingestanden hatte. Zweitens, mein neues Leben fühlte sich mittlerweile vollkommen normal für mich an. Die Jahre, die ich in Kryndon verbracht hatte, verblassten allmählich. Ich wusste nicht, ob das ein gutes oder schlechtes Zeichen war.

Während ich über eine Wiese lief, auf der die Kirschbäume blühten, realisierte ich, dass es mir hier eigentlich ziemlich gut gefiel. Dass ich mir nicht wie ein Fremdkörper vorkam, sondern wie ein Teil des Ganzen.

Vielleicht verlangte Jaro gar nichts Unmögliches von mir. Vielleicht musste ich einfach mutig sein.

Und auch wenn mich die Aufgabe weiterhin überforderte, war ich nicht allein.

Jaro würde nicht von meiner Seite weichen.

Zu Hause.

Ich konnte nicht sagen, woher der Gedanke so plötzlich kam, aber als ich Silvandor verlassen hatte und wieder in der Burg ankam, war das Gefühl von *zu Hause* auf einmal da. Bisher hatte ich die Burg allenfalls als die Zwischenstation einer Reise beurteilt, deren Ende ich nicht kannte. Mittlerweile war sie mehr.

Ich genoss es, durch die vertrauten Gänge zu streifen, neue Wasserwesen im Aquarium zu beobachten und in der Bibliothek über all die Gestalten zu lesen, die mir in Silvandor bisher noch nicht begegnet waren. Ich genoss es, mit Dorian, der gerade einen Stapel Briefe sortierte, zu reden und mich schließlich in Jaros und meine Kammer zurückzuziehen. All das fühlte sich vertraut, richtig an.

Ich hatte mein Herz an einem Ort verloren, der einst Furcht und Schrecken in mir ausgelöst hatte. Doch ich fühlte mich nicht mehr ängstlich, stattdessen war ich begierig darauf, mehr zu lernen, mehr zu erfahren, mein Wissen zu erweitern.

»Da ist ein Brief für dich gekommen.« Dorian riss mich aus meinen Gedanken. Mit einem schwarzen Umschlag wedelte er vor meinem Gesicht herum, auf dem mittig mein Name stand.

All die warmen Gefühle, die ich bis eben noch empfunden hatte, verschwanden mit einem Schlag.

»Woher sind diese Briefe, Dorian?«, fragte ich ihn das, was er mir beim ersten Mal nicht hatte beantworten können.

»Nun, wenn du das selbst nicht weißt, kann ich dir das sicher nicht sagen.« Dennoch machte er der Eindruck, als wüsste er mehr als ich.

»Aber ... du musst sie doch irgendwoher bekommen. Bringt sie ein Bote? Eine Kutsche? Wer ist der Absender?«

Dorian verstand, dass ich ihm den Brief nicht abnehmen würde, und legte ihn neben dem Aquarium ab. »In meinem ganzen Leben hier hat noch kein Bote einen schwarzen Brief gebracht«, sagte er schließlich.

Ich hob die Augenbrauen. »Was hat die Farbe damit zu tun?«

Er sah mich an, als würde ich etwas Offensichtliches nicht verstehen. Dann räusperte er sich. »Es tut mir leid, Liora. Ich vergesse immer wieder, wie wenig ihr über

Magie wisst. Und dass man euch auch nicht immer die Wahrheit sagt.«

Ich legte den Kopf schief, dann trat Dorian näher an mich heran. »Schwarze Briefe kommen ausnahmslos aus der Vergangenheit. Von einem Adressaten, der vielleicht kein Teil dieser Welt mehr ist, uns aber noch etwas mitteilen möchte.«

»Aus der Vergangenheit?« Verblüfft starrte ich den Umschlag an. »Aber wie ist das möglich?«

»Es scheint mit deiner Gabe zusammenzuhängen.«

»Meiner Gabe? Ich bin ein gewöhnlicher Mensch, selbst meine Eltern hatten keine magischen Fähigkeiten und ich ...«

Dorian schüttelte den Kopf. »Nur, weil du mit diesem Wissen aufgewachsen bist, bedeutet es nicht, dass es zwangsläufig der Wahrheit entspricht. Schon bei unserer Begegnung auf dem Marktplatz wusste ich, dass eine besondere Art der Macht durch deine Adern fließt, die du nur noch nicht entdeckt hast.«

»Ich ... verstehe nicht recht.«

Dorian schlang seine blauen Finger um meine und drückte meine Hand. »Ich habe mit Nachrichten aus der Vergangenheit noch nicht viele Erfahrungen gemacht, aber eins weiß ich: Man sollte sie nicht ignorieren.«

Mit hundert Fragezeichen im Kopf ließ er mich allein. Ich schaute seiner Gestalt hinterher, die im Korridor verschwand, ehe ich mich dem schwarzen Umschlag zuwandte, vor dem ich mich jetzt noch mehr fürchtete. Alles in mir sträubte sich dagegen, das Siegel zu brechen. Ich tat es dennoch. Mit feuchten Händen zog ich das Papier heraus und begann zu lesen.

Meine geliebte Liora,

ich hoffe, dieser Brief erreicht dich rechtzeitig. Ich bin heute Morgen mit dem drängenden Wunsch aufgewacht, dir etwas mitzuteilen. Ich weiß nicht, an welchem Ort du dich gerade befindest und wie es dir geht. Ich weiß nicht, wie deine Welt aussieht und an was du dich mittlerweile erinnerst.

Auch wenn ich dich darum gebeten habe, nie mit jemandem darüber zu sprechen, möchte ich, dass du den Sommer nie vergisst. Den See. Das Wasser.

Liora, es ist das Wasser.

Ein Bild tauchte in meinen Gedanken auf. Eine Frau und ein kleines Mädchen an einem Gewässer. Die Sonne schien erbarmungslos vom Himmel, die Luft war so dick, dass man sie mit der Schere hätte schneiden können.

»Die Menschen verstehen nicht, dass wir besonders sind. Sie haben Angst vor uns. Er hat auch Angst vor uns. Deswegen dürfen wir nie mit ihm darüber sprechen. Ich habe gehofft, dass du nicht so wirst wie ich, doch das Schicksal wollte es anders.«

Das Erinnerungsfenster schloss sich so schnell, wie es gekommen war und ließ mich verwirrt blinzeln. Was war das? Was bedeutete das? Und wieso war mir auf einmal so schwer ums Herz?

Kurzerhand faltete ich den Umschlag in der Mitte und versteckte ihn in meiner Kleidtasche. Es wurde höchste Zeit, dass ich mit Jaro über die seltsamen Briefe sprach. Im Trubel der letzten Wochen hatte ich es schlicht und einfach vergessen.

Beim Abendessen bekam ich kaum einen Bissen herunter. Dorian hatte meinen Teller mit den erlesensten Köstlichkeiten beladen – Rehfleisch, Kartoffeln, grüne Bohnen und eine Soße, die mir sonst das Wasser im Mund zusammenlaufen ließ –, aber kaum hatte ich die Gabel voll, fühlte sich mein Magen flau an. Ein Teil von mir wollte mit Jaro über die Briefe reden, der andere wusste, dass ich ihm noch eine Antwort schuldig war.

Ihm schien es nicht besser zu gehen, auch er stocherte lustlos in seinem Essen. Immer wieder warf er mir einen verstohlenen Blick zu, aber die Gespräche, die sich sonst so natürlich einstellten, ließen sich heute Abend nicht richtig führen. Zwar hatte ich ihm von meinem Tag berichtet, darüber hinaus war nicht viel geschehen.

»Wollen wir spazieren gehen?«

Ich senkte meine Gabel, gab das Essen endgültig auf und nickte. Vielleicht würde frische Luft mir helfen, meine Gedanken zu ordnen.

Als sich die Dunkelheit über Jaro und mich senkte, nahm sie auch einen Teil meiner Anspannung. Die Tatsache, dass ich Jaro nicht richtig sah, machte vieles leichter.

Unsere Hände verflochten sich miteinander, sein Griff war fest, aber nicht besitzergreifend. Wir liefen durch den stillen Burghof, über die Brücke, hinaus in den Wald. Es nieselte leicht. Über uns spannte sich ein sternenklarer Himmel, in dessen Schönheit ich mich eine Weile verlor.

»Ich habe nachgedacht«, eröffnete ich Jaro schließlich und merkte, wie er sich neben mir anspannte. »Du hast gesagt, dass ich mir Zeit nehmen soll, nur wird das wahrscheinlich nichts ändern.«

Er wandte mir den Kopf zu.

»Dadurch, dass ich immer so beschäftigt war, mich um meine Familie zu kümmern, hatte ich nie Zeit, darüber nachzudenken, was ich mir von meinem eigenen Leben erhoffe. Was ich mir für mich selbst wünsche. Und natürlich hätte ich nicht an Silvandor gedacht, denn dass es so etwas gibt ...«, ich schüttelte lächelnd den Kopf, »... ist manchmal immer noch unglaublich für mich. In Kryndon hätte es keine Zukunft für mich gegeben, zumindest keine vielversprechende.« Ich holte tief Luft. »Dein Angebot macht mir riesige Angst.«

»Liora ...«

Ich schüttelte den Kopf. Jaro war stehen geblieben, aber ich zog ihn weiter. In Richtung des Waldstücks, in dem wir uns in einem anderen Leben das Jawort gegeben hatten. Eine Hochzeit, die keine Bedeutung für ihn besessen und doch so viel verändert hatte.

»Mein Leben lang begleitet mich die Angst, zu versagen. Meinen Aufgaben nicht gerecht zu werden. Deswegen scheue ich mich vor so viel Verantwortung.«

In den Büschen vor uns raschelte es. Der Wind strich mir sanft durchs Haar. Erst, als wir die beleuchtete Schaukel erreicht hatten, drehte ich mich zu Jaro um. Griff nach seiner anderen Hand und führte sie an mein Herz. »Ich habe gezweifelt«, gestand ich ihm. »Bis mir bewusst wurde, dass es im Leben nicht darum geht, den Weg mit der kleinsten Verantwortung zu wählen. Und dass Risiken dazugehören.«

Sein Blick lichtete sich. Jaro legte den Kopf schief.

»Ich habe mit Aska und Radost gesprochen – und mir

ist klar geworden, dass ich nichts zu befürchten habe. Dass ich mich dem Ganzen nicht allein stellen muss.«

Ich trat einen Schritt näher auf Jaro zu, sodass sich unsere Gesichter beinahe berührten. »Ich will es versuchen, Jaro. Ich möchte die neue Hüterin werden.«

Sein Lächeln war hinreißend. Grübchen erschienen um seine Mundwinkel und mein Herz schlug schneller.

»Ist das dein Ernst?«

Ich nickte. Erleichterung machte sich in mir breit, weil ich es endlich ausgesprochen hatte. »Ich ... habe mich nicht nur in dich verliebt, sondern auch in dieses Land, das so erstaunlich ist. Ich muss viel lernen, aber ...«

Stürmisch presste er seine Lippen auf meine, küsste mich roh und unwiderstehlich. Ich drängte mich enger an ihn heran und schlang meine Arme um seinen Rücken. Jaro hob mich vom Boden hoch, wirbelte mich so schnell im Kreis, dass mir schwindlig wurde.

»Ich liebe dich«, hauchte er, als er mich abgesetzt hatte. »Und dass du Ja gesagt hast, macht mich so stolz.«

War es das Licht des Mondes oder funkelten Tränen in seinen Augen?

»So eine Chance bekomme ich nur einmal im Leben. Ich möchte sie nutzen. Und wenn etwas schiefgeht, bist du ja da, um mir zu helfen.« Ich sah an ihm vorbei, hin zu der beleuchteten Schaukel, die ich für immer mit uns beiden verbinden würde. Auffordernd zog ich an seiner Hand.

Ich schmiegte mich an Jaros Brust, nachdem wir Platz genommen hatten. Gedankenverloren spielte er mit meinen Haaren. Es hatte aufgehört zu regnen. »Ich werde Hunderte Fragen haben. Ich werde Fehler machen. Es wird nicht leicht werden.«

»Das ist vollkommen normal. Glaub nur nicht, dass ich am Anfang alles richtig gemacht hätte.«

Er küsste mich auf den Scheitel.

»Du hilfst mir doch, oder?« Ich drehte den Kopf, sodass ich ihn ansehen konnte – und fragte mich dann, wieso er so betrübt wirkte.

»Natürlich«, versprach er mir.

Und ich wusste instinktiv, dass ich die richtige Entscheidung getroffen hatte. Was nicht bedeutete, dass ich ohne Furcht war. Meine Fingerspitzen kribbelten schon jetzt vor Nervosität, in mir tobte das Gefühl, sofort ans Werk gehen und lernen zu müssen. Doch dafür waren dieser Moment, die leuchtende Schaukel, der sternklare Himmel und der Mann, den ich über alles liebte, zu kostbar.

Ich schloss die Augen, schmiegte mich enger an Jaro und genoss, wie seine Finger über meinen Hals bis zu meinem Dekolleté wanderten. Heiße Schauer fuhren durch meinen Körper.

»Ich werde meine Familie nie wiedersehen, oder?«, sprach ich schließlich das Thema an, das mein Herz schwer machte.

Jaro hielt in der Bewegung inne. »Ich wünschte, es wäre anders. Aber wenn du Hüterin bist, darfst du diesen Landstreifen niemals verlassen.«

Traurig nickte ich.

»Dafür kannst du sichergehen, dass es deiner Familie gut geht und immer für sie gesorgt ist.«

»Wie läuft das eigentlich mit dem Geld? Woher kommt es?«

Jaro biss sich auf die Unterlippe und grinste. »Es gibt eine Höhle in Silvandor, die die Form und den Wert von

Dingen verwandeln kann. Sie liegt versteckt, aber wenn man weiß, wo sie sich befindet, ist es ganz leicht.« Jaro griff in die Tasche seines schwarzen Mantels und holte eine Goldmünze hervor. »Das hier war heute Morgen noch ein Klumpen Erde.«

Ich nahm ihm das Geldstück aus der Hand und riss die Augen auf. »Du weißt schon, dass dich diese Höhle zum reichsten Mann der Welt macht?«

Schulterzuckend sagte er: »Daraus mache ich mir nichts. Außerdem funktioniert sie nur, solange man das Geld für die richtigen Dinge einsetzt. Handelt man aus Eigennutz oder Gier, funktioniert der Zauber nicht oder die Münzen verwandeln sich zurück, bevor man sie einsetzen konnte.«

»Faszinierend.« Ich drehte das Geld in meiner Hand und strich über den rauen Rand.

»Deiner Familie wird es finanziell an nichts fehlen. Dorian kann ihnen so viel schicken, wie sie brauchen. Und wenn es darüber hinaus Menschen gibt, die Unterstützung benötigen, kannst du auch diesen helfen.«

Ich nickte. Das machte es einfacher. Ich gab Jaro die Münze zurück und legte mich mit angezogenen Beinen auf die Bank. Die Nacht war frisch, aber ich fror nicht. Mein Blick war auf den Abgrund vor uns gerichtet, und zum ersten Mal fühlte sich ein Sprung in die Tiefe gar nicht so schlecht an.

KAPITEL 26

BESUCH UND BÜCHER

Die Wochen verloren für mich an Bedeutung, zogen an mir vorbei, ohne dass ich sie recht wahrnahm. An den Vormittagen gab mir Jaro Unterricht über Silvandor, seine Geschichte, die Artenvielfalt und das Klima. Er brachte mir all die Dinge bei, von denen ich glaubte, sie mir nie merken zu können. Doch wenn ich sie an den Nachmittagen umsetzte, gingen sie mir leicht von der Hand. Fast jeden Tag lernte ich ein neues Wesen kennen. Jaro war ein guter Lehrer, der mir immer nur so viele Informationen gab, wie ich verarbeiten konnte, aber genug, um meinen Horizont zu weiten. Er half mir beim Schreiben, wenn ich mir etwas notieren wollte und sorgte dafür, dass meine Lesefähigkeiten sich besserten.

Er war geduldig, verständnisvoll und nachsichtig.

Und ich sehr, sehr verliebt.

Es gab da diesen Teil in mir, der ihn die ganze Zeit anschauen wollte. Der nicht müde wurde, ihm zuzuhören, selbst wenn er Geschichten erzählte, die ich schon kannte. Es wurde nie langweilig, in sein wunderschönes Gesicht zu schauen und mich daran zu erinnern, dass er mir gehörte.

Vielleicht hatte ich ihm deswegen noch nicht von den Briefen erzählt. Den Briefen, die mich nun beinahe täglich erreichten und mich vor etwas warnten, das ich nicht verstand. Die mich aufforderten, mich endlich zu erinnern. Jedes Mal, wenn ich einen neuen schwarzen Umschlag auf meinem Bett vorfand, verkrampfte sich alles in mir. Sie waren wie ein schlechtes Omen, das auch den sonnigsten Tag verdunkelte.

An den Vormittagen gab Jaro mir Unterricht, an den Nachmittagen setzte ich das Gelernte in Silvandor um und in der Nacht liebten wir uns leidenschaftlich und ohne Grenzen. Ich wurde süchtig nach dem Gefühl, das er mir gab, wenn er meinen Körper ansah. Wenn die Begierde in seinen Schieferaugen flackerte und ich wusste, dass ich in diesem Moment, in diesem zerbrechlichen Augenblick sein ganzes Leben war.

Ich liebte es, wie mühelos sich unsere Körper ineinanderfügten.

Wenn Jaro sich nach mir verzehrte, fühlte ich mich unbesiegbar. Wenn mein Name als Stöhnen seine Lippen verließ, fühlte ich mich nicht länger wie das halb verhungerte Mädchen, das vor Monaten auf seine Burg gekommen war. Ich wurde mehr und mehr zu der Frau, in die er sich verliebt hatte. Das Verlangen in seinen Augen, der Moment, in dem die Erregung ihn fast bewegungslos machte, seine drängenden Lippen auf meinem Mund – ich hätte nie gedacht, dass mir das mal so viel bedeuten würde.

Ich liebte diesen Mann – und gleichzeitig fühlte ich mich wie im freien Fall. Denn welchem Menschen war so ein Glück schon vergönnt?

Der Januar lag hinter uns, ein eiskalter Februar kündigte sich mit Schneemassen und Windböen an. Die ganze Burg versank in der weißen Pracht, der Wald war nahezu unpassierbar. Die Baumwipfel bogen sich unter dem Schnee. Von Dächern und Fensterläden hingen Eiszapfen. Es war so magisch schön, dass ich mir wie in einem Märchen vorkam.

In Kryndon hatte ich mich vor den Wintern gefürchtet, weil sie den Zugang zu Nahrung noch schwieriger machten und es im Haus einfach nicht warm wurde.

Bei Jaro war der Winter der meiner Kindheit: ein eiskalter Freund, der es aber nicht über die Schwelle der Burg schaffte. Stundenlang saßen wir mit heißem Kakao an der Fensterbank und beobachteten das Flockentreiben.

Silvandor blieb von dem Wetterumschwung verschont: Dort schien die Sonne, als würde der Sommer niemals enden. Und in meinem Herzen fühlte es sich genau so an: Als stünde ich in der hellsten Zeit meines Lebens, nachdem ich jahrelang gekämpft, gelitten und geweint hatte.

Ein energisches Klopfen riss mich aus dem Moment. Ich klappte das Buch, das aufgeschlagen vor mir lag, zu und öffnete die Tür. Dorian stand, gekleidet in einen grauen Anzug, den ich noch nie gesehen hatte, vor mir und deutete eine Verbeugung an. »Jaro erwartet dich im Speisesaal.«

»Jetzt?« Es war gerade mal zehn Uhr, und er vor weniger als einer Stunde nach Silvandor aufgebrochen. »Ist etwas passiert?«

»Komm einfach mit.« Er ließ mir keine Zeit, mir etwas überzuziehen, sondern ging aus dem Zimmer. All meine Fragen blieben unbeantwortet, was mich ein bisschen an unsere Anfangszeit erinnerte.

Vor den breiten Türen, die zum Speisesaal führten, blieb er stehen und atmete tief durch. In diesem Moment spürte ich, dass etwas nicht in Ordnung war. Meine Stirn legte sich in Falten.

»Du darfst über nichts, was hinter diesen Türen geschieht, jemals mit einem Menschen aus deiner Welt reden, ist dir das bewusst?«

»Wovon sprichst du?« Ich hielt mich am Türrahmen fest.

Dorians Blick wanderte auf den Boden. »Versprich mir, dass du das nicht vergisst.«

»Was ...« Ich kam nicht weiter, denn er öffnete die Türen in einer schwungvollen Bewegung.

»Und wo ist Jaro jetzt?«, fragte ich, denn der Raum war leer.

Nein. Nicht ganz.

Auf der Chaiselongue, die vor der breiten Fensterfront stand, saß eine Gestalt. Sie hatte mir den Rücken zugewandt, weswegen ich sie nicht auf den ersten Blick erkannte. Verwirrt betrat ich den Saal. Eine böse Vorahnung ergriff von mir Besitz. Ich verharrte an Ort und Stelle, wagte es nicht, mich zu bewegen, und blickte auf das Wesen, zu klein für eine Frau, zu erwachsen für ein Kind. Ihr Haar ergoss sich in roten Locken den Rücken hinab, sie trug ein dunkelgrünes Kleid, in dem ich sie kaum wiedererkannte.

Weil es jenes Kleid war, das ich mir für sie gewünscht, für das das Geld allerdings nie ausgereicht hatte.

»Kaida?« Ihr Name war nur ein Hauch, weil ich Angst hatte, dass die Illusion von ihr verschwinden würde.

Linkisch stolperte ich auf sie zu, da drehte sich Kaida zu mir um. Ich hatte meine Schwester ein paar Monate nicht mehr gesehen, dennoch schien es mir, als säße ein anderer Mensch vor mir. Sie war älter geworden, innerlich wie äußerlich gereift, doch als sich ihre herzförmigen Lippen zu einem Lächeln verzogen, wusste ich, dass sie für immer mein Zuhause war.

Ich überbrückte die letzte Distanz zwischen uns, hatte meine Arme schon ausgebreitet, bevor ich in einer fließenden Bewegung vor ihr auf den Boden sank und sie an mich zog. Ich hörte Kaida keuchen, vergrub meine Nase in ihrem Haar, das nach Seifenblasen und Leichtigkeit roch.

Sie war nicht mehr so mager; das spürte ich an ihren Armen. Mit ebenso viel Druck wie ich erwiderte sie meine Umarmung, und als sie sich aus dem Griff löste und vom Sofa aufstand, schimmerten Tränen in ihren Augen.

»Was machst du hier?«, schluchzte ich.

Beinahe verlegen wischte Kaida sich über das Gesicht und richtete den Kragen ihres Kleides. »Dieser blaue Mann war wieder da. Er meinte, dass du dich über einen Besuch von mir freuen würdest.«

Ich drehte mich zur Tür um, Dorian war verschwunden. Stattdessen lehnte Jaro im Rahmen und betrachtete Kaida und mich gerührt. Falls es in mir noch einen letzten Zweifel für meine Liebe für ihn gegeben hatte, starb er in diesem Moment. Er hatte mir nicht nur die größtmögliche Überraschung beschert, sondern sich auch über uralte Regeln hinweggesetzt, ohne dass ich die Konsequenzen kannte.

»Danke«, formten meine Lippen, während ich auf ihn

zurannte. Ich stellte mich auf die Zehenspitzen und küsste ihn sanft.

»Überraschung geglückt?«, fragte er.

Ich nickte übermütig, griff nach seiner Hand und zog ihn in Richtung Kaida, die – nun erst recht verlegen – auf der Chaiselongue saß und die Hände im Schoß verschränkt hatte. Kaida hatte mich nie zuvor mit einem Mann gesehen, und ihr dann gleich meinen Ehemann vorzustellen, fühlte sich seltsam an. Vor allem, weil sie nun offiziell wusste, dass ich nicht ganz ehrlich zu ihr gewesen war.

»Ich habe eine Menge über dich gehört.« Jaro ließ meine Hand los und setzte sich zu Kaida auf das geblümte Sofa. »Ich hoffe, Dorians Auftreten hat dich nicht erschreckt.«

»Es war ja nicht das erste Mal, dass ich ihn gesehen habe. Nur dass ich damals noch einen Brief an einen Mann aus Alder geschrieben habe.« An mich gewandt, sagte sie: »Du hast mir nie gesagt, dass du den Zauberer auf dem Berg geheiratet hast!«

Die Bezeichnung entlockte sowohl Jaro als auch mir ein Lächeln. In einem ruhigen Moment würde ich Kaida erzählen müssen, dass Jaro anders war als die Geschichten, die sich um ihn rankten.

»War die Kutschfahrt erträglich?«, erkundigte er sich bei meiner Schwester.

»Sie war wundervoll. Ich kam mir vor wie im Märchen. Hätte Liora mir erzählt, wen sie da geheiratet hat, hätte ich darauf bestanden, dich früher kennenzulernen. Auch wenn sie mich immer vor den Zauberern gewarnt hat.« Sie legte den Kopf schief.

»Sagen wir es so: Nicht alles, was man sich in Arvendom über mich erzählt, stimmt.«

»Das heißt, du kannst nicht zaubern?« Kaida zog einen Flunsch.

»Vielleicht nicht so, wie du dir das vorstellst«, sagte Jaro, »aber wenn du willst, zeige ich dir meine Burg. Ich glaube, der ein oder andere Raum könnte dir gefallen.«

Kaida klatschte in die Hände. »Unbedingt! Ich finde das so spannend! In der Stadt haben sie uns beigebracht, dass Magie etwas Böses ist. Der Zauberer, der vor dem Krieg über uns geherrscht hat, hat Angst und Schrecken verbreitet. Aber du scheinst anders zu sein, Jaro.«

Ihre kindliche Naivität ließ mich lächeln. Am liebsten hätte ich ihr das Haar zerzaust, aber ich wusste, dass sie das nicht mochte. »Ich habe meiner Schwester oft gesagt, dass man sich sein eigenes Bild machen muss, bevor man urteilt. Aber ich durfte ja nicht mal über Magie sprechen.« Kaida verdrehte die Augen.

»Wie geht es Tian? Und Vater? Rieka und Freso?«, wechselte ich das Thema, bevor meine Schwester mich in ein noch schlechteres Licht stellen würde.

»Es ist alles in Ordnung. Tian ist wieder gesund. Er fragt viel nach dir, aber ich weiß nicht wirklich, was ich ihm erzählen soll. Rieka ist schwanger, Freso …«

»Moment, was? Sie ist schwanger?« Mir klappte die Kinnlade herunter.

Kaida nickte. »Ich sollte es eigentlich noch für mich behalten, aber da ich dich ja nicht so oft sehe … denke ich, das geht in Ordnung. Sie ist noch ganz am Anfang. Ich habe ihr ein paar Namen vorgeschlagen, die ich schön finde …« Das Rauschen in meinen Ohren übertönte ihre Worte.

Rieka war schwanger.

Meine beste Freundin würde ein Baby bekommen. Mutter werden. Und ich würde nicht dabei sein.

»Das ... freut mich so«, beteuerte ich, obwohl sich in mir ein Abgrund gebildet hatte. »Bitte richte ihr alles Gute aus und sag ihr, dass ich jeden Tag an sie denke. Ich ... würde sie so gern besuchen.« Das sagte ich so leise, dass Jaro es nicht hören konnte. Er hatte schon so viel für mich getan.

»Alev«, schnitt ich abermals ein neues Thema an. »Hat er euch in den letzten Wochen besucht?«

Beinahe stoisch schüttelte Kaida den Kopf. »Er hat geschrieben, dass er ein Mädchen kennengelernt hat und verliebt ist.«

»Alev? Verliebt?«

Seltsam, wie die Welt da draußen sich weiterdrehte, während meine eigene stehen blieb.

Kaida zog die Schultern hoch. »Keine Ahnung, ob es etwas Ernstes ist. Aber er klang glücklich. Kann ich jetzt endlich die Burg sehen?« Sie war aufgesprungen, bevor sie zu Ende gesprochen hatte. Jaro grinste sie an, dann verbeugte er sich umständlich und griff nach Kaidas Hand. »Es wäre mir eine Ehre.«

Meine Schwester kicherte und ließ sich von Jaro aus dem Zimmer führen. Sie gaben ein niedliches Bild zusammen ab, ihr quirliges Wesen nahm Jaro etwas von seiner Steifheit. Wie gern hätte ich sie öfter zusammen gesehen. Kurz überlegte ich, die beiden allein losziehen zu lassen, sodass sie sich ohne mich kennenlernen konnten, aber die Zeit mit Kaida war zu wertvoll.

Dennoch hielt ich mich im Hintergrund, als Jaro sie durch die Burg führte, ihr den Innenhof, die Kapelle und viele der Zimmer zeigte. In der Bibliothek bekam sie Schnappatmung, als Jaro ihr eröffnete, dass sie sich so viele Bücher, wie sie tragen konnte, mit nach Hause nehmen dürfte. Amüsiert beobachtete ich, wie sie mit ausgestreckten Armen durch die Regale lief, ein Buch nach dem anderen herauszog und den Staub vom Rücken pustete. Wann immer sie Gefahr lief, etwas zu finden, das sich mit Silvandor befasste, dirigierte Jaro sie geschickt in eine andere Richtung.

Am Ende stapelten sich acht Bücher auf Kaidas dünnen Ärmchen und wir mussten Dorian rufen, der sie für die Reise zusammenpackte.

»Wie lange wird sie bleiben?«, flüsterte ich Jaro ins Ohr.

Er schlug das Buch, in dem er geblättert hatte, zu. »Nur bis zum Abend. Alles andere wäre zu riskant.«

Ein Schatten fiel auf sein Gesicht. Den wahren Grund, warum uns niemand aus Arvendom besuchen kommen durfte, hatte er mir noch nicht verraten, das spürte ich.

»Danke, dass du das für mich getan hast.« Ich drückte seine Hand und hoffte, dass er verstand, wie viel es mir bedeutete, meine Schwester zu sehen. Auch wenn es mir das Herz brechen würde, ihr Lebwohl zu sagen – dieses Mal für immer.

»Magst du Geheimnisse?« Jaro hockte sich vor Kaida, sodass die beiden etwa auf einer Höhe waren.

Meine Schwester riss die Augen auf. »Ich *liebe* Geheimnisse!«

»Dann zeige ich dir jetzt einen Raum, von dem du niemandem erzählen darfst.« Verschwörerisch zwinkerte er ihr zu, und erst als Kaida nickte, stand Jaro wieder auf. Als er die Bibliothek mit schnellen Schritten durchquerte, ahnte ich bereits, dass er ihr das Zimmer mit den Tränken zeigen wollte. Er zündete eine Kerze an und führte Kaida in den dunklen Raum. Ich hörte ihr Staunen, als er die Flaschen mit den bunten Flüssigkeiten nacheinander von den Regalbrettern holte und auf dem Tisch aufstellte.

»Was ist das?« Kaida nahm eine bleiche, blaue Phiole in die Hand und strich mit dem Finger über das Etikett.

»Das ist die Art der Magie, zu der ich fähig bin. Ich kann nicht zaubern, zumindest nicht im herkömmlichen Sinne, aber ich bin in der Lage, etwas zu tun, das viel wichtiger ist: *heilen.*«

»Heilen?« Kaida griff nach einer herzförmigen Flasche und versuchte den Pfropfen zu lösen. »Wen heilst du denn?«

»Alle, die meine Hilfe benötigen. Ich mache da keinen Unterschied. Manchmal ist es ein Mensch, manchmal ein Reh, ab und zu auch eine Fee.«

»Eine Fee?« Kaida erstarrte in der Bewegung, und ich war nicht weniger verwundert, dass Jaro dieses Wissen mit ihr teilte. »Es gibt Feen?«

Jaro furchte die Stirn. »Warum sollte es keine Feen geben? Soll ich sie dir zeigen?«

Kaida hüpfte aufgeregt auf und ab.

Ich folgte den beiden nach oben in die Kammer, in der Radost wohnte. Mit gemischten Gefühlen betrat ich das Zimmer. Ob der Domovoi sich zeigte? Jaro fing meinen Blick auf und schüttelte den Kopf. Dann gab er mir zu verstehen, dass ich mich vor den Kamin stellen sollte. Kaida setzte sich auf das frisch gemachte Bett.

In einer theatralischen Geste öffnete Jaro die Türen des Kleiderschranks, woraufhin Hunderte winzige Feen aus dem Mobiliar stoben und sich im Kreis um Kaida versammelten. Aufgeregt flatterten sie so schnell mit ihren Flügeln, dass man sie kaum voneinander unterscheiden konnte.

»Was ist das?« Kaidas Mund stand offen, begeistert drehte sie den Kopf. Sie quiekte, als sich eine der Feen auf ihren Unterarm setzte. »Die sehen ja aus wie Schmetterlinge.« Staunend strich sie einer über die hauchdünnen Flügel. »Wie wunderschön sie ist! Wohnen sie im Schrank?«

Jaro schüttelte den Kopf. »Eigentlich findet man sie in der Natur, aber ein paar von ihnen haben es sich in meiner Burg gemütlich gemacht.«

»Das heißt ...« Kaida fing eine zweite Fee auf ihrer Hand. »Das heißt, ich könnte sie finden, wenn ich rausgehe und nach ihnen suche?«

Gespannt sah ich Jaro an, unschlüssig darüber, ob er die Wahrheit sagen und Silvandor ins Spiel bringen würde. Doch auf einmal wirkte er seltsam abwesend. Zwar war sein Blick weiterhin auf meine Schwester gerichtet, aber er schien sie nicht richtig wahrzunehmen.

»Jaro?«

Er zuckte zusammen und blickte sich verwirrt um. »Was ist los?«

»Die Feen«, erinnerte Kaida ihn. »Kann ich sie draußen finden?«

»Nicht in Kryndon. Falls es da überhaupt so etwas wie Natur gibt.« Er lachte verhalten, aber es lag etwas Nervöses darin. »Feen hassen Städte und halten sich von den Menschen fern. Deswegen findest du sie nur in der unberührten Natur.«

Enttäuscht verzog Kaida den Mund, dann legte sie den Kopf in den Nacken, um eine Gruppe von Feen zu beobachten, die über ihr im Kreis flogen. »Sie sehen alle unterschiedlich aus.«

»Keine Fee gleicht der anderen«, stimmte Jaro ihr zu. »Sie sind genauso individuell wie wir Menschen.«

»Bist du auch ein Mensch?« Kaidas Talent war es schon immer gewesen, die richtigen Fragen zu stellen.

»Nun ja, ich bin ein Mann, der sich um verletzte Feen kümmert – ist man dann noch ein Mensch?«

Kaidas Lippen kräuselten sich, dann zog sie die Schultern hoch. »Ist doch egal. Letztlich zählt doch sowieso nur, wer und nicht was du bist.«

Ich trat einen Schritt auf sie zu und hauchte ihr einen Kuss auf das rote Haar. Sie um mich zu haben, tat unendlich gut. Beinahe so, als würde eine alte Wunde endlich anfangen zu heilen. Kaida drehte sich zu mir um und schlang ihre Ärmchen um meinen Hals. Kurz verharrten wir, ehe Dorians Räuspern uns zurück in die Realität brachte.

»Das Abendessen ist aufgetragen«, verkündete er mit kratziger Stimme.

Kaida rieb sich die Augen, als sie das Essen im Speisesaal sah. Ich lotste sie an einen freien Platz und schob ihr den Stuhl zurecht.

»Bekommst du so etwas jeden Tag?«, flüsterte sie mir zu, nachdem ich Brot, Kartoffeln und Eier auf ihren Teller gehäuft und ihren Becher mit Kirschsaft aufgefüllt hatte.

Mein schlechtes Gewissen meldete sich. Für mich war all das längst Gewohnheit geworden.

»Ja, aber ich glaube, Dorian hat sich heute besondere Mühe gegeben.« Ich zwinkerte dem Diener zu.

Jaro nahm Kaida gegenüber Platz, ich setzte mich neben ihn. Mit stiller Freude beobachtete ich meine Schwester, die gierig ihren Teller leerte und sich am Nachtisch bediente. Genüsslich biss sie in eines der Schokoladentörtchen und wischte sich die Mundwinkel mit der Hand ab. Genau das hatte ich mir immer für sie gewünscht. Dass sie sich keine Gedanken um das Essen machen musste. Ein warmes Gefühl breitete sich in mir aus, dann belud ich meinen eigenen Teller. Eine Weile aßen wir schweigend, bis ich Jaros Blick auffing. Er starrte gedankenverloren aus dem Fenster, der Teller vor ihm leer, der Becher unangerührt.

»Bist du nicht hungrig?«, fragte ich ihn, aber er wurde erst auf mich aufmerksam, als ich meine Hand auf seinen Oberarm legte. Als hätte ich seine Haut versengt, zuckte er zusammen und riss den Kopf herum. Sein Gesicht war aschfahl.

»Geht's dir gut?«

Alles Leben schien aus seinen Augen gewichen zu sein. Dann räusperte er sich vernehmlich. »Tut mir leid, ich ... Ich glaube, ich muss mal in Silvandor nach dem Rechten sehen.« Geräuschvoll schob er den Stuhl nach hinten und stand auf.

»Was ist los?«, fragte ich ihn noch, da hatte er den Speisesaal bereits verlassen.

Kaida warf mir einen verwirrten Blick zu, aber ich lächelte bloß. »Wie läuft es in der Schule?«

»Da sehen wir uns endlich wieder und du willst ernsthaft wissen, wie es in der Schule läuft?« Sie verdrehte die Augen und spießte eine Weintraube mit ihrer Gabel auf.

Ich schmunzelte. »Na gut, dann stell du mir eben eine Frage.«

»Liebst du ihn?«

Ich verschluckte mich an meinem Brot.

»Ich muss es wissen.« Sie beugte sich über den Tisch. »Rieka meint, dass du es nur getan hast, weil du gezwungen wurdest. Und sie hat gesagt, dass sie sich nicht vorstellen kann, dass du wirklich glücklich bist.«

»*Das* hat Rieka gesagt?«

»Na ja.« Meine Schwester rutschte auf ihrem Stuhl hin und her. »Ich habe sie vielleicht ein bisschen gedrängt. Aber diese Leier von wegen *Deine Schwester hat ihre wahre Liebe gefunden und ist überglücklich* habe ich ihr nicht abgenommen.«

»Und was, wenn es stimmt?«

Kaida legte den Kopf schief.

»Ich bin zu rational, um von *wahrer Liebe* zu reden. Ich weiß nicht mal, ob es so etwas überhaupt gibt. Aber ja ... ich liebe ihn. Von ganzem Herzen.«

»Ooooh!« Kaida klimperte mit den Wimpern. »Er sieht wirklich gut aus. Gar nicht so gruselig wie auf den Bildern.«

Ich lachte. »Glaub mir, die Geschichten haben nichts mit ihm zu tun. Er ist nicht mal ein Zauberer. Ich glaube mittlerweile, dass unser König uns eine Menge erzählt hat, was gar nicht stimmt. Um uns klein und unseren Horizont begrenzt zu halten.«

Nie zuvor hatte ich mir so sehr gewünscht, die Zeit anhalten zu können. Doch der Tag mit meiner Schwester verging unbarmherzig schnell. Obwohl ich ihr noch einen Großteil des Waldes zeigte, kamen wir doch viel zu früh wieder in der Burg an. Es dämmerte bereits, als Jaro uns in der Eingangshalle empfing. Auf seinen Lippen lag ein angestrengtes Lächeln, bei dem mir schwer ums Herz wurde. Ich zog ihn am Ärmel beiseite, damit Kaida uns nicht hören konnte. »Ist alles in Ordnung?«

Er nickte hastig. »Kann ich kurz mit dir sprechen?«

»Natürlich. Kaida, wir sind gleich wieder da. Schau doch schon mal in deine neuen Bücher.«

Jaro führte mich in das angrenzende Kaminzimmer und schloss die Tür. »Hast du ihr irgendetwas über Silvandor erzählt?«

»Nein. Ich habe ihr gar nichts mehr gesagt. Wir hatten ... einfach ein paar schöne Stunden.«

Erleichterung kennzeichnete seine Züge, dennoch schien er weiterhin unter Anspannung zu stehen. »Wir können sie nicht einfach so gehen lassen. Ich möchte dich entscheiden lassen.«

»Was entscheiden?« Ich schob das ungute Gefühl, das sich in mir eingenistet hatte, zur Seite. Dann ließ ich mich auf einen der Sessel sinken. Jaro griff in die Taschen seines schwarzen Fracks und zog drei Tränke hervor, einen blauen, einen grünen und einen dunkelroten.

»Niemand von außerhalb darf etwas von Silvandor oder den Wesen wissen«, eröffnete er mir.

»Aber die Feen ...«

Jaro hob den Zeigefinger, dann kniete er sich vor den Tisch, auf den er die Fläschchen abgestellt hatte. »Ich habe deiner Schwester das gezeigt, was ihr menschlicher Verstand verarbeiten und wieder vergessen kann.«

»Ich glaube nicht, dass sie die Feen jemals vergessen wird, Jaro.«

Eine steile Falte erschien auf seiner Stirn. Er sah noch immer blass aus. »Das meine ich nicht.« Fahrig wühlte er sich durch das nachtschwarze Haar. »Der Zaubertrank ist in der Lage, Teile ihres Wissens zu rauben. Die Florifeen gehören dazu, nicht aber der Domovoi oder der Greif ...« Er brach ab. »Wie auch immer.« Jaros Finger schlangen sich um die Flasche mit der blauen Flüssigkeit. »Deine Schwester muss zum Abschied eines der drei Mittel zu sich nehmen. Sie haben alle eine unterschiedliche Wirkung.«

»Sind sie gefährlich?«

Er lächelte. »Nein. Der blaue Trank raubt deiner Schwester jegliche Erinnerung an den heutigen Tag. Es wird sein, als hätte sie uns nie besucht, aber sie wird trotzdem ein gutes Gefühl haben, was dich betrifft.«

»Und der grüne?«

Jaros schwarz lackierte Fingernägel schlossen sich um die zweite Flasche. »Wenn Kaida dieses Mittel zu sich nimmt, kann sie sich an den Besuch erinnern. Allerdings werden sich die Details in ihrer Erinnerung verändern. Der gesamte übernatürliche Teil verschwindet. Schmetterlinge anstelle von Feen, herkömmliche Medizin anstelle von Zaubertränken. Auch ich werde in ihrer Erinnerung ein anderer sein, ebenso wie Dorian.«

Ich zog die Stirn kraus. »Und die dritte Flasche?«

»Der dunkelrote Trank ist ein Traumelixier. Kaida wird sich daran erinnern, dass es einen Besuch gegeben hat und auch an manche der Dinge, die ich ihr gezeigt habe, aber sie kann nicht unterscheiden, was Illusion und was Realität ist. Alles liegt unter einer Art Schleier, auf den sie nicht ganz zugreifen kann. Allerdings stellt dieses Elixier sicher, dass sie schöne Erinnerungen an den Tag hat, an dich und mich. Wenn sie fortan an dich denkt, wird sie glücklich sein, weil sie weiß, dass es dir gut geht.«

Ich schluckte. »Dann möchte ich den dritten Trank. Muss ich ihn ihr geben?«

»Ich stecke ihn Dorian in die Tasche. Er kümmert sich darum. Mir war es wichtig, dass du dich ... normal von Kaida verabschieden kannst.«

»Also ist es jetzt so weit.«

Jaro nickte, was dazu führte, dass sich eine eiskalte Hand um mein Herz legte. Ich wollte stark sein, wollte dankbar sein für das, was er mir ermöglicht hatte – und doch war ich kurz davor, um weitere Stunden mit Kaida zu bitten.

»Die Kutsche steht schon bereit. Ich spreche kurz mit Dorian, dann verabschiede ich mich von deiner Schwester.«

Leb wohl, nicht Auf Wiedersehen.

Die Endgültigkeit schnürte mir die Kehle zu, aber ich nickte tapfer. Wie mechanisch stand ich vom Sessel auf und ging hinüber in die Eingangshalle, in der Kaida auf einer Bank saß, die Nase in einem ihrer neuen Bücher vergraben. Als sie mich sah, lichtete sich ihr Blick.

Stumm trat ich auf sie zu und nahm sie in den Arm. Hielt sie so fest, wie ich konnte. Vergrub meine Nase in ihrem Haar, atmete ein letztes Mal ihren Duft ein und fragte mich, wie ich ein Leben ohne sie überstehen sollte.

»Es bedeutet mir die Welt, dass du hier warst«, versicherte ich ihr. Als sie sich aus meiner Umarmung löste, schimmerten ihre Augen feucht.

»Diese Burg ist so groß ... Glaubst du nicht, es gibt hier einen Platz für mich? Ich könnte mich um die Feen kümmern oder in der Küche helfen. Ich verspreche, dass ich dich nicht nerven werde. Ich ...« Sie biss sich auf die Unterlippe und senkte den Kopf.

»Kaida, Liebes, nichts wäre mir lieber als das.« Ich umschloss ihre kleine Hand mit meiner und berührte jeden Finger einzeln. »Aber du wirst in Kryndon gebraucht. Tian braucht dich – und Vater auch. Und Rieka ...«

»Ich würde einfach so gern bei dir bleiben, das ist alles.«

»Und ich will mich nicht von dir verabschieden.« Sosehr ich mir auch vorgenommen hatte, stark zu sein, flossen die Tränen jetzt doch. »Aber es geht nicht anders.«

Kaida seufzte. »Danke, dass ich kommen durfte. Jetzt weiß ich wenigstens, dass es dir gut geht ... und du jemanden hast, der für dich da ist.«

Ich nahm sie noch einmal in den Arm, dann griff ich nach dem Bücherpaket und trug es hinaus zur Kutsche. Dorian wartete bereits auf uns, Jaro stand neben dem Tritt. Mit glänzenden Augen beobachtete ich, wie er sich von Kaida verabschiedete und ihr in die Kutsche half.

Meine Schwester drehte sich um und hob die Hand. Eine Locke ihres Feuerhaars war ihr in die Stirn gefallen, der Kragen ihres Kleides saß etwas schief.

Das war es – das letzte Bild, das ich von ihr zu sehen bekam. Das Bild, das ich so fest in meinem Herzen verschließen würde, dass niemand es mir nehmen konnte.

Jaro stand neben mir, als die Kutsche sich ruckelnd in Bewegung setzte. Ich schaute ihr noch hinterher, da war sie schon lange fort.

KAPITEL 27

GRÄBER UND STATUEN

»Habe ich es schlimmer gemacht?«, fragte Jaro, als sich die Nacht über die Burg senkte und wir immer noch im Vorhof standen.

»Nein. Es hat wehgetan, aber es war schön. Ich bin dankbar, dass ich sie noch mal sehen durfte.«

Nachdenklich nickte er. »Ich hatte den ganzen Tag Angst, dass du mit ihr gehen würdest. Dass du sie siehst und nicht mehr weißt, wieso du überhaupt hier bist.«

Ich wollte zu einer Erwiderung ansetzen, da hob er den Zeigefinger. »Und jetzt fang bitte nicht wieder von dem Vertrag an.«

Anstatt einer Antwort griff ich nach seiner Hand und stellte mich auf Zehenspitzen. Ich sah Jaro im schwindenden Licht des Tages fest in die Augen und presste meinen Mund auf seinen.

Heute dauerte es eine Sekunde, bis sich seine Lippen für mich öffneten. Dann jedoch schlang er seine Arme um meine Mitte.

»Ich weiß, warum ich hier bin«, sagte ich, als ich mich von ihm gelöst hatte. »Und das hat schon lange nichts mehr mit irgendeinem Vertrag oder Pflichtgefühl zu tun. Mein Platz ist hier – an deiner Seite.«

Ich wartete auf sein Lächeln. Heute aber schien ein Schatten über seinen Augen zu liegen.

»Jaro, ist alles in Ordnung? Du wirkst so abwesend.«

»Lass uns reingehen, es wird kalt.«

Es hatte leicht zu schneien begonnen. Dennoch glaubte ich nicht, dass er die weißen Flocken damit meinte.

Jaro schloss die Tür hinter uns und zog seine Stiefel in der Eingangshalle aus.

»Wie war es in Silvandor?«

»Alles beim Alten. Ich hatte zwischenzeitlich ein komisches Gefühl, das sich aber nicht bestätigt hat. Hast du Hunger?«

Perplex schüttelte ich den Kopf. Wir hatten erst vor wenigen Stunden zu Abend gegessen. Was Jaro aber anscheinend nicht mitbekommen hatte, denn sein Teller war leer geblieben.

»Ich bin müde«, gestand ich ihm.

»Ich auch. Wir sollten schlafen gehen.«

In unserer Kammer war es eisig kalt, weswegen Jaro Feuer im Kamin schürte, während ich mich für die Nacht fertig machte und meine Zöpfe löste. Ein blasser Mond schien in unser Zimmer. Auf der Fensterbank brannten drei Kerzen, doch ihr Licht reichte nicht aus, um unser Bett zu erhellen, das im Schatten lag.

Gähnend krabbelte ich unter die Decke und wartete, bis

Jaro sich ebenfalls umgezogen hatte. Als er sich zu mir ins Bett legte, war sein Körper so kalt, als wäre er durch einen Schneesturm gelaufen. Ich zog ihn an mich, versuchte ihn zu wärmen, aber es schien mir nicht zu gelingen.

»Danke für heute«, flüsterte ich und strich ihm das schwarze Haar aus der Stirn. Täuschte ich mich oder waren die silbernen Strähnen in den letzten Wochen mehr geworden? Gedankenverloren streifte ich über sein deformiertes Ohr. »Wie findest du Kaida? Früher dachten die Menschen in Kryndon, dass sie adoptiert ist. Wir sehen uns alle recht ähnlich, dunkles Haar, hageres Gesicht, aber Kaida wirkt, als wäre sie gar kein Teil der Familie. Und auch vom Wesen her ist sie so anders – viel lauter und lebhafter. Ich liebe sie über alles.« Mein Lachen blieb unerwidert. »Jaro?«

Ich hielt in der Bewegung inne, dann setzte ich mich auf. Im diffusen Licht der Kerzen erkannte ich, dass er eingeschlafen war. Sein Atem ging regelmäßig, aber sein Gesicht hatte etwas Verkrampftes, so als hätte er Schmerzen. Verwirrt schaute ich auf ihn herab, wartete darauf, dass er noch einmal wach werden würde.

Dass er abends so erschöpft war, war neu. In den letzten Wochen hatte sich eine Art kleines Ritual vor dem Zubettgehen entwickelt. Fast jede Nacht liebten wir uns, mal kürzer, mal länger. Mindestens küssten wir uns, und Jaro hatte mir gestanden, dass er vorher nicht einschlafen konnte.

Ich drehte mich auf die Seite, den Blick auf das Fenster gerichtet, hinter dem der Mond schien. Es schneite immer noch, zarte Flocken stoben durch die Luft und verliehen der Atmosphäre etwas Märchenhaftes. Während Jaro neben mir schlief, geisterten mir Tausende Gedanken durch den Kopf.

Meine Zähne klapperten, als ich wach wurde. Das Feuer im Kamin war erloschen, in der Kammer stand die Kälte wie ein ungebetener Gast. Ich kuschelte mich tiefer in die Decke, versuchte die Restwärme festzuhalten. Da stießen meine Hände gegen einen Körper. Erschrocken fuhr ich zusammen. Ich war es nicht gewohnt, dass Jaro noch da war, wenn ich aufwachte. Normalerweise stand er Stunden vor mir auf, um die erste Runde in Silvandor zu drehen und sich um anfallende Aufgaben zu kümmern. Doch jetzt lag er neben mir – regungslos und so bleich, dass ich es mit der Angst zu tun bekam. Sacht stieß ich ihn mit dem Finger an.

»Jaro? Du musst aufstehen.«

Er reagierte nicht. Auch dann nicht, als meine Stimme lauter und mein Griff fester wurde.

»Jaro?« Seine Augen waren fest geschlossen, der Kiefer sah seltsam verkrampft aus. »Wach auf!« Ich rüttelte an seiner Schulter, bohrte meine Fingernägel in seine nackten Arme, doch er reagierte nicht. Auch dann nicht, als ich anfing, an seinen Haaren zu ziehen und ihn mit beiden Händen in Richtung Bettrand drängte.

Schweiß brach mir aus, als mir bewusst wurde, dass ich ihn nicht wach bekommen würde. Hektisch schwang ich mich aus dem Bett, griff nach dem Morgenmantel, der über der Stuhllehne hing und schlüpfte in Jaros Hausschuhe.

Blindlings hastete ich die Treppe hinunter, in der Hoffnung, Dorian zu finden, auch wenn ich mir nicht sicher war, ob er schon zurück sein konnte.

Ich rannte so schnell, dass ich ins Stolpern geriet. Einen Schmerzensschrei unterdrückend, flog ich die letzten

Stufen der Treppe hinunter. Unsanft landete ich auf dem Teppich. Kurz wurde mir schwindlig, dann setzte ich mich auf und atmete tief durch.

»Dorian?«, hallte meine Stimme durch die leere Burg. Konnte ich aus Silvandor Hilfe holen? Oder war Aska hier irgendwo und wusste einen Rat?

Meine Hand, auf die ich gefallen war, tat weh, aber ich schluckte den Schmerz hinunter. Nacheinander öffnete ich die Türen, die vom Gang abgingen und hatte das Gefühl, dass mir die Zeit davonlief. »Oh bitte, bitte, bitte ...«

»Liora?«

Es war seine Stimme, die mich herumfahren ließ. Wie einen Geist starrte ich Jaro an, der am Treppenabsatz stand und mich verwirrt anschaute. Sein Haar hing ihm ungekämmt die rechte Schulter hinab, seine Augen standen auf Halbmast, aber *er war wach.*

»Gott sei Dank!« Ein Stein in der Größe eines Felsbrockens fiel von meinem Herzen, als ich die Treppe hocheilte.

Die letzten Meter überbrückte ich im Sprung.

»Geht's dir gut?« Ich schloss Jaro so fest in meine Arme, dass er zu schwanken begann. Sein Körper wurde weicher, als er meine Berührung erwiderte.

»Liora, was ist passiert?«

Es war so schön, seine Stimme zu hören. Tränen der Erleichterung sammelten sich in meinen Augen.

»Ich dachte schon, du bist tot.«

»Tot?« Jaro drückte meinen Kopf nach hinten. »Hattest du einen Albtraum?«

»Du bist einfach nicht wach geworden. Ich habe alles versucht, um dich zu wecken, aber du hast nicht reagiert.«

Eine tiefe Falte erschien auf seiner Stirn. »Wie ... wie

spät ist es überhaupt? Wieso bist du schon auf?« Sein nebelverhangener Blick wanderte hinaus zum Fenster, hinter dem eine schwache Februarsonne schien. Jaro vergrub den Kopf in seinen Händen. »Ich habe seit Jahren nicht mehr verschlafen.«

»Bist du dir sicher, dass du verschlafen hast? Du hast gar nicht mehr reagiert. Du hast zwar noch geatmet ...« Ich trat einen Schritt zurück und musterte ihn skeptisch. »Geht es dir wirklich gut?«

Jaro nickte zweimal hintereinander, so als müsste er sich selbst davon überzeugen.

»Du solltest dich von einem Arzt untersuchen lassen. Hast du ... die Möglichkeit, jemanden herkommen zu lassen?«

»Hüter werden nicht krank.«

»Das ist doch Blödsinn. Du ...«

Energisch schüttelte er den Kopf. »Nein, so ist es. Sobald jemand zum Hüter gekrönt wird, lässt er einen Teil seiner Menschlichkeit zurück. Wir sind resistent gegen all das, was Menschen schwach macht.«

»Aber irgendetwas war doch los. Hattest du das schon mal?«

Ich führte Jaro zu der hölzernen Bank, die vor dem Fenster stand und von der aus man über den Burghof blicken konnte. Nachdenklich nahm er neben mir Platz. »Nicht, dass ich wüsste. Ich bin mir sicher, es ist nichts Schlimmes. Mir geht es gut.«

»Du hast mir eine Heidenangst eingejagt.« Noch jetzt hallte sie in meinem Körper nach. »Ich wusste nicht, was ich tun soll, ich hab mich so hilflos gefühlt.«

»Schhh ...« Jaro rückte an mich heran und nahm mein

Gesicht zwischen seine kalten Hände. Zärtlich küsste er mich auf die Lippen, aber nicht lange genug, dass ich mich im Moment verlieren könnte. »Es gibt nichts, vor dem du Angst haben müsstest, Liora.«

»Die Vorstellung, dich zu verlieren, hat mir gerade ziemliche Angst eingejagt.«

Jaros Gesicht versteinerte sich. Kurz darauf ließ er mein Kinn los und vergrub die Hände in den tiefen Taschen seines Morgenrocks.

Fragend legte ich den Kopf schief.

»Mich beschäftigt einfach viel. Deine Zeremonie steht kurz bevor.«

»Eine Zeremonie? So was wie die Hochzeit?«

Jaro nickte. »Es ist eine jahrhundertealte Tradition, wenn ein neuer Hüter in den Kreis aufgenommen wird. Die Wesen richten ein großes Fest aus und krönen dich.«

»Eine Krone? Ist das denn nötig?« Noch vor ein paar Monaten hatte ich in Schmutz und Dreck um mein Überleben gekämpft und jetzt wurde ich Königin?

Endlich lächelte er mich aufrichtig an. »Sie wird dir wunderbar stehen – und sie wartet schon auf dich. Die Hüterkrone wird in Silvandor aufbewahrt. Sie ist aus Efeu und weißen Blüten gefertigt, die nur dann blühen, wenn ein neuer Hüterzyklus kurz bevorsteht.« Er senkte den Kopf. »Als du herkamst, waren die Blüten beinahe vertrocknet. Ich habe daran gezweifelt, dass sie je wieder erblühen würden. Aber ... gestern ist genau das passiert.«

»Gestern? Während Kaida hier war?«

»Kurz davor. Ich war für meine Morgenrunde in Silvandor und wollte eigentlich nur nach dem Rechten sehen, als das Medaillon auf einmal gefunkelt und mich zur

Krone geführt hat. Da wusste ich, dass es so weit ist.« Jaro hob den Kopf. Mit seinem Zeigefinger fuhr er die Konturen meines Gesichts nach. In seinem Blick lag etwas, das ich nicht verstand.

»Möchtest du die Krone sehen?«

Ich hatte kaum Zeit zu nicken, da hatte er schon nach meiner Hand gegriffen und mich von der Bank hochgezogen. »Eigentlich ist es nicht üblich, dass man sie vor dem Tag der Krönung sieht, aber es wäre nicht die erste Regel, die ich für dich breche.« Ein Funkeln brachte seine Augen zum Leuchten.

»Wieso gibt es diese Regeln? Du bist doch allein hier und darfst bestimmen. Was passiert, wenn du einfach tust und lässt, was du willst? Kaida hätte mich nicht besuchen dürfen – trotzdem ist alles wie vorher.«

»Ich kann verstehen, dass du das so siehst. Viele der Regeln sind auch nur eine Vorsichtsmaßnahme, damit ich mich auf meine Aufgabe in Silvandor konzentriere und nicht so viel Kontakt zu der Welt der Menschen habe. Ablenkungen können mitunter gefährlich sein.« Jaro strich sich eine Falte aus dem Morgenrock. »Die Regeln sind da, um sicherzustellen, dass der Hüter seine Aufgabe ernst nimmt. Aber das ist nicht der einzige Grund.« Seine Gesichtsmuskeln spannten sich an.

»Wir haben versprochen, keine Geheimnisse mehr voreinander zu haben«, erinnerte ich ihn sanft.

Er seufzte. »Jedes Mal, wenn jemand aus deiner Welt zu mir kommt, schadet das Silvandor. Ich weiß nicht genau, woran es liegt, doch der menschliche Einfluss tut den Wesen dort nicht gut.«

»Was bedeutet das?«

»Es kann sich in einer Änderung des Klimas zeigen. Manche Bewohner von Silvandor verhalten sich plötzlich merkwürdig, werden sogar aggressiv. Es kann zu Unfällen kommen, im schlimmsten Fall zum Tod.«

»Aber was ist mit mir? Ich bin doch auch in diese Welt gekommen.«

»Das stimmt.« Er nickte. »Weil ich dich ausgewählt habe, als Hüterin über Silvandor zu herrschen. Damit hast du nicht nur eine Daseinsberechtigung, sondern auch einen Grund, weswegen du hierhin gehörst.«

In unserer Kammer zogen wir uns für den Tag in Silvandor um. Dann machten wir uns auf den Weg zu Radost.

»Ich habe Kaida herbestellt, weil ich wusste, wie sehr sie dir fehlt. Ich ... ertrage es einfach nicht, dich traurig zu sehen.« Er schüttelte den Kopf. »Gleichzeitig war mir bewusst, dass ich damit ein Risiko eingehe. Nicht nur für Silvandor. Sondern auch, dass du, wenn du sie erst einmal wiedergesehen hast, Heimweh bekommst und deine Sehnsucht nach Kryndon zu groß ist, um Hüterin zu werden. Deswegen verzichtet man normalerweise auf ... Besuche.«

In der Kammer angekommen, kniete Jaro sich vor den Kamin und schob die Asche in der Feuerstelle zur Seite. Ich hockte mich neben ihn.

»Was ist mit der Regel, dass du die Burg beziehungsweise das Gelände nicht verlassen darfst? Ist das auch eine Vorsichtsmaßnahme? Die Zauberer, die den Krieg überlebt haben, wurden in ihre Burgen verbannt und dürfen sie nicht verlassen. Aber du bist kein Zauberer.«

»Das nicht. Dennoch ist die Einsamkeit nicht selbst gewählt. Sobald ich versuche, den Wald zu verlassen, ist es, als würde ich gegen eine unsichtbare Mauer laufen. Es gibt keinen Ausweg.«

Aus dem Kaminrohr war ein Schaben zu hören. Kurz darauf plumpste Radost auf die Feuerstelle. Asche stob in alle Richtungen. Jaros Niesen wurde mit einem dreckigen Lachen des Domovois quittiert.

»Du siehst ja wieder richtig gesund aus«, kommentierte ich. *Und du riechst schlechter denn je.*

»Habt ihr was zu essen mitgebracht oder warum lungert ihr vor meinem Kamin herum?«

»*Dein Kamin*«, wiederholte Jaro, der nach hinten gerückt war, »ist *unser* Eingang nach Silvandor. Und genau dahin möchten wir jetzt.«

»Laaaangweilig«, motzte der Domovoi, ließ sich aber von Jaro zur Seite schieben und sprang vom Kamin. Wenige Zentimeter neben mir landete er und genoss es sichtlich, seinen dreckigen Körper an meinem sauberen Kleid zu reiben.

»Es gibt einen Teil in Silvandor, zu dem nur der aktuelle Hüter und die Auserwählte Zugriff haben«, erklärte Jaro, als wir auf einer weitläufigen Wiese gelandet waren, auf der Apfelbäume blühten. »Kein Wesen weiß davon. Wenn du also wirklich einmal Ruhe haben willst, solltest du dich dorthin zurückziehen.«

»Und wo liegt dieser Ort?« Die Sonne kitzelte meine Nasenspitze. Es war stets komisch, von einer verschneiten Winterwelt in den Hochsommer zu wechseln. Jaro wiederum schien der Temperaturumschwung nichts auszumachen.

Geheimnisvoll presste er seinen Zeigefinger vor die Lippen, dann bedeutete er mir mit einer Geste, ihm zu folgen. Er führte mich über die Wiese auf einen Schotterweg, der von Feldern gesäumt wurde. Eine schiere Ewigkeit ging es geradeaus, und ich merkte, wie ich zu schwitzen begann. Erst, als er mich in einen tiefen Wald führte, war mir nicht mehr warm. Ganz im Gegenteil: Hier standen die Tannen so dicht, dass nicht das kleinste bisschen Tageslicht durch ihre Kronen drang. Der Weg, auf dem wir uns befanden, war eng, führte steil bergauf und immer tiefer ins Dickicht hinein.

»Bitte sag mir, dass meine Orientierung besser wird, sobald ich Hüterin bin.«

»Da muss ich dich leider enttäuschen.« Jaro lachte kehlig. »Ich habe Jahre gebraucht, um mich hier zurechtzufinden.«

»Na wunderbar.« Ich biss mir auf die Unterlippe und stieg über eine gigantische Wurzel. Irgendwo schrie ein Käuzchen.

»Wir sind fast da«, sagte Jaro, als sich die Tannen lichteten und wir freie Sicht auf einen Flecken Erde hatten, der einige Meter unter uns lag. »Pass auf, dass du nicht hinfällst, der Boden ist rutschig.«

Jaro lief vor mir den Hügel hinab, und ich hatte Mühe, mitzuhalten. Was ihm leicht von der Hand ging, stellte mich vor Herausforderungen, weil mein Gleichgewichtssinn nicht besonders ausgeprägt war. Ich prallte mit ihm zusammen, als ich auf dem Feld angekommen war.

»Was ist das hier?« Vor uns erstreckte sich ein verwüstetes Stück Land, das hauptsächlich aus Morast und trockener Erde bestand. Hier und da wuchsen ein paar Pflanzen.

»Ist das ein Friedhof?« Ich erkannte Holzkreuze, die in die Erde gerammt worden waren.

Während des Krieges hatte der Platz auf den Friedhöfen nicht ausgereicht, um all die Toten zu begraben. Stattdessen hatten man sie auf Leichenwägen gestapelt und diese dann in Brand gesetzt. Ich rieb mir über die Unterarme.

»Wer liegt hier begraben?«, fragte ich Jaro, der neben einem der Kreuze wartete.

»Auf diesem Friedhof gedenken wir den früheren Hüterinnen und Hütern, die geholfen haben, Silvandor am Leben zu erhalten. Für jeden gibt es ein Kreuz – oder *gab* es. Leider kümmert sich niemand um diesen Platz. Meine Zeit reicht dafür nicht aus. Aber eigentlich ist auch nur eines der Kreuze wichtig.« Er klopfte auf das neben ihm. Die Buchstaben darauf waren nicht mehr zu entziffern.

Es war ein trauriges Grab, ganz ohne Blumen oder Gestecke.

»Hier liegt den Überlieferungen nach der erste Hüter Silvandors begraben.«

»Was weiß man über ihn?«

Jaro schob die Ärmel seines Mantels hoch. »So gut wie nichts. Aber das ist auch nicht weiter von Belang.« Mit spitzen Fingern griff er unter sein Hemd und zog sein Medaillon hervor. Gespannt beobachtete ich, wie er es aufklappte und gegen die scheinbar tote Erde hielt.

Ein Licht, so hell, dass es mich blendete, brachte die Grabstätte zum Leuchten. Tausend goldene Partikel sammelten sich in der Luft, flogen umher, bis sie die Umrisse einer Tür ergaben, die neben einem wuchtigen Knauf mit Löwenkopf auch das verschlungene *S* aufwies.

»Ein Geheimgang?«, mutmaßte ich.

»Nicht ganz.« Jaro stellte sich hinter mich und gab mir einen Stoß, sodass ich direkt auf die Tür zustolperte. »Eine Gruft.«

Ich landete mit den Händen voran auf einem kalten Steinboden. Als ich aufstand und den Kopf in den Nacken legte, waren die Wände so hoch, dass ich ihr Ende kaum erspähen konnte. Mit offenem Mund drehte ich mich einmal im Kreis.

»Komm mit.« Jaro tauchte unvermittelt neben mir auf, in der Hand eine Fackel. Wo er die so schnell herbekommen hatte, konnte ich nur mutmaßen.

Er trieb mich weiter nach vorn, durch einen schmalen Gang, der komplett aus Stein zu bestehen schien. Hier unten – sofern man von unten sprechen konnte – war es eiskalt und beklemmend. Eine Treppe führte uns meterweit in die Tiefe, bis wir schließlich ein Eisentor erreichten, das mit einem Hängeschloss verriegelt war.

Ich hielt meinen Arm mit dem *S* vor das Schloss, aber Jaro schüttelte den Kopf und benutzte stattdessen das Medaillon.

Knarrend öffnete sich die Tür und ein abgestandener, *antiker* Geruch schlug mir entgegen. Gleichzeitig ergriff ein schwermütiges Gefühl von mir Besitz.

Nach Jaro betrat ich den Raum, dessen Wände aus massivem Stein bestanden, nur dass Einkerbungen in sie eingelassen waren. Sie waren groß genug, um einen Menschen zu beherbergen ... und wenige Momente später verstand ich, dass genau das auch ihr Zweck war.

Rechts von mir stand eine gigantische Statue, ein Mann

mit resolutem Blick, langem Haar und einem Speer in der Hand. Er war in eine Uniform gekleidet, in die Verzierungen gehauen worden waren. Zu seinen Füßen saß ein kleiner Hund.

Ich bückte mich, um das Schild, das sich unter ihm befand, besser lesen zu können. »Claasimir Alfredo«, murmelte ich halblaut und drehte mich zu Jaro um. »Wer ist das?«

»Ein Hüter. Genau wie alle anderen, die du hier unten findest.« Er machte eine weitläufige Handbewegung, die die ganze Gruft mit einschloss. Da erkannte ich, dass sich in den Wänden Dutzende Statuen aneinanderreihten.

»Ist Mindra auch hier? Die Frau, die dich aus dem Waisenhaus geholt hat?«

Jaro nickte nach rechts. Kurz darauf stand ich vor einer Statue, die nicht aus Stein, sondern aus Marmor gefertigt war. Sie zeigte eine Frau mit halblangem Haar und buschigen Augenbrauen. Ihrem Blick haftete Strenge an, gemischt mit einer Prise Belustigung. In der Hand hielt sie einen Gegenstand, der Jaros Medaillon ähnelte.

Ich kniete mich hin, um ihren Namen und das Sterbedatum zu lesen, als ich auf die lilafarbenen Blumen aufmerksam wurde, die zu ihren Füßen lagen. »Sind die von dir?«

Jaro stand hinter mir, trotzdem war es mir, als könnte ich sein Nicken sehen. »Die Gruft ist der Ort, an dem ich mich Mindra nah fühle. Hier unten kommt es mir vor, als wäre ein Teil von ihr noch immer am Leben.«

Ich drehte mich zu ihm um, nahm seinen nachdenklich-verklärten Blick in mich auf. Dann presste Jaro die Lippen aufeinander. »Komm mit.«

Wir durchquerten die Gruft so schnell, dass ich keine

Gelegenheit hatte, mir die früheren Hüterinnen und Hüter anzusehen. Ihre Gesichter verschwammen vor meinen Augen und wurden zu einer großen, grauen Masse.

Vor einem Glaskasten am Ende des Raumes blieb Jaro stehen. Er stellte sich so, dass ich noch nicht sehen konnte, was sich in ihm befand. »Nicht mehr lange, und du wirst die Hüterin über Silvandor sein.« Er trat einen Schritt zur Seite. »Die Krone ist nur ein Symbol für deine zukünftige Position. Du wirst sie nicht immer tragen müssen, aber sobald sie zum ersten Mal deinen Kopf berührt, gebührt dir alle Ehre und dieses wundervolle Land.«

Ich machte mir nichts aus Gold und Juwelen. Prunk und Luxus hatten mir nie etwas bedeutet. Deswegen gefiel mir die schlichte Eleganz der Krone besonders. Ich trat näher an den goldumrahmten Kasten heran, in dem sie auf einem Glasbrett lag. Sie war aus Dingen gefertigt, die man in der Natur fand – Efeu, Herbstblätter, Gänseblümchen und Margariten. Verbunden mit schwarzem Geäst, das sich wie eine Schlange um die Konstruktion wand. Die Blumen blühten kraftvoll; ein goldenes Licht schien die Krone zu umgeben.

Sofern man denn überhaupt von Krone sprechen konnte. Eigentlich glich sie eher einem Blumenkranz, weswegen er so viel besser zu Silvandor und zu mir passte.

Meine Finger wanderten über das Glas. In mir erwachte das Bedürfnis, die Krone zu tragen.

»Noch ist es nicht so weit«, gab Jaro mir zu verstehen. »Du wirst auch ein Zepter und ein Geschmeide bekommen. Und natürlich mein Medaillon.« Er klopfte gegen seine Brust.

»Wirst du mich krönen?«, fragte ich.

Er schüttelte den Kopf. »Das ist nicht meine Aufgabe.«

»Wer ...«, fing ich an, doch er ließ mich nicht zu Ende reden. Leidenschaft erwachte in seinen Schieferaugen. Er drückte mich gegen die Steinwand. Erregung pulsierte durch seinen Körper, die auf mich überging, sobald unsere Lippen miteinander verschmolzen. Ich seufzte wohlig, schloss die Augen, drängte Jaro meinen Hals entgegen, den er mit kleinen Küssen bedeckte. Ein Schauder drang durch meinen Körper, Lust erwachte in meinem Unterleib.

Besitzergreifend schlang ich meine Arme um seine Hüfte, zog ihn an mich heran. Jaro knurrte erregt, küsste mich länger und intensiver. Meine Haut vibrierte unter seiner Berührung.

Er zog das Band aus meinen Haaren, sodass sie mir offen über die Schultern fielen. Aus lustvoll verhangenen Augen sah er mich an. »Ich liebe dich«, keuchte er. »Bitte versprich mir, dass du das nie vergisst.«

»Wieso sollte ich ...«

»Versprich es mir!« Er wurde fordernder, umfasste den Kragen meines Kleides und drückte mich fester gegen die Wand. Mein Haar verfing sich in den Zwischenräumen der scharfkantigen Steine, überrascht sog ich die Luft ein.

»Versprich es, bitte«, flehte Jaro. Die Atmosphäre um uns herum verdichtete sich.

»Ich ... verspreche es«, murmelte ich perplex.

»Was?«

Sein Griff wurde fester, er umfasste meinen Hals von hinten, machte mir das Atmen schwer. »Jaro, du tust mir weh.«

»Liora!« Sein Tonfall war drängend, während seine Stimme zitterte.

»Ich verspreche, dass ich nie vergesse, dass du mich liebst«, keuchte ich. Sein Gesicht war angespannt, die Ader auf seiner Stirn pulsierte. Erst, als ich zu Ende gesprochen hatte, atmete er aus und ließ mich los.

Erschrocken taumelte ich. Jaro hatte sich von mir abgewandt. Ich brauchte einige Momente, um wieder im Hier und Jetzt anzukommen.

Dann fiel mein Blick auf die leere Stelle in der Wand.

KAPITEL 28

ALBTRÄUME UND FREIE PLÄTZE

Neben einer Statue, die eine frühere Hüterin zeigte, gab es eine leere Höhle in der Wand. Es war nicht der einzige freie Platz und doch verwirrte er mich. Ohne auf Jaro zu achten, ging ich darauf zu und bückte mich nach dem Steinschild. *»Jaro Kaczinski«*, las ich halblaut. Sein Geburtsdatum war bereits festgehalten, ebenso sein Sterbejahr, nur der Tag seines Todes fehlte.

Ich schluckte, während mein Magen sich verkrampfte. Kämpfte gegen die Übelkeit an, die wie eine Welle über mir zusammenbrach. Mühsam hielt ich mich an der Wand fest – und glitt dann doch auf den Boden.

Als ich mich umdrehte, stand Jaro hinter mir. Bedauern lag in seinen Augen. Er sah riesig aus, mein stolzer, verwegener Zauberer, der in sich zusammenzufallen schien, als ich auf seinen Namen deutete.

»Jaro«, flüsterte ich.

Er sank zu mir auf den Boden, zog mich an sich heran, bettete meinen Kopf an seiner Brust. Wiegte mich hin und her, hauchte mir Küsse auf den Scheitel und murmelte etwas, das ich nicht verstand.

Mein Herz raste, ich konnte kaum noch klar sehen. *Jaro Kaczinski.* Er würde der Nächste sein. Der nächste Hüter, der eine Statue bekam, wenn er selbst nur noch Erinnerung war.

In diesem Moment wurde mir eine Sache mit rasiermesserscharfer Klarheit bewusst: Es hatte immer nur einen Hüter gegeben. Einer folgte auf den anderen, so wie es seit Jahrhunderten der Fall war. Es gab keinen Platz für zwei.

Die Erkenntnis riss mich mit sich fort. Als ich zu schluchzen begann, hielt Jaro mich fester, versuchte die hundert Teile, in die ich gerade zersprungen war, wieder zusammenzusetzen. Aber seine Präsenz, sein noch immer so kraftvoll schlagendes Herz, machten es nur schlimmer.

Ich kämpfte mich aus seiner Umarmung. Strich mir die Haare aus dem nass geweinten Gesicht und schlang die Arme um meinen frierenden Körper. Wieso verstand ich es erst jetzt? Wieso war ich so lange blind gewesen?

»Es stimmt nicht, oder?« Da war ein letzter Funken Hoffnung, an den ich mich klammerte. Bis Jaro ihn im Keim erstickte.

»Es tut mir so leid, Liora. Ich weiß, ich hätte es dir sagen sollen, aber ...« Seine Lippen bebten. Abermals streckte er die Arme nach mir aus, aber ich rutschte nach hinten, direkt an die Wand, die bald seine Statue beherbergen würde.

Wie viel Zeit blieb ihm noch? Ein Jahr? Ein halbes?

Meine Hände ballten sich zu Fäusten. Ich wollte wütend sein, weil es das einfacher machte. Weil Zorn so viel leichter zu ertragen war als die niederschmetternde Gewissheit, dass ich Jaro verlieren würde.

Ich war wütend gewesen, als Mutter starb. Als ich Maylea nicht hatte retten können. Als Vater immer mehr trank und Tian kränker wurde.

Wut machte mich stark. Mit Wut konnte ich umgehen. Trauer zerstörte mich.

»Das ... das kann nicht sein.« Wiederholt schüttelte ich den Kopf. Ein hysterisches Lachen löste sich aus meiner Kehle. Ich zog die Beine an den Körper und presste meinen Kopf auf die Knie. Jaro sah mich an, mit einer Mischung aus Bedauern und Resignation, die mich wahnsinnig machte.

»Ich wusste nicht, wie ich es dir sagen soll. Jeden Tag habe ich es mir wieder vorgenommen, aber ...« Er legte den Kopf in den Nacken, blinzelte zweimal, »es ist so schwer, darüber zu reden, wenn wir so glücklich sind. Wenn wir alles haben, nach dem wir so lange gesucht haben. Wenn ich dich ansehe, will ich dich zur glücklichsten Frau auf der Welt machen.« Seine Hand krallte sich in die Furchen zwischen den Steinen.

Ich begann zu zittern. »Du ... hast mir nie gesagt, dass wir gemeinsam über Silvandor wachen würden, oder? Ich habe es einfach angenommen, und du hast mich nie korrigiert.«

Sein Nicken war kurz und endgültig. »Jedes Mal, wenn du von einer gemeinsamen Zukunft gesprochen hast, hat es mir das Herz gebrochen, weil ich wusste, dass es sie nicht gibt. Jedes Mal wollte ich dir die Wahrheit sagen und habe es doch nie geschafft.«

Ich war nicht einmal wütend auf ihn. Dabei hätte ich jedes Recht dazu gehabt, ihm all die bösen Dinge an den Kopf zu werfen. Aber ich fühlte mich nur erbärmlich.

Jaros Hand landete auf meinem Knie. Ich ertrug seine Berührungen nicht. Rutschte noch näher an die Wand und wandte den Kopf ab.

»Ich wünschte, ich könnte etwas daran ändern, Liora, aber das liegt nicht in meiner Macht. Es gibt einen vorgeschriebenen Kreislauf. Einen Teufelskreis.« Er schnaubte. »Der alte Hüter wird durch seinen Nachfolger ersetzt. So geht es bis in alle Ewigkeit weiter. Es gibt immer nur einen Hüter, niemals zwei.«

»Das heißt ...« Ich schniefte. »Wenn ich gekrönt werde, wird es dich nicht mehr geben?«

Manchmal war keine Antwort auch eine Antwort.

»Das mach ich nicht«, murmelte ich. »Ich werde das nicht mit mir machen lassen. Noch bin ich keine Hüterin, noch kann ich einen Rückzieher machen.« Energisch wischte ich mir über die Augen, fand irgendwo in mir ein letztes bisschen an Kraft. »Wir ... finden eine neue Hüterin. Jemanden, der besser geeignet ist. Ich bin mir sicher, wenn wir gemeinsam suchen, schaffen wir das.«

»Liora ...«

»Ich bin sowieso nicht die beste Wahl. Du unterrichtest mich seit Wochen und ich habe immer noch keinen Überblick. Es gibt Bessere, und ich werde alles daransetzen, sie zu finden.«

»Liora ...«

Entschlossen stand ich auf, drehte Runden in der Gruft. »Wir schicken Dorian in die Stadt. Ich kenne ein paar Frauen, in Kryndon ...«

»Liora, es ist vorbei.«

Es war die Resignation in seiner Stimme, die mich erstarren ließ. »Nein, es ist nicht vorbei«, beteuerte ich dennoch und kniete mich neben Jaro. »Ich weigere mich zu glauben, dass es vorbei ist.« Energisch presste ich die Lippen aufeinander. »Du bist schon so lange Hüter, du kannst das auch noch ein paar Jahre länger machen. Und in der Zwischenzeit suche ich jemanden. Wir können weiterhin zusammen sein und ...«

»Mir bleibt nicht mehr viel Zeit.« Jaro sprach so leise, dass ich ihn kaum verstehen konnte, aber als er seinen Mantelärmel hochschob und mir seinen Arm zeigte, wusste ich es. Dunkle, fast schwarze Schlieren zogen sich über seine Haut, die einen fahlen, kränklichen Ton hatte. »Mein körperlicher Verfall hat begonnen, seit du dich entschieden hast, Hüterin zu werden.«

»Was? Dann ist das meine Schuld?« Ich ertrug den Anblick seines Arms kaum, und war froh, als er den Ärmel darüberzog.

»Nein, natürlich nicht. Aber du hast alle Prüfungen bestanden und damit gezeigt, dass du die Richtige bist. Deine Entscheidung war nur das, was ohnehin passieren musste.«

»Ich nehme sie zurück. Ich mach das nicht mit.«

Traurig senkte Jaro den Blick, sodass seine Haare ihm über die Schultern fielen. Das Silber war mehr geworden, bedeckte gewiss ein Drittel seines Kopfes.

Er starb.

»Tu mir das nicht an. Bitte, bitte, tu mir das nicht an.« Ich rutschte auf ihn zu, versuchte ihn irgendwie zu umarmen, doch er entglitt mir, als hätte er bereits aufgegeben. »Jaro, ich schaff das nicht ohne dich.«

»Doch, du wirst das schaffen. Seit du der Nymphe geholfen hast, habe ich nicht einen Tag mehr an dir gezweifelt. Es fühlt sich richtig an, Silvandor in deine Hände zu geben.«

Nichts hieran fühlt sich richtig an.

»Ich weigere mich«, wiederholte ich, nur dass es dieses Mal viel leiser über meine Lippen kam. »Was passiert, wenn ich mich weigere?«

»Ich kann meine Zeit als Hüter nicht verlängern. Ich werde ... es wird vorbei sein und es wird niemanden geben, der sich an meiner Stelle um Silvandor kümmern kann.«

»Und das bedeutet?«

Jaros Miene gab mir einen Vorgeschmack auf die Antwort. »Silvandor kann ohne seinen Hüter nicht existieren. Der Hüter ist derjenige, der das Land am Leben hält. Gibt es keinen, bedeutet das das Ende. Nicht nur für das Land, sondern auch für seine Wesen.«

Die Wesen.

Es waren lange nicht mehr nur *die Wesen*. Es waren Aska, Radost und Dorian. Tausende Florifeen und die Wassergestalten. Wesen, die mir ans Herz gewachsen waren. Freunde.

Wenn ich mich weigerte, würden sie alle sterben.

Und Jaro?

Der starb so oder so.

Als die Erkenntnis in mein Bewusstsein sickerte, presste ich mir die Hand vor den Mund und weinte lautlos vor mich hin.

Dieses Mal gestattete ich ihm, mich in den Arm zu nehmen. Dieses Mal durfte er mich an sich heranziehen und mich so fest halten, als würde er mich nie wieder loslassen.

Nur dass er das irgendwann musste.

»Ich schaff das nicht«, flüsterte ich an seiner Brust. »Ich werde das nicht schaffen. Wie soll ich weiterleben, wenn ...?«

»Schhhh ...« Beruhigend wiegte er mich hin und her, doch nichts, was er sagte oder tat, konnte mir den Schrecken nehmen, der sich tief in mich gegraben hatte.

Bang blickte ich an die leere Stelle an der Wand. »Wissen wir, wann es so weit sein wird?«

Jaro schüttelte den Kopf. »Niemand kennt den genauen Tag. Aber ... ich werde schwächer. Das spüre ich. Ich ... mein Kopf funktioniert nicht mehr so gut, ich werde vergesslich und langsamer.«

»Heute Morgen«, sagte ich. Dass ich Jaro nicht wach bekommen hatte, war ein Vorbote der Zeit, die uns bevorstand.

»Das heißt, es wird jetzt schlimmer und schlimmer, ehe du stirbst?« Ich hob den Kopf, und die Tränen in seinen Augen machten es erträglicher. Er litt genauso sehr wie ich.

»Wir können uns darauf vorbereiten. Es wird nicht plötzlich kommen. Das ist der einzige Trost, den ich habe.«

Ich rutschte näher an ihn heran, doch gleich, wie eng ich bei ihm lag, es war nicht genug. Ich atmete seinen Duft ein, krallte mich an seinen Mantel, weinte in den Stoff seines Hemds. »Du hast es gewusst«, flüsterte ich. »Du hast es die ganze Zeit gewusst und nichts gesagt.«

»Um genau das hier zu vermeiden. Weil ich wusste, dass es kommen wird und dass es schrecklich wird.« Seine Finger strichen über meinen Rücken. »Ich wollte uns dieses Glück nicht nehmen.«

Stille senkte sich über uns, einzig durchbrochen durch mein Schluchzen. Die Wände der Gruft schienen näher zu kommen, nahmen mir die Luft zum Atmen. Jaro fragte mich, ob er uns zurück zur Burg bringen sollte, aber ich wollte mich nicht bewegen. Ich wollte nur aus dem Albtraum erwachen, in den sich mein Leben verwandelt hatte.

KAPITEL 29

DER MOMENT UND DAS DANACH

Normalerweise war der Frühling meine Lieblingsjahreszeit. Er zeigte mir, dass der Winter vorüber war und nicht länger seine kalten Klauen nach mir ausstreckte. Dass ich überlebt hatte. Dass mit den warmen Tagen alles besser werden würde.

In diesem Jahr hasste ich den Frühling. Hasste die Krokusse, die Schneeglöckchen und die Narzissen, die er brachte. Ich hasste ihn für seine Sonne, die zart vom Himmel schien und mich verhöhnte. Während die Welt dort draußen hell und bunt wurde, herrschte in mir ewiger Winter.

»Wie ist es bei Mindra passiert?«, fragte ich Jaro, der neben mir auf der Bank im Wald saß. Mein Kopf lehnte gegen seine Schulter, die knochiger geworden war. An schlechten Tagen spürte ich, wie er mir entglitt.

Schon glaubte ich, dass er mir nicht mehr antworten würde, als er sich räusperte. »Ich habe es nicht mitbekommen, um ehrlich zu sein. Mindra hat wohl gespürt, dass ihre letzten Wochen angebrochen waren und hat alles für ihren Tod vorbereitet. Dann ist sie ... gegangen.«

»Gegangen?«

»Ich weiß nicht, wohin sie verschwunden ist, ich habe sie auch nicht gesucht. Zu viel Angst hätte ich vor dem, was ich finden könnte.« Er seufzte. »Dorian hat mir schließlich die Kunde von ihrem Tod überbracht.«

»Bitte tu das nicht.« Meine Finger verflochten sich mit seinen. »Bitte geh nicht weg, ohne etwas zu sagen, weil du glaubst, du machst es mir damit leichter.«

Einen Moment lang blickte er schweigend auf mich hinab, dann schüttelte er den Kopf. Sein Haar war schütter geworden, wies erste kahle Stellen auf, mehr silbern als schwarz.

Liebevoll strich ich ihm eine Strähne hinters Ohr. Er war immer noch mein Jaro, auch wenn er jeden Tag weniger wurde. Auch wenn er langsamer, vergesslicher und leiser wurde.

Ich schmiegte mich enger an ihn heran und legte seinen Arm um meine Schulter. Die Sonne kitzelte meine Nase, weswegen ich die Augen schloss. Von fern erklang Vogelzwitschern, ein wolkenloser Himmel lag über uns.

Wie schön der Frühling auf der Burg hätte sein können, wenn er nicht ständig von der Ungewissheit überlagert wäre.

Das Warten auf den Moment war das Schlimmste. Nicht zu wissen, wann es vorüber war. Ob wir Tage, Wochen oder im besten Fall Monate hatten. Nachts schreckte ich regelmäßig aus Albträumen hoch und tagsüber flüchtete ich mich in Parallelwelten, in denen es eine Zukunft für Jaro und mich gab.

In den letzten Wochen hatte ich jedes einzelne Buch in der Bibliothek nach einem Ausweg durchforstet. Ich hatte mit jedem einzelnen Wesen aus Silvandor gesprochen und mich dabei nicht nur einmal in Gefahr begeben. Ich hatte versucht, in den kryptischen Briefen, die ich immer noch erhielt, Hinweise zu finden. Mehrmals hatte ich sie Jaro zeigen wollen, doch meine Lippen waren wie versiegelt. Als würde eine fremde Macht sie verschlossen halten. Allem Anschein nach waren die Briefe nicht für Jaros Augen bestimmt – und ich wurde nach wie vor nicht schlau aus ihnen.

Ich hatte alles in meiner Macht Stehende getan und doch keine Lösung für uns gefunden. Erneut verlor ich einen Menschen, den ich liebte.

Ich vergrub mein Gesicht in Jaros Hemd, damit er meine Tränen nicht sah. Sosehr ich mir auch vorgenommen hatte, nicht mehr vor ihm zu weinen, gelang es mir kaum. Manchmal reichte schon ein Blick auf sein Gesicht, um alle Dämme in mir zu brechen.

Dennoch war heute einer der guten Tage. Heute ging es Jaro den Umständen entsprechend, er konnte aufstehen und sogar ein Stück mit mir im Wald spazieren.

Schon jetzt übernahm ich einen Großteil der Arbeit in Silvandor, weil Jaros körperliche Verfassung nicht mehr ausreichte. Zwar leitete er mich noch an, die Umsetzung jedoch lag bei mir. Was dazu führte, dass ich das Land immer besser kennenlernte und mich meiner zukünftigen Aufgabe gewachsen fühlte.

Aber dem anderen, was auf mich zukommen würde, war ich nicht gewachsen.

Der plötzlich auftretende Wind ließ meine Zähne klappern. Jaro breitete seinen Mantel über mir aus und zog mich an sich heran. In den letzten Tagen war er schweigsam geworden, vielleicht hatten wir aber auch schon zu oft über alles gesprochen. Eine seltsame Lethargie hatte sich zwischen uns breitgemacht. Ich wusste, dass er genauso auf das Ende wartete wie ich.

Jaros Augen waren geschlossen. Der Wind strich durch seine dünnen Haare und über das ausgemergelte Gesicht. Seine Wangenknochen waren kantiger geworden, das Kinn spitzer. Da war nichts Weiches mehr.

Du bist so stark, dachte ich nicht zum ersten Mal. *Wenn ich an deiner Stelle wäre, hätte ich meinem Leben schon ein Ende gesetzt. Wäre von der Klippe hinter unserer Schaukel gesprungen oder hätte mich vom Greifen zerreißen lassen. Ich glaube nicht, dass ich das könnte. Das Warten auf das Ende.*

Aber Jaro blieb geduldig und nahm jeden Tag, wie er kam. Freute sich über die guten und klagte nicht über die schlechten. Er war so viel stärker, als ich es je sein würde.

Meine Hand schlang sich fester um seine und fuhr die Form seiner Finger ab, dabei kannte ich sie längst auswendig. Kannte jede Erhabenheit, jede Abschürfung, jedes Detail an ihm auswendig. In den letzten Wochen hatte ich seinen Körper auf eine Art kennengelernt, ihn in einer Intimität erlebt ...

»Komm mit.« Jaro stand so abrupt auf, dass ich zur Seite sackte. Verwirrt sah ich ihn an. »Wo willst du hin?«

»Ich möchte dir etwas zeigen.« Er griff nach seinem Gehstock, der an der Bank lehnte und zog mich hoch.

Gemeinsam liefen wir zurück zur Burg. Früher hätten wir für den Weg nicht länger als zehn Minuten gebraucht, nun mussten wir zweimal rasten und kamen nur langsam voran. Sein linkes Bein bereitete Jaro Schwierigkeiten, es war kaum noch belastbar und manchmal so steif, dass er es gar nicht bewegen konnte.

Aber wie gesagt: Heute war einer der guten Tage.

Jaro grinste mich schief an. »Hast du Lust auf ein letztes Geheimnis?«

Als wir das Kaminzimmer betraten, wusste ich, dass er mich nach Silvandor führen würde. Radost machte uns bereitwillig Platz. Er war beinahe brav geworden. Vor zwei Tagen hatte Dorian einen toten Fuchs im Wald gefunden, und ich endlich mein Versprechen eingelöst.

Jaro lehnte seinen Gehstock gegen den Kamin. In Silvandor brauchte er ihn nicht. Zwar fand er auch dort nicht zu seiner früheren Stärke zurück, aber das Land linderte einen Teil seiner körperlichen Gebrechen.

Auffordernd streckte er mir seine Hand entgegen – und in diesem Moment wusste ich mit markerschütternder Gewissheit, dass es das letzte Mal war.

Mit einem Kloß in der Kehle folgte ich ihm in den Kamin.

Silvandor begrüßte uns mit einem blassblauen Himmel, der beinahe unecht aussah.

»Es gibt eine Sache, die ich dir noch nicht gezeigt habe.« Jaro streckte sein Gesicht der Sonne entgegen, ehe er mich in einen Fichtenwald führte. Ich konnte regelrecht spüren, wie gut ihm die Luft Silvandors tat. Sein Gang wurde schneller und sicherer. Und als er mir einen Blick über die Schulter zuwarf, war da dieses schalkhafte Lächeln, das ich über alles liebte.

Eilig holte ich zu ihm auf. Für Silvandor hatte ich definitiv das falsche Schuhwerk an – weiße Riemchensandalen, die sich für einen Spaziergang im Burggarten eigneten, darüber hinaus aber nicht sonderlich stabil waren. Und auch das Kleid, das ich trug, hellgrün mit aufgestickten Blüten, wirkte etwas fehl am Platz.

Eine Weile liefen wir nebeneinanderher und hingen unseren eigenen Gedanken nach. Immer wieder öffnete sich Jaros Mund, ohne dass er etwas sagte. Ich beobachtete, wie sich seine Stirn furchte, sein Blick mal heller und mal dunkler wurde, doch er schwieg auch dann, als wir unser Ziel erreichten.

Vor uns lag ein weißer Pavillon mit roter Spitze, rundlich gebaut und etwa zwei Meter hoch. Er stand auf einem Hügel und war von Tannen umgeben, sodass man ihn aus der Entfernung nur erahnen konnte. Er strahlte eine ruhige Atmosphäre aus, die mich erdete. Die Farbe der Laube war an den Wänden abgeblättert.

Im Inneren des Pavillons war lediglich eine Bank, vor der sich ein Tisch befand. Nachdem ich mich hingesetzt hatte, kletterte Jaro auf die Bank und stellte sich auf die Zehenspitzen. Auf Höhe des Dachs befand sich eine Einkerbung im Stein, in der ein Glasgefäß stand, das mit einem Deckel aus Kork verschlossen war.

»Das ist der älteste Zauber der Hüter«, sagte Jaro unter einem Ächzen und reichte mir das Glas. Er setzte sich neben mich.

»Was soll ich damit?«

»Dieser Pavillon ist ein Ort der Erinnerung. Er macht Dinge lebendig, die in der Vergangenheit liegen.«

»Und dieses Glas?«

»Bewahrt Erinnerungen auf«, sagte er schlicht. »Wenn man damit umzugehen weiß.«

Ich machte Anstalten, den Deckel zu öffnen, aber Jaro schüttelte schnell den Kopf. »Nicht jetzt. Wenn ich gegangen bin ...«

Gehen, er nannte es selten Sterben. Vielleicht, weil er glaubte, es mir damit einfacher zu machen.

»Wenn ich gegangen bin, braucht es nur ein Haar von mir, einen Fetzen Haut oder einen Fingernagel – irgendetwas, das du in dieses Glas legst. Es wird sich in Luft auflösen und den Zauber in Gang setzen.«

Angestrengt starrte ich in das große Gefäß. »Und wozu das alles?«

»Um nicht zu vergessen.« Jaros Stimme zitterte, dann nahm er mir das Glas wieder aus der Hand. Weil der Deckel klemmte, öffnete er ihn mit den Zähnen.

Ich wusste nicht, womit ich rechnete. Mit einem Knall vielleicht. Einer Erschütterung im Boden. Einem Wesen, das vor uns auftauchte.

Womit ich nicht rechnete, war der Geruch von Hyazinthen, der den Pavillon flutete. Ich schnupperte angestrengt, wartete darauf, dass mehr passierte, aber da hatte Jaro das Glas wieder geschlossen. Auf seinem Gesicht machte sich ein verklärter Ausdruck breit, und kurz glaubte ich, er hätte den Verstand verloren. Bis er sich zu mir vorbeugte. »So hat sie gerochen. Wann immer wir uns begegnet sind, hatte sie nach Hyazinthen gerochen.«

»Mindra?«

Jaro nickte. »Immer, wenn ich die Blumen sehe, werde ich an sie erinnert.«

»Das heißt, dieses Glas speichert Gerüche?«

»Es kann weitaus mehr. Sämtliche Erinnerungen werden in ihm festgehalten und je nachdem, wie du dich fühlst und wie viel du … brauchst, schenkt es dir mehr oder weniger.«

»Kann ich es noch mal öffnen?«

Er schüttelte den Kopf. »Bei dir würde es nicht funktionieren – noch nicht«, fügte er nach einer kleinen Pause hinzu. Und der Teil, den er gar nicht aussprach, wog am schwersten.

»Es kann mein Geruch sein. Die Erinnerung an einen besonders schönen Tag. Manchmal hörst du meine Stimme. Und wenn es dir wirklich, wirklich schlecht geht …« Er stand auf und setzte sich neben mich, »dann ist dieser Zauber stark genug, mich zurückzuholen.«

Ich riss die Augen auf.

»Nicht so, wie du denkst. Ich werde … tot bleiben, daran kann man nichts ändern. Aber wenn du mich sehr vermisst, kann dieses Glas eine Illusion von mir herbeizaubern. Quasi mein Abbild, das neben dir auftaucht.«

Ich schluckte. »Ich will kein Abbild, wenn ich es nicht berühren kann. Wenn ich nicht mit ihm sprechen kann. Es nicht küssen kann.«

Jaro hob mein Kinn an und fixierte mich mit seinen Schieferaugen. »Der Schmerz wird dadurch nicht verschwinden, aber er wird erträglicher. Und du lernst, den Blick auf das zu richten, was wir hatten – auf all die glücklichen Momente.«

Ich presste meinen Kopf gegen seine Brust und atmete tief durch. Ich wollte keine Erinnerungen. Ich wollte Jaro.

Aber vielleicht hatte er ja recht. Vielleicht würde er – durch dieses Glas oder auch ohne – nie ganz verschwinden. In diesem Moment erinnerte ich mich an etwas, das er gesagt hatte, als ich erst wenige Tage in der Burg wohnte: *Selbst wenn ich einmal nicht mehr hier bin, wird mein Geist noch durch die Gänge laufen. Die Spiegel werden mein Bild reflektieren, auch wenn ich nicht mehr vor ihnen stehe.*

Hatte er es mir damit damals schon sagen wollen?

Schutz suchend rutschte ich näher an ihn heran, und als ich den Kopf hob, glomm Leidenschaft in seinen Augen. In der Burg war Jaro oftmals zu erschöpft, um mich so zu lieben, wie er es getan hatte, als ich noch nicht wusste, was uns bevorstand, aber in Silvandor konnte er Dinge vollbringen, zu denen er an einem anderen Ort nicht mehr in der Lage war.

Meine Haut prickelte.

Ich schlang meine Hände um Jaros Nacken und zog ihn zu mir. Legte mich auf das kalte Holz der Bank und erschauderte, während er meinen Hals mit hungrigen Küssen bedeckte. Ein Grollen erwachte in seiner Kehle, besitzergreifend grub er seine schwarz lackierten Fingernägel in meine Oberarme, ehe er das grüne Kleid, das ich trug, mit einem Ruck am Dekolleté auseinanderriss. Keuchend bäumte ich mich auf, aber er drückte mich wieder nach unten. Begierde flammte in seinem Blick, und ich wusste, dass er heute die Kontrolle an sich ziehen würde.

Mühsam schälte ich mich aus den Überresten des Kleides. Jaro zog es mir über die Hüfte, ehe er es nachlässig auf den Boden fallen ließ. Dann strich er mir auch das letzte Stück Stoff von den Beinen.

Der Wind, der von draußen hereindrang, ließ mich frösteln, aber Jaros Küsse auf meinem Bauch und der Innenseite meiner Schenkel schürten das Feuer in mir. Ein Seufzen verließ meinen Mund.

»Liora«, flüsterte er samtig-weich in mein Ohr. Mein Bauch wurde unter seiner Berührung ganz hart.

Jaro drückte seine Stirn gegen meine, sodass ich für einen Augenblick einzig sein Gesicht sah. Seine grauen Iriden und das selbstgefällige Lächeln, das ich in den letzten Tagen vermisst hatte. Verlegen biss er sich auf die Unterlippe und strich sich das Silberhaar aus dem Gesicht.

Gierig riss ich am Stoff seines Hemds, wollte es ihm über den Kopf ziehen, damit ich ihn endlich ganz spüren konnte. Jaro kam mir zuvor, zerriss es mühelos und warf es zu meinem Kleid auf den Boden.

Ich hatte seinen Oberkörper Hunderte Male gesehen und bekam doch nie genug von ihm. Ich kannte die kleine Schramme, die sich unterhalb seiner Brustwarze befand. Das Muttermal neben seinem Bauchnabel, der sich leicht nach innen wölbte. Ich wusste, wie sich seine Härchen anfühlten, wenn ich mit dem Finger darüberstrich. Kannte die raue Stelle unter seinen Rippen.

Eines Tages würde ich all das nicht mehr haben. Eines Tages würde er gegangen sein und ...

Ich kann das nicht.

Tränen rannen mein Gesicht hinab, während ich verzweifelt versuchte, nicht an das Danach zu denken.

»Hey ...« Jaros Stimme wurde ganz sanft. Er hauchte mir einen Kuss auf die Lippen, ehe er mir mit dem Finger über die Wange strich. »Wein nicht. Ich bin doch noch hier. *Ich bin noch hier.*«

Und da nickte ich, weil er recht hatte. Und weil das in diesem Moment alles war, was zählte. Ich wusste nicht, wann ich ihn verlor, nur dass es unweigerlich passieren würde. Weil nichts in diesem Leben unendlich war und man nichts festhalten konnte, sosehr man es auch versuchte.

Es würde eine Zukunft ohne Jaro geben, eine Realität, in der er nicht länger an meiner Seite war. Aber weil ich den Gedanken an das Danach nicht ertrug, zumindest jetzt noch nicht, konzentrierte ich mich auf das, was ich beeinflussen konnte: den Moment. Seine schiefergrauen Augen. Das schalkhafte Lächeln. Seine Hände auf meiner Haut. Seine Stimme an meinem Ohr. Diesen Moment, in dem wir so, so glücklich waren.

KAPITEL 30

BRIEFE UND DAS GESTERN

Jaro bat darum, noch eine Weile in Silvandor bleiben zu dürfen, weswegen ich ohne ihn zurückging. Mein Herz war kummerschwer, auch wenn ich mir vorgenommen hatte, mich nicht mit der ungewissen Zukunft zu beschäftigen. Dennoch schwebte Jaros Schicksal wie eine Gewitterwolke über mir.

Ich war froh, auf dem Weg in unsere Kammer niemandem zu begegnen. Mir stand der Sinn nicht nach Gesprächen, ich wollte in Ruhe meinen eigenen Gedanken nachhängen. Doch als ich die Tür öffnete und den Stapel schwarzer Briefumschläge auf meinem Bett entdeckte, wusste ich, dass noch etwas auf mich wartete.

Heute Morgen waren es drei gewesen.

Nun zählte ich zehn.

Noch immer hatte ich keinen Schimmer, woher sie kamen oder wie sie ihren Weg zu mir fanden, doch jedes Mal, wenn ich sie zu ignorieren versuchte, wurden sie mehr. Meine Hände zitterten, als ich das Siegel des ersten brach.

Knisternd ergab sich das Papier zwischen meinen Händen.
Ich ließ mich rücklings auf das Bett sinken.

Liebe Liora,

*vielleicht fühlst du dich gerade wie der einsamste Mensch
auf der ganzen Welt. Vielleicht glaubst du gerade, dass
niemand da ist, der dich versteht und dir beistehen kann.
Aber du darfst dir sicher sein. Auch wenn ich kein Teil
deiner Welt mehr bin, trage ich dich in meinem Herzen.
Ich bin bei dir, ob du wachst oder schläfst. Wo auch immer
du dich aufhältst und mit was auch immer du zu
kämpfen hast.*

*Ich habe zeit meines Lebens nicht alles richtig gemacht,
doch dich alleinzulassen, war wohl der größte Fehler.
Manchmal jedoch bringt das Leben uns in Situationen,
in denen wir nicht mehr selbst handeln können.*

Es tut mir leid für all das, was ich nicht tun konnte.

Ich atmete tief durch und öffnete den zweiten Brief. Verwirrt nahm ich wahr, dass er dieses Mal keine geschriebenen Worte, sondern die Kohlezeichnung eines Mädchens zeigte, das an einem sonnigen Tag am See saß. Die Beine übereinandergeschlagen, die Hände im Schoß gefaltet. Neben ihr ein Picknickkorb, um sie herum breitete sich der Wald aus. Ich runzelte die Stirn. Irgendetwas an dieser Situation kam mir bekannt vor, doch ich konnte nicht sagen, was.

Dies war nicht der erste Brief, der mich an eine Szene erinnern wollte, die sich am See abgespielt hatte.

Mit einer Mischung aus Wut und Verzweiflung riss ich den dritten Umschlag auf. Das Papier war nur zu einem

Drittel beschrieben, dennoch reichte es aus, um mir einen Schauder den Rücken hinabzuschicken.

Meine geliebte Liora,
es tut mir leid, dass du schon so früh mit dem Tod
Bekanntschaft machen musstest. Ich wünschte, ich hätte
dich davor bewahren können. Nur dass du dann nie
herausgefunden hättest, zu was du in der Lage bist.

Ich breitete das Papier auf meinem Schoß aus und legte den Kopf in den Nacken. Von draußen prasselte *Frühlingsregen* gegen die Fensterscheibe. Auch wenn sich alles in mir dagegen sträubte, dachte ich an Maylea, denn meine kleine Schwester war der erste Mensch gewesen, von dem ich hatte Abschied nehmen müssen. Noch immer fühlte die Erinnerung an sie sich stumpf und taub an. Ihr Tod hatte mich gelehrt, dass das Leben ein einziges Chaos war und man manchmal vergeblich nach einem Sinn suchte. Obwohl ich den Tag des Unfalls in Gedanken wieder und wieder durchging, wurde ich nicht schlau aus dem Brief. Weswegen ich nach dem nächsten Umschlag griff.

Er wog schwerer als die anderen und war in der Mitte ausgebeult. Schon als ich das Siegel löste, spürte ich eine Anspannung in meinen Fingern. Ich steckte die Hand in das schwarze Kuvert und ertaste etwas Hartes, Gläsernes.

Die Ballerina.

Die Ballerina von Mutters Schmuckkästchen, das ich nach ihrem Tod bei uns im Schrank versteckt hatte, damit es nicht in Vaters Finger fiel. Ich hatte sie Kaida als Abschiedsgeschenk gegeben – was machte sie hier?

Ich riss den nächsten Umschlag auf.

Es ist das Wasser, Liora. Das Wasser ist deine Gabe. Und es wird Zeit, dass du endlich aufwachst.

Als ein Luftzug durch die Kammer drang, zuckte ich so erschrocken zusammen, dass ich den Brief losließ. Bang schaute ich mich um, hatte auf einmal das Gefühl, beobachtet zu werden. Ob Jaro schon zurück war? Ich wollte die Briefe unbedingt zu Ende gelesen habe, bevor er mich hier fand. Deswegen griff ich nach dem vorletzten Umschlag.

Mein größter Fehler war, mich damals in einen Menschen zu verlieben. Mein größtes Glück war, mich damals in einen Menschen zu verlieben. Auch wenn ich ihm eine Seite von mir nie zeigen konnte. Zu große Angst hatte ich vor seinem vorschnellen Urteil. Mensch und Magiebegabte passen einfach nicht zusammen, nicht wahr? Ich habe gehofft, dass sich meine Fähigkeiten nicht auf meine Kinder übertragen, aber schnell erkannte ich, dass du besonders bist, Liora. Dass eine Macht in dir wohnt, die sich über die Grenzen des Irdischen hinwegsetzt. Dein Vater hatte Angst vor Magie, glaubte, sie sei etwas Schlechtes, Zerstörerisches. Er wollte sich mit aller Kraft von ihr fernhalten und zog euch in diesem Wissen auf. Nur dass er bloß die Hälfte der Geschichte kannte.

Jede Magiebegabte wird mit einer Gabe geboren. Wenn ein Mensch und eine Magiebegabte ein Kind zeugen, ist es möglich, dass die Gabe sich gar nicht erst zeigt oder für immer unentdeckt bleibt. In seltenen Fällen kann es allerdings auch vorkommen, dass das Kind zwei Gaben erhält und doppelt gesegnet wird.

So ist es bei dir, Liora.

Du ...

Ich wendete das Papier, doch die Rückseite war unbeschrieben. Auch im Umschlag fand ich keine Fortsetzung.

Mutter.

War das möglich?

Tränen verschleierten meinen Blick. Es war nur noch ein einziger Umschlag übrig, und eine innere Stimme sagte mir, dass es der letzte sein würde. Dass ich heute Antworten auf meine Fragen bekam.

Was es nicht leichter machte, ihn zu öffnen. In der Kammer wurde es kälter, weswegen ich mir eines der Felle über die Beine schob. Gegen meine klammen Finger half das nicht, und ich brauchte drei Anläufe, um das Siegel zu brechen.

Enttäuschung machte sich in mir breit, die mich, gepaart mit einem Anflug von Panik, hysterisch nach Luft schnappen ließ.

Das Papier, das sich im Kuvert befand, war leer.

Anfangs hatte ich die Briefe wegwerfen wollen, aber aus irgendeinem Grund war ich nie so weit gekommen. Der Reihe nach holte ich sie aus der untersten Schublade des Kleiderschranks und las sie alle noch einmal. Jene, die ich in Kryndon bekommen hatte, besaß ich nicht mehr, erinnerte mich aber daran, dass die Botschaften erst über die Monate hinweg deutlicher geworden waren.

Wieso ich jetzt erst die Handschrift meiner Mutter erkannte, wusste ich nicht. Vielleicht hatte sie dafür gesorgt, dass ich die Zusammenhänge jetzt erst verstand. Vielleicht hatte mein Gehirn wirklich – wie sie es wieder und wieder betonte – *so viel vergessen.* Doch nun, da ich im Schneidersitz auf dem Boden der Kammer saß, die Briefe wie ein

Fächer um mich herum ausgebreitet, fühlte ich mich ihr zum ersten Mal wieder nah. Ich sah nicht mehr ihre ausgemergelte Gestalt vor mir, den Tag ihres Todes, ihre Lippen, die sich tonlos bewegten, bevor sie starb. Sondern die Frau, die sie davor gewesen war. In meiner Kindheit. Und wenn ich die Augen schloss, befand ich mich nicht mehr auf der Burg, sondern spürte die Sonnenstrahlen auf meiner Nasenspitze und hörte ihr unbeschwertes Lachen in meinem Ohr. Ich wusste wieder, wie es war, von ihr gehalten und getröstet zu werden. Und dass ich sie nie ganz verstanden hatte.

Als ich die Augen öffnete, fiel mein Blick auf das leere Blatt Papier, das sie mir in ihrem letzten Umschlag geschickt hatte. Eine fixe Idee breitete sich in meinen Gedanken aus, die mich abermals zum Kleiderschrank laufen ließ. Vielleicht war es nur ein Hirngespinst, vielleicht zog ich die falschen Schlüsse, doch ich musste es probieren.

Denn ich hatte die Frauen gesehen – meine Vorgängerinnen. Und ich hatte mit ihnen gesprochen.

Ich brauchte mehrere Anläufe, um das Tintenfässchen lose zu drehen und den Federkiel hineinzutauchen. Meine Buchstaben waren ungelenk, weil ich so lange nicht mehr geschrieben hatte.

Mutter, kritzelte ich auf das leere Blatt Papier. *Bist du da?*

Es kam mir lächerlich vor, auf das Papier zu starren und auf eine Antwort zu warten. Solche Dinge waren nicht möglich. Meine Mutter war seit Jahren tot ...

Meine Gedanken kamen zu einem abrupten Ende, als mir bewusst wurde, *wie viel* in den letzten Monaten möglich geworden war. Wie viel ich über diese Welt gelernt und dass ich vorher nur einen kleinen Teil von ihr gekannt hatte.

Ich vernahm ein Knirschen. Ein Kratzen.

Und sah, wie sich schwarze Buchstaben vor mir formten.

Natürlich bin ich da. Seit meinem Tod ist nicht ein Tag vergangen, an dem ich nicht bei dir gewesen bin.

Die Tränen, gegen die ich eben noch angekämpft hatte, liefen jetzt ungehindert meine Wangen hinab und wurden von einem scharfen Gefühl der Angst begleitet. Verstohlen wischte ich mir über die Augen und starrte auf das Papier. Es war nicht nur, dass ich ihre Worte lesen konnte – ich hörte auch ihre Stimme. Ich sah sie vor mir, lebendig und in Gänze.

Du fehlst mir so, schrieb ich. **Mein Leben besteht nur aus Abschieden. Wann hört das endlich auf?** Die Feder hinterließ schwarze Tintenklekser auf dem Papier.

Ich wünschte, ich könnte dir den Schmerz nehmen. Manchmal fühlt sich das Leben wie ein reißender Fluss an, der uns mit sich zieht. Wir geraten in die Strömung, tauchen unter und verlieren das Bewusstsein. Dabei vergessen wir ganz, dass es ein Ufer gibt. Es ist das Wasser, Liora.

Abermals griff ich nach dem Federkiel. **Was meinst du damit? Ich habe es satt, rätseln zu müssen. Ich bin müde. Der einzige Mann, der mir etwas bedeutet, stirbt und ich kann nichts dagegen tun. Ich fühle mich so hilflos. Noch vor ein paar Monaten dachte ich, dass alles gut werden würde. Dass Jaro und ich gemeinsam über Silvandor herrschen können. Doch seit er mir die Wahr-**

heit gestanden hat, fühlt sich jeder Tag wie der letzte
an. Es ist unerträglich, ständig auf eine Katastrophe
zu warten, die dann doch nicht kommt.

Ich drehte das Papier um und tunkte den Federkiel erneut in das Tintenfässchen.

Warst du wirklich eine Magiebegabte, Mutter?, stellte
ich ihr dann die eine Frage, vor deren Antwort ich mich
fürchtete.

*Ja, Liebes. Das war ich. Und ein Teil meiner Kräfte ist
auf dich übergegangen.*

Eine Gänsehaut kroch meinen Körper hinauf.

Die Frauen, schrieb ich. Ich habe eine von ihnen schon
in Kryndor gesehen. Und deine Briefe. Ist das meine
Gabe?

Am liebsten wollte ich den Blick abwenden, schaute
dann aber doch hin.

*Es ist deine Gabe, Nachrichten aus der Vergangenheit zu
empfangen und mit jenen in Kontakt zu treten, die nicht
mehr da sind. Aber du kannst noch mehr. Und dafür
musst du dich erinnern.*

Wieso sagst du es mir nicht einfach?, fragte ich, und
sah, dass ich mit meiner Frage das Papier vollgeschrieben
hatte. Minutenlang wartete ich vergeblich auf eine Antwort. Die Briefe, die ich um mich herum ausgebreitet hatte,
verschwanden einer nach dem anderen, bis nur noch das
Papier vor mir übrig blieb. Nachdem ich mir sicher war,
dass nichts mehr kommen würde, schob ich es zurück in
den Umschlag und diesen unter meine Matratze. Es dämmerte bereits, als Jaro aus Silvandor zurückkam.

Er schaffte es nicht mehr allein die Treppe hoch. Ich hörte ihn meinen Namen rufen, leise – beinahe wie einen Nachhall. Als ich die Kammer verließ, stand er auf den unteren Stufen, die Hand um das Geländer gekrallt, Schweißtropfen glänzten auf seiner Stirn.

Er sah so gebrochen aus, dass auch etwas in mir kaputtging. Ich nahm immer zwei Stufen auf einmal, bis ich bei ihm angekommen war und seinen Arm um meine Schulter schlang. Mit einer Mischung aus Dankbarkeit und Verzweiflung ließ er sich von mir nach oben helfen. Sein Atem ging schwer und unregelmäßig. Jede noch so kleine Bewegung strengte ihn an, und es fiel mir schwer, mich darauf zurückzubesinnen, dass er einmal anders gewesen war.

»Ein kleines Stück noch«, murmelte ich, während ich ihn Stufe um Stufe nach oben schleppte. Die Tür zu unserer Kammer lag in Reichweite. Je weiter wir kamen, desto unsicherer wurde sein Gang. Kurz vor dem Bett sackte er in sich zusammen.

»Es tut mir so leid«, murmelte er. »Du solltest das nicht mit ansehen. Du solltest mich allein lassen, ich ...«

»Schhhh ...« Ich legte ihm den Zeigefinger an die Lippen und kniete mich vor ihn. »Ich bin für dich da. Lass dir Zeit.«

Er sah müde und abgekämpft aus, die Ringe unter seinen Augen erzählten von all den Nächten, in denen er nicht geschlafen hatte. Jeden Tag wurde er weniger. Jeden Tag war von meinem Jaro weniger übrig.

Um nicht weinen zu müssen, biss ich mir so fest auf die Lippe, dass ich mein eigenes Blut schmeckte. Dann schlang ich meine Arme um ihn und hievte ihn hoch. Schweiß lief mir übers Gesicht, denn Jaro war ein ganzes Stück größer und um ein Vielfaches schwerer als ich. Es kam einem Ding der Unmöglichkeit gleich, ihn überhaupt zu bewegen.

»Hilf mir«, hauchte ich. »Wir müssen dich irgendwie auf das Bett bekommen.«

Müde sah er mich an. In einem letzten Anflug von Kraft richtete er sich auf und drehte sich in Richtung Bett, sodass ich ihn nach oben ziehen konnte. Als er endlich auf der Matratze lag, deckte ich ihn mit dem Fell zu und atmete durch.

Würde heute *die* Nacht sein?

Seine letzte Nacht?

Würden sich seine Augen heute Nacht schließen und nicht mehr öffnen, wenn die Sonne aufging?

Panik breitete sich in mir aus, ließ mich kaum atmen.

»Komm zu mir, Liebste. Hab keine Angst.« Jaro streckte die Arme nach mir aus. Seine Lider waren gesenkt, seine Wangen eingefallen und hohl. Ich schluckte schwer, dann kletterte ich zu ihm ins Bett.

»Wird es ... glaubst du ...« Meine Stimme brach und ich musste mich räuspern.

»Heute Nacht ... Jaro ... ist es ... glaubst du ...?«

Und weil er mich besser kannte als ich mich selbst, schüttelte er den Kopf. »Es ist noch nicht so weit«, flüsterte er. Ich rutschte näher an ihn heran, ließ mich von ihm in den Arm nehmen und atmete seinen Geruch nach Geborgenheit ein. Wo würde ich zu Hause sein, wenn mein Haus nicht mehr da war? Wenn das Schiff in See stach, der Anker nicht mehr hielt und unter mir nur die tosende See war?

Es ist das Wasser, Liora.

Sanft strich ich ihm das Haar, das ihm ins Gesicht gefallen war, hinter sein Ohr. Ließ meine Finger federgleich über seine Haut gleiten, die mir so zerbrechlich vorkam. Jaro war eingeschlafen, bevor er mir eine gute Nacht wünschen konnte. Bevor er mir sagen konnte, dass er mich liebte.

Und obwohl er mich weiterhin im Arm hielt und seine Wärme auf mich überging, fühlte ich mich einsam.

Ich hatte in meinem Leben genug Menschen verloren, um zu wissen, dass Trauer etwas Egoistisches war. Dass man am Ende nur sich selbst bemitleidete. Bei Jaro jedoch war es anders. Denn eine Welt ohne ihn würde stiller, ärmer und kleiner sein. Ich bedauerte all die Menschen, die ihn nicht kennenlernen würden. All die Wesen, die er zurücklassen musste.

Und ja – auch mich.

KAPITEL 31

SEEN UND LETZTE DINGE

Ein Albtraum ließ mich hochschrecken, rüttelte mich wach. Die Luft in unserer Kammer war eiskalt. Ich schlang die Decke enger um mich, ehe ich einen bangen Blick auf Jaro warf. Erst, als seine Brust sich gleichmäßig hob und senkte, kletterte ich aus dem Bett und schlüpfte in meine Stiefel, die ich vor der Tür abgestellt hatte. Von dem rostigen Nagel in der Wand nahm ich Jaros Mantel, der sich immer ein wenig wie eine Umarmung anfühlte, wenn ich ihn trug. Dann verließ ich unser Schlafzimmer.

Die Nachwirkungen des Traumes geisterten unablässig durch meinen Kopf, wurden zu einem Strudel aus Emotionen, der ein Bild immer wieder an die Oberfläche drängte: den kleinen See in Silvandor, an dem ich vor vielen Wochen mit Keleb Bekanntschaft gemacht hatte.

Das Leben mit Jaro hatte mich gelehrt, dass es so etwas wie Zufälle nicht gab. Deswegen kniete ich mich vor den Kamin, in dem Radost selig in der Feuerstelle lag, die Asche wie eine Decke über ihm ausgebreitet. Ich schaffte es, ihn nicht aufzuwecken, während ich durch die Tür trat.

Obwohl ich Hunderte Male in Silvandor gewesen war, hatte ich das Land nie in der Nacht betreten. Schwere Gewitterwolken standen am Himmel, ich schloss die Knöpfe von Jaros Mantel und watete durch den Matsch, die Wiese entlang, den Hügel hinauf, bis ich den See erreichte, in dem Keleb lebte. Dicke Regentropfen zerrissen die Wolken, ein Blitz zuckte über den Himmel, und ein Teil von mir wünschte sich in mein warmes Bett zurück. Der andere hoffte, endlich Antworten zu bekommen.

Ich ließ mich in das nasse Gras sinken. Meine Beine waren jetzt schon eiskalt, meine Lippen taub und wahrscheinlich blau. Angestrengt starrte ich auf den See vor mir.

Es ist das Wasser, Liora.

Zeit meines Lebens hatte ich eine besondere Bindung zu jeglicher Art von Gewässer verspürt, auch wenn ich das Meer selbst nie gesehen hatte. Und selbst jetzt, inmitten eines Gewitters, war der See wunderschön.

Und sehr schweigsam.

Ich schloss die Augen, rief mir die Briefe meiner Mutter in Erinnerung. Den Tag am See, von dem sie gesprochen hatte. Es gab keinen See in Kryndon. Bloß einen Fluss, an dem ich als Kind gespielt hatte. Der nächste See lag einen Ort weiter, in Delion, mitten im Wald. Er ...

Ich erstarrte. Gleichzeitig bewegte sich die Oberfläche des Sees vor mir.

Erschrocken rutschte ich zurück. Ich war nicht scharf darauf, noch einmal auf Keleb zu treffen. Doch die Gestalt, die sich aus dem Wasser erhob, hatte mit dem hinterlistigen Meermann nichts gemein. Sie war durchlässig wie ein Schatten, ihre Konturen ließen sich erahnen, nicht aber greifen. Ein Kleid umspielte ihr körperloses Wesen, das wie ein Spinnennetz an ihr herunterhing.

Vielleicht hätte ich Angst empfinden sollen, als sie auf mich zuschwebte und mit einem knochigen Finger auf mich deutete. Als sie ihre Hand nach mir ausstreckte und ich mich wie fremdgesteuert vom Gras erhob und zu ihr ging.

Dort, wo sich ihr Gesicht abzeichnen sollte, fand ich nur alles verschlingende Schwärze. Ihre Berührung hallte tief in mir wider, war eiskalt und doch verlockend. Mit einer Handbewegung gab sie mir zu verstehen, ihr in das Wasser zu folgen, das kurz darauf meine Knöchel umspielte.

Die Gestalt sprach nicht – eine bleierne Stille legte sich auf uns, die nur manchmal durch das Donnergrollen unterbrochen wurde. Immer tiefer watete ich in den See hinein, bis mir das Wasser bis zur Hüfte stand.

Die Gestalt tauchte unter – und es war der Bruchteil einer Sekunde, in dem ich die Entscheidung traf.

Ich wartete auf den Moment, in dem das Wasser über mir zusammenschlug, doch er blieb aus. Stattdessen verschwamm mein Sichtfeld, ehe es sich vor meinen Augen lichtete.

Ich befand mich nicht länger im See, sondern auf einer grünen Wiese, auf der das Sonnenlicht tanzte. Nicht eine einzige Wolke stand am Himmel, der Tag war warm und sorgenlos.

Und ich ... wieder ein Kind.

»Wo sind wir hier?«, fragte ich Mama. Ihre Hand hatte sich fest um meine geschlossen, so als würde sie den Gedanken nicht ertragen, mich gehen zu lassen. Ich bemerkte, wie ihr Blick un-

ruhig hin und her wanderte, ehe sie mich zu einem See führte, der zwischen Tannen lag und dessen Wasseroberfläche in der Sonne funkelte. Ich hatte nie etwas Schöneres gesehen.

Heute war mein elfter Geburtstag. Oder wie Mutter es ausdrückte: Heute war ich alt genug.

Versonnen strich sie mir durch mein Haar. Sie hauchte mir einen Kuss auf die Stirn, dann setzten wir uns nebeneinander auf zwei flache Steine vor dem See. Ich trug das Kleid, das ich von ihr und Vater geschenkt bekommen hatte – es war hellrot mit Rüschen und Perlen. Wenn ich mich im Kreis drehte, bauschte es sich.

»Ich muss dir etwas sagen, Liora«, begann Mutter, deren Gesicht auf einmal etwas Kummervolles hatte. Ich runzelte die Stirn. So hatte ich sie nie zuvor gesehen, und ich rutschte unwillkürlich näher an sie heran. Kurz darauf spürte ich ihren Arm an meiner Schulter.

»Du weißt, wie unsere Welt aufgebaut ist. In Arvendom leben nicht nur Menschen, es gibt auch Magiebegabte und vereinzelt sogar Zauberer.«

Ich nickte.

»Dein Vater ist ein gewöhnlicher Mensch, ebenso wie deine Geschwister. Sie sind nicht in der Lage, Magie zu wirken. Und sie wissen nicht, dass es in ihrer Familie jemanden gibt, der es kann.«

Erschrocken hob ich den Kopf. »Du bist eine Magiebegabte?«

Ein seltsames Lächeln legte sich auf ihre Lippen, als sie nickte. »Das bin ich. Ich habe es deinem Vater nie gesagt, weil meine Kräfte nicht besonders stark ausgeprägt sind. Und weil er alles, was mit Magie zusammenhängt, verabscheut. Als ich das erfuhr, war es zu spät, denn ich war bereits mit Alev schwanger. Und auch davon abgesehen, hätte ich es niemals geschafft, ihn zu verlassen.« Ihr Lächeln vertiefte sich, wurde aber auch etwas trauriger.

»Du kannst zaubern?«, hauchte ich bloß.

»So würde ich es nicht nennen. Aber mir wurde eine Gabe in die Wiege gelegt, die ich erst über die Jahre verstanden habe und die verkümmert wäre, wenn ich sie nicht genutzt hätte.« Mutters Blick wanderte auf die Oberfläche des Sees, dessen Wasser sich im Wind leicht bewegte. Bei uns zu Hause in Kryndon gab es so gut wie keine Natur. Umso mehr genoss ich es, hier zu sein. Die frische Luft zu riechen, den Grillen zu lauschen und einen Himmel zu sehen, der so blau war wie die Farbe meines Malkastens.

»Ich habe die Gabe der Vorsehung bekommen. Zumindest würde ich sie so nennen. Ich ... habe ein Gespür für die Dinge, die auf uns zukommen. Manchmal ist es nur ein Gefühl, manchmal steht die Zukunft glasklar vor mir.« Ihr Blick wurde dunkler, ich verkniff mir meine Frage. »Aber ich bin nicht deswegen mit dir hier, Liora.«

Nun drehte sie sich mir zu, berührte mit ihrer Hand meine Schulter. »Wenn ein Kind von einem Menschen und einer Magiebegabten auf die Welt kommt, setzt sich meist der menschliche Teil durch. So war es bei deinen Geschwistern – und bis vor ein paar Monaten dachte ich, dass auch du ein gewöhnliches Mädchen bist.«

Mein Herz begann schneller zu schlagen. Ich krallte die Fingernägel so stark in meinen Handrücken, dass ich zu bluten begann. »Was willst du damit sagen?«

»Dass du gesegnet bist«, erwiderte sie schlicht. »Und dass auch in dir die uralte Macht schlummert, die wir Magie nennen.«

»Aber ... ich kann doch gar nichts. Ich bin nichts Besonderes, ich ...«

Mutters erhobener Zeigefinger brachte mich zum Schweigen.

»Erinnerst du dich an den toten Vogel in unserem Garten?«

»Die Blaumeise? Die sich im Zaun verhakt hatte?«

Mutter nickte. »Was hast du mit ihr gemacht?«

Ich runzelte die Stirn, weil ich eine Ewigkeit nicht mehr an den Vorfall gedacht hatte. »Ich habe sie befreit und sie begraben. In deinem Rosenbeet.«

»Und davor?« Ihr Blick wurde eindringlicher.

»Davor? Ich weiß nicht, was du meinst. Ich habe die Stelle im Zaun mit Vaters Zange geöffnet und … oh, ich habe die Blaumeise in unser Regenfass gelegt.«

Damit sie noch ein letztes Mal schwimmen und den Himmel über sich sehen konnte.

»Richtig.«

»Danach habe ich sie begraben.«

»Und du hast nie mehr in das Fass geschaut, richtig?«

Regen prasselte auf mein Gesicht, als ich die Augen aufschlug und nach Atem rang. Ich lag rücklings auf dem schlammigen Boden und holte japsend Luft. Mein Körper bäumte sich auf, ich hustete mehrmals hintereinander.

Der See lag direkt neben mir – irgendwie war ich zurück ans Ufer gekommen. Hektisch stand ich auf und sah mich nach der seltsamen Gestalt um, die verschwunden war. Und auch sonst schien es hier nichts mehr für mich zu tun zu geben.

Behelfsmäßig klopfte ich mir den Schmutz vom Kleid, ehe ich den schnellsten Weg zurück in die Burg nahm.

Als ich schmutzig und durchgefroren in der Eingangshalle stand, wusste ich, dass etwas anders war. Dass sich etwas verändert hatte. Ich verstand es jedoch erst, als ich aus dem Fenster blickte, hinter dem mich eine blasse Sonne begrüßte.

Wie lange war ich fort gewesen? Wie lange hatte mein Ausflug in die Vergangenheit gedauert?

Jaro.

Er würde doch nicht ...

Der Gedanke an ihn schnürte mir die Kehle zu. Ich rannte die Treppe nach oben, nahm immer zwei Stufen auf einmal und scherte mich nicht um die Schlammspur, die mein Kleid auf dem feinen Teppichboden hinterließ. Ich wurde immer schneller, spürte die Zeit im Nacken – und schaffte es doch nicht, die Tür zu öffnen, als ich vor unserer Kammer stand.

Solange ich hier draußen blieb, war alles in Ordnung.

Solange ich im Korridor stand, konnte ich die Katastrophe aufhalten. Es gab mir ein Gefühl von Kontrolle, das ich so dringend brauchte.

Doch je länger ich zögerte, desto quälender würde die Ungewissheit werden.

Ich straffte die Schultern, drehte am Knauf und öffnete die Tür. Dunkelheit schlug mir entgegen – die Vorhänge waren noch immer zugezogen. Auf dem Bett lag ein Körper, verborgen unter Decken und Kissen. Ich vergaß zu atmen, während ich darauf wartete, dass Jaro sich regte.

Als es nicht geschah, brach die Panik in mir los.

Ich schloss die Tür hinter mir, dann wankte ich auf das Bett zu und sank vor Jaro auf die Knie. Hektisch wühlte ich mich durch die Decken und Felle, bis meine Hand auf seinen Körper traf.

Er war eiskalt.

Ich versuchte, seinen Namen auszusprechen und brachte doch nicht ein Wort über meine Lippen.

Da schlug Jaro die Augen auf.

Und ich wusste, dass das hier für immer mein liebstes Bild von ihm sein würde. Sein Gesicht, das halb in den Schatten der Nacht lag. Seine müden Augen. Sein Mund, der sich öffnete und meinen Namen flüsterte.

»Bei Gott, du lebst.« Ich küsste ihn so stürmisch, dass unsere Nasen gegeneinanderstießen. Erleichterung flutete mich.

»Wo bist du gewesen? Wie … spät ist es?« Benommen blickte er Richtung Fenster.

Ich richtete mich auf und zog die Vorhänge beiseite, um das Licht des Tages hereinzulassen. Jaro schirmte die Augen ab. Ein Teil von mir hoffte, dass er sich aufrichten würde, der andere wusste, dass er dazu nicht mehr in der Lage war.

»Wie siehst du denn aus?« Verwirrt musterte er mein Kleid.

»Ich war in Silvandor. Ich muss dir etwas sagen.« Von plötzlicher Unruhe getrieben, nahm ich auf der Matratze Platz. Wie immer, wenn ich ihm von den Briefen erzählen wollte, wurde meine Zunge schwer, doch dieses Mal ließ ich mich nicht aufhalten. »Schon vor meiner Zeit bei dir in der Burg habe ich Briefe bekommen. Schwarze Umschläge ohne Absender mit kryptischen Nachrichten, die ich nicht verstanden habe. Heute hat sich das geändert.« Ich holte tief Luft. »Ich habe endlich verstanden, was die Briefe bedeuten. Sie kamen von meiner Mutter und sie wollte mir die ganze Zeit etwas sagen. Ich habe es schon geahnt, als die Geisterfrauen nicht verschwunden sind, auch nicht, nachdem es mir körperlich besser ging – und bin mir jetzt sicher. Ich bin kein gewöhnlicher Mensch, Jaro. In meinen Adern fließt Magie.«

Er legte den Kopf schief. »Magie?«

Ich suchte nach den richtigen Worten – und fand den letzten Brief meiner Mutter, der noch immer auf dem Tisch lag und über den ich mit ihr kommuniziert hatte. Entschlossen nahm ich ihn an mich. »Meine Mutter hat mich an einen Tag in meiner Kindheit erinnert, den ich vergessen hatte. Es hat gedauert, bis ich verstanden habe, was sie meinte.« Bis eben hatte ich nicht einen einzigen Gedanken mehr an den kleinen Vogel in unserem Regenfass verschwendet. Obwohl ich mich an seinen starren Körper erinnerte, hätte ich nicht gedacht, dass er so viel in meinem Leben in Bewegung setzen würde.

Jaro konnte die Augen kaum offen halten. Ich rechnete es ihm hoch an, dass er es dennoch tat. Mit der rechten Hand strich ich ihm eine weiße Strähne aus dem Gesicht, in der anderen hielt ich noch immer den Brief meiner Mutter.

»Wie es aussieht, trage ich zwei magische Gaben in mir. Ich bin nicht nur in der Lage, Nachrichten aus der Vergangenheit zu empfangen, wie es bei den Geisterfrauen und auch diesen Briefen der Fall war – ich ... kann wohl auch ...« Ich biss mir auf die Lippe und holte stattdessen den Brief aus dem Umschlag. An meinen Händen klebte noch immer Erde, die sich auch unter meinen Fingernägeln festgesetzt hatte.

»Schau her.« Ich entfaltete das Papier und streckte es ihm entgegen. Unter einem Ächzen richtete Jaro sich auf. In dem Moment, in dem seine Finger den Brief berührten, wurde er zu Wasser. Aus irgendeinem Grund sollte niemand außer mir die Nachrichten meiner Mutter sehen.

Ich blickte auf die Pfütze, die sich am Boden sammelte. Dann hob ich den Kopf, betrachtete Jaro – und erstarrte.

Ein Tropfen des Wassers hatte sich in seinem Haar verfangen, wo er schnell wuchs und bald große Flächen seines Kopfes bedeckte. Die Stirn zuerst, dann kroch er über die Nase, die Wangen entlang, bis er seinen Mund erreichte. Jaro wollte etwas sagen, das es nicht mehr über seine Lippen schaffte. Überall dort, wo das Wasser seine Haut berührte, wurde sie durchscheinend und blass. Erschrocken trat ich näher an ihn heran, streckte die Hand nach ihm aus, versuchte das Wasser daran zu hindern, sich auszubreiten. Da hatte es bereits seinen Hals erreicht, war über die eingesunkenen Schultern geflossen und die Brust hinab.

Ein erstickter Schrei kam über meine Lippen, als Jaros Gesicht vollständig bedeckt war. Nicht einmal mehr seine Augen konnte ich sehen – und auch der Rest seines Körpers verschwand.

Bis nur noch eine erschütternde Lache Wasser auf der Matratze zurückblieb.

Meine Beine gaben unter mir nach. Wie erstarrt blickte ich auf das Bett, in dem niemand mehr lag.

»Jaro«, hauchte ich. »Jaro, wo bist du?«

Dabei kannte ich die Antwort längst. Er war nirgendwo mehr. Weil es ihn nicht mehr gab. Weil er sich in dem Wasser verbarg, das in die Matratze sickerte.

»Dorian«, murmelte ich. Vielleicht konnte er helfen. Vielleicht wusste er sich einen Rat. Überstürzt stand ich auf, kämpfte mich bis zur Tür, als ein dumpfer Glockenschlag mich erstarren ließ. Er wiederholte sich dreimal, und als der Laut verklungen war, wurden Stimmen in der Burg laut. Schritte bewegten sich in meine Richtung. Sekunden später erschien Dorian auf dem Korridor und hastete auf mich zu. Auf seinem Gesicht fand ich all die Antworten, die ich nicht hören wollte. Mit letzter Kraft krallte ich mich am Türrahmen fest.

»Hör zu, es ...« Meine Stimme ging im allgemeinen Tumult der Burgbewohner unter. Ich hörte Stimmen, animalische Laute, ein Kratzen in der Wand, Trippelgeräusche über mir ... Seit ich letztes Jahr hier eingezogen war, war es noch nie so laut gewesen.

Dorian schenkte mir nur einen kurzen Blick, dann rauschte er an mir vorbei.

»Ich wollte das nicht«, beteuerte ich wieder und wieder. »Ich wusste ja nicht ...« In meiner Kehle wurde es eng, als ich zurück in das Zimmer taumelte. Dorian kniete vor dem Bett, untersuchte zuerst die Matratze, dann den Boden. Seine Schultern bebten und ich wusste, dass er stumm weinte.

Das war der Moment, in dem ich es verstand: Jaro war tot. Ich fiel auf die Knie, ein Schluchzen brach sich in mir Bahn.

Dorian robbte auf mich zu, schlang seine Arme ungelenk um mich, hielt mich und schaffte es dennoch nicht, mich zu trösten. Ich schrie, weinte und zitterte, wurde nur noch durch seine Umarmung aufrecht gehalten. Obwohl die Sonne mit voller Kraft durch die Ritzen der Vorhänge schien, herrschte in mir ewige Nacht.

KAPITEL 32

VOLLMOND UND ZUKUNFT

Einige Monate später

Als ich Maylea verloren hatte, war ich von Schuldgefühlen zerfressen gewesen. Als meine Mutter vor uns ging, spürte ich eine grenzenlose Wut über die Ungerechtigkeit des Lebens.

Jaros Tod ließ mich alles und nichts auf einmal fühlen. Mein Leben bestand nicht mehr aus Tagen und Wochen, sondern nur noch aus endlosen Augenblicken. Ich verlor jegliches Gefühl für Zeit und Raum; alles kam mir bedeutungslos vor.

Mein Kopf war so voll von Schmerz, dass er keinen Platz mehr für etwas anderes hatte. Ich vergaß Dinge, unmittelbar nachdem sie passiert waren. Wenn ich an Jaros Beerdigung zurückdachte, erinnerte ich mich nur noch an Fetzen. An den wolkenverhangenen Himmel und die dunklen Tannen im Hintergrund. An Dorians eiskalte Hände. An das Lied, das der Chor aus schwarzen Kuttenträgern sang, während sein Sarg in die Gruft getragen wurde.

Ähnlich ging es mir mit meiner Krönung, die nur wenige Tage danach stattgefunden hatte. Ich erinnerte mich an das Gewicht der Krone auf meinem Kopf, nicht aber, wie sie dorthin gekommen war. Ich wusste noch, dass ich mich ängstlich, überfordert, größenwahnsinnig gefühlt hatte – und all das zur selben Zeit. Dass alle gekommen waren, um ihre neue Hüterin zu begrüßen.

Die Wesen Silvandors brachten mir ein Vertrauen entgegen, das ich nicht verdiente. Obwohl ich mich noch nicht bewiesen hatte, hörten sie auf mich. In den ersten Wochen nach Jaros Tod war es im Land so ruhig, dass ich nahezu nichts zu tun hatte, außer den Stand der Dinge aufrechtzuerhalten. Als würden sich die Wesen absichtlich Mühe geben, um mir den Einstieg zu erleichtern.

Durch Mutter und Mayleas Tod wusste ich, dass Trauer nicht linear verlief. Es gab Tage, an denen ich mich beinahe wieder wie ein Mensch fühlte – und Stunden, in denen ich kurz davor war, Jaro ins Wasser zu folgen. Das Schlimme war, dass ich nicht wusste, welche Art von Schmerz mir bevorstand, wenn ich am Morgen die Augen aufschlug. Und dass meine Stimmung von einem auf den anderen Moment umschlagen konnte.

Es waren winzige Details, die Erinnerungen an Jaro auslösten. Seine nur halb ausgetrunkene Tasse Tee, die noch immer auf seinem Platz in der Bibliothek stand. Sein Mantel, den ich in Silvandor in der Nacht getragen hatte, in der ich mehr über meine Kräfte erfuhr. Der Anblick unserer Schaukel, verwaist im Wald.

In diesen Momenten glaubte ich, dass nichts je wieder in Ordnung kommen würde. Dass ich für immer in meinem Strudel aus Trauer gefangen wäre.

Der Wind strich sanft über meine nackten Beine und durch mein offenes Haar. Obwohl der Tag sich bereits verabschiedet hatte und die Dämmerung begann, fror ich nicht. Seit Jaro gestorben war, verbrachte ich mehr Zeit in Silvandor als in der Burg. Kamen mir die Wände dort eng und niederdrückend vor, konnte ich hier frei atmen und meinen Gedanken nachhängen, ohne dass mich jemand beobachtete.

Der See lag friedlich und unberührt da. Auch wenn Keleb mich hier unter Wasser gezogen und beinahe getötet hätte, war dies mein liebster Ort in Silvandor geworden. Manchmal rutschte ich so nah an das Ufer heran, dass ich meine Hand in das eiskalte Wasser strecken konnte. Ich hatte keine Angst mehr vor dem, was in seinen Tiefen lauerte.

Das Medaillon wog angenehm schwer um meinen Hals. Heute Morgen hatte es einen kleineren Vorfall in einer Höhle gegeben, am Nachmittag musste ich einem verletzten Gestaltwandler helfen. Es waren Aufgaben, die mir leicht von der Hand gingen, weil Jaro mich auf sie vorbereitet hatte. Irgendwann, so hoffte ich inständig, würde ich wieder Freude an ihnen haben.

In Kryndon hatte ich mich vor der Dunkelheit gefürchtet. Nun gab mir die Nacht etwas Tröstliches. Ich blieb am Ufer des Sees sitzen, bis ein voller Mond am Himmel stand und sein Licht auf die Oberfläche schickte. Das war der Moment, in dem das Wasser zu glitzern begann und sich in Tausenden Partikeln brach. Wenn ich die Augen zusammenkniff, funkelte alles vor mir.

Und als ich die Augen wieder öffnete, hatte sich ein goldenes Licht auf dem See gesammelt. Verwirrt legte ich den Kopf schief und stand von meinem Platz am Ufer auf. Die gesamte Oberfläche schimmerte, beinahe, als wäre eine Sternschnuppe auf dem See gestorben und hätte ihren Schein für die Nachwelt hinterlassen. Je näher ich dem Wasser kam, desto mehr schien sich das Funkeln auch in meine Richtung zu bewegen, bis es mit dem ersten Wasser meine nackten Beine traf. Überrascht nahm ich wahr, dass es nicht kalt, sondern beinahe warm war. Wie an einem Tag im Sommer, an dem die Sonne den See stundenlang aufwärmte und zum Baden einlud.

Das goldene Licht breitete sich aus, bis auch das letzte bisschen des Sees mit ihm bedeckt war. Staunend blieb ich stehen. Ich hatte die Schönheit Silvandors an vielen Orten und Plätzen entdeckt, doch nie hatte sie so überwältigend auf mich gewirkt wie jetzt. Der Mond stand über mir an einem Himmel voller Sterne, der See funkelte geheimnisvoll, und das warme Wasser trieb mich immer tiefer hinein.

Schon bald reichte es bis zu meinen Oberschenkeln. Das Kleid hing schwer an mir hinab, als ich mich in Richtung Mitte des Sees bewegte. Zu der Stelle, an der das Wasser am stärksten leuchtete. Ich streckte meine Hände nach den funkelnden Partikeln aus, die meine Fingerspitzen kribbeln ließen. Das *S* auf meinem Unterarm wurde eiskalt – und schien mich nach unten ziehen zu wollen. Auf einmal spürte ich einen Sog, der mir den Boden unter den Füßen wegriss. Kurz darauf sah ich nur noch trübes Wasser. Ich ruderte mit den Armen in der Luft, versuchte mich an etwas festzuhalten, doch etwas – oder *jemand?* – zog mich am Fuß nach unten.

Keleb? Unwahrscheinlich, denn seit ich Hüterin war,

übten die Wasserwesen keine betörende Wirkung mehr auf mich aus.

Je weiter ich nach unten gerissen wurde, desto kälter wurde das *S* an meinem Arm. Dieser See konnte unmöglich so tief sein – und doch nahm der Fall kein Ende. Ich zwang mich, die Augen offen zu halten, auch wenn das brackige Wasser es mir schwer machte. Schon bald reichte die Luft in meinen Lungen nicht mehr aus, ich rang nach Atem, aber wohin ich auch sah, da war nur Wasser.

Mein Fall nahm ein abruptes Ende; ich wurde auf den Boden geschleudert, meine Nase grub sich in den feuchten Sand. Ein scharfer Schmerz zuckte durch meinen Rücken; ich stöhnte. Mühsam rappelte ich mich auf. Erst da verstand ich, dass das Wasser um mich herum verschwunden war und ich mich an einem Ort befand, den ich nie zuvor gesehen hatte. Mein Sichtfeld war trüb und verschwommen, deswegen fiel mir die blauhäutige Gestalt vor mir auch erst auf, als sie nach meinem Arm griff und mir etwas in die Handfläche legte. Nacheinander verschloss sie meine Finger darum, sodass ich es nicht verlieren konnte.

»Was ist das?«, wollte ich sie fragen. »Wo bin ich hier?«

Doch das blaue Wasserwesen schüttelte den Kopf und stieß sich mit beiden Beinen vom Boden ab. Die Welt um mich herum wurde schwarz ...

... ehe sie mit Tosen und Geröll über mir zusammenbrach.

Japsend schlug ich die Augen auf. Meine Brust tat verteufelt weh, mein Atem ging nur ganz flach. Ich spuckte Unmengen an Wasser, dann übergab ich mich ins Gras.

Der See lag nicht weit von mir entfernt; das Leuchten,

das mich in das Wasser getrieben hatte, war verschwunden. Erschöpft setzte ich mich auf und ging mir mit der rechten Hand durch die Haare. Mein Gesicht war voller Schmutz und Erde.

Da fiel mein Blick auf die linke Hand, die ich immer noch zur Faust geballt hatte. Ich löste meine Finger und blickte auf den sonderbaren Gegenstand auf meiner Handfläche. Geformt wie eine Muschel, zwei Hälften, die von einem grauen Scharnier zusammengehalten wurden. Ich nestelte am Verschluss herum, bis er quietschend aufsprang.

Von jetzt auf gleich wurde es so hell, dass ich die Augen vor dem gleißenden Licht schließen musste. Ich hielt mir die Hand vor das Gesicht und blinzelte mehrmals, ehe ich mit halb gesenkten Lidern auf die Muschel schaute, deren goldenes Licht bis zum See hinüberstrahlte.

Mit bebenden Lippen beobachtete ich, wie ein Wesen aus den Fluten stieg. Ein Mann, etwa einen Kopf größer als ich, mit breiten Schultern und langem, schwarzen Haar. Seine Haut schimmerte bläulich, sein Kinn wurde nicht länger von einem Bart bedeckt – und doch hätte ich ihn immer und überall wiedererkannt.

Ich schluckte schwer, während ich Jaro anstarrte, der aus dem Wasser stieg und auf mich zukam.

Ich war mir zu nahezu einhundert Prozent sicher, dass ich einer Illusion erlag. Einem Traum, der zu schön war, als dass er einen Teil der realen Welt darstellen konnte. Dennoch gab ich mich der Vorstellung hin. Es war nicht das erste Mal, dass ich mich in eine Parallelwelt flüchtete, in der Jaro noch lebte. Es war einfacher, an einem Ort zu existieren, an dem es ihn noch gab.

Ich klopfte mir den Schmutz vom Kleid und stand auf. Mit unsicheren Schritten trat ich auf ihn zu, bis uns nur noch ein knapper Meter trennte. Sein Blick war verklärt, die Augen müde. Er sah aus, als hätte er lange geschlafen und noch nicht realisiert, dass er wach war.

Fragend legte Jaro den Kopf schief. Mein Herz schlug höher.

Auch wenn nichts von dem echt war, spürte ich ihn tief in mir drin. Und als ich seine Stimme vernahm, schaffte ich es nicht mehr, an Ort und Stelle zu verharren. Blitzschnell überbrückte ich die Distanz zwischen uns und rannte auf ihn zu. Jaro streckte die Arme nach mir aus; ich sprang ihm entgegen, er hob mich an und wirbelte mich im Kreis. Tränen des Glücks rannen meine Wangen hinab.

Er roch anders als damals. Nicht mehr nach Moschus und Sandelholz, sondern nach Seeluft und einer frischen Brise. Nach der unendlichen Weite des Meeres.

Er roch anders.

Aber er fühlte sich genauso an.

Und als ich ihn küsste, sah ich das Leben, das wir gemeinsam verbracht und schließlich hinter uns gelassen hatten. Unsere erste Begegnung bei der Hochzeit. Der zaghafte Kuss auf der Schaukel. Unsere gemeinsamen Abendessen, bei denen er sich mir gegenüber so abweisend und arrogant verhalten hatte. Als er mein Leben im Keller gerettet und sein eigenes aufs Spiel gesetzt hatte. Die Art und Weise, wie ich mich in ihn verliebt hatte: Wie aus Abscheu die ersten, zärtlichen Gefühle herangewachsen waren. Der Moment, in dem er mir seine Liebe gestand.

Ich öffnete die Augen, weil ich wusste, dass es zu gefährlich war, so lange in der Parallelwelt zu verharren. Wenn ich zu viel Zeit dort verbrachte, wurde die Rückkehr unerträglich. Deswegen löste ich mich abrupt von ihm und bereitete mich auf den Moment vor, in dem Jaro verschwand.

Aber er blieb, wo er war.

Die Haare feucht und wild, ein vorsichtiges Lächeln auf den Lippen.

»Jaro?«, hauchte ich und trat wieder einen Schritt auf ihn zu, weil mich jegliche Art von Distanz, physisch oder emotional, zwischen uns schmerzte. »Jaro, bist du ...«

Echt, wollte ich sagen. Doch ich schwieg und senkte den Blick. Kurz darauf spürte ich seinen Finger an meinem Kinn. Jaro sah mir tief in die Augen. Ich vermisste das Schiefergrau in seinen Pupillen. An seine Stelle war ein helles Blau getreten, das ihn als einen Mann des Wasservolkes kennzeichnete.

»Ich bin hier, Liora. Du hast mich endlich gefunden.«

»Gefunden?« Meine Hände begannen zu zittern. Ich hatte mich gerade erst daran gewöhnt, ihn verloren zu haben – und nun?

Jaro deutete auf den umgekippten Baumstamm in der Nähe des Sees. Und dann an die Stelle, an der sich die aufgeklappte Muschel befand. »Lass uns reden.«

Stumm folgte ich ihm und musterte ihn von hinten. Es war definitiv *er* – auch wenn der weitfallende graue Anzug mit dem hohen Kragen nicht zu ihm passte. Verwirrt runzelte ich die Stirn. Erlag ich hier einem bösen Streich? Einer Laune des Schicksals? Wäre es besser, in die Burg zurückzukehren und all das zu vergessen?

Nur dass ich niemals vergessen könnte.

Deswegen nahm ich neben Jaro Platz. Obwohl er dem See entstiegen war, waren lediglich seine Haare feucht. Im Gegensatz zu mir, die ich schlotternd und bibbernd neben ihm saß. In einer liebevollen Geste schlüpfte Jaro aus seiner Anzugsjacke und legte sie mir über die Schultern. Dann wanderte seine Hand auf mein Knie – und ein Teil der altbekannten Erregung, die ich für begraben gehalten hatte, erwachte in mir.

Gleichzeitig hatte ich Todesangst.

»Was passiert hier? Wie kannst du hier sein?«, faselte ich. Es fiel mir schwer, einen klaren Gedanken zu fassen. Da waren so viele Wörter und Gefühle in mir. Und eigentlich wollte ich Jaro einfach an mich ziehen und bis zur Besinnungslosigkeit küssen.

Denn er war hier.

Er. War. Wirklich. Hier?

»Ich habe die letzten Monate im Wasser verbracht und innig gehofft, dass du mich finden würdest«, sagte er.

»Wie kann ich dich finden, wenn du tot bist?« Das vorletzte Wort schaffte es nur mühsam über meine Lippen.

»Ich bin nicht tot, Liora. Ich habe lediglich meine Gestalt gewechselt. So wie die Blaumeise in eurem Regenfass. Erinnerst du dich?« Ein Lächeln begleitete seine Frage und lenkte meine Gedanken auf das, was meine Mutter mir verraten hatte. Dass meine Gabe nicht nur darin bestand, dass ich mit Menschen, die in dieser Welt nicht mehr existierten, in Kontakt treten konnte. Sie hatte mich an die Blaumeise erinnert, die ich aus dem Zaun befreit hatte. Ich hatte sie in unser Regenfass gelegt, damit sie noch einmal den Himmel sehen konnte. Danach hatte ich sie begraben und nie mehr in das Fass geschaut.

442

Und auch meine Mutter hatte das kleine blaue Wasserwesen nur durch Zufall entdeckt. Es brauchte eine Weile, bis sie in ihm den toten Vogel erkannte, dessen Hülle in ihrem Rosenbeet lag, dessen Seele allerdings unsterblich war und nun den Gewässern der Welt gehörte. Das Wasser war allem Anschein nach schon immer mein Element gewesen. Ich konnte Menschen vielleicht nicht vor dem Tod bewahren, aber in den richtigen Momenten gelang es mir, Gestalten zu ändern, Formen zu wechseln, um die, die ich liebte, nicht ganz zu verlieren.

Damals hatte ich nicht verstanden, was sie meinte.

Jetzt tat ich es.

Ich tat es, als ich Jaro ansah, der nicht mehr ganz Zauberer, nicht mehr ganz Mensch, aber auch nicht ganz Wasserwesen war. Der irgendwie seine Form gewechselt hatte – in dem Moment, in dem sich der Brief aufgelöst und ein Tropfen sein Gesicht berührt hatte.

»Das ist ... unmöglich«, hauchte ich. »Was bedeutet das? Wo lebst du jetzt?«

Sein Blick war auf mich gerichtet – und ich ließ ihn alles sehen. Die schrecklichen letzten Monate, all meine Tränen und die Abgründe in mir. Da sollte nichts sein, was uns trennte. Kein Teil von mir, den ich ihm nicht zeigte.

»Du bist so wunderschön«, sagte er anstelle einer Antwort. »Ich habe dich in jeder wachen und schlafenden Minute vor mir gesehen und gebetet, dass du mich finden würdest.«

Es schimmerte feucht in seinen Augen.

»Oh, Jaro.« Ich presste mir die Hand vor den Mund, um nicht loszuweinen. Dann griff ich nach seiner blauen Hand. Seine Nägel waren nicht länger schwarz lackiert, und auch die Ringe trug er nicht mehr. Und doch war es so unverkennbar mein Jaro, dass es wehtat.

»Ich bin ein Teil des Wasservolkes geworden – und auch, wenn ich mich erst noch zurechtfinden muss und alles neu für mich ist, bin ich dankbar, irgendwie am Leben zu sein. Ich vermisse dich schmerzlich, Liora. Du hast mein Herz – und seit dem Tag, an dem ich am Grund des Sees aufgewacht bin, suche ich danach.«

Verstohlen wischte ich mir die Tränen aus den Augenwinkeln. »Was bedeutet das für uns? Kannst du wieder an meiner Seite sein? Kannst du ...«

Sein Kopfschütteln zerschlug meine Hoffnung.

»Ich kann nur im Wasser überleben. Ich gehöre einer anderen Spezies als Dorian an. Seine kann an Land übersiedeln, meine nicht.«

»Und ich kann nicht unter Wasser atmen«, sprach ich das Offensichtliche aus.

Jaro nickte und verwob unsere Hände miteinander.

»Wie soll es jetzt weitergehen?«, hauchte ich.

»Siehst du den Mond dort oben am Himmel?« Seine freie Hand deutete auf das Firmament. »In Silvandor geht er alle dreiundsiebzig Tage auf und bleibt für eine ganze Nacht. Das ist die Nacht, in der ich das Wasser verlassen und an Land überleben kann.«

»Alle dreiundsiebzig Tage?«, hauchte ich. Meine Hand krallte sich um seine Finger. Ich rutschte näher an Jaro heran, hatte die plötzliche Angst, dass er sich vor meinen Augen in Luft auflösen würde.

Oder zu Wasser wurde.

»Es ist mehr, als ich mir je hätte wünschen können.«

»Dreiundsiebzig Tage«, murmelte ich. »Fünf Tage im

Jahr.« Es war wenig, aber es war nicht nichts. Es waren fünf Tage mit Jaro. Mit dem Mann, den ich durch die dunkelste Zeit meines Lebens geliebt hatte.

»Sofern du es möchtest«, fügte er hinzu. »Du bist die neue Hüterin und darfst dein Leben so gestalten, wie du es dir wünschst. Wenn du mit mir abschließen willst, werde ich das akzeptieren.«

»Du tauchst nach Monaten ohne Vorwarnung auf und sprichst von *abschließen*? Jaro, solange es einen Ort auf dieser Welt gibt, an dem du existierst, werde ich dich finden. Solange es eine Möglichkeit auf dieser Welt gibt, mit dir zusammen zu sein, werde ich sie nutzen. Mein Herz wird dich finden – egal, wo du bist. Und wenn es nur fünf Nächte im Jahr sind.«

Sein Blick lichtete sich, und als Jaro seine Lippen auf meine presste, hatte ich zum ersten Mal seit sehr langer Zeit das Gefühl, dass alles irgendwie gut werden könnte.

Vielleicht nicht an jedem Tag.

Aber zumindest fünfmal im Jahr.

CONTENT NOTE

Tod/Verlust
Sexismus
Unfall
Krieg

Meissner, Regina
How to Seduce a Sorcerer
ISBN 978-3-522-50868-1

Umschlaggestaltung: Giessel Design
unter Verwendung von Bildern von Shutterstock.com:
KDdesignphoto/ New Africa/ getgg/ IrenaStar/ Aiolhoz/ Evgeniya
Litovchenko/ Vasya Kobelev/ Nazar Yosyfiv
Reproduktion: DIGIZWO Kessler + Kienzle GbR, Stuttgart
Druck und Bindung: CPI Books GmbH

FSC
www.fsc.org

MIX
Papier | Fördert
gute Waldnutzung
FSC® C083411

© 2024 Loomlight
in der Thienemann-Esslinger Verlag GmbH, Stuttgart
Alle Rechte vorbehalten.
Wir behalten uns die Nutzung unserer Inhalte für Text und
Data Mining im Sinne von § 44b UrhG ausdrücklich vor.
2. Auflage 2024